Hold Me
Tiens Moi

L'Enlèvement t. 3

Anna Zaires

♠ Mozaika Publications ♠

Copyright © 2015 Anna Zaires
www.annazaires.com/series/francais

Tous droits réservés.

Publié par Mozaika Publications, imprimé par Mozaika LLC.
www.mozaikallc.com

Couverture : Najla Qamber Designs
www.najlaqamberdesigns.com

Sous la direction de Valérie Dubar
Traduction : Julie Simonet

e-ISBN: 978-1-63142-111-2
Print ISBN: 978-1-63142-112-9

PREMIERE PARTIE :
LE RETOUR

CHAPITRE UN

❖ JULIAN ❖

C'est un cri étouffé qui m'a réveillé de mon sommeil agité. J'ouvre mon œil intact en sentant une poussée d'adrénaline et je m'assieds dans le lit, mais ce mouvement brusque provoque une douleur intense à cause de mes côtes fêlées. Le plâtre de mon bras droit se heurte au moniteur cardiaque placé à côté du lit, la souffrance est si vive que la pièce se met à tourner autour de moi et j'ai le vertige et la nausée. Mon pouls s'est emballé et je ne comprends pas immédiatement ce qui m'a réveillé.

C'est Nora.

Elle doit encore faire un cauchemar.

Mon corps qui était déjà prêt à se battre se détend légèrement. Il n'y a aucun danger, personne ne nous attaque. Je suis allongé aux côtés de Nora dans mon luxueux lit d'hôpital, et nous sommes en sécurité tous les deux, grâce à Lucas la clinique suisse est aussi sûre que possible.

J'ai moins mal aux côtes et au bras maintenant, la douleur est plus tolérable. En faisant davantage attention à mes mouvements, je mets la main droite sur l'épaule de Nora et j'essaie de la secouer doucement pour la réveiller. Elle me tourne le dos si bien que je ne peux pas voir son visage et savoir si elle pleure. Mais elle est trempée d'une sueur froide. Son cauchemar a dû durer longtemps. Et elle frissonne.

— Réveille-toi, bébé, ai-je murmuré en caressant son bras fin. On peut voir la lumière filtrer par les persiennes et je sais que cela doit être le matin. Ce n'est qu'un rêve. Réveille-toi, mon chat…

Je la sens se raidir et je sais qu'elle n'est pas encore réveillée, le cauchemar n'a pas encore lâché prise. Je l'entends respirer, elle halète, et je la sens trembler de tout son corps. Sa détresse est déchirante et elle me fait souffrir davantage que n'importe quelle blessure, savoir que j'en suis responsable et que je n'ai pas pu la protéger, me brûle les entrailles et me rend fou.

Je suis furieux contre moi-même et contre Peter Sokolov, celui qui a permis à Nora de risquer sa vie pour venir à ma rescousse.

Avant ce malheureux voyage au Tadjikistan, Nora commençait à se remettre de la mort de Beth et au fil des mois ses cauchemars se faisaient moins nombreux. Mais maintenant, ils sont de retour et Nora va plus mal qu'avant si l'on en juge par la crise de panique qu'elle a eu hier quand on faisait l'amour.

Cela me donne envie de tuer Peter et je pourrais bien le faire s'il croisait ma route. Le russe m'a sauvé la vie, mais il a mis celle de Nora en danger dans l'aventure et jamais je ne pourrais le lui pardonner. Et sa foutue liste de noms ? Il peut l'oublier ! Il est hors de question qu'il soit récompensé alors qu'il m'a trahi de cette manière, quelles que soient les promesses que Nora lui a faites.

— Allez bébé ! Réveille-toi, ai-je répété pour l'encourager, et de la main droite je me glisse plus bas dans le lit. Ce geste ravive la douleur que j'ai dans les côtes, mais moins fort cette fois-ci. En prenant des précautions, je me rapproche de Nora et je l'étreins par-derrière. Tout va bien. Tout est fini, je te le promets.

Elle respire profondément en hoquetant et je sens la tension qui est en elle s'atténuer quand elle réalise où elle se trouve.

— Julian ? Murmure-t-elle en tournant le visage vers moi, et je vois qu'elle a effectivement pleuré, ses joues sont mouillées de larmes.

— Oui. Tu es en sécurité maintenant. Tout va bien. Je tends la main droite et je lui caresse la mâchoire tout en m'émerveillant de la finesse de ses traits. À côté de son petit visage, ma main semble immense et grossière, mes ongles sont cassés et pleins de bleus à cause des aiguilles que Majid a utilisées pour me torturer. Il y a un contraste frappant entre nous deux, même si Nora a souffert elle aussi. La pureté de sa peau dorée est marquée par un bleu à droite de son visage, à l'endroit où ces salauds d'Al-Quadar l'ont frappée pour qu'elle perde connaissance.

S'ils n'étaient déjà morts, je les déchirerais à mains nues pour l'avoir fait souffrir.

— De quoi as-tu rêvé ? lui ai-je demandé doucement. C'était Beth ?

— Non. Elle secoue la tête et je m'aperçois qu'elle recommence à respirer normalement. Mais j'entends encore la terreur dans sa voix qui est rauque quand elle ajoute : cette fois c'était toi. Majid t'arrachait les yeux et je ne pouvais pas l'en empêcher.

J'essaie de ne pas réagir, mais c'est impossible. Ses paroles me ramènent dans cette pièce froide, dépourvue de fenêtres, et à ces sensations épouvantables que j'essaie d'oublier depuis ces derniers jours. En me souvenant de ces atroces souffrances, la tête me fait horriblement mal et mon orbite à demi guérie me brûle en me faisant de nouveau sentir sa vacuité. Je sens le sang et autre chose me couler sur le visage, j'en ai la nausée. Ni la douleur ni même la torture ne me sont inconnues, mon père pensait que son fils devait pouvoir tout supporter, mais perdre un œil fut de loin la pire expérience de ma vie.

En tout cas physiquement.

Mais moralement, c'est le fait de voir Nora telle qu'elle est en ce moment.

J'ai besoin de toute ma volonté pour contraindre mes pensées à revenir au présent, loin de la terreur et de l'hébètement que j'ai ressentis en voyant les hommes de Majid l'emmener.

— Si, tu l'en as empêché, Nora. Ça me tue de l'admettre, mais sans son courage je serais sans doute en train de me décomposer dans une décharge du Tadjikistan. Tu es venue à ma rescousse et tu m'as sauvé la vie.

J'ai encore du mal à croire qu'elle a pu le faire, qu'elle s'était volontairement mise à la merci de ces terroristes et de ces fous pour me sauver la vie. Elle ne l'a pas fait par naïveté, parce qu'elle était convaincue qu'ils ne lui feraient pas de mal. Non, ma chérie savait exactement de quoi ils étaient capables et elle a quand même eu le courage de le faire.

Je dois ma vie à la jeune fille que j'ai enlevée, et j'ai du mal à l'accepter.

— Pourquoi l'avoir fait ? ai-je demandé en caressant du pouce l'extrémité de la lèvre inférieure. Au fond de moi, je le sais bien, mais je veux l'entendre dire et l'admettre.

Elle me regarde fixement, ses yeux sont encore assombris par le cauchemar qu'elle a fait.

— Parce que je ne peux survivre sans toi, dit-elle à voix basse. Tu le sais, Julian. Tu voulais que je t'aime, et je t'aime. Je t'aime tant que j'irais jusqu'au bout de l'enfer pour toi.

J'entends ces mots avec un plaisir avide, sans éprouver de honte. Je l'ai d'abord désirée à cause de sa ressemblance avec Maria, mais mon amie d'enfance ne provoquait pas en moi une seule fraction des émotions que suscite Nora. Mon affection pour Maria était innocente et pure, tout comme Maria elle-même.

Ce qui n'est nullement le cas de mon obsession pour Nora.

— Écoute-moi mon chat. Ma main quitte son visage pour se poser sur son épaule. J'ai besoin que tu me promettes de ne jamais recommencer. Bien sûr, je suis content d'être en vie, mais j'aurais préféré mourir plutôt que de te faire courir un tel danger. Il ne faut plus *jamais* risquer ta vie pour moi. Comprends-tu ?

Elle m'adresse un léger signe, presque imperceptible, et je vois une lueur de rébellion dans ses yeux. Elle ne veut pas me mettre en colère si bien qu'elle ne me contredit pas, mais j'ai de bonnes raisons de penser qu'elle fera ce qu'elle voudra, sans tenir compte de ce qu'elle dit maintenant.

Cette attitude exige plus de fermeté de ma part.

— Bien, ai-je dit avec la plus grande douceur, parce que la prochaine fois, s'il y a une prochaine fois, je tuerais celui qui enfreindra mes ordres pour t'aider, et sa mort sera lente et pénible. Me comprends-tu, Nora ?

Si qui que ce soit te fait courir le moindre danger, il mourra dans les plus atroces souffrances. Est-ce que je suis bien clair ?

— Oui. Elle a pâli, et serre les lèvres comme pour s'empêcher de protester. Elle est en colère contre moi, et elle a peur. Non pas pour elle-même, elle est au-delà ce ça désormais, mais pour les autres. Ma chérie sait que je parle sérieusement.

Elle sait que je suis un assassin sans scrupule, avec une seule faiblesse.

Elle-même.

Je la serre plus fort par l'épaule, je me penche en avant et j'embrasse sa bouche close. Ses lèvres sont d'abord serrées, elle me résiste, mais quand je glisse la main sous son cou et la prends par la nuque, elle laisse échapper un soupir et ses lèvres s'entrouvrent pour me laisser l'embrasser. Immédiatement, je sens une vive chaleur me pénétrer, sentir son goût fait raidir ma verge sans que je puisse la contrôler.

— Hum… Excusez-moi, M. Esguerra… C'est une voix de femme, on tape timidement à la porte, et je réalise que les infirmières viennent faire leur ronde du matin.

Putain ! Je suis tenté de faire comme si elles n'étaient pas là, mais je me doute qu'elles vont bientôt revenir, et ça pourrait être au moment où je suis tout au fond de Nora.

Je la lâche à regret, je roule sur le dos en retenant mon souffle tant j'ai mal et je regarde Nora. Elle s'est levée d'un bond et s'est dépêchée de mettre une robe de chambre.

— Veux-tu que je leur ouvre la porte ? demande-t-elle. Je lui fais un signe d'acquiescement avec résignation. Les infirmières doivent changer mes pansements et s'assurer que je suis en état de voyager aujourd'hui et j'ai parfaitement l'intention de me montrer coopératif.

Plus vite, elles auront fini, plus vite je quitterai ce fichu hôpital.

Dès que Nora ouvre la porte, deux infirmières entrent dans la chambre, elles sont accompagnées de David Goldberg, un petit homme chauve qui est mon médecin personnel au domaine. C'est un excellent spécialiste de traumatologie et c'est lui qui s'est occupé de mes blessures au visage pour être sûr que les chirurgiens esthétiques de la clinique ne fassent pas de bêtises.

Si je peux l'éviter, je ne veux pas faire peur à Nora avec mes cicatrices.

— L'avion attend déjà, dit Goldberg tandis que les infirmières commencent à enlever les pansements que j'ai à la tête. S'il n'y a aucun signe d'infection, nous devrions pouvoir rentrer à la maison.

— Excellent. Je reste immobile sur le lit sans tenir compte de la souffrance infligée par les soins des infirmières. Pendant ce temps, Nora attrape des vêtements dans l'armoire et disparaît dans la salle de bain attenante à notre chambre. J'entends l'eau couler et je réalise qu'elle doit avoir décidé d'en profiter pour prendre une douche. C'est sans doute le moyen qu'elle a choisi pour m'éviter un peu, elle est encore sous le coup de mes menaces. Ma chérie est sensible aux violences dirigées contre ceux qu'elles considèrent comme innocents, comme cet imbécile de Jake qu'elle embrassait la nuit où je l'ai enlevée.

J'ai toujours envie de l'éviscérer pour l'avoir touchée… et je le ferai sans doute un jour.

— Pas de signe d'infection, me dit Goldberg quand les infirmières ont terminé d'enlever les pansements. Vous cicatrisez bien.

— Bon ! Je respire lentement et profondément pour contrôler ma douleur tandis que les infirmières nettoient les points de suture et remettent le bandage sur mes côtes. J'ai diminué de moitié mes analgésiques depuis deux jours et je m'en ressens nettement. Dans deux ou trois jours, j'arrêterai complètement pour ne pas devenir dépendant.

Une seule addiction me suffit.

Les infirmières terminent leur tâche quand Nora sort de la salle de bain, toute propre après sa douche et revêtue d'un jean et d'un chemisier à manches courtes.

— Tout se passe bien ? demande-t-elle en jetant un coup d'œil à Goldberg.

— Il est prêt à partir, répond-il en lui souriant chaleureusement. Je pense qu'il l'aime bien, ce qui ne me dérange pas étant donné qu'il est homosexuel. Comment vous sentez-vous ?

— Bien, merci. Elle lève le bras et montre un grand sparadrap couvrant l'endroit où les terroristes lui ont arraché son implant contraceptif par erreur. Je serai contente de ne plus avoir de points de suture, mais ça ne me gêne pas beaucoup.

— Parfait, j'en suis content. Puis Goldberg se tourne vers moi et me demande : à quelle heure avez-vous l'intention de partir ?

— Dites à Lucas d'être prêt avec la voiture dans vingt minutes, fais-je en dirigeant avec soin les pieds vers le sol alors que les infirmières s'en vont. Je m'habille et l'on y va.

— Entendu, dit Goldberg en se retournant pour partir.

— Attendez, Dr Goldberg, je vous accompagne, dit rapidement Nora, et quelque chose dans sa voix attire mon attention. J'ai besoin d'aller chercher quelque chose en bas, explique-t-elle.

Goldberg semble étonné.

— Oh, bien sûr !

— De quoi s'agit-il mon chat ? Je me lève sans tenir compte du fait que je suis nu. Goldberg détourne poliment les yeux et j'attrape Nora par le bras pour l'empêcher de sortir. De quoi as-tu besoin ?

Elle semble gênée et regarde de côté.

— Qu'est-ce que c'est, Nora ? Ai-je demandé d'un ton impérieux, ma curiosité est en éveil. Je lui serre le bras de plus belle et l'attire vers moi.

Elle lève les yeux vers moi. Elle a rougi et sa mâchoire se relève avec défiance.

— J'ai besoin de la pilule du lendemain, d'accord ? Je veux être certaine de l'avoir avant de partir.

— Oh ! Pendant une seconde, je ne peux penser à rien. Je n'avais pas pensé que sans son implant contraceptif Nora pouvait être enceinte. Je l'ai dans mon lit depuis presque deux ans et pendant toute cette période elle était protégée par cet implant. J'y suis tellement habitué que je n'ai pas réalisé que maintenant il faut prendre des précautions.

Mais visiblement, Nora y a pensé.

— Tu veux la pilule du lendemain ? Ai-je lentement répété en essayant d'assimiler que Nora, ma Nora, pourrait être enceinte.

Enceinte de mon enfant.

Un enfant dont elle ne veut visiblement pas.

— Oui. Ses yeux sombres lui dévorent tout le visage quand elle me fixe du regard. Bien sûr, il n'y a pas beaucoup de risque avec une seule fois, mais je ne veux pas le prendre.

Elle ne veut pas prendre le risque d'être enceinte de mon enfant. J'ai le cœur étrangement serré en la regardant et en voyant la peur qu'elle essaie de me cacher. Elle s'inquiète de la manière dont je vais réagir, elle a peur que je l'empêche de prendre cette pilule.

Peur que je l'oblige à avoir un enfant dont elle ne veut pas.

— Je vous attends dehors, dit Goldberg, qui sent visiblement la tension monter dans la pièce, et avant que je puisse dire quoi que ce soit, il s'esquive et nous laisse seuls.

Nora lève le menton et me regarde droit dans les yeux. Je peux lire la détermination sur son visage quand elle dit :

— Julian, je sais que nous n'en avons jamais parlé, mais…

— Mais tu n'es pas encore prête, l'ai-je interrompue, le cœur de plus en plus serré. Tu ne veux pas avoir un bébé en ce moment.

Elle hoche la tête, en ouvrant grands les yeux.

— C'est vrai, dit-elle avec prudence. Je n'ai même pas encore fini mes études, et tu viens d'être blessé…

— Et tu n'es pas sûre de vouloir un enfant avec un homme tel que moi.

Elle avale sa salive avec nervosité, mais ne dit pas le contraire et ne détourne pas les yeux. Son silence est terrible et ma difficulté à respirer se transforme en une étrange douleur.

Je lui lâche le bras et recule d'un pas.

— Tu peux dire à Goldberg de te donner la pilule du lendemain et le mode de contraception qui lui semblera préférable. Ma voix semble inhabituellement froide et distante. Je vais me laver et m'habiller.

Et avant qu'elle n'ait le temps de répondre je vais dans la salle de bain et je ferme la porte.

Je ne veux pas voir de soulagement sur son visage.

Je ne veux pas penser à ce qu'elle doit ressentir.

14

CHAPITRE DEUX

❖ NORA ❖

Stupéfaite, je regarde la silhouette nue de Julian disparaître dans la salle de bain. Ses blessures le gênent, il est plus raide que d'habitude. Et pourtant il y a une certaine grâce dans sa démarche. Même après les horreurs qu'il a endurées, son corps musclé est athlétique et plein de force et le bandage blanc qui lui entoure les côtes accentue sa carrure et son bronzage.

Il n'a fait aucune objection à ce que je prenne la pilule du lendemain.

Quand je commence à m'en rendre compte, je sens mes genoux se dérober de soulagement, la tension provoquée par l'adrénaline disparaît en un clin d'œil. J'étais presque certaine qu'il m'en empêcherait ;

pendant notre conversation, l'expression de son visage s'était fermée, il était impossible de lire ses pensées, son opacité la rendait menaçante. Les prétextes que je lui ai donnés, finir mes études, ses blessures, ne l'a pas trompé une seule seconde et son œil resté intact brillait d'une froide lumière bleue qui m'a terrifiée et noué l'estomac.

Mais il n'a pas fait d'objections à ce que je prenne la pilule. Au contraire, il a suggéré que je demande un nouveau moyen de contraception au Dr Goldberg.

La joie me donne presque le tournis. Julian doit être d'accord pour ne pas avoir d'enfant, malgré son étrange réaction.

Ne voulant pas remettre en question ma bonne étoile je me précipite à l'extérieur de la chambre pour rattraper le Dr Goldberg. Je veux être sûre d'obtenir ce que je veux avant de quitter la clinique.

Ce n'est pas facile de trouver des implants contraceptifs dans notre domaine, en pleine jungle.

* * *

— J'ai pris la pilule du lendemain, ai-je dit à Julian, une fois que nous sommes installés confortablement dans son jet privé, celui qui nous avait conduits de Chicago en Colombie quand Julian est venu me chercher au mois de décembre. Et il m'a donné ça. Je lève le bras droit pour lui montrer un minuscule pansement à l'endroit où se trouve le nouvel implant. Mon bras me fait un peu mal, mais ça m'est égal.

Julian lève les yeux de son ordinateur portable, le visage toujours fermé.

— Bon, dit-il sèchement. Et il se remet au travail, c'est un message pour l'un de ses ingénieurs. Il y précise les spécifications exactes d'un nouveau drone dont il veut les plans. Je le sais parce que je le lui ai demandé quelques minutes plus tôt et qu'il m'a expliqué ce qu'il faisait. Depuis ces deux derniers mois, il est beaucoup plus ouvert avec moi, et c'est la raison pour laquelle je suis surprise qu'il veuille éviter de parler de contraception.

Je me demande si c'est à cause de la présence du Dr Goldberg. Le petit homme est assis à l'avant de l'appareil, à plus d'une douzaine de mètres de nous, mais il peut nous entendre. Quoi qu'il en soit je décide de laisser tomber pour le moment et d'en reparler à un moment plus opportun.

Pendant le décollage, je me change les idées en regardant les Alpes suisses jusqu'à ce que nous soyons au-dessus des nuages. Puis je m'installe confortablement et j'attends que la jolie hôtesse, Isabella, vienne nous apporter le petit déjeuner. Nous avons quitté l'hôpital si rapidement que je n'ai réussi à prendre qu'une tasse de café en vitesse.

Quelques minutes plus tard, Isabella arrive dans la cabine, son corps de rêve moulé dans une robe rouge qui lui colle à la peau. Elle porte un plateau avec du café et des viennoiseries. Goldberg semble s'être endormi et elle se dirige donc vers nous avec un sourire charmeur.

La première fois que je l'ai vue, quand Julian est revenu me chercher en décembre, j'étais follement jalouse. Depuis j'ai appris qu'Isabella n'était jamais sortie avec Julian et qu'en fait elle était mariée avec l'un des gardes du corps du domaine, deux raisons qui ont beaucoup contribué à calmer le monstre de la jalousie dans mon cœur. Je n'ai vu Isabella qu'une ou deux fois depuis deux mois ; contrairement à la plupart des employés de Julian, elle passe la majorité de son temps à l'extérieur du domaine, elle lui sert d'espionne dans plusieurs compagnies de jets privés de luxe.

— Tu serais surprise de constater comment ces gens se mettent à bavarder après deux ou trois verres à 30 000 mètres d'altitude, m'a un jour expliqué Julian. Les grands patrons, les hommes politiques, les chefs de cartels. Ils aiment tous qu'Isabella s'occupe d'eux, et en sa présence ils ne prennent pas toujours garde à ce qu'ils disent. Grâce à elle, j'ai obtenu toutes sortes de renseignements, des secrets de délits d'initiés aux renseignements concernant les livraisons de drogue dans la région.

Bon, d'accord, je ne suis plus jalouse d'Isabella, mais je ne peux toujours pas m'empêcher de trouver qu'elle flirte un peu trop avec Julian pour une femme mariée. Mais évidemment, je ne suis pas particulièrement bien placée pour juger quel doit être le bon comportement d'une femme mariée. Si j'attardais les yeux plus d'une seconde sur un autre homme que Julian, je le condamnerais à mort.

Julian est possessif à un point qui dépasse tout ce qu'on peut imaginer.

— Aimeriez-vous un café ? demande Isabella en s'arrêtant près de son siège. Elle le regarde avec moins de coquetterie aujourd'hui, mais j'ai quand même envie de la gifler en voyant sur son joli visage le sourire aguichant qu'elle adresse à mon mari.

C'est vrai, Julian n'est pas le seul à être possessif. Malgré l'absurdité de la situation, je suis possessive avec celui qui m'a enlevée. C'est ridicule, mais il y a longtemps que j'ai renoncé à trouver de la logique dans ma relation démente avec Julian.

Il est plus simple de me contenter de l'accepter comme elle est.

À la question d'Isabella, Julian lève les yeux de son ordinateur.

— Entendu, dit-il avant de jeter un coup d'œil dans ma direction. Nora ?

— Oui, s'il vous plait, ai-je dit poliment. Et deux croissants.

Isabella verse une tasse de café à chacun de nous, pose les viennoiseries sur ma table et retourne vers l'avant de l'appareil en balançant ses hanches aux courbes voluptueuses. J'ai une nouvelle bouffée de jalousie avant de me souvenir que c'est de *moi* dont Julian a envie.

En fait, il a trop envie de moi, mais ça, c'est un autre problème.

Pendant la demi-heure qui suit, je lis tranquillement en mangeant mes croissants et en savourant mon café. Julian semble se concentrer sur son message concernant la conception du nouveau drone et je le laisse travailler. Je fais de mon mieux pour me concentrer sur mon livre, un roman policier de science-fiction que j'ai acheté à la clinique. Mais je n'y arrive pas et toutes les deux ou trois pages, je pense à autre chose.

C'est étrange d'être assise ici et de lire, ça me semble irréel d'une certaine façon. C'est comme s'il ne s'était rien passé. Comme si nous ne venions pas d'échapper à la torture et à la terreur.

Comme si je n'avais pas brûlé de sang-froid la cervelle de quelqu'un.

Comme si je n'avais pas failli perdre Julian une nouvelle fois.

Mon cœur commence à s'accélérer, les images du cauchemar de ce matin envahissent mon esprit avec une étonnante clarté. *Du sang... le corps de Julian mutilé et déchiqueté... Son beau visage dont les orbites sont vides...* Le livre glisse de mes mains tremblantes, tombe par terre quand j'essaie de respirer, la gorge serrée.

— Nora ? Des doigts pleins de force et de chaleur se serrent autour de mon poignet et bien que ma vision soit voilée par la panique je vois le visage bandé de

Julian devant moi. Il me serre fort, il a laissé son ordinateur sur la table à côté de lui. Nora, tu m'entends ?

Je réussis à lui faire signe, je me lèche les lèvres. La peur a séché ma bouche, mon chemisier colle dans mon dos tant je suis en sueur. Mes mains s'agrippent sur le rebord du siège et s'enfoncent dans le cuir. Une part de moi sait bien que c'est mon esprit qui bat la breloque, qu'il n'y a pas de raison d'être aussi anxieuse, mais mon corps réagit comme si la menace était réelle.

Comme si nous étions de nouveau au Tadjikistan, sur ce chantier, à la merci de Majid et des autres terroristes.

— Respire, bébé. La voix de Julian est apaisante et il prend doucement mon menton dans la main. Respire lentement, profondément. C'est bien…

Je fais ce qu'il me dit sans le quitter des yeux, je respire profondément pour me calmer et vaincre la panique. Une minute plus tard, les battements de mon cœur ralentissent et ma main lâche le rebord du siège. Je tremble encore, mais la peur qui me suffoquait a disparu.

Gênée, je prends la main de Julian et je dégage mon visage.

— Ça va, ai-je réussi à dire d'une voix relativement ferme. Je suis désolée, je ne sais pas ce qui m'est arrivé.

Il me fixe de son regard brillant, et je lis un mélange de rage et de frustration sur son visage. Ses doigts ne m'ont pas lâchée, comme s'il était réticent à le faire.

— Non, ça ne va pas, Nora, ça ne va pas du tout, dit-il durement.

Il a raison. Je ne veux pas l'admettre, mais il a raison. Depuis que Julian a quitté le domaine pour partir à la poursuite de ces terroristes je ne vais pas bien. Je suis une loque depuis son départ et ça a l'air d'être encore pire maintenant qu'il est revenu.

— Si, ça va, ai-je dit. Je ne veux pas qu'il me trouve faible. Julian a été torturé et il semble s'en sortir alors que je m'effondre sans raison.

— Ça va ? Il fronce les sourcils. Tu as eu deux crises de panique et un cauchemar en vingt-quatre heures. Non, ça ne va pas, Nora.

J'avale ma salive et je regarde mes genoux, sa main tient la mienne et la serre de manière possessive. Je déteste le fait de ne pas pouvoir tourner la page comme Julian semble le faire. C'est vrai qu'il a encore des cauchemars au sujet de Maria, mais les horreurs que lui ont infligées les terroristes semblent l'avoir à peine ébranlé. Logiquement, c'est lui qui devrait perdre la tête, mais pas moi. J'ai à peine été blessée alors qu'il a subi des jours entiers de torture.

Je suis faible et je déteste ça.

— Nora, bébé, écoute-moi.

Je lève les yeux vers lui, attirée par la douceur de sa voix, et je suis subjuguée par son regard.

— Ce n'est pas de ta faute, dit-il à voix basse. Rien n'est de ta faute. Tu as traversé une dure épreuve et tu es traumatisée. Ce n'est pas la peine de faire semblant avec moi. Si tu commences à paniquer, dis-le-moi et je t'aiderai à le surmonter. Me comprends-tu ?

— Oui, ai-je murmuré, étrangement soulagée par ses paroles. Je sais qu'il est ironique que ce soit celui qui a fait basculer ma vie dans les ténèbres qui m'aide à leur faire face, mais il en est ainsi depuis le début.

J'ai toujours trouvé du réconfort dans les bras de mon ravisseur.

— Bien ! Ne l'oublie pas ! Il se penche pour m'embrasser et je vais à sa rencontre, en tenant compte de ses côtes fêlées. Ses lèvres sont plus tendres que d'habitude quand elles touchent les miennes et je ferme les yeux, ce qu'il me reste d'anxiété s'évanouit quand la chaleur du désir me brûle de l'intérieur. Mes mains se retrouvent derrière son cou et un gémissement sort de ma gorge quand je sens sa langue m'envahir la bouche, conquise par son goût familier et affolant à la fois.

Il gronde quand je l'embrasse en retour et que ma langue s'enroule autour de la sienne. Son bras droit m'enveloppe le dos, il me rapproche encore de lui et je sens monter la tension dans son corps musclé. Sa respiration s'accélère et ses baisers s'intensifient, ils deviennent dévorants et me font vibrer toute entière.

— Dans la chambre ! Tout de suite ! grogne-t-il sans articuler en me reprenant la bouche. Puis il se lève et me tire hors de mon siège. Avant que je ne puisse dire quoi que ce soit, il m'a prise par le poignet et me pousse vers l'arrière de l'appareil. En mon for intérieur, je me réjouis que le Dr Goldberg soit profondément endormi et qu'Isabella soit retournée à l'avant ; il n'y a personne pour voir Julian m'entraîner au lit.

En entrant dans la petite pièce, il referme d'un coup la porte derrière nous et m'attire vers le lit. Même blessé, il reste incroyablement fort. Une force qui m'excite tout en m'intimidant. Pas parce que j'ai peur qu'il me fasse mal, je sais qu'il le fera et je sais que ça me plaît, mais parce que je sais de quoi il est capable.

Je l'ai vu tuer un homme rien qu'avec le pied d'une chaise.

Ce souvenir devrait me répugner, mais étrangement il m'excite autant qu'il m'effraie. Il est vrai que Julian n'est pas le seul à avoir tué cette semaine.

Maintenant, nous sommes tous les deux des tueurs.

— Déshabille-toi ! ordonne-t-il en s'arrêtant tout près du lit et en me lâchant le poignet. Ses manches de chemise ont été arrachées pour laisser passer son plâtre et avec son visage bandé il est à la fois blessé et menaçant, tel un pirate des temps modernes après un raid. Les muscles de son bras droit sont gonflés et son œil resté intact est extraordinairement bleu dans son visage bronzé.

Je l'aime tant que ça me fait mal.

Après avoir reculé d'un pas, je commence à me déshabiller. D'abord mon chemisier, puis mon jean. Quand je n'ai plus qu'un string blanc et son soutien-gorge assorti, Julian me dit d'une voix rauque :

— Va sur le lit ! Je veux que tu te mettes à quatre pattes, le derrière vers moi.

La chaleur me glisse le long de l'épine dorsale, accentuant la douleur de plus en plus intense que j'ai entre les jambes. En me retournant, je fais ce qu'il me dit, le cœur battant d'impatience et de nervosité. Je me souviens de la dernière fois que nous avons fait l'amour dans cet avion, et des bleus qui ont orné mes cuisses pendant les jours qui ont suivi. Je sais que Julian n'a pas repris assez de force pour m'en infliger autant, mais le savoir ne diminue ni mes appréhensions ni mon désir.

Avec mon mari, la peur est inséparable du désir.

Quand je suis dans la position exigée par Julian, le derrière à la hauteur de son entrejambe, il se rapproche et glisse les doigts sous ma petite culotte qu'il me fait descendre aux genoux. Je tremble sous sa main, mon sexe se contracte et il gronde en passant la main du haut de ma cuisse aux profondeurs de mes plis.

— Putain, tu es toute mouillée, murmure-t-il brutalement en mettant deux doigts en moi. Toute mouillée pour moi, et si serrée… Tu en as envie, n'est-ce pas, bébé ? Tu veux que je te prenne, que je te baise…

Quand il replie les doigts et qu'il me touche là, tout mon corps se raidit d'un coup et j'en perds le souffle.

— Oui… J'ai du mal à parler, des vagues de chaleur déferlent sur moi et ma lucidité m'abandonne. Oui, je t'en prie…

Il a un petit rire grave, plein d'un sombre ravissement. Il retire ses doigts, me laissant vide et vibrante de désir. Avant que je ne puisse le lui reprocher, j'entends s'ouvrir sa fermeture éclair et je sens la douceur de son gros gland m'effleurer les cuisses.

— Oh, je vais le faire, murmure-t-il avec la même brutalité en se guidant vers mon ouverture. Putain ! Je vais te donner tant de plaisir. L'extrémité de sa verge me pénètre, j'en perds le souffle. Tu vas crier pour moi. N'est-ce pas, bébé ?

Et sans attendre ma réponse, il m'attrape la hanche droite et s'enfonce jusqu'au bout, ce qui me fait pousser un cri étouffé. Comme toujours, sa pénétration me fait chavirer, il est si gros qu'il m'étire presque au point de me faire mal. Mais sa brutalité ne fait qu'ajouter un plaisir supplémentaire qui accroit encore mon excitation et m'inonde encore plus le sexe. Je ne pourrais pas ouvrir davantage les jambes et il semble énorme en moi, chaque centimètre de sa chair est dure et incandescente. Je m'attends à ce qu'il prenne un rythme brutal en accord avec cette première poussée, mais maintenant qu'il est entré, il va lentement. Lentement et avec précaution, chacun de ses mouvements est calculé pour rendre mon plaisir encore plus vif. *D'avant en arrière, d'avant en arrière...* J'ai l'impression qu'il me caresse de l'intérieur, qu'il provoque en me taquinant chacune des sensations dont mon corps est capable. *D'avant en arrière, d'avant en arrière...* Je suis proche de l'orgasme sans pouvoir y parvenir s'il continue avec une telle lenteur. *D'avant en arrière...*

— Julian… ai-je grondé, alors il ralentit encore plus, ce qui me fait geindre de frustration.

— Dis-moi ce que tu veux, bébé, il murmure en se retirant presque entièrement, dis-moi exactement ce que tu veux.

— Baise-moi, ai-je soufflé en serrant les poings dans les draps. Je t'en prie, fais-moi jouir.

Il rit de nouveau, mais avec peine, sa respiration est lourde et irrégulière. Je sens sa verge grossir encore en moi et je resserre mes muscles intimes autour d'elle. J'ai envie qu'il aille plus vite, qu'il me donne ce petit plus dont j'ai besoin.

Et finalement, il le fait.

Sans me lâcher la hanche, il accélère son rythme et me baise de plus en plus rapidement.

Ses coups trouvent leur écho en moi et m'envoient des ondes de choc de plaisir qui m'irradient au plus profond de mon être. Mes mains s'agrippent aux draps, mes cris sont de plus en plus forts tandis que la tension augmente au point de devenir insupportable, intolérable... et puis je vole en éclats et mon corps vibre désespérément autour de son énorme verge. Il gronde, ses doigts s'enfoncent dans ma chair alors que son étau se resserre autour de ma hanche et je le sens se frotter contre mes fesses, sa verge tressaute en moi quand il jouit à son tour.

Quand tout est terminé, il se retire et se recule un peu. Encore tremblante de l'intensité de mon orgasme, je m'effondre sur le côté et tourne la tête vers lui.

Il est debout, le jean ouvert, le buste haletant violemment. Son regard est empli d'un reste de désir, il a les yeux rivés à mes cuisses où sa semence coule lentement de mon ouverture.

Je rougis et je jette un coup d'œil dans la pièce pour trouver un mouchoir en papier. Heureusement, il y en a une boîte sur une étagère à côté du lit. J'en prends un et j'essuie les preuves de notre accouplement.

Julian me regarde agir en silence. Puis il recule d'un pas, son visage s'est de nouveau refermé quand il remet sa verge ramollie dans son jean et remonte la fermeture éclair.

J'attrape la couverture et la tire pour couvrir mon corps nu. Tout à coup, j'ai froid et je me sens vulnérable, la chaleur qui était en moi se dissipe. Normalement, après avoir fait l'amour Julian me tient dans ses bras pour renforcer notre proximité et il use de tendresse pour compenser sa brutalité. Mais aujourd'hui, il ne semble pas en avoir envie.

— Est-ce qu'il y a quelque chose qui ne va pas ? Ai-je demandé. Ai-je fait quelque chose qu'il ne fallait pas ?

Il me sourit froidement et s'assied sur le lit à côté de moi.

— Qu'est-ce que tu aurais pu faire de mal, mon chat ? Il me regarde, lève la main et prend une mèche de mes cheveux qu'il caresse entre ses doigts. Son geste est joueur, mais la lueur sombre de son regard accentue mon désarroi.

Brusquement, mon intuition me met sur la voie.

— C'est la pilule du lendemain, c'est ça ? Tu es fâché que je l'aie prise ?

— Fâché ? Parce que tu ne veux pas de mon enfant ? Il rit, mais la dureté de son rire me noue l'estomac. Non, mon chat, je ne suis pas fâché. Je serais un très mauvais père et je le sais.

Je le fixe en essayant de comprendre pourquoi ses paroles me font sentir coupable. C'est un tueur, un sadique, un homme qui m'a enlevée sans le moindre scrupule et qui m'a gardée en captivité, et pourtant je me sens coupable, comme si je l'avais blessé sans le vouloir.

Comme si j'avais vraiment fait quelque chose de mal.

— Julian… Je ne sais que dire. Je ne peux pas mentir et dire qu'il serait un bon père. Il saurait que je lui mens. Alors, à la place je lui demande prudemment : veux-tu des enfants ?

Et puis je retiens mon souffle en attendant sa réponse.

Il me regarde, toujours avec la même expression impénétrable.

— Non, Nora, dit-il à voix basse. C'est la dernière chose dont nous avons besoin, toi et moi. Tu peux avoir tous les implants contraceptifs que tu voudras. Je ne t'obligerai pas à être enceinte.

Je pousse un gros soupir de soulagement.

— Ah bon, d'accord ! Alors pourquoi…

Mais avant même de me laisser le temps de finir, Julian se lève et indique ainsi que la conversation est terminée.

— Je serai dans la cabine, dit-il d'un ton neutre. J'ai du travail. Rejoins-moi quand tu te seras habillée.

Et sur ces mots, il disparaît de la pièce et me laisse au lit, nue et en plein désarroi.

CHAPITRE TROIS

❖ JULIAN ❖

Je suis plongé dans le rapport de mon gestionnaire de portefeuille concernant un possible investissement quand Nora vient silencieusement s'asseoir à côté de moi. Incapable de résister à son pouvoir de séduction je me tourne afin de la regarder pendant qu'elle lit.

Maintenant que j'ai passé quelques minutes loin d'elle, le besoin irrationnel de me déchaîner contre elle et de lui faire de la peine s'est évanoui. Ils ont été remplacés par une inexplicable tristesse… une sensation de perte inexplicable et inattendue.

Je ne comprends pas ce qui se passe. Je n'ai pas menti à Nora en lui disant que je ne voulais pas d'enfants. Je n'y ai jamais beaucoup pensé, mais maintenant que je le fais je ne peux même pas imaginer devenir père. Que ferais-je d'un enfant ? Ce serait seulement une faiblesse supplémentaire que mes ennemis pourraient exploiter. Les bébés ne m'intéressent pas, et je ne saurais pas comment m'en occuper. De ce point de vue mes parents n'étaient pas un modèle à suivre. J'aurais dû être content que Nora ne veuille pas d'enfants, mais à la place, quand elle a parlé de la pilule du lendemain j'ai eu l'impression de recevoir un coup dans le ventre.

Quelque chose qui ressemblait au pire des refus.

J'ai tenté de ne pas y penser, mais la voir essuyer ma semence sur ses cuisses a ramené ces émotions indésirables et m'a rappelé qu'elle ne veut pas ça de moi.

Qu'elle ne le voudra jamais.

Je ne comprends pas pourquoi c'est important. Je n'ai jamais eu l'intention de fonder une famille avec Nora. Le mariage a été un moyen de cimenter notre lien, rien de plus. Elle est ma chérie, elle m'obsède et elle m'appartient. Elle m'aime parce que j'ai fait en sorte qu'elle m'aime, et je la désire parce qu'elle est nécessaire à ma vie. Il n'y a pas de place pour des enfants dans cette dynamique.

Ce ne serait pas possible.

Quand elle s'aperçoit que je la regarde, Nora m'adresse un timide sourire.

— À quoi travailles-tu ? demande-t-elle en posant son livre sur ses genoux. Toujours la conception du drone ?

— Non, bébé. Je me force à penser au fait qu'elle est venue me secourir au Tadjikistan, qu'elle m'aime assez pour faire quelque chose d'aussi insensé. Mon humeur commence à être moins sombre, ma poitrine est de moins en moins oppressée.

— Qu'est-ce que c'est alors ? insiste-t-elle. Je ne peux m'empêcher de sourire, amusé par ses questions. Nora ne se contente plus de rester en marge de ma vie ; elle veut tout savoir, et elle s'enhardit sans cesse dans sa quête pour obtenir des réponses.

S'il s'agissait de qui que ce soit d'autre, cela m'agacerait. Mais pas avec Nora. Sa curiosité me plaît.

— J'examine la possibilité d'un nouvel investissement, je lui explique.

Elle semble intriguée si bien que je lui dis que je me renseigne sur une start-up en biotechnologie se spécialisant dans les médicaments destinés à la chimie cérébrale. Si je décide d'investir, je serai ce qu'on appelle un investisseur providentiel, l'un des premiers à mettre des capitaux dans cette compagnie. Je me suis toujours intéressé au capital de risque ; j'aime rester à la pointe de l'innovation dans toutes sortes de domaines et en profiter le mieux possible.

Elle écoute mes explications avec une évidente fascination, sans me quitter un instant des yeux, de ses beaux yeux noirs. Sa manière d'absorber la connaissance comme une éponge me plaît. Grâce à sa curiosité, c'est amusant de lui apprendre quelque chose, de lui montrer différentes parties de mon univers. Les quelques questions qu'elle me pose sont astucieuses et me montrent qu'elle comprend exactement de quoi je lui parle.

— Si ce médicament peut effacer les souvenirs ne pourrait-il pas être utilisé dans les cas de stress post-traumatique et les maladies de ce genre ? demande-t-elle une fois que je lui ai décrit l'un des produits les plus prometteurs de cette start-up. Je suis d'accord avec elle, je suis moi-même parvenu à cette conclusion quelques minutes plus tôt.

Quand je l'ai kidnappée, je ne m'étais pas attendu à ça, au vrai plaisir que je trouve à passer du temps en sa compagnie. En l'enlevant, je ne l'ai d'abord considérée que comme un objet sexuel, une jolie fille qui m'obsédait tellement que je ne pensais qu'à elle. Je ne m'attendais pas à ce qu'elle devienne ma compagne aussi bien que ma maîtresse, je n'avais pas réalisé que ça me plairait d'être tout simplement avec elle.

Je ne savais pas qu'elle s'emparerait de moi comme je m'étais emparé d'elle.

C'est vraiment tant mieux qu'elle se soit souvenue de prendre la pilule du lendemain. Quand nous nous serons remis tous les deux, notre vie pourra reprendre son cours normal.

En tout cas ce qui est normal pour *nous*.

J'aurai Nora auprès de moi et elle ne me quittera plus jamais.

* * *

La nuit est tombée quand nous atterrissons. Je guide une Nora ensommeillée à l'extérieur de l'avion et nous montons dans la voiture qui nous ramène à la maison.

La maison. C'est étrange de considérer de nouveau cet endroit comme ma maison. C'était la maison de mon enfance et je la détestais alors. Je détestais chacun de ses aspects, de la chaleur moite à l'odeur insistante de la végétation humide dans la jungle. Et pourtant plus tard j'ai été attiré par des endroits qui lui ressemblaient, des endroits dans les tropiques qui me rappelaient la jungle où j'avais grandi.

C'est la présence de Nora qui m'a permis de prendre conscience que finalement je ne détestais pas le domaine. Ce n'est nullement ce lieu qui était l'objet de ma haine, c'est bien celui à qui il appartenait.

Mon père.

Nora se blottit plus près de moi sur le siège arrière, met la tête sur mon épaule et interrompt ma rêverie avec un léger bâillement qui ressemble tellement à celui d'un chaton que je me mets à rire et que j'entoure sa taille du bras pour l'étreindre.

— Tu as sommeil ?

— Mmmm… Elle se frotte le visage contre mon cou. Tu sens bon, marmonne-t-elle.

Et voilà, ma verge se durcit quand je sens les lèvres de Nora m'effleurer la peau.

Putain ! Je pousse un soupir de frustration quand la voiture s'arrête devant la maison. Anna et Rosa sont sur le perron, prêtes à nous accueillir, et ma queue est prête à jaillir de mon pantalon. Je me mets sur le côté et j'essaie d'éloigner Nora pour faire cesser mon érection. Son coude m'effleure les côtes et je me raidis de douleur en vouant Majid à tous les diables en mon for intérieur.

Putain, j'ai une telle impatience de guérir ! J'ai même souffert en faisant l'amour tout à l'heure, surtout à la fin quand le rythme s'était accéléré. Non pas que mon plaisir en ait été amoindri, je suis certain d'être encore capable de baiser Nora sur mon lit de mort et d'en jouir, mais ça m'agace quand même. J'aime la souffrance alliée au sexe, mais seulement quand c'est moi qui l'inflige.

Ce qu'il y a de bien c'est qu'on ne voit plus mon érection.

— Nous sommes arrivés, ai-je dit à Nora qui se frotte les yeux et bâille une nouvelle fois. Je te porterais bien sur le seuil, mais cette fois-ci je ne suis pas sûr d'y arriver.

Elle cligne des yeux, un peu désorientée puis un grand sourire lui envahit le visage. Elle aussi elle se souvient.

— Je ne suis plus une nouvelle mariée, dit-elle en souriant, tu es quitte.

Je lui rends son sourire, un contentement inhabituel me gonfle la poitrine et j'ouvre la portière.

Dès que nous descendons de voiture, nous sommes assaillis par les deux femmes en pleurs. Ou plus précisément, c'est Nora qui est prise d'assaut.

Éberlué, je me contente de regarder Ana et Rosa l'embrasser en riant et en sanglotant à la fois. Après en avoir fini avec Nora, elles se tournent vers moi et Ana sanglote de plus belle en voyant le bandage sur mon visage.

— Oh, pobrecito… Elle revient à l'espagnol comme elle le fait parfois quand elle est émue, alors Nora et Rosa essaient de la réconforter en disant que je vais me remettre et que l'essentiel c'est que je sois en vie.

L'inquiétude de ma gouvernante me touche tout en me déconcertant. J'ai toujours été vaguement conscient de compter pour cette vieille femme, mais je ne savais pas à quel point ses sentiments étaient forts. Aussi loin que je me souvienne, Ana était une présence chaleureuse et réconfortante au domaine, c'est elle qui me donnait à manger, qui faisait ma toilette et qui soignait mes égratignures et mes bleus quand j'étais enfant. Mais je ne l'ai jamais autorisée à être très proche de moi, et pour la première fois j'en ai un soupçon de regret. Ni elle ni Rosa, la bonne qui est devenue l'amie de Nora, n'ont tenté de m'embrasser comme elles l'ont fait avec ma femme. Elles pensent qu'il ne vaut mieux pas et elles ont sans doute raison.

La seule personne dont je veux l'affection ou plutôt dont l'affection m'est *indispensable* c'est Nora, et c'est une nouveauté pour moi.

Quand les trois femmes ont terminé leurs effusions, nous entrons tous dans la maison. Malgré l'heure tardive, nous avons faim et nous dévorons le repas qu'Ana nous a préparé à une vitesse record. Ensuite, rassasiés et épuisés, nous montons dans notre chambre.

Après avoir pris une douche rapide et avoir fait tout aussi rapidement l'amour, je sombre dans le sommeil, la tête de Nora repose sur celle de mes épaules qui n'a pas été blessée.

Je suis prêt à reprendre le cours normal de notre vie.

* * *

Le cri qui me réveille me glace le sang. Empli de désespoir et de terreur, il résonne contre les murs et remplit mes veines d'adrénaline.

J'ai bondi du lit avant même de comprendre ce qui se passait. Tandis que le son s'évanouit, j'attrape le révolver caché dans ma table de chevet tout en allumant la lampe du revers de la main.

Quand la lampe s'allume et éclaire la pièce, je vois Nora recroquevillée au milieu du lit, tremblante sous la couverture.

Il n'y a personne d'autre dans la pièce, aucune menace visible.

Les battements de mon cœur qui s'était emballé commencent à ralentir. Personne ne nous a attaqués. C'est Nora qui a dû pousser ce cri.

Elle fait encore un cauchemar.

Putain ! Mon désir de violence est trop fort pour que je puisse le réprimer. Il emplit chaque fibre de mon corps au point de me faire trembler de rage, j'ai besoin de tuer et de détruire tous les salauds qui sont responsables de cette situation.

En commençant au besoin par moi-même.

Je me retourne, je respire profondément plusieurs fois de suite en tentant de contenir la furie qui me dévore. Mais il n'y a personne contre qui me déchaîner, aucun ennemi contre lequel je peux passer ma rage.

Il n'y a que Nora, et elle a besoin que je sois calme et rationnel.

Après quelques secondes, quand je suis sûr de ne pas lui faire de mal je me retourne dans sa direction et replace le révolver dans la table de nuit. Puis je me recouche. J'ai une douleur sourde aux côtes ainsi qu'à l'épaule et la tête me tourne à cause de la brusquerie de mes mouvements, mais ces souffrances ne sont rien en comparaison de celle de mon cœur qui est si lourd.

— Nora, bébé… En me penchant sur elle, je retire la couverture de son corps nu et je pose la main droite sur son épaule pour la réveiller en la secouant. Réveille-toi, mon chat. Ce n'est qu'un mauvais rêve. Elle est toute en sueur et ses gémissements me font plus de mal qu'aucune des tortures que m'a infligées Majid.

De nouveau, la rage m'envahit, mais je la maîtrise et je parle à voix basse, calmement. Réveille-toi, bébé. Tu as rêvé. Ce n'est pas pour de bon.

Elle roule sur le dos sans s'arrêter de trembler et je vois qu'elle a ouvert les yeux.

Ils sont ouverts, mais ne voient rien, elle est haletante, sa poitrine se soulève à toute vitesse et ses mains s'agrippent désespérément aux draps.

Ce n'est pas un mauvais rêve, elle est au milieu d'une véritable crise de panique vraisemblablement provoquée par le cauchemar qu'elle a eu.

J'aimerais rejeter la tête en arrière et me mettre à hurler de rage, mais je me retiens. Elle a besoin de moi en ce moment, et je ne vais pas la laisser tomber.

Ni maintenant ni jamais.

En m'agenouillant je viens à cheval sur elle et je me penche pour lui attraper de la main droite.

— Nora, regarde-moi ! C'est un ordre, mon ton est dur et impérieux. Regarde-moi, mon chat. Immédiatement !

Malgré sa crise de panique, elle m'obéit, son conditionnement est trop fort pour qu'elle puisse y résister. Ses yeux s'ouvrent pour croiser le mien et je vois que ses pupilles sont dilatées, que ses iris sont presque noirs. Elle est en hyperventilation, la bouche ouverte pour essayer de respirer.

Putain, putain ! Instinctivement, mon premier mouvement est de la prendre dans mes bras, d'être doux et de la réconforter, mais je me souviens alors de la crise de panique qu'elle a eue quand nous avions fait l'amour, rien ne semblait pouvoir l'aider.

Rien, si ce n'est la violence.

Alors au lieu de lui murmurer des mots doux, je me penche en avant, et accoudé sur le bras droit je l'embrasse d'un baiser violent et brutal en lui serrant la mâchoire pour la tenir en place. Mes lèvres se fracassent sur les siennes et mes dents plongent dans sa lèvre inférieure quand j'engouffre ma langue dans sa bouche, je la violente, je lui fais mal. Le monstre sadique qui est en moi se réjouit de sentir le goût métallique de son sang alors que le reste de moi souffre de l'horreur où elle est plongée.

Je la sens haleter dans ma bouche, mais désormais c'est un autre son, la stupéfaction a remplacé le désespoir. Je sens sa poitrine se gonfler, elle a pu inspirer à fond et je m'aperçois que ma méthode rudimentaire pour établir le contact avec elle a fonctionné, que maintenant elle se concentre sur la douleur physique et non sur la douleur morale. Ses poings s'ouvrent, ses mains ont lâché les draps, et elle est toujours sous moi, le corps raidi d'une autre sorte de peur.

Une peur qui excite ce qu'il y a de pire en moi, le prédateur, qui veut la réduire à sa merci et la dévorer.

La rage qui continue de bouillonner en moi augmente mon avidité, se mêle à elle et s'en nourrit jusqu'à ce que je ne sois plus que ce désir, cette soif insensée et terrible. Ma concentration se réduit, s'aiguise jusqu'à ne plus sentir que la douceur soyeuse des lèvres de Nora, ses lèvres au goût de sang, et les courbes de son corps nu, son petit corps sans défense sous le mien. Ma verge se raidit douloureusement quand elle prend mon avant-bras à deux mains et laisse échapper une douce plainte venue du fond de sa gorge.

Tout à coup, les baisers ne me suffisent plus. Je dois la posséder tout entière.

Lâchant son menton et m'aidant d'un bras je m'agenouille. Elle lève les yeux vers moi, les lèvres gonflées et ensanglantées. Elle continue de haleter, sa poitrine monte et descend à un rythme rapide, mais son regard n'est plus vide. Elle m'a rejoint, elle est revenue à elle et ce qu'exige mon démon intérieur pour le moment.

D'un geste vif je l'enjambe, et sans tenir compte de la douleur venue de mes côtes, je fouille de nouveau dans le tiroir de la table de nuit. Mais cette fois au lieu d'un révolver, j'en sors un fouet aux lanières tressées.

Nora ouvre de grands yeux.

— Julian ? Sa voix est essoufflée après sa crise de panique.

— Tourne-toi ! Ma voix est brutale et trahit le violent désir qui fait rage en moi. Immédiatement !

Elle hésite un instant puis roule sur le ventre.

— À genoux !

Elle se met à quatre pattes et tourne la tête pour me regarder en attendant mes ordres.

Qu'elle est bien dressée, ma chérie ! Son obéissance accroit mon désir, mon envie éperdue de la posséder. La position dans laquelle elle est met son derrière en valeur et dévoile son sexe, ce qui fait encore enfler davantage ma verge. Je veux l'avaler toute entière, m'emparer de chaque centimètre de son corps. Mes muscles se tendent et presque sans y penser, je fais siffler le fouet dont les lanières mordent la chair lisse de ses fesses.

Elle pousse un cri et ferme les yeux en se raidissant et les ténèbres de mon être prennent le dessus, annihilant tout ce qui pouvait me rester de pensée rationnelle. Je regarde, presque à distance, les baisers incessants du fouet sur sa peau où il laisse des marques roses et des traînées qui rougissent sur son dos, ses fesses et ses cuisses. Les premiers coups la font céder et crier de douleur, mais quand je trouve le rythme, son corps commence à se détendre au gré des coups, les anticipant au lieu de résister à la douleur. Ses cris s'atténuent et les plis de son sexe commencent à être humides.

Elle réagit aux coups de fouet comme si c'était une caresse.

Mes bourses se contractent, je lâche le fouet et rampe derrière elle en passant mon avant-bras droit sous ses hanches pour l'attirer vers moi. Mon gland se frotte contre son ouverture et je me mets à gronder en sentant sa douce chaleur frotter contre mon extrémité, l'enrobant d'une humidité crémeuse. Elle gémit et se cambre, je pousse pour la pénétrer, forçant sa chair à m'avaler, à me faire entrer.

Son vagin est incroyablement serré, ses muscles intimes me serrent comme un poing. Peu importe à quelle fréquence je la baise ; d'une certaine manière, chaque fois c'est nouveau, les sensations sont plus vives et plus riches que dans mon souvenir. Je pourrais rester indéfiniment en elle, pour sentir sa douceur, sa chaleur humide. Mais c'est impossible, le besoin primitif de bouger, de pousser au fond d'elle est trop fort pour y résister. J'entends tambouriner les battements de mon cœur, mon corps est animé d'un désir sauvage.

Je reste immobile aussi longtemps que possible, et puis je commence à bouger, et à chaque coup mon entrejambe se frotte à son derrière rose qui vient d'être fouetté. Et sous chaque coup de reins, elle gémit, son corps se contracte autour de ma verge qui l'envahit et les sensations s'ajoutent les unes aux autres, s'intensifiant à un point qui devient intolérable. En sentant venir l'orgasme, ma peau se hérisse, et je vais de plus en plus vite, de plus en plus fort, jusqu'à ce que je sente ses contractions, son sexe se contracte autour de moi quand elle crie mon nom.

C'en est trop. L'orgasme que j'ai retenu me submerge avec une violence inouïe et c'est une véritable éruption qui surgit. Je pousse un grondement rauque quand un plaisir intense parcourt tout mon corps. C'est un délice à nul autre pareil, une extase qui va bien au-delà de la satisfaction physique. C'est une sensation que je n'ai connue qu'avec Nora.

Et que je ne connaîtrai qu'avec elle.

Le souffle haletant, je me retire et la laisse s'effondrer sur le lit. Puis je m'incline sur le côté droit et je l'attire vers moi, je sais qu'elle a besoin de tendresse après toute cette brutalité.

Et moi aussi, j'en ai besoin. J'ai besoin de la réconforter, de l'apaiser. De la lier à moi quand elle est aussi vulnérable que possible, pour m'assurer de son amour.

C'est peut-être un froid calcul, mais je ne peux laisser une chose de cette importance au hasard.

Elle se retourne pour me faire face et enfouit le visage au creux de mon cou, ses épaules sont agitées de sanglots silencieux.

— Tiens-moi, Julian, murmure-t-elle, et je le fais.

Je la tiendrai toujours, quoi qu'il arrive.

DEUXIEME PARTIE : LA CONVALESCENCE

CHAPITRE QUATRE

❖ NORA ❖

— Julian, as-tu une minute ?

En entrant dans le bureau de mon mari je me dirige vers lui. Il lève les yeux pour m'accueillir et une fois de plus je m'émerveille des progrès extraordinaires qu'il a faits pour se remettre ces six dernières semaines.

On lui a enlevé son plâtre et ses bandages. Julian s'est attelé à sa guérison comme à n'importe quel autre objectif, avec une impitoyable résolution et une détermination à toute épreuve. Dès que le Dr Goldberg lui a donné son accord pour enlever le plâtre, Julian s'est jeté à corps perdu dans sa rééducation, consacrant plusieurs heures par jour aux exercices destinés à rendre plus de mobilité et de force au côté droit de son corps. Maintenant que ses cicatrices commencent à s'estomper, il y a des jours où j'oublie presque qu'il a été si grièvement blessé et qu'il a connu un véritable enfer, mais qu'il en est revenu presque intact.

Même son implant optique ne semble plus le gêner. Notre séjour en Suisse à la clinique et les différentes opérations qu'il a subies ont coûté des millions à Julian (j'ai vu les honoraires dans sa boîte mail), mais les médecins ont accompli un travail extraordinaire sur son visage. L'implant est tellement bien assorti avec son œil véritable que lorsqu'il me regarde de face il est presque impossible de deviner que c'est une prothèse. J'ignore comment on est parvenu à lui donner exactement la bonne nuance de bleu, mais on y est arrivé, et chaque strie, chaque nuance naturelle sont les bonnes. La fausse pupille est même capable de se contracter quand la lumière est vive et de se dilater quand Julian est excité ou qu'il me désire. Tout ceci c'est grâce à un appareillage biotechnique que Julian porte au poignet, comme une montre. Il mesure son pouls et la conductivité de sa peau puis envoie ces informations à l'implant pour permettre des réactions plus naturelles. La seule chose que ne fait pas l'implant c'est de reproduire le mouvement naturel de l'œil… ou de permettre à Julian de voir avec.

— Cet aspect des choses, le lien avec le cerveau prendra quelques années de plus, m'a dit Julian il y a deux ou trois jours. Il y a un laboratoire en Israël qui travaille là-dessus.

Oui, l'implant donne une incroyable illusion d'authenticité. Et Julian apprend à minimiser ce qu'il peut y avoir de bizarre quand un seul œil est capable de bouger en tournant toute la tête pour regarder droit vers quelque chose, et c'est ce qu'il fait en ce moment.

— Qu'est-ce qu'il y a, mon chat ? demande-t-il en souriant. Ses belles lèvres sont complètement cicatrisées et les cicatrices quant à elles sont de moins en moins visibles sur sa joue gauche lui donnant un charme de plus, un air menaçant. C'est comme si un peu de ses ténèbres intérieures étaient désormais visibles sur son visage, et au lieu de me déplaire ça m'attire encore davantage.

C'est peut-être parce que désormais ces ténèbres me sont devenues nécessaires, elles seules me permettent de ne pas devenir folle en ce moment.

— Monsieur Bernard vient juste de me dire qu'un de ses amis aimerait bien exposer mes tableaux, ai-je dit en essayant de faire comme si mon éminent professeur me donnait quotidiennement ce genre de nouvelles. C'est quelqu'un qui est propriétaire d'une galerie d'art à Paris.

Julian hausse les sourcils.

— C'est vrai ?

Je hoche la tête, ayant toutes les peines du monde à contenir mon excitation. Oui, c'est incroyable, tu ne trouves pas ? Monsieur Bernard lui a envoyé des photos de mes dernières toiles et le propriétaire de la galerie a dit que c'était exactement ce qu'il recherchait.

— C'est merveilleux, bébé. Julian me sourit encore plus et il tend le bras pour m'attirer sur ses genoux. Je suis tellement fier de toi.

— Merci ! J'ai envie de sauter de joie, mais à la place je lui jette les bras autour du cou et je l'embrasse passionnément sur la bouche. Bien sûr dès que nos lèvres se rejoignent, Julian s'empare du baiser et mon expression spontanée de gratitude se transforme en un long assaut empli de sensualité qui me laisse à bout de souffle et tout étourdie.

Quand il me laisse finalement respirer de nouveau, je ne sais plus tout de suite comment je me suis retrouvée sur ses genoux.

— Je suis tellement fier de toi, répète Julian d'une voix douce en me regardant. Je sens la bosse de son érection, mais il en reste là. À la place, il me sourit chaleureusement et dit : il faudra que nous remerciions Monsieur Bernard d'avoir pris ces photos. Et si le propriétaire de la galerie expose tes toiles, nous irons peut-être faire un petit voyage à Paris.

— Vraiment ? Je le regarde bouche bée. C'est la première fois que Julian me dit que nous ne resterons peut-être pas toujours au domaine. Aller à Paris ? Je n'en crois pas mes oreilles.

Il hoche la tête en souriant.

— Bien sûr ! Al-Quadar n'est plus une menace pour nous. Nous sommes en sécurité, autant que nous puissions l'être, à condition de prendre des précautions. Je ne vois pas pourquoi nous n'irions pas faire un petit tour à Paris, surtout si nous avons une excellente raison d'y aller.

Je lui souris en essayant de ne pas penser au fait qu'Al-Quadar avait cessé d'être une menace. Julian ne m'a pas beaucoup parlé de cette opération, mais le peu que j'en sais me suffit. Quand nos sauveteurs ont mené leur raid sur le chantier du Tadjikistan, ils ont découvert une quantité considérable d'informations utiles. Après notre retour au domaine, chaque personne ayant le moindre lien avec cette organisation terroriste fut éliminée, certaines eurent une mort rapide, d'autres une plus lente et atroce. Je ne sais pas combien il y a eu de morts en quelques semaines, mais je ne serais pas étonnée qu'elles se chiffrent en milliers.

Celui qui me tient la main en ce moment est responsable de ce qui correspond à un massacre généralisé, et pourtant je continue à l'aimer de tout mon cœur.

— Un voyage à Paris, ça serait génial ! ai-je dit en refusant de penser plus longtemps à Al-Quadar. Je me concentre plutôt sur l'extraordinaire possibilité de voir mes tableaux dans une véritable galerie d'art. *Mes* tableaux. C'est tellement difficile à croire que je demande à Julian d'un air prudent : Ce n'est pas toi qui l'as demandé à Monsieur Bernard, n'est-ce pas ? Ou qui a graissé la patte de l'ami dont il parle ? Depuis que Julian a utilisé son influence et sa fortune pour me faire entrer dans le cours très élitiste de Stanford, je sais qu'il est capable de tout.

— Non, bébé ! Il sourit de plus belle. Je n'ai rien à y voir, je te le promets. Tu as vraiment du talent et ton professeur le sait.

Je le crois, simplement parce que Monsieur Bernard ne tarit pas d'éloges sur ma peinture depuis quelques semaines. La noirceur et la complexité qu'il a décelées dès le début dans ma peinture sont désormais plus visibles. C'est en peignant que je fais face à mes cauchemars et à mes crises de panique. C'est aussi avec ma sexualité masochiste, mais c'est une autre histoire.

Ne souhaitant pas m'attarder sur mes difficultés psychologiques je me relève d'un bond.

— Je vais le dire à mes parents, ai-je dit gaiement en me dirigeant vers la porte. Ils seront ravis.

— J'en suis sûr ! Et après un dernier sourire, Julian se concentre de nouveau sur l'écran de son ordinateur.

* * *

Ma conversation par vidéo avec mes parents dure près d'une heure. Comme toujours, je passe au moins vingt minutes à rassurer ma mère sur ma sécurité en lui disant que je suis toujours au domaine en Colombie et que personne n'est à notre poursuite. Après ma disparition du centre commercial de Chicago, mes parents se sont convaincus que les ennemis de Julian sont partout, prêts à frapper à tout moment. Si je ne contacte pas mes parents quotidiennement par téléphone ou par mail, ils se mettent à paniquer.

Et pourtant ils ne me croient pas en sécurité avec Julian. Dans leur esprit, il est semblable aux terroristes qui m'ont kidnappée. En fait, je crois que mon père pense que Julian est pire étant donné que mon mari ne m'a pas enlevée une fois, mais deux.

— Une galerie à Paris ! Mais c'est merveilleux ma chérie ! s'exclame ma mère quand j'en arrive finalement à lui annoncer la nouvelle. Nous sommes si contents pour toi !

— Est-ce que tu continues sérieusement tes études ? demande mon père en fronçant des sourcils. Il montre moins d'enthousiasme pour ma peinture. Il me semble qu'il redoute que je renonce à l'université et que je devienne une artiste famélique, une crainte sans fondement étant donné les circonstances. S'il y a une chose au sujet de laquelle je n'ai pas besoin de m'inquiéter en ce moment, c'est bien l'argent. Julian m'a dit récemment qu'il avait ouvert un fonds d'affectation à mon nom et que je suis également son unique héritière. De cette manière, s'il lui arrivait quelque chose, je serais à l'abri, c'est-à-dire que j'aurais l'équivalent du budget d'un petit pays.

— Oui papa, ai-je dit patiemment. Ne t'inquiète pas. Je te l'ai dit, j'ai seulement moins de cours ce trimestre. Je me rattraperai en suivant davantage le trimestre prochain.

C'est Julian qui a insisté pour cet allègement à notre retour, et malgré mes objections initiales je suis contente qu'il l'ait fait. Pour une raison ou pour une autre, tout me semble plus difficile en ce moment. Je mets un temps fou à faire mes dissertations et ça m'épuise de préparer les examens. Même avec moins de cours je me sens dépassée, mais ce n'est pas un sujet que je veux aborder avec mes parents, l'inquiétude de Julian est déjà suffisante comme ça.

En fait, il s'inquiète tellement qu'il a fait venir un psy au domaine.

— En es-tu sûre, ma chérie ? demande ma mère en m'examinant d'un air soucieux. Tu devrais peut-être prendre des vacances cet été et te détendre pendant deux ou trois mois. Tu as l'air vraiment fatigué.

Merde ! J'espérais que mes cernes ne se remarqueraient pas à la vidéo.

— Je vais bien, maman. C'est simplement que je me suis couchée tard pour réviser et pour peindre.

En fait, je me suis réveillée en pleine nuit en hurlant et ne me suis rendormie qu'après avoir été fouettée et baisée par Julian, mais ça, mes parents n'ont pas besoin de le savoir. Ils ne comprendraient pas que la douleur est une thérapie pour moi en ce moment et je me suis accoutumée à dépendre de ce qui me faisait peur autrefois.

Que j'ai entièrement accepté la cruauté de Julian.

À la fin de la conversation, je me souviens de quelque chose que Julian m'a promis un jour : qu'il m'emmènerait voir mes parents quand Al-Quadar ne constituerait plus de danger. Mon cœur bondit de joie à cette idée, mais je décide de ne rien en dire jusqu'à ce que j'aie l'occasion d'en parler à Julian au dîner. Pour le moment, je me contente de dire à mes parents que je les rappellerai bientôt et je raccroche.

Il y a deux choses dont je dois parler à Julian ce soir… et dans les deux cas ce sera délicat.

* * *

— Un voyage à Chicago ? Julian a l'air vaguement surpris quand je lui en parle. Mais tu as vu tes parents il y a moins de deux mois.

— Oui, une seule soirée juste avant d'être kidnappée par Al-Quadar. Je souffle sur mon velouté de champignons avant de plonger ma cuiller dans la soupe brûlante. Et j'étais malade d'inquiétude pour toi, si bien que je ne suis pas sûre que ça compte comme du bon temps avec ma famille.

Julian m'examine une seconde avant de murmurer :

— D'accord ! Tu as sans doute raison. Puis il commence à manger sa soupe tandis que je le fixe des yeux, j'ai du mal à croire qu'il donne aussi facilement son accord.

— Alors on va y aller ? Je veux m'assurer qu'il n'y a pas de malentendu.

Il hausse les épaules.

— Si tu veux. Quand tu auras fini tes examens, je t'y emmènerai. Évidemment il faudra renforcer la sécurité autour de tes parents et prendre quelques précautions supplémentaires, mais ça devrait être possible.

Je commence à sourire, puis je me souviens de quelque chose qu'il m'a dit un jour.

— Tu crois qu'on mettra mes parents en danger en allant les voir ? ai-je demandé, et brusquement j'ai l'estomac noué. Ils pourraient devenir une cible si l'on te voit en contact immédiat avec eux ?

Julian me regarde d'un air calme.

— C'est une possibilité. Une lointaine possibilité que l'on ne peut pas exclure complètement. Évidemment il y avait un danger bien plus grand quand les terroristes voulaient notre peau, mais j'ai d'autres ennemis. Aucun n'a la même détermination, du moins autant que je sache, mais il y a beaucoup d'individus et d'organisations qui aimeraient bien s'emparer de moi.

— D'accord. J'avale une cuillérée de soupe crémeuse et je le regrette tout de suite, elle accentue encore ma nausée. Et tu penses qu'ils pourraient utiliser mes parents pour faire pression sur toi ?

— C'est peu vraisemblable, mais je ne peux pas complètement écarter cette hypothèse. C'est la raison pour laquelle j'ai mis en place un service de sécurité auprès de ta famille dès le début. Ce n'est qu'une précaution, rien de plus, mais une précaution nécessaire selon moi.

Je respire profondément en faisant de mon mieux pour ne pas tenir compte de mes crampes à l'estomac.

— Et le fait d'aller à Chicago rend ce danger plus grand ou pas ?

— Je ne sais pas mon chat. Julian semble avoir de légers regrets. J'imagine que non, mais c'est sans garantie.

Je prends un verre et j'avale une gorgée d'eau pour essayer de me débarrasser de ce goût de soupe dans ma bouche, c'est gras et ça me rend malade.

— Et si j'y allais toute seule ? Je suggère sans vraiment réfléchir. De cette manière, personne ne pensera que tu es près de ta belle-famille.

Le visage de Julian s'assombrit instantanément.

— Toute seule ?

Je hoche la tête, en me contractant instinctivement à son changement d'humeur. Tout en sachant que Julian ne me fera pas de mal, je ne peux m'empêcher de redouter sa mauvaise humeur. Et même si je suis désormais avec lui de mon plein gré, il continue de contrôler complètement ma vie, tout comme il le faisait quand il me gardait en captivité dans l'île.

À tout point de vue, il est encore mon ravisseur, un homme dangereux et dénué de scrupules.

— Tu n'iras nulle part sans moi. La voix de Julian est douce, mais l'expression de son regard est dure comme de l'acier. Si tu veux que je t'emmène à Chicago, je le ferai, mais tu ne mettras pas un pied en dehors du domaine sans moi. Tu me comprends, Nora ?

— Oui. Je bois encore quelques gorgées d'eau, je continue à garder cet arrière-goût de soupe dans la bouche. Que diable Anna a-t-elle pu y mettre ce soir ? Même l'odeur en est désagréable.

— Je comprends. Ma réponse semble calme et sans rancune, surtout parce que je ne me sens pas assez bien pour me fâcher devant l'autoritarisme de Julian. En finissant mon verre d'eau, je lui dis : ce n'était qu'une suggestion.

Julian me fixe quelques instants du regard puis incline imperceptiblement la tête.

— Entendu.

Et avant qu'il n'ait le temps d'en dire davantage, Anna entre dans la pièce en nous apportant le plat principal, du poisson avec du riz et des haricots. En remarquant que j'ai à peine goûté la soupe, elle fronce des sourcils.

— La soupe ne vous plaît pas, Nora ?

— Si, c'est délicieux. Je lui mens et j'ajoute : Mais je n'ai pas très faim et je voulais garder de la place pour le plat de résistance.

Anna me regarde d'un air inquiet, mais débarrasse les assiettes sans ajouter un mot. Depuis notre retour, mon appétit est capricieux, ce n'est pas la première fois que je n'arrive pas à manger. Je ne me suis pas pesée, mais je pense avoir perdu au moins un kilo ces dernières semaines, et dans mon cas ce n'est pas nécessairement une bonne chose.

Julian fronce aussi les sourcils, mais ne dit rien quand je commence à manger du bout des lèvres le riz dans mon assiette. Je n'ai vraiment pas du tout envie de manger maintenant, mais je m'oblige à en prendre une bouchée. Le riz m'écœure aussi, mais je fais un effort pour mâcher et pour avaler, je n'ai pas envie que Julian se préoccupe de mon manque d'appétit.

Il y a quelque chose de plus important dont je dois parler avec lui.

Dès qu'Ana quitte la pièce, je pose ma fourchette et je regarde mon mari.

— J'ai encore reçu un message, ai-je dit à voix basse.

Julian serre les mâchoires.

— Je sais.

— Tu surveilles mes messages maintenant ? J'ai une nouvelle crampe d'estomac, cette fois la colère se mêle à la nausée. Évidemment, cela ne devrait pas me surprendre étant donnés les implants de localisation qu'il m'a fait poser, mais il y a quelque chose dans la désinvolture de cette invasion de mon intimité qui me révolte.

— Bien sûr. Il ne semble nullement vouloir s'excuser ni avoir de regret. Je me doutais qu'il te contacterait à nouveau.

Je respire lentement en me rappelant que c'est un sujet sur lequel est inutile de discuter.

— Alors tu sais que Peter ne nous laissera tranquilles que lorsque tu lui donneras cette liste, ai-je dit aussi calmement que possible. Il sait maintenant que Frank te l'a procurée la semaine dernière. Dans son message, il dit ” Il est temps de vous souvenir de votre promesse. ” Il ne laissera pas tomber, Julian.

— S'il continue de te harceler par mail, je ferai en sorte qu'il disparaisse pour de bon. Le ton de Julian s'est durci. Il sait bien qu'il ne vaut mieux pas essayer de m'atteindre à travers toi.

— Il a sauvé ta vie et la mienne, lui ai-je rappelé pour la énième fois. Je sais que tu es furieux qu'il ait désobéi à tes ordres, mais s'il ne l'avait pas fait tu serais mort.

— Et tu n'aurais ni ces cauchemars ni ces crises de panique. Les lèvres sensuelles de Julian font la grimace ; ça fait six semaines maintenant, Nora, et tu ne vas toujours pas mieux. Tu dors à peine, tu manges à peine et je ne me souviens pas quand tu es allée courir pour la dernière fois. Il n'aurait *jamais* dû te faire courir un tel danger…

— Il a fait ce qu'il fallait ! Je me lève en posant violemment les mains sur la table, je ne peux plus rester assise. Tu crois que je me sentirais mieux si tu étais mort ? Tu crois que je n'aurais pas de cauchemars si Majid nous avait envoyé ton corps découpé en morceaux par la poste ? Ce n'est pas de la faute de Peter si je perds la tête, alors arrête de le lui reprocher ! Je lui ai promis cette liste et je veux la lui donner ! En arrivant à cette dernière phrase je crie à tue-tête, trop en colère pour redouter la mauvaise humeur de Julian.

Il me fixe du regard en plissant les yeux.

— Assieds-toi, Nora. La douceur de sa voix est menaçante. Assieds-toi immédiatement.

— Et sinon ? Je le défie, contrairement à mon habitude, je suis prête à tout. Et sinon, Julian ?

— Tu veux vraiment aller jusque-là, mon chat ? demande-t-il avec la même douceur. Et comme je ne réponds pas, il me montre la chaise. Assieds-toi, et finis de manger ce qu'Ana a préparé pour toi.

Je soutiens son regard quelques secondes de plus pour ne pas céder, puis je me rassieds. La défiance et la colère qui m'ont brusquement envahie ont disparu, je suis vidée et j'ai envie de pleurer. Je déteste le fait que Julian puisse l'emporter si facilement, je déteste ne pas avoir assez de courage pour tester ses limites.

En tout cas sur quelque chose d'aussi minime que de finir ou pas mon repas.

Si je réussis à le défier, ça sera pour quelque chose d'important.

En baissant les yeux sur mon assiette, je prends ma fourchette et je pique dans un morceau de poisson en essayant d'oublier ma nausée. J'ai des crampes d'estomac à chaque bouchée, mais je continue à manger jusqu'à ce que presque la moitié de mon assiette ait disparu. Entretemps, Julian avale tout ce qu'il a devant lui, visiblement notre dispute ne lui a pas fait perdre l'appétit.

— Un dessert ? Du thé ? Du café ? Demande Ana en revenant débarrasser la table, et je secoue la tête en silence, refusant de prolonger ce repas si tendu que c'est une véritable épreuve.

— Moi non plus, merci, Ana, dit poliment Julian. Tout était délicieux, comme toujours.

Ana lui adresse un grand sourire, elle est visiblement contente de ces louanges. Depuis notre retour, j'ai remarqué que Julian est attentif à la complimenter plus souvent et qu'en général il est légèrement plus chaleureux avec elle.

Je ne connais pas la cause de son changement d'attitude, mais je sais qu'Ana l'apprécie. Rosa m'a dit que la gouvernante était sur un petit nuage depuis quelques semaines.

Tandis qu'Ana commence à débarrasser la table, Julian se lève et vient m'offrir le bras. Je le prends et nous montons à l'étage en silence. En marchant, mon cœur s'accélère et ma nausée s'aggrave.

La dispute de ce soir ne fait que confirmer ce que je sais depuis un certain temps : Julian n'entendra jamais raison au sujet de la liste de Peter. Pour tenir ma promesse, je devrai prendre moi-même les choses en main et affronter les conséquences du déplaisir de mon mari.

Même si le seul fait d'y penser me rend littéralement malade.

CHAPITRE CINQ

❖ JULIAN ❖

Dès que nous entrons dans la chambre, Nora s'excuse pour aller se rafraîchir un peu.

Elle disparaît dans la salle de bain et je me déshabille, j'apprécie d'avoir retrouvé l'usage de mes deux bras maintenant qu'on m'a enlevé le plâtre. Mon épaule gauche me fait encore mal quand je fais de l'exercice, mais je commence à reprendre des forces et une plus grande facilité de mouvement. Même la perte de mon œil ne me gêne guère ; les maux de tête et la fatigue de mon autre œil s'atténuent chaque jour davantage et j'ai appris à compenser l'angle mort qui se trouve à ma gauche en tournant plus souvent la tête.

L'un dans l'autre, je suis pratiquement revenu à la normale, mais je ne peux en dire autant de Nora. Chaque fois que ses hurlements me réveillent, chaque fois qu'elle est sans raison en hyperventilation un mélange de rage et de culpabilité m'empoisonne et me serre le cœur. Je n'ai jamais été enclin à m'attarder sur le passé, mais je ne peux m'empêcher d'avoir envie de revenir en arrière et d'annuler les conséquences de mes foutues actions.

Pour retrouver Nora, ma Nora.

Elle sort discrètement de la salle de bain quelques minutes plus tard, déjà douchée et revêtue d'un peignoir molletonné blanc. Sa peau douce est rayonnante après la douche chaude et ses longs cheveux noirs sont relevés au hasard en chignon, révélant la délicatesse de son cou.

Un cou qui commence à paraître bien trop frêle, presque fragile à cause du poids qu'elle a perdu.

— Viens ici, bébé, ai-je murmuré en tapotant le lit à côté de moi. J'avais l'intention de la punir après l'éclat qu'elle a fait au dîner, mais désormais je n'ai qu'une envie, la prendre dans mes bras. En fait, la baiser et la prendre dans mes bras, mais la baiser peut attendre.

Elle se dirige vers moi et je l'attire dans mes bras dès que je peux. Elle est si légère que ça m'inquiète quand je la prends sur mes genoux et ses cernes trahissent son épuisement.

Elle est complètement exténuée et je ne sais que faire. La thérapeute que j'ai fait venir au domaine il y a trois semaines semble incapable d'y remédier et Nora refuse de prendre le traitement contre l'anxiété que le médecin lui a prescrit. Bien sûr, je pourrais l'y forcer, mais moi non plus je n'ai pas confiance dans ce genre de médicament. Je ne voudrais surtout pas que Nora en devienne dépendante.

La seule chose qui semble l'aider, du moins pour un temps, c'est d'exprimer ses émotions en souffrant pendant l'amour. Elle le demande maintenant, elle me supplie presque chaque nuit de lui faire subir.

Ma chérie est devenue aussi accro à la souffrance que je le suis à l'infliger, une nouveauté qui me fait plaisir tout en me consternant.

— Une fois de plus, tu as à peine mangé, lui ai-je dit doucement en l'installant plus confortablement sur mes genoux. En levant la main vers ses cheveux j'ouvre la barrette qui les attache et je regarde cette masse noire épaisse et luisante lui tomber dans le cou. Pourquoi, bébé ? Il y a quelque chose qui ne va pas avec ce que prépare Ana ?

— Quoi ? Non… commence-t-elle par dire. Enfin, peut-être. C'est seulement la soupe qui ne m'a pas plu ce soir. C'était trop gras.

— Alors je demanderai à Ana de ne plus en faire. Je me rappelle parfaitement qu'avant Nora l'aimait bien et en avait mangé avec plaisir, mais je décide de ne pas le lui dire. Peu m'importe ce qu'elle mange, pourvu qu'elle reste en bonne santé.

— S'il te plaît, ne lui dis pas que je me suis plainte. Les yeux de Nora s'emplissent d'inquiétude. Je ne voudrais pas la blesser.

— Bien sûr. Je me mets à sourire. J'emporterai ton secret dans la tombe, c'est promis.

Elle me sourit à son tour en guise de réponse et son visage s'éclaire, presque toute la tension qui restait entre nous s'est dissipée.

— Merci, murmure-t-elle en me fixant des yeux. Puis avec une main sur mon épaule et l'autre derrière mon cou, elle ferme les yeux et ses lèvres douces rejoignent les miennes.

Je respire d'un coup, mon corps s'est brusquement contracté de désir. Son haleine sucrée a le goût de menthe, elle est toute légère et toute chaude dans mes bras. Je sens ses doigts fins sur ma peau, je sens son léger parfum et mon épine dorsale se hérisse d'un désir croissant, ma verge se raidit contre les courbes de son derrière.

Mais cette fois, mon désir ne s'accompagne pas du besoin de lui faire mal. Au contraire, il se nuance de tendresse.

J'ai toujours de cruelles pulsions, mais elles sont dominées par la conscience aigüe que j'ai de sa fragilité. Ce soir plus que jamais, je veux la protéger, panser les plaies qu'elle n'aurait jamais dû avoir. Je veux être son héros, son sauveur.

Rien que pour une nuit, je veux être le mari dont elle rêve.

En fermant les yeux, je me concentre sur son goût, sur les changements de sa respiration au fur et à mesure que mes baisers deviennent plus intenses. Sa manière de renverser la tête en arrière, son corps qui fond contre le mien, ses ongles qui me grattent doucement le cuir chevelu quand elle me passe la main dans les cheveux. Elle est tout pour moi et j'ai tant envie d'elle que ça me fait mal.

Elle est toujours enveloppée dans son peignoir molletonné dont je sens la douceur sur mes cuisses nues et sur ma verge. Même si c'est bon, je sais que sentir sa peau nue sera encore meilleur et j'attrape la ceinture pour la défaire. En même temps, je relève la tête et j'ouvre les yeux pour la regarder.

La ceinture dénouée, le peignoir s'ouvre et révèle son décolleté, sa peau bronzée est douce. Je vois les courbes de ses seins et son ventre bien plat, mais ses tétons et le bas de son corps sont encore couverts, comme à dessein.

C'est une vision érotique, que sa manière de respirer rend encore plus sensuelle : sa cage thoracique se soulève et redescend vite, au rythme de ses halètements. Ses lèvres sont rougies par nos baisers et ses joues aussi.

Ma petite chérie est tout excitée de désir.

Comme si elle sentait que je la regarde, elle ouvre les yeux à son tour et ses longs cils se relèvent. Nous nous regardons et le désir douloureux que je ressens s'accroît. D'une certaine manière, c'est une sensation différente de l'ardeur que je ressens dans mon corps, un désir complexe qui s'ajoute à mes obsessions habituelles.

Un élan dont l'intensité me terrifie.

— Dis-moi que tu m'aimes. Tout à coup, j'en ai besoin de sa part. Dis-le-moi, Nora.

Et sans une hésitation, elle répond :

— Je t'aime, Julian.

Mes bras se resserrent autour d'elle.

— Encore !

— Je t'aime, Julian. Elle soutient mon regard, ses yeux sont sombres et doux. Je t'aime plus que tout au monde.

Putain ! Je suis oppressé, j'ai le cœur de plus en plus serré. C'est trop et pourtant ce n'est pas assez.

En penchant la tête, je reprends ses lèvres et tout ce que je ne peux pas exprimer avec des mots, je le transmets dans ce baiser. Sous le désir qui me submerge, il y a une peur étrange et irrationnelle qui s'y mêle.

La peur de la perdre. La peur qu'elle s'échappe, comme un beau rêve qui n'aurait pas duré.

Non ! Je penche la tête pour l'embrasser plus profondément, laissant son goût et son parfum m'engloutir et chasser les ombres. Elle ne s'échappera pas. Je l'en empêcherai. Elle est bien réelle, et elle m'appartient. Je l'embrasse jusqu'à ce que nous soyons tous les deux à bout de souffle, jusqu'à ce que ma peur se dissipe, consumée par toute notre ardeur.

Puis je lui fais l'amour, aussi tendrement que possible.

Quand je m'endors un peu plus tard, j'étreins Nora bien en sécurité entre mes bras.

CHAPITRE SIX

❖ NORA ❖

J'ai besoin de toute ma volonté pour rester éveillée en entendant la respiration de Julian prendre le rythme régulier du sommeil. Mes paupières sont lourdes, mon corps léthargique, je suis épuisée et rassasiée après l'amour. Je n'ai qu'une envie, fermer les yeux et m'enfoncer dans le réconfort de l'obscurité, mais ce n'est pas possible.

Il y a d'abord quelque chose que je dois faire.

J'attends jusqu'à être certaine que Julian dort, puis je me dégage de son étreinte en me tortillant. À mon soulagement, il ne fait pas un geste, si bien que je me lève et trouve le peignoir qui est tombé par terre pendant que nous faisions l'amour.

Je l'enfile sans un bruit et je vais à pas de loup jusqu'à la salle de bain. Le dîner ne passe toujours pas, la nausée m'a reprise et j'ai besoin d'avaler plusieurs fois ma salive pour ne pas vomir.

Ce n'est sans doute pas le meilleur moment d'agir alors que je ne me sens pas bien. Je le sais, mais je sais aussi que si je ne le fais pas maintenant, je risque de ne pas trouver le courage plus tard. Et il faut que je le fasse. Je dois tenir ma promesse, payer ma dette envers Peter. C'est important pour moi. Je ne veux pas être quelqu'un qui soit incapable d'agir de sa propre initiative, une épouse éternellement dans l'ombre de son mari.

Je ne veux pas rester la petite chérie désarmée de Julian pour le restant de mes jours.

Je m'éclabousse le visage d'eau froide et je respire profondément plusieurs fois de suite pour calmer la nausée avant de revenir dans la chambre. Les persiennes sont à peine entrouvertes, mais c'est une nuit de pleine lune et il y a assez de lumière pour me permettre de voir où je vais.

C'est la commode où est posé l'ordinateur portable de Julian. Il ne le prend pas toujours dans la chambre, mais ce soir il l'a fait, une autre raison pour laquelle je ne veux pas attendre davantage pour mettre mon plan à exécution.

Ce plan ne pourrait être plus simple : je vais prendre l'ordinateur, entrer dans la messagerie de Julian et envoyer la liste à Peter. Si tout se passe bien, Julian ne s'en apercevra pas tout de suite. Et quand il s'en apercevra, ce sera trop tard. J'aurai payé ma dette à l'ancien spécialiste de sécurité de Julian et j'aurai la conscience tranquille.

Enfin, aussi tranquille que possible en sachant que vraisemblablement Peter tuera de la manière la plus atroce ceux dont le nom figure sur cette liste.

Non, n'y pense pas. Je me rappelle que ces gens sont responsables de la mort de la femme de Peter et de celle de son fils. Ils ne sont pas innocents et je ne devrais pas les considérer comme tels.

En ce moment, mon unique préoccupation devrait être d'envoyer cette liste à Peter sans réveiller Julian.

Je traverse la pièce aussi silencieusement que possible, mon cœur bat à se rompre dans ma poitrine. En arrivant à la commode, je m'arrête pour prêter l'oreille.

Tout est calme. Julian doit continuer à dormir.

En me mordant la lèvre, j'attrape l'ordinateur et je l'emporte. Puis je m'arrête de nouveau pour écouter.

Toujours pas le moindre bruit.

En respirant lentement, je retourne à la salle de bain en tenant l'ordinateur contre ma poitrine. Une fois là je me glisse à l'intérieur, puis je referme la porte à clef et je m'assieds au bord du jacuzzi.

Jusqu'ici, tout va bien. Sans prêter attention à mes crampes d'estomac, j'ouvre l'ordinateur.

Un message apparaît qui me demande le mot de passe.

De nouveau, je respire profondément en luttant contre la nausée qui empire. Je m'y attendais. Julian est paranoïaque quand il s'agit de sécurité et change son mot de passe au moins une fois par semaine. Mais la dernière fois qu'il l'a changé, c'est le jour où Frank, son contact à la CIA, lui a envoyé la liste par mail.

Julian l'a changé alors que je préparais déjà mon plan et j'ai fait en sorte d'être à côté de lui à ce moment-là. Évidemment, je n'ai pas gardé les yeux fixés sur son ordinateur, ce qui aurait éveillé ses soupçons. À la place, je l'ai subrepticement filmé avec mon téléphone portable en feignant de vérifier mes messages.

Et maintenant sera-t-il possible d'interpréter correctement ce que j'ai enregistré ?

En retenant mon souffle, je tape " NML_#042160 " puis " Ouvrir ".

L'écran de l'ordinateur clignote… et voilà, j'y suis !

Je pousse un grand soupir de soulagement. Il ne me reste plus qu'à retrouver le message de Frank, ouvrir la pièce jointe, aller dans ma propre messagerie et envoyer la liste à l'adresse d'où partaient les messages de Peter.

Ce qui ne devrait pas être trop difficile, surtout si je réussis à me retenir de vomir.

— Nora ? Les coups sur la porte me font tellement peur que j'en lâche presque l'ordinateur. J'ai du mal à respirer tant je suis paniquée, je me fige en fixant la porte des yeux.

Julian frappe de nouveau à la porte.

— Nora, bébé, est-ce que ça va ?

Il ne sait pas que j'ai son ordinateur. M'en rendre compte me permet de respirer à nouveau.

— Je suis seulement aux toilettes, ai-je crié en espérant que Julian ne s'apercevra pas du tremblement de ma voix provoqué par l'adrénaline. Dans le même temps, j'ouvre la messagerie de Julian et je commence par y chercher le nom de Frank. J'arrive !

— Bien sûr, bébé, prends ton temps. Et ses paroles sont accompagnées d'un bruit de pas qui s'estompe.

Je pousse un soupir de soulagement. Il me reste encore quelques minutes de plus.

Je commence à passer en revue les messages contenant le nom de Frank. Il y en a plus d'une douzaine la semaine dernière, mais celui que je cherche doit être accompagné de l'icône indiquant une pièce jointe… Ah, le voici. Je l'ouvre en vitesse.

C'est un tableau contenant des noms et des adresses. J'y jette instinctivement un coup d'œil. Il y a plusieurs douzaines de lignes avec des adresses en Europe et aux États-Unis. Mais il y en a une qui me saute aux yeux : Homer Glen, Illinois.

C'est près d'Oak Lawn, ma ville natale. À une quarantaine de minutes en voiture de chez mes parents.

Stupéfaite, je lis le nom qui figure à côté de l'adresse. *George Cobakis.*

Dieu merci, je ne le connais pas.

— Nora ? C'est encore Julian, et mon cœur se serre en entendant que sa voix est tendue. Ce qu'il dit ensuite confirme mes peurs. Nora, tu as mon ordinateur ?

— Quoi ? Pourquoi ? J'espère que ma culpabilité ne s'entend pas. *Merde, merde, merde, merde !* J'enregistre à toute vitesse la liste sur le bureau et j'ouvre un nouveau navigateur de recherche.

— Parce que je ne le retrouve pas. Il est déjà furieux et ça s'entend dans le ton de sa voix. Tu l'as avec toi ?

— Quoi ? Non ! Même moi je m'entends mentir. Mes mains commencent à trembler, mais j'arrive à ouvrir la page de Gmail et à y faire entrer mon nom et mon mot de passe.

Il secoue la poignée de la porte.

— Nora, ouvre cette porte. Ouvre immédiatement !

Je ne réponds pas. Mes mains tremblent tellement que je me trompe dans le mot de passe et qu'il me faut recommencer.

— Nora ! Julian tambourine sur la porte. Putain, ouvre la porte ou je vais l'enfoncer !

Je suis enfin dans Gmail. Le cœur battant à se rompre je cherche le dernier message de Peter.

Bang ! Un coup violent ébranle la porte.

J'ai de plus en plus la nausée et mon pouls s'accélère au moment où je retrouve ce message.

Bang ! Bang ! Il continue à frapper tandis que j'appuie sur " Répondre " et que je mets la liste en pièce jointe.

Bang ! Bang ! Bang !

J'appuie sur " Envoyer " au moment où la porte sort de ses gonds et se fracasse sous mes yeux.

Julian est là, debout, nu, son beau visage est traversé par l'éclat glacial de ses yeux bleus. Il serre les poings, ses narines sont dilatées et ses pommettes en feu.

Il est à la fois sublime et terrifiant, comme un archange en furie.

— Donne-moi cet ordinateur, Nora ! Sa voix est dangereusement calme. Immédiatement !

Des remontées de bile dans la gorge m'obligent à avaler sans cesse ma salive. Je me lève, je vais vers lui, jambes tremblantes, et je lui tends son ordinateur.

Il me le prend d'une main et avant de me laisser le temps de reculer il m'attrape par le poignet droit comme pour m'enchaîner à lui.

Alors il regarde l'écran.

Je vois exactement à quel moment il comprend ce que j'ai fait.

— Tu lui as envoyé ? Et en posant l'ordinateur sur la tablette du lavabo, il m'attrape par l'autre main et m'attire encore plus près de lui. Ses yeux sont fous de rage. Putain, tu lui as envoyé ? Il me secoue violemment, ses doigts s'enfoncent dans ma chair.

J'ai des soubresauts dans le ventre, et cette fois-ci, la nausée me submerge, je vais vomir.

— Julian, lâche-moi !

D'un geste éperdu, je trouve la force de me dégager et je me précipite vers la cuvette des toilettes que j'atteins de justesse avant de vomir.

* * *

— Depuis combien de temps avez-vous la nausée? Le Dr Goldberg me prend le pouls, je suis allongée sur le lit et Julian tourne en rond comme une bête en cage.

— Je ne sais pas, ai-je dit tout en suivant Julian des yeux. Maintenant, il est en jean et en tee-shirt, mais il est resté pieds nus. Il tourne et retourne devant le lit, le corps entièrement contracté et les mâchoires serrées.

Soit il est toujours furieux contre moi, soit il est follement inquiet à mon sujet. J'imagine que c'est sans doute les deux à la fois. Quelques minutes après m'avoir vu vomir, il avait déjà fait venir le docteur et m'avait mise bien au chaud dans le lit.

Ce qui rappelle la vitesse de ses réactions quand j'avais eu une crise d'appendicite dans l'île.

— J'ai peut-être mangé quelque chose de mauvais, à moins que ce soit un virus, ai-je dit en revenant au docteur. Déjà au dîner je ne me sentais pas bien.

— Hum… Hum… Le Dr Goldberg prend une seringue enveloppée dans un sachet plastique, elle est attachée à un tube et à un flacon.

— Vous permettez ?

— D'accord. Je n'ai pas particulièrement envie qu'il me fasse une prise de sang, mais j'ai l'impression que Julian ne me laissera pas refuser. Allez-y.

Le médecin trouve une veine de mon bras et y glisse l'aiguille tandis que je détourne les yeux. J'ai encore légèrement la nausée et je ne veux pas mettre mon estomac à l'épreuve par la vue du sang.

— C'est fini, dit-il après quelques instants en retirant l'aiguille et en me tamponnant la peau avec un coton qui sent l'alcool à 90°. Je vais faire des examens et je vous donnerai les résultats.

— Elle est fatiguée en permanence, dit Julian à voix basse en s'arrêtant près du lit. Il ne me regarde pas ce qui m'agace un peu. Et elle dort mal, elle a des cauchemars, etc.

— Entendu. Le médecin se relève avec le flacon dans la main. Il faut que j'emmène ça au laboratoire. Je serai de retour dans moins d'une heure.

Il sort rapidement de la pièce et Julian s'assied sur le lit en me regardant. Son visage est étrangement pâle, son front plissé.

— Pourquoi ne pas m'avoir dit que tu ne te sentais pas bien, Nora ? demande-t-il à voix basse en tendant la main pour prendre la mienne. Je sens la chaleur de ses doigts et la douceur de son geste malgré toutes les émotions qui l'agitent.

La surprise me fait cligner des yeux. Je pensais qu'il allait me poser des questions sur la liste de Peter et non pas sur ma santé.

— Ce n'était pas si grave que ça au dîner. Après avoir pris une douche ça allait mieux et puis nous… enfin, tu sais. Je libère ma main pour montrer le lit.

— Nous avons baisé ? La tension du visage de Julian s'apaise légèrement, une expression inattendue d'amusement brille dans ses yeux.

— Oui. J'ai une bouffée de chaleur en voyant les images que ses paroles évoquent en moi. Visiblement, je ne suis pas si malade que ça puisque je peux le désirer. Après, je me sentais mieux.

— Je vois. Julian me regarde d'un air interrogateur en caressant du pouce l'intérieur de ma paume. Et comme tu te sentais bien, tu as décidé de pirater mon ordinateur.

Nous y voilà. Le moment de payer auquel je m'attendais. Sauf que Julian ne semble pas aussi en colère qu'avant, son geste est plus un réconfort qu'une punition.

C'est comme si l'indigestion, ou quel que soit ce dont je souffre, avait des avantages.

Je lui souris avec prudence.

— Mais oui. J'ai pensé que c'était le bon moment. Je ne cherche ni à m'excuser ni nier. Ce serait inutile. C'est fait maintenant. J'ai payé ma dette envers Peter.

— Comment connaissais-tu mon mot de passe ? Le pouce de Julian continue à tourner autour de mon poignet. Je ne te l'avais pas donné.

— Je t'ai filmé quand tu l'as changé il y a quelques jours. Quand j'ai découvert que Frank t'avait envoyé la liste.

La commissure des lèvres de Julian a un imperceptible tremblement.

— C'est ce que je pensais. Je m'étais demandé pourquoi tu avais passé autant de temps au téléphone ce jour-là.

Je lèche mes lèvres.

— Vas-tu me punir ? À cet instant, Julian semble plus amusé que furieux, mais je ne peux pas imaginer en sortir indemne.

— Bien sûr, mon chat. Il n'y a pas la moindre hésitation dans sa voix.

Mon pouls s'emballe.

— Quand ?

— Quand il me plaira. Ses yeux brillent quand il lâche ma main. Et maintenant veux-tu de l'eau ou autre chose ?

— J'aimerais bien des biscottes et une tisane de camomille, ai-je répondu machinalement en le fixant. Bien sûr, je m'y attendais, mais je ne peux m'empêcher d'être anxieuse.

— Je vais te chercher ça. Julian se lève. Je reviens tout de suite.

Il disparaît et je ferme les yeux, ma fatigue de tout à l'heure est revenue maintenant que la poussée d'adrénaline est terminée. Je pourrais faire un petit somme avant le retour de Julian…

Mais je sursaute en attendant frapper à la porte, et je m'assieds immédiatement dans le lit.

— Oui ?

— Nora, c'est le Dr Goldberg. Puis-je entrer ?

— Oui, bien sûr. Je me recouche, mon cœur continue de battre à se rompre. Vous avez eu le temps de faire les examens ? ai-je demandé au médecin quand il entre dans la pièce.

— Oui. Il a une expression bizarre sur le visage en s'arrêtant près du lit.

— Nora, vous êtes épuisée depuis quelque temps, n'est-ce pas ? Et plus stressée que d'habitude ?

— Oui. Je fronce les sourcils, commençant à m'inquiéter. Pourquoi ?

— Avez-vous remarqué autre chose ? Des sautes d'humeur ? Des envies ou des dégoûts inhabituels ? Peut-être vos seins sont-ils un peu douloureux ?

Je le fixe du regard, le cœur dans un étau.

— Qu'est-ce que vous dites ? Les symptômes qu'il énumère, ce n'est pas possible…

— Nora, les examens sanguins que je viens de faire indiquent une présence élevée d'hormones hCG-u, dit doucement le Dr Goldberg. Vous êtes enceinte. Il marque une pause puis ajoute à voix basse : étant donné la date à laquelle votre implant contraceptif a été enlevé, j'estime que vous êtes enceinte de six semaines.

CHAPITRE SEPT

❖ JULIAN ❖

Je remonte l'escalier qui mène à la chambre avec les biscottes et la tisane sur un plateau. Je devrais être furieux à l'égard de Nora, mais à la place mon inquiétude pour elle se colore de l'admiration que je ressens malgré moi.

Elle m'a défié. Elle s'est enfermée dans la salle de bain et a piraté mon ordinateur pour s'acquitter de la dette qu'elle croyait avoir. Elle savait qu'elle serait prise sur le fait, mais elle l'a fait quand même, et je ne peux m'empêcher de la respecter.

À sa place, j'aurais fait la même chose.

Rétrospectivement, j'aurais dû m'y attendre. Elle voulait absolument envoyer cette liste à Peter, il n'est donc pas du tout surprenant qu'elle ait décidé de prendre les choses en main. Dès le début, j'ai décelé chez elle cet entêtement et cette force tranquille, cette volonté de fer sous sa frêle apparence.

La plupart du temps, ma chérie fait peut-être preuve de conciliation, mais c'est seulement parce qu'elle est assez intelligente pour choisir les combats qu'elle décide de mener, et j'aurais dû deviner qu'elle choisirait de livrer celui-là.

En m'approchant de la chambre, j'entends parler et je reconnais les intonations légèrement nasales de Goldberg.

Il est de retour avec les résultats des examens et Nora semble bouleversée.

Putain ! Une peur glacée et violente se saisit de moi. Et si c'était sérieux, et si elle était vraiment malade… Je me dépêche et en deux pas je suis à la porte. La tisane déborde de la tasse, mais je m'en aperçois à peine, il n'y a que Nora qui compte.

Prenant le plateau d'une main je pousse la porte pour l'ouvrir et j'entre.

Elle est assise dans le lit, les yeux immenses dans son visage blême tandis que Goldberg lui dit :

— Si, *c'est* possible, j'en ai peur…

Mon cœur s'arrête.

— Qu'est-ce qui est possible ? ai-je demandé sèchement. Qu'est-ce qui ne va pas ?

Golberg se retourne vers moi.

— Ah, vous voilà. Il semble soulagé. J'étais justement en train d'expliquer à votre femme que la pilule du lendemain n'est efficace qu'à quatre-vingt-quinze pour cent quand on la prend dans les vingt-quatre heures, et même si le risque de conception était faible étant donné la date à laquelle l'implant contraceptif a été enlevé, il y avait tout de même un petit risque de grossesse…

— Un risque de grossesse ? Il me semble qu'il parle une langue étrangère. Qu'est-ce que vous dites ?

Goldberg pousse un soupir, il semble las.

— Nora est enceinte de six semaines, Julian. Visiblement, la pilule du lendemain n'a pas été efficace.

Je le fixe avec stupéfaction et il dit :

— Écoutez, je sais que c'est lourd de conséquences. Pourquoi n'en parleriez-vous pas tous les deux et je répondrais demain matin à vos questions éventuelles. Pour le moment, il vaudrait mieux que Nora se repose. Le stress n'est pas indiqué dans son état.

Je hoche la tête, le choc m'a rendu muet, et il s'en va aussitôt en me laissant seul avec Nora.

Nora, qui est assise là comme une poupée de cire, le visage presque aussi blanc que son peignoir.

Un liquide brûlant se répand sur ma main, et je m'aperçois que j'en avais oublié le plateau que je porte. La brûlure m'éclaircit les idées et j'arrive finalement à digérer ce que vient de dire Goldberg.

Nora est enceinte.

Elle n'est pas malade. Elle est enceinte.

La peur glacée qui m'étreignait est remplacée par une nouvelle émotion que je n'ai encore jamais ressentie.

Après avoir placé le plateau avec ce qui reste de tisane dans la tasse sur la table de nuit, je m'assieds à côté de ma femme et je prends ses mains dans les miennes.

— Nora… Je lui tourne le visage vers moi et je vois qu'elle est encore sous le choc, le regard vide et distant. Nora, bébé, parle-moi !

Elle cligne des yeux comme si elle revenait à elle-même, et sa main s'agite dans la mienne. Je la laisse aller et elle recule d'un bond puis se replie sur elle-même. Ses yeux croisent les miens et nous nous regardons en silence pendant plusieurs secondes.

— C'est toi ? demande-t-elle enfin. C'est toi qui as demandé au Dr Goldberg de me donner un placebo à la place de la pilule du lendemain ? Et le nouvel implant contraceptif que j'ai au bras est aussi un faux ?

— Non. Je ne prends pas la peine de me révolter devant son accusation. Si j'avais voulu qu'elle soit enceinte, j'aurais pu considérer faire une chose de ce genre, et Nora est assez intelligente pour le savoir. Non, mon chat. Cette nouvelle me stupéfait autant que toi.

Elle hoche la tête et je sais qu'elle me croit. Je n'ai pas de raison de mentir. Elle m'appartient, je peux faire d'elle tout ce que je veux. Si j'avais fait en sorte qu'elle soit enceinte, je ne le nierai pas.

— Viens là, ai-je murmuré en tendant la main vers elle. Elle est toute raide quand je la serre contre moi, mais je ne prête pas attention à sa résistance. J'ai besoin de la tenir dans mes bras, de la sentir tout contre moi. Quand je la prends sur mes genoux, ses cheveux me chatouillent le cou et je respire profondément en fermant les yeux.

Nora n'est pas malade.

Elle porte mon enfant.

Et ça ne me semble ni réel ni naturel. Elle est si petite entre mes bras, à peine plus grande qu'un enfant elle aussi. Et pourtant elle va être mère, et je vais être père.

Père, comme celui qui m'a donné la vie et a fait de moi celui que je suis aujourd'hui.

Inconsciemment, un vieux souvenir me revient.

— *Attrape ! Il me lance le ballon en riant. Je bondis pour m'en saisir, et mes petites mains d'enfant de cinq ans se referment autour, je l'ai pris au vol.*

— *Je l'ai ! J'en suis si fier, si content. Père, je l'ai attrapé du premier coup !*

— *Bravo, fiston ! Il me sourit, et à cet instant, je l'aime. Son approbation est ce qui compte le plus au monde pour moi. J'en oublie tous les coups de ceinture qu'il m'inflige, tous les cris et toutes les humiliations.*

C'est mon père, et en ce moment je l'aime.

Je rouvre brusquement les yeux, ils se fixent sur le mur sans le voir, je n'ai pas lâché Nora. J'ai du mal à croire que j'ai pu aimer un tel homme. Il a fait si longtemps l'objet de ma haine que j'avais oublié de tels moments.

J'ai oublié les moments où il m'a rendu heureux.

Et moi, pourrai-je rendre mon enfant heureux ? Ou bien va-t-il, va-t-elle me détester ? J'ai dit à Nora que je serais un très mauvais père, mais j'ignore si c'est vrai. Pour la première fois de ma vie, je m'imagine avec un nouveau-né dans les bras, je me vois jouer avec un bambin joufflu, apprendre à nager à un enfant de cinq ans… Ces images me viennent si facilement que j'en suis tout étonné, et elles m'emplissent de peur et de désir.

Un désir pour quelque chose que je n'ai jamais connu.

Un sanglot étouffé me fait sursauter et je m'aperçois que Nora pleure.

Son corps si mince tremble dans mes bras. Je sens ses larmes me mouiller le cou, et elles me brûlent comme du vitriol.

Pendant un instant, j'avais oublié à quel point elle refuse d'avoir cet enfant.

À quel point elle ne veut pas d'enfants avec *moi*.

— Chut, mon chat. Ma voix est plus dure que je ne l'aurais souhaité, mais je n'y peux rien. Mon cœur est de nouveau serré, et en même temps j'ai envie de faire mal à Nora. En essayant de me maitriser, je dis d'une voix plus douce : crois-moi, ce n'est pas la fin du monde.

Elle s'immobilise et reste un instant silencieuse, puis un nouveau sanglot la secoue. Suivi d'un autre.

Je n'en peux plus. Sa souffrance est comme un poignard incandescent plongé dans ma chair, elle me fait souffrir tout en me rendant furieux.

Je plonge la main dans ses cheveux, je referme le poing sur ses mèches soyeuses et je lui penche la tête en arrière pour l'obliger à me regarder. Stupéfaite, elle écarquille les yeux et me regarde. Je vois ses larmes étinceler sur ses cils, ce qui m'exaspère encore davantage et réveille la bête sauvage qui sommeille en moi.

Ses lèvres tremblent et s'entrouvrent comme si elle voulait parler, mais je baisse la tête et l'en empêche en l'embrassant violemment avec ardeur. Un grand désir me coule dans les veines, fait raidir ma verge et m'obscurcit le cerveau. Je la désire tout en voulant la punir. Je la sens se débattre dans mes bras, je sens le sel de ses larmes et ça m'excite encore davantage, mon désir pervers en est redoublé.

Je ne sais pas comment nous nous sommes retrouvés sur le lit, Nora est étendue sous moi et ne peut se défendre, et nos vêtements me semblent une barrière insupportable entre nous si bien que je les déchire comme une bête. Je lui prends les poignets et les fais passer tous deux dans ma main gauche et je lui écarte violemment les cuisses du genou.

J'ai beau entendre les supplications de Nora, je ne peux plus m'arrêter. Le besoin de la posséder est une flamme qui me dévore et qui consume toute pensée rationnelle. J'attrape ma verge de ma main restée libre, je la guide vers son ouverture et je la pénètre d'un coup en m'emparant d'elle comme j'ai envie de m'emparer de son cœur et de son âme.

Elle est étroite et resserrée autour de moi, ses muscles se contractent éperdument pour refuser, mais cette résistance et cette pression ne font qu'intensifier mon besoin violent de la baiser. Sa résistance me rend fou, me pousse à la prendre encore plus fort, de la marteler de mon sexe en l'immobilisant sous mon poids. À chaque coup, je me l'approprie sans pitié, c'est la conquête brutale de ce qui m'appartient déjà. Il me semble que je la baise pendant des heures, ne sentant que la faim féroce qui me dévore tout entier.

Ce n'est qu'en m'écroulant sur elle en haletant après l'explosion de l'orgasme que les brumes du désir se dissipent et que je prends conscience de ce que j'ai fait.

Je lui lâche les poignets, je me mets sur le coude et je la contemple, la verge encore au fond d'elle. Elle est toujours allongée sous moi, les yeux clos et le visage blême. Je vois quelques gouttes de sang sur sa lèvre inférieure. C'est moi qui l'ai coupée, à moins qu'elle ne se soit mordue tant elle souffrait.

Pendant que je la regarde, elle ouvre les yeux et me regarde à son tour… et pour la première fois depuis des dizaines d'années j'ai le goût de cendre et l'amertume du remords dans la bouche.

CHAPITRE HUIT

❖ NORA ❖

J'ai la tête vide, sans la moindre pensée en regardant Julian. J'ai vaguement conscience qu'il est encore en moi, mais c'est tout ce que je suis capable d'assimiler en ce moment. Je me sens brisée, anéantie, la douleur physique est amplifiée par la souffrance qui fouaille mon âme comme des coups de poignard.

Je ne sais pas pourquoi j'ai ressenti cette brutale séance de sexe comme un véritable viol. Pourquoi cela m'a-t-il rappelé les premiers jours sur l'île quand Julian était mon cruel ravisseur et non celui que j'aime ? Pourtant et pas plus tard qu'il y a deux jours, quand il m'a torturée en me fouettant et en me mettant des tenailles aux tétons je m'y suis délectée, en demandant toujours davantage.

Aujourd'hui aussi, je l'ai supplié, mais pas pour en demander davantage. Je n'avais pas envie de sexe alors que mon cœur se brisait en pensant à la vie minuscule qui grandit à l'intérieur de mon corps.

L'enfant innocent conçu par deux assassins.

— Nora… La voix de Julian est un douloureux murmure. La douleur que j'y retrouve me torture ce qu'il me reste de cœur. Je voudrais le haïr pour le mal qu'il m'a fait, mais je ne peux pas. C'est dans sa nature. C'est une part intégrante de lui-même.

C'est pourquoi un enfant issu de nous est condamné d'avance.

Je soutiens son regard, mais j'ai l'impression de m'effondrer.

— Laisse-moi partir, Julian, je t'en prie.

— Ce n'est pas possible. Son visage se tord de douleur, faisant saillir les cicatrices qui lui entourent l'œil. Ce n'est pas possible, Nora.

J'avale péniblement ma salive en comprenant qu'il ne parle pas de la position de nos corps.

— Mais ce n'est pas ça que je te demande. Je t'en prie. J'ai juste… j'ai juste besoin d'un instant.

Il se retire, roule sur le dos et je me tourne sur le côté en repliant les genoux sur ma poitrine. La nausée qui m'a poursuivie a disparu, mais je n'ai aucune force. Je suis épuisée. Mon corps souffre après ce que Julian lui a fait endurer et un sentiment de désespoir me submerge et vient s'ajouter à ma détresse sans cesse croissante.

Je me rends à peine compte que Julian s'est levé. C'est seulement quand il passe un gant de toilette chaud entre mes jambes que je comprends qu'il a dû aller à la salle de bain et en revenir. Je n'ai pas la force de bouger et je reste donc immobile pour le laisser essuyer les traces de sperme sur mes cuisses.

Ensuite, il me prend dans ses bras et nous recouvre tous les deux d'une couverture. En sentant la chaleur familière de son corps m'envahir et m'aider à m'endormir, je rêve que je sens ses lèvres m'effleurer les tempes et que j'entends murmurer " Je suis navré ".

* * *

— Comme j'ai commencé à vous l'expliquer hier soir cette grossesse était peu probable, mais pas impossible, dit le docteur Goldberg tandis que je m'assieds sur le canapé à côté de Julian. La pilule du lendemain est inefficace dans environ cinq pour cent des cas, et la probabilité d'une conception quelques jours après avoir enlevé l'ancien implant contraceptif est également d'environ cinq pour cent, donc si vous faites le calcul... Il hausse les épaules en me souriant d'un air penaud.

— Et pourtant Nora continue à être sous contraception, demande Julian en fronçant des sourcils. Elle a un nouvel implant au bras, elle l'a depuis plusieurs semaines.

— C'est vrai. Le médecin hoche la tête. Nous devrons l'enlever dès que possible et faire prendre à Nora des vitamines prénatales. Il marque une pause et ajoute avec délicatesse : dans le cas où vous voudriez garder cet enfant.

— Nous le voulons. Julian a répondu avant que je ne puisse comprendre la question. Et nous voulons nous assurer que cet enfant est en bonne santé. Il tend la main pour prendre la mienne et m'entoure la paume de ses doigts en la serrant d'un air possessif. Ainsi que Nora, bien sûr.

En comprenant enfin ce que le Docteur Golberg a voulu dire, je jette un coup d'œil à Julian. Il serre la mâchoire d'une manière qui n'admet aucune contradiction. Je n'ai pas pensé à la possibilité d'un avortement, mais je suis surprise que Julian s'y oppose avec une telle véhémence. Il prétendait ne pas vouloir d'enfants et je ne peux imaginer qu'il soit suffisamment hypocrite pour avoir des objections morales ou religieuses à une telle procédure.

— Bien sûr, dit le médecin. Je ne suis pas spécialisé en obstétrique, mais je peux examiner Nora, lui enlever son implant et lui prescrire les vitamines nécessaires. Je peux aussi recommander une excellente gynécologue qui pourrait être d'accord pour surveiller sur place la grossesse de Nora. Je vous ai déjà envoyé ses coordonnées par mail.

— Bien ! Julian lâche ma main, et se lève, il semble agité et tendu. Je veux que Nora soit soignée le mieux possible.

— Elle le sera, promet le Dr Goldberg en se levant à son tour. Puis se tournant vers moi il ajoute : en tout cas maintenant on comprend mieux.

— On comprend quoi ? Je me lève aussi pour ne pas être la seule assise.

— Vos cauchemars incessants et vos crises de panique. Le médecin me regarde avec sollicitude. Il n'est pas inhabituel de voir les hormones de la grossesse amplifier l'anxiété, en particulier à la suite de traumatismes.

— Oh ! Je le fixe des yeux. Alors ce n'est pas une réaction excessive à ce qui m'est arrivé ?

— Pas du tout, m'assure le Docteur Goldberg. On constate des cas de dépression et d'anxiété chez des femmes enceintes dans des situations beaucoup moins graves. Mais il faut absolument vous reposer et vous détendre le plus possible, autant pour vous-même que pour votre bébé. Un violent stress pendant la grossesse peut provoquer toutes sortes de complications, y compris une fausse-couche.

— Je ferai en sorte qu'elle se repose et qu'elle n'ait pas de stress. Julian reprend de nouveau ma main. C'est comme si aujourd'hui il ne pouvait supporter de ne pas me toucher. Et pour la nourriture et la boisson ?

— Je vous donnerai une liste de ce qu'il faudra éviter, dit le Dr Goldberg. Vous savez sans doute que c'est le cas de l'alcool et de la caféine, mais il y a d'autres interdictions comme les sushis et les fruits de mer ayant un taux élevé en mercure.

— Entendu. Julian tourne la tête vers moi. Bébé, est-ce que le médecin pourrait t'examiner maintenant et t'enlever ton implant ? Sa voix est inhabituellement douce, son regard chargé d'une émotion indéfinissable.

— Hum, bien sûr. Je ne vois aucune raison d'attendre plus longtemps et ça me fait plaisir que Julian ait demandé mon avis au lieu de m'en donner l'ordre selon ses habitudes tyranniques.

— Bien. Il lève ma main, celle qu'il tenait dans la sienne, et m'embrasse sur le poignet avant de la lâcher. Je reviens dans un moment.

Je hoche la tête et Julian sort silencieusement de la pièce en fermant la porte derrière lui.

— Alors, Nora. Le docteur Goldberg me sourit, attrape sa trousse et en sort des gants en latex. On commence ?

* * *

Après le départ du médecin, je mets mon maillot de bain et je vais sur la terrasse qui se trouve à l'arrière de la maison en prenant mon manuel de psychologie avant de sortir. Que je sois enceinte ou pas, j'ai un examen à préparer et je suis déterminée à le faire, ne serait-ce que pour me changer les idées. De nouveau, j'ai une petite égratignure sur le bras, elle est recouverte d'un sparadrap et j'essaie de ne pas tenir compte de ce léger désagrément pour éviter de penser que mon implant contraceptif n'est plus là, ni pourquoi il a fallu l'enlever.

C'est étrange, mais je n'ai plus comme hier soir l'impression d'être brisée. À la place, je ressens une peine plus distante. Je devrais sans doute être traumatisée et en vouloir à Julian, mais ce n'est pas le cas. De la même façon que les jours qui ont suivi mon enlèvement, la nuit dernière appartient désormais à une autre époque de ma vie, une époque où nous étions différents de ce que nous sommes aujourd'hui. Je sais que je recommence à jouer ce jeu avec moi-même, il consiste à n'exister que dans l'instant et à repousser tout ce qui est mauvais dans un coin reculé de mon cerveau, mais c'est un jeu qui m'est indispensable pour ne pas devenir folle.

J'ai besoin d'y jouer parce que je ne peux pas cesser d'aimer mon ravisseur, quoi qu'il fasse.

Et ça n'arrange pas les choses que ce matin Julian est aux antipodes de ce qu'il était hier soir, avec sa brutale sauvagerie. Depuis mon réveil, il me traite comme si j'étais en sucre. Un petit déjeuner au lit suivi d'un massage de pieds, des petits baisers incessants et des gestes d'affection, je pourrais presque croire qu'il se sent coupable.

Mais ce n'est pas possible. Le monstre de la nuit dernière est si proche du tendre amant de ce matin. La culpabilité est une émotion aussi étrangère à mon mari que la pitié pour ses ennemis.

En arrivant sur la terrasse, je prends une chaise longue sous un parasol et je m'installe confortablement.

Comme toujours dehors l'air est chaud et humide, si moite que c'est oppressant. Mais ça m'est égal. J'en ai l'habitude. Si ça devient insupportable, je plongerai dans la piscine. Pour le moment, j'ouvre mon manuel et je commence à lire le chapitre sur les neurotransmetteurs.

Je n'en ai lu que la moitié quand une ombre qui s'avance me fait lever les yeux.

C'est Julian. En maillot de bain noir, il est debout à côté de ma chaise longue et me parcourt des yeux avec un désir qu'il ne cherche pas à cacher.

Je lèche mes lèvres et le fixe du regard. Dans la vive lumière du soleil, il est presque trop beau, et d'une certaine manière ses nouvelles cicatrices ne font qu'accentuer son extrême virilité. Des épaules aux mollets, tout son corps est parfaitement musclé. Son large buste est parsemé de poils noirs et ses abdominaux sont saillants, avec une ligne velue qui lui descend du nombril au short.

Il est splendide, plus beau que n'importe quel autre homme que je connais, et j'ai envie de lui.

J'ai envie de lui malgré ce qui s'est passé la nuit dernière, malgré tout.

— Comment te sens-tu, bébé ? murmure-t-il d'une voix rauque. Tu n'as pas de nausées ? Tu n'es pas fatiguée ?

— Non ! Je m'assieds, pose les pieds par terre et je laisse de côté mon manuel. Aujourd'hui, ça va.

Julian s'assied à côté de moi et glisse une mèche de mes cheveux derrière l'oreille.

— Bon !, dit-il doucement. Je suis content.

— Tu es venu nager ? J'essaie de ne pas faire attention à la chaleur humide que je sens entre les cuisses quand il me touche.

— Oui, quelques minutes. Mais je ne retournerai pas travailler aujourd'hui.

— Vraiment ? C'est si rare que Julian prenne un jour de liberté que je ne me souviens pas de la dernière fois qu'il l'a fait. Pourquoi ?

Il me fait un sourire en coin.

— Impossible de me concentrer.

— Oh ! Je le regarde prudemment. Alors tu veux qu'on aille nager ? J'avais l'intention d'y aller après avoir fini ce chapitre, mais je peux le faire maintenant.

— D'accord ! Julian se lève et me donne la main. Allons-y !

Je mets la main dans la sienne et le laisse me conduire vers la piscine. En s'approchant de l'eau, il se baisse brusquement, glisse la main sous mes genoux et me prend dans ses bras.

Prise au dépourvu, j'éclate de rire en nouant les mains autour de son cou.

— Julian ! Ne me jette pas dans l'eau ! J'aime bien y entrer petit à petit…

— Mais non, mon chat, je ne vais pas t'y jeter, murmure-t-il sans me lâcher tout en descendant dans la piscine. Ses yeux brillent d'un humour auquel je ne m'attendais pas. Tu crois vraiment que je suis un monstre ?

— Hum… Tu veux vraiment que je te réponde ? J'ai du mal à croire que je suis d'humeur à le taquiner, mais tout à coup je me sens le cœur ridiculement léger. C'est sans doute à cause d'un bizarre changement hormonal, mais cela m'est égal. Je préfère de loin avoir le cœur léger plutôt que d'être déprimée.

— Tu dois répondre, dit-il avec un sourire malicieux. Il a maintenant de l'eau jusqu'à la taille et il s'arrête, en me tenant toujours contre lui. Ou sinon ?

— Ou sinon, quoi ?

— Sinon ça. Julian me fait glisser de quelques centimètres et laisse mes pieds qui gigotent toucher l'eau. Il feint de pousser un cri menaçant, mais je vois aux coins de ses lèvres le sourire qu'il réprime.

— Vous me menaceriez de me faire barboter, monsieur ? En battant des pieds dans l'eau, je le regarde et je fais semblant de prendre un air de reproche. Je croyais que nous venions juste de confirmer que vous n'alliez pas me jeter dans l'eau ?

— Qui parle de t'y jeter ? Il avance encore dans la piscine, laissant l'eau m'arriver aux mollets. Sa soi-disant grimace a disparu, remplacée par un sourire sombrement sensuel. Il y a d'autres moyens de s'occuper des vilaines filles.

— Oh, dites-les-moi… Mes muscles intimes se contractent à la pensée des images qui affluent dans mon esprit.

— Eh bien, pour commencer… Il penche la tête, ses lèvres touchent presque les miennes tandis que je retiens mon souffle avec impatience, il faut d'abord les rafraîchir.

Et avant que je ne puisse réagir, il plonge, nous voilà tous les deux dans l'eau et j'en ai jusqu'au menton.

— Julian ! Je suis tellement scandalisée que j'éclate de rire, je lui lâche le cou et je le pousse par les épaules. La piscine est chauffée, mais l'eau semble fraîche sur ma peau restée longtemps au soleil. Tu as dit que tu ne le ferais pas !

— J'ai dit que je ne te jetterai pas à l'eau, corrige-t-il en reprenant son sourire malicieux. Je n'ai pas dit que je ne t'y porterai pas.

— Alors si c'est comme ça… Je réussis à lui échapper et à mettre quelques mètres entre nous. Tu veux la guerre ? Tu vas l'avoir mon gars ! Et en prenant de l'eau au creux de la main, je l'éclabousse et je le regarde en riant quand il la reçoit en pleine figure.

Il l'essuie, clignant des yeux de stupeur. Il n'arrive pas à y croire, et je recule en riant de plus belle.

Remis de sa surprise, il commence à s'avancer vers moi.

— Tu viens de m'éclabousser ? murmure-t-il d'une voix menaçante. Tu m'as jeté de l'eau à la figure, mon chat ?

— Quoi ? Pas du tout ! Pour rire, je lui fais les yeux doux tout en essayant de me réfugier dans la partie la plus profonde de la piscine. Je ne me permettrais pas ! Mais ma phrase se termine par un cri quand Julian se lance à ma poursuite et me rattrape en un clin d'œil. Au dernier moment, je parviens d'un bond à lui échapper et je m'éloigne de lui en nageant et en riant comme une folle.

Je nage bien, mais en moins de deux secondes les doigts de Julian se sont refermés comme un étau autour de ma cheville.

— Je t'ai bien eue, dit-il en me tirant vers lui. Quand je suis assez près, il m'attrape par le bras pour me mettre à la verticale et ses bras musclés m'entourent par le dos. Mes efforts inutiles pour le repousser le font bien rire.

— D'accord, tu m'as eue, ai-je concédé en riant. Et maintenant ?

— Et maintenant, voilà ! Et quand il penche la tête pour m'embrasser, la chaleur de son grand corps compense la fraîcheur de l'eau.

Quand sa langue envahit ma bouche, je me raidis involontairement, le souvenir de la nuit dernière refait surface brusquement en toute clarté. Pendant quelques pénibles instants, je revis ce sentiment d'impuissance, de trahison douloureuse, et je sais alors que je ne suis pas tout à fait parvenue à séparer le bon du mauvais. J'ai beau vouloir faire comme si aujourd'hui était une journée comme les autres, ce n'est pas le cas, et toutes les plaisanteries du monde n'arriveront pas à changer le fait que jamais l'âme de Julian ne sera tout à fait délivrée du mal.

Que le monstre sera toujours là, tapi dans l'ombre.

Et pourtant, alors qu'il continue de m'embrasser, l'ardeur du désir croît en moi, m'attire par ses sortilèges. Maintenant, il est tendre avec moi, mon corps s'adoucit et se prélasse dans sa tendresse, dans la chaleur insidieuse de ses étreintes. Je veux croire à l'illusion de sa douceur, au mirage de son amour pervers, et je laisse s'évanouir les mauvais souvenirs pour rester dans la lumière du présent.

Rester avec l'homme que j'aime.

CHAPITRE NEUF

❖ JULIAN ❖

Nora et moi avons fini par nager et jouer dans la piscine jusqu'à ce qu'Ana vienne nous chercher pour nous dire que le déjeuner était prêt. Je meurs de faim maintenant et j'imagine que Nora aussi. Après tous ces baisers, j'ai les bourses en feu, mais il faudra que ça attende à plus tard.

Je tiens encore davantage à ce que Nora mange qu'à la baiser.

Voir ma chérie comme ça, si heureuse, pleine de vie, insouciante, a beaucoup contribué à me rendre le cœur plus léger, mais n'a pas complètement dissipé mon angoisse. L'expression de son visage quand je l'ai prise l'autre nuit… Cette expression me hante, elle envahit mes pensées malgré tous mes efforts pour la chasser de mon esprit. Je sais que je lui ai fait plus de mal dans le passé, mais il y a quelque chose dans cette nuit-là qui m'a *semblé* encore pire.

Il m'a semblé la trahir.

C'est peut-être que désormais elle m'appartient tout à fait. Je n'ai plus besoin de la dresser, de la façonner selon mes besoins. Elle m'aime assez pour risquer sa vie pour moi, assez pour vouloir être avec moi de son plein gré. Tout ce que je lui ai fait subir autrefois était calculé jusqu'à un certain point, mais cette nuit-là je lui ai fait du mal sans le vouloir.

Je lui ai fait du mal alors que je ne voulais qu'une chose, la prendre dans mes bras, la réconforter.

J'ai fait du mal à la femme qui porte mon enfant, et même si Nora semble m'avoir pardonné, je ne puis me le pardonner à moi-même.

— Que puis-je vous servir, Nora ? demande Ana quand nous nous sommes assis à la table de la salle à manger. La vieille femme adresse un grand sourire à ma femme, je ne l'ai jamais vue aussi heureuse. Des toasts ? Peut-être un peu de riz à l'eau ?

À ces mots, Nora écarquille les yeux, mais réussit à répondre calmement :

— Je mangerai ce que vous avez préparé, Ana. Aujourd'hui, ça va mieux, vraiment mieux.

Malgré les pensées que je viens d'avoir, je ne peux m'empêcher de sourire. Goldberg a dû laisser filtrer quelque chose, ou bien Ana a surpris notre conversation de ce matin. C'est la raison pour laquelle Ana a un sourire jusqu'aux oreilles : elle sait que Nora est enceinte et elle est ravie de cette nouvelle.

Rassurée par Nora, Ana sourit de plus belle.

— Oh, bien ! Je comprends maintenant, vous deviez avoir une nausée de grossesse hier ; ça arrive, vous savez, dit-elle d'un ton complice. On dit que ça commence vers les six semaines.

— Oh, super ! Nora essaie de cacher sa morosité, mais n'y parvient pas tout à fait. J'ai hâte de le voir !

— Je ferai en sorte que tu sois le mieux soignée possible, bébé, ai-je murmuré en tendant la main au-dessus de la table pour prendre celle de Nora. Je ferai tout ce qu'il faudra pour que tu te sentes bien.

J'ai déjà contacté la gynécologue recommandée par Goldberg en lui envoyant un mail pendant que Nora se faisait examiner. Je n'ai peut-être pas eu l'intention d'avoir cet enfant, mais maintenant qu'il est là, la pensée qu'il puisse lui arriver quoi que ce soit est intolérable. Aujourd'hui, quand Goldberg a fait allusion à la possibilité d'un avortement j'ai dû me retenir pour ne pas l'étrangler.

Prévu ou pas, cet enfant est ma chair et mon sang et je tuerai quiconque tentera de lui nuire.

Nora me fait un petit sourire.

— Je suis sûre que ça va bien se passer. Rien de plus naturel pour une femme que d'avoir un bébé. Malgré ses paroles rassurantes, sa voix semble tendue, et je sais qu'elle a toujours du mal à accepter cet événement.

Du mal à accepter le fait qu'elle porte mon enfant.

En respirant profondément, je me débarrasse de la colère instinctive qui est montée en moi. D'un point de vue rationnel, je peux comprendre la peur de Nora. Elle m'aime, mais elle n'est pas aveugle et me voit tel que je suis.

C'est inévitable, surtout après ce qui s'est passé l'autre nuit.

— Oui, tout ira bien, ai-je dit calmement en lui pressant légèrement la main avant de la lâcher. Je ferai tout pour qu'il en soit ainsi.

Et nous évitons ce sujet pendant le reste du repas, nous préférons tous les deux penser à autre chose.

* * *

Je passe le reste de la journée avec Nora en ne tenant aucun compte du travail qui m'attend. Pour la première fois depuis une éternité, je me moque éperdument des problèmes de production en Malaisie ou du fait que le cartel mexicain exige des prix plus compétitifs sur sa commande spéciale de mitraillettes. Les Ukrainiens essaient de se faire pardonner et de monnayer une alliance avec eux au lieu des Russes, Interpol est assez remonté depuis que la CIA m'a envoyé la liste de Peter Sokolov, en Iraq un nouveau groupe terroriste veut se mettre sur la liste d'attente des explosifs, et je me fous de tout ça.

Aujourd'hui, seule Nora compte pour moi.

Après le déjeuner, nous allons nous promener autour du domaine et je lui montre les endroits que je préférais quand j'étais petit, y compris un petit lac en bordure de propriété où je me suis un jour trouvé face à face avec un jaguar.

— Vraiment ? Un jaguar ? Nora ouvre de grands yeux quand nous sortons de la partie boisée et arrivons dans une petite clairière devant le lac. Les grands arbres qui l'entourent donnent de l'ombre et nous cachent des gardiens, c'est la raison pour laquelle j'y allais souvent dans mon enfance.

— Ils sortent parfois de la jungle. Ce n'est pas souvent, mais cela peut arriver.

— Et comment lui as-tu échappé ? Elle me regarde d'un air inquiet. Tu dis que tu n'avais que neuf ans.

— J'avais un fusil avec moi.

— Alors tu l'as tué ?

— Non, j'ai tiré sur un arbre proche de lui et ça lui a fait peur. J'aurais pu le tuer, j'étais déjà un excellent tireur, mais la pensée de faire du mal à cette créature sauvage me déplaisait. Et ce n'était pas de la faute du jaguar si c'était un prédateur, et je ne voulais pas le châtier pour s'être aventuré en territoire humain.

— Qu'est-ce que tes parents ont dit quand tu leur en as parlé ? Nora s'assied sur un tronc d'arbre mort et lève les yeux vers moi. La lumière qui se reflète sur le lac fait briller ses épaules lisses. Les miens auraient eu tellement peur pour moi.

— Je ne leur en ai pas parlé. Je m'assieds à côté d'elle et je suis incapable de résister, je lui embrasse l'épaule droite. Sa peau a un parfum délicieux, et le désir déclenché par nos jeux dans la piscine me revient, une fois de plus je me raidis en la sentant si près.

— Pourquoi pas ? demande-t-elle d'une voix rauque en se retournant pour me regarder quand je relève la tête. Pourquoi ne pas leur en avoir parlé ?

— Ma mère avait déjà peur de la jungle et mon père m'aurait reproché de ne pas lui avoir rapporté la dépouille du jaguar. Ce n'était donc pas la peine de leur en parler ni à l'un ni à l'autre. Je tends la main vers ses cheveux et je la laisse glisser dans sa toison soyeuse, une sensation délicieuse que je savoure. Ma verge est raide de désir, mais je n'ai pas l'intention d'aller plus loin pour le moment.

Je ne lui ferai l'amour que ce soir, quand elle est dans le confort de notre lit et que je serai certain de ne pas lui faire mal.

— Oh ! Nora penche la tête de côté, et se rapproche encore de moi tout en me regardant de ses yeux mi-clos. Elle ressemble à un chat qu'on caresse. Et tes amis ? Tu leur as raconté ce qui s'était passé ?

— Non, ai-je murmuré. Malgré mes bonnes intentions, mon excitation continue. Je n'en ai parlé à personne.

— Pourquoi pas ? Nora est sur le point de ronronner quand je lui caresse de nouveau les cheveux tout en lui massant légèrement le cuir chevelu. Tu pensais qu'ils ne te croiraient pas ?

— Si, je savais qu'ils me croiraient. Je retire la main, mon désir s'intensifie et menace la maîtrise que j'ai de moi-même. Mais je n'avais pas d'amis proches, c'est tout.

Quelque chose qui ressemble un peu trop à de la pitié lui traverse les yeux, mais elle ne dit plus rien et ne pose pas d'autres questions. À la place elle se penche plus près de moi et pose ses lèvres sur les miennes, ses petites mains viennent de part et d'autre de mon visage.

C'est un geste étrangement innocent, hésitant, comme si elle m'embrassait pour la toute première fois. Ses lèvres effleurent à peine les miennes, chaque contact est comme un avant-goût, la promesse d'autres caresses. Je peux presque sentir son goût, sentir son corps, et l'envie de la baiser est si forte qu'elle me fait trembler. Seul le souvenir de l'autre nuit, de la blessure et de la trahison que j'ai lue dans ses yeux, me permet de rester immobile et d'accepter ces esquisses de baisers, les mains posées sur ses épaules. Je sais que je devrais l'interrompre, la repousser, mais j'en suis incapable.

Jamais je n'ai rien senti d'aussi doux que ses baisers pleins d'hésitation.

Quand il me semble que je ne peux plus résister, sa petite bouche ardente va vers ma mâchoire puis descend dans mon cou pour m'embrasser et me mordiller avec la même douceur qui me met à la torture. Ses mains lâchent mon visage et glissent sur mon corps, ses doigts se referment sur le bas de ma chemise. Elle commence à la soulever et je pousse un grondement quand ses phalanges m'effleurent les côtés, ses caresses me font brûler d'impatience.

— Nora… Je ravale mon souffle quand elle se baisse et s'agenouille entre mes jambes ouvertes, le visage à la hauteur de mon nombril. Nora, bébé, il faut que tu arrêtes de me taquiner.

Elle ne tient pas compte de ma demande et continue à relever ma chemise.

— On te taquine ? murmure-t-elle en me regardant. Et avant que je ne puisse lui répondre, elle place un baiser brûlant et tout mouillé sur mon ventre.

Putain ! Je sursaute de tout le corps, mes bourses se contractent violemment dans un élan de désir. La voir là, à genoux, déclenche mes pires instincts, provoque mes pires désirs. Je serre les poings et je respire d'un petit souffle rapide en me rappelant qu'elle est vulnérable désormais.

Qu'elle est enceinte de mon enfant, et que je ne peux pas la prendre comme une bête.

Mais, elle s'est mise à lécher mon ventre. *Putain, elle me lèche !* Elle suit le contour de chaque muscle de la langue comme si elle essayait d'en garder l'empreinte dans sa mémoire.

— Nora ! J'ai la voix rauque. Bébé, ça suffit maintenant.

Elle se recule et me regarde à travers ses longs cils épais.

— Tu en es sûr ? murmure-t-elle sans lâcher ma chemise. Parce que j'ai envie de continuer. Et elle se penche de nouveau sur moi pour m'effleurer le bas de l'abdomen des dents puis se met à sucer cet endroit, sa bouche est chaude et humide sur ma peau nue.

Tout près de ma verge prête à éclater qui est encore prisonnière de mon short.

Putain de merde !

— Nora... J'ai du mal à articuler, mes ongles s'enfoncent dans l'écorce de l'arbre tant je fais un effort pour ne pas m'emparer d'elle. Ce n'est pas ce que tu veux, bébé, arrête...

— Et pourquoi ne le voudrais-je pas ? En reculant, elle lève de nouveau les yeux vers moi, les yeux sombres et brûlants. Si, je le veux, Julian... Tu m'as donné envie.

Je retiens brutalement mon souffle, ma verge tressaute quand elle lâche ma chemise et prend la boucle de ma ceinture.

— Mais je ne veux pas te faire de mal.

Les coins de ses lèvres se relèvent.

— Si Julian, tu en as envie. Elle réussit à ouvrir ma ceinture et sa main plonge dans mon short, puis ses doigts fins se referment sur toute la longueur de ma verge gonflée et la caressent. N'est-ce pas ?

Je suis sur le point d'exploser et mes mains s'emparent d'elle avant que je ne réalise ce que je fais.

— Oui...

Ma voix se réduit presque à un grondement quand je l'attire sur mes genoux et que je la force à se mettre à cheval sur moi.

— Je veux te faire mal, te baiser, te prendre de toutes les façons possibles, et bien plus encore. Je veux laisser des marques sur ta belle peau et t'entendre crier quand je plonge au fond de toi et je veux te faire jouir tout autour de ma bite. C'est ça que tu veux entendre, mon chat ? Tout en lui serrant le bras, je la regarde durement.

Elle passe la langue sur ses lèvres, ses yeux brillent d'une lueur particulièrement sombre.

— Oui, murmure-t-elle. Oui, Julian. C'est exactement ce que je veux.

Putain ! Je ferme les yeux, tremblant littéralement de désir. À cheval sur moi, il n'y a que son minuscule string qui sépare son sexe de ma queue. Si elle bouge de quelques centimètres, je pourrais la pénétrer et marteler son petit corps bien serré…

Cette tentation est insupportable.

Un. Mille. Deux. Deux Mille. Trois. Trois mille.

Je me force à compter mentalement jusqu'à retrouver un semblant de contrôle.

Puis je rouvre les yeux et je croise de nouveau les siens.

— Non, Nora. Ma voix est presque calme quand je lui lâche le bras et prends son menton dans la main. Ce n'est pas comme ça que ça va se passer.

Elle cligne des yeux, l'air dérouté.

— Quoi ?

Je baisse la tête et lui coupe la parole en l'embrassant. Lentement, profondément, je lui envahis la bouche, je sens son goût, je la caresse de ma langue. Puis j'empoigne ses cheveux et je lui mets la tête entre mes jambes tout en savourant la surprise que je vois sur son petit visage.

— Tu vas me sucer, bien fort. Et ensuite, si tu es sage, tu seras récompensée. Compris ?

Nora ouvre grands les yeux, mais s'exécute immédiatement. Elle sort ma queue de mon short, ferme les lèvres autour et commence à la caresser de la main à un bon rythme. L'intérieur de sa bouche est chaud, soyeux et mouillé, presque aussi délicieux que son sexe, et la pression de sa main absolument parfaite. Je suis si près de jouir que cela ne lui prend que deux ou trois minutes, et l'orgasme bouillonne déjà dans mes bourses en envoyant son extase dans mes terminaisons nerveuses. Je lui empoigne les cheveux en grondant et je m'enfonce plus profondément dans sa gorge pour l'obliger à avaler jusqu'à la dernière goutte.

Puis je me retire, je m'agenouille par terre à côté d'elle et je la fais s'allonger dans l'herbe.

— Ouvre les jambes ! lui ai-je ordonné en relevant sa robe pour dénuder le bas de son corps.

Elle fait ce que je lui ordonne, le regard plein d'impatience, mais non sans un soupçon d'appréhension. Je pose la main sur ses fines cuisses bronzées et je les caresse, sa peau est si douce ! Ensuite, je me penche en avant, je passe les doigts sous son string et je l'écarte de côté pour révéler les lèvres humides de son sexe.

— Il est tellement sexy, bébé, lui ai-je murmuré d'une voix rocailleuse, et mon désir qui vient pourtant juste d'être satisfait, reprend de plus belle. En me penchant encore plus bas je sens son odeur sucrée et musquée. Ton joli petit minou tout mouillé.

Sa respiration s'emballe, un gémissement lui échappe de la gorge quand j'appuie les lèvres sur ses plis et les embrasse légèrement.

— Julian, je t'en prie. Elle semble à la torture. Je t'en prie… J'ai envie de toi.

— Oui. Je laisse mon haleine souffler sur sa chair si sensible. Je sais que tu en as envie. Et je la lèche longuement, lentement. Tu auras toujours envie de moi, n'est-ce pas ?

— Oui. Elle relève les hanches en me suppliant. Toujours !

— Alors, mon chat, voici ta récompense.

En appuyant la langue sur son clitoris, je commence à lui donner vraiment du plaisir, je bois ses supplications et ses gémissements. Et finalement quand elle se met à jouir en tremblant et en criant je lui donne encore quelques coups de langue pour prolonger son orgasme et puis je m'allonge à côté d'elle dans l'herbe en pliant le bras gauche sous la tête en guise d'oreiller et en lui posant la tête sur mon épaule droite.

Nous restons un moment ainsi à contempler l'eau scintillante du lac et à écouter le léger bourdonnement des insectes. J'ai encore envie d'elle, mais mon désir est plus doux maintenant. Mieux contrôlé. Cette fois, je ne lui ai pas fait mal, mais mon cœur est toujours serré, le poids est toujours là.

Finalement, je ne peux plus me taire.

— Nora, la nuit dernière… Ce n'était pas à cause de la liste de Peter. Je ne sais pas pourquoi je me sens obligé de le lui dire, mais il le faut. Je veux qu'elle comprenne que je n'avais pas eu l'intention de la punir à ce moment-là, que la douleur que je lui avais infligée ne venait pas d'une mauvaise intention. Je ne sais pas pourquoi ça pourrait être important pour elle, venant de son ravisseur ou si vraiment il y a une différence, mais j'ai besoin qu'elle le sache. C'était une erreur, ça n'aurait pas dû avoir lieu.

Elle ne réagit pas, ne me montre nullement qu'elle m'a entendu, mais quelques instants plus tard elle se retourne dans mes bras et pose la main droite sur ma poitrine, juste à l'endroit de mon cœur.

CHAPITRE DIX

❖ NORA ❖

Pendant les deux semaines suivantes, je fais de mon mieux pour m'adapter à ma nouvelle situation. Ou plus précisément pour vivre en faisant comme si de rien n'était.

La nausée va et vient. Je me suis aperçue que ça va mieux en mangeant souvent et en petites quantités, et évitant tout ce qui est épicé ou trop assaisonné. Sous la surveillance attentive d'Ana et de Julian, je prends religieusement mes vitamines prénatales et j'évite ce que le Dr Goldberg a mis sur sa liste, mais j'essaie surtout de ne pas trop y penser. Tant qu'on ne verra pas que je suis enceinte, j'ai l'intention de me comporter comme d'habitude.

Heureusement, pour le moment mon corps fait preuve de bonne volonté. Mes seins ont un peu augmenté de volume et sont plus sensibles, mais c'est le seul changement dont je me sois aperçue. Mon ventre est toujours plat et je n'ai pas du tout grossi. Ou plutôt, à cause des nausées, j'ai perdu encore au moins un kilo, ce qui inquiète Julian qui fait de son mieux pour me rendre folle à force de sollicitude.

— Je n'ai pas besoin de me reposer, ai-je protesté d'un ton exaspéré quand il essaie une fois de plus de me convaincre de faire la sieste. Vraiment, ça va bien. J'ai dormi dix heures de suite la nuit dernière. Il y a une limite à la quantité de sommeil dont on a besoin !

Et c'est vrai. Depuis une quinzaine de jours, je dors bien mieux. Aussi étrange que ce soit, savoir que mon anxiété a une origine hormonale l'a considérablement atténué tout en réduisant aussi le nombre de mes cauchemars et de mes crises de panique.

Ma psy me dit que c'est parce que je m'inquiète moins des implications de ce qui m'est arrivé sur mon état mental. Apparemment, il est particulièrement mauvais d'un point de vue psychologique de se mettre la pression parce qu'on est trop stressé, alors que des facteurs plus simples, par exemple avoir un enfant avec un trafiquant d'armes sadique provoque moins d'anxiété.

— Il est très difficile de prévoir ce qui se passe dans le cerveau, dit le Dr Wessex en me regardant derrière ses lunettes Prada à la dernière mode. Ce n'est peut-être pas du tout ce que vous considérez comme effrayant qui pèse sur votre inconscient. Vous vous faites peut-être du souci pour votre bébé, mais ça ne vous fait pas autant peur que la crainte de ne pas pouvoir maîtriser votre anxiété. Si vos crises de panique sont provoquées par votre grossesse, alors vous savez que le problème est provisoire, et ça vous aide à moins les redouter.

Je hoche la tête en souriant, comme si c'était parfaitement logique. Je le fais souvent avec elle. Si Julian n'insistait pas afin que je continue mes deux séances hebdomadaires, j'aurais déjà arrêté.

Ce n'est pas que le Dr Wessex me déplaise, c'est une grande femme élégante qui a la quarantaine, elle est très compétente et elle ne semble pas me juger. J'ai le sentiment que lui parler ne fait qu'augmenter ce qu'il y a d'anormal dans ma relation avec Julian.

Mais oui Docteur, mon mari, vous savez celui qui vous a pris à son service et qui a insisté pour que vous veniez au bout du monde. Mon mari m'a gardée en captivité dans une île pendant quinze mois et il m'a fait subir un tel lavage de cerveau que maintenant je ne peux pas vivre sans lui et sans ses pratiques sadiques. De plus, nous allons avoir un bébé. Rien que de plus normal bien sûr. Une petite famille de criminels comme il y en a tant.

Mais oui, bien sûr !

De toute façon, essayer de me convaincre de faire la sieste est ce qu'il y a de moins pénible dans les attentions excessives dont Julian m'entoure. Il contrôle également ce que je mange, s'assure que le docteur approuve les sports que j'ai recommencés à pratiquer, et ce qu'il y a de pire, il prend sans cesse des gants avec moi. J'ai beau essayer de le provoquer, au lit il se contente de me prendre dans ses bras. C'est comme s'il craignait de laisser de nouveau libre cours à sa brutalité, de reperdre le contrôle de lui-même.

— Je te l'ai dit, la gynécologue a expliqué qu'on n'a pas besoin de prendre de précautions en faisant l'amour du moment qu'on ne constate ni taches de sang ni gouttes de liquide amniotique, ai-je dit à Julian après qu'il m'avait de nouveau prise avec douceur. Je suis en bonne santé, tout est normal, il n'y a vraiment aucun danger.

— Je ne veux prendre aucun risque, répond-il en embrassant le rebord de mon oreille, et je sais qu'il n'a pas l'intention de m'écouter dans ce domaine.

Quelque chose en moi ne parvient toujours pas à croire que c'est ça que j'attends de lui, que le sadisme de notre vie amoureuse me manque. Il est vrai que je ne suis jamais frustrée, Julian fait en sorte que je jouisse au moins deux ou trois par nuit, mais je désire ce mélange enivrant de plaisir et de souffrance, cette bouffée d'endorphine que donne la véritable violence du sexe. Même la peur qu'il me fait ressentir est une addiction d'une certaine manière, que je veuille l'admettre ou pas.

C'est pervers, mais la nuit où nous avons appris que j'étais enceinte, la nuit où il m'a forcée à faire l'amour avec lui, est revenue plus d'une fois dans mes fantasmes depuis quelques jours.

J'ignore ce qu'en dirait le Dr Wessex, et je n'ai pas envie de le savoir. C'est déjà bien assez que le souvenir de ce traumatisme, ainsi que celui du temps que j'ai passé sur l'île, aient pris une dimension érotique dans mon esprit.

C'est bien assez de savoir que je suis complètement tordue.

Bien sûr, la douceur inhabituelle de Julian au lit n'est pas le seul problème. Une autre victime de son inquiétude oppressante à mon égard c'est mon entraînement d'autodéfense. C'est particulièrement frustrant parce que pour la première fois depuis plusieurs semaines j'ai de l'énergie. Avoir retrouvé le sommeil a réduit ma fatigue et mes études ne me demandent plus autant d'effort. J'ai pu recommencer à courir, une fois que le médecin a donné son accord évidemment, mais Julian refuse de me laisser faire quoique ce soit qui risque de me donner des bleus. Le tir est également exclu, apparemment une arme à feu dégage des particules de plomb en quantité inconnue qui peut être nuisible au fœtus.

Il y a tant de restrictions que ça me donne envie de hurler.

— Vous savez que c'est provisoire, Nora, dit Ana quand je commets l'erreur de lui parler de ma frustration un jour au petit déjeuner. Encore quelques mois et vous tiendrez votre bébé dans les bras, et tout en vaudra la peine.

Je hoche la tête et je lui fais un sourire de façade, mais les paroles de la gouvernante ne me rendent pas ma bonne humeur.

Ils me remplissent d'angoisse.

Dans un peu plus de sept mois, j'aurai la responsabilité d'un enfant, une idée qui me terrifie plus que jamais.

* * *

— Tu n'as toujours pas parlé du bébé à tes parents ? Rosa me regarde avec étonnement au moment où nous quittons la maison pour aller faire notre promenade matinale.

— Non, ai-je dit en sirotant un smoothie aux fruits agrémenté de vitamines. Je n'en ai pas encore trouvé l'occasion.

— Mais tu leur téléphones tous les jours.

— C'est vrai, mais on n'en a pas encore parlé. Je dois sans doute donner l'impression d'être sur la défensive, mais c'est plus fort que moi. Dans la liste de ce que je redoute, parler de ma grossesse avec mes parents figure en bonne position, juste après l'accouchement.

— Nora… Rosa s'arrête sous un gros arbre recouvert de lierre. Tu as peur qu'ils ne soient pas contents pour toi ?

J'imagine la réaction probable de mon père quand il apprendra que sa fille qui n'a pas encore vingt ans est enceinte et que le père de son enfant est son ravisseur.

— C'est à peu près ça.

— Mais pourquoi ne seraient-ils pas contents ? Mon amie semble sincèrement déconcertée. Tu es mariée à un homme riche qui t'aime et qui prendra bien soin de toi et de ton enfant. Que pourraient-ils souhaiter de plus ?

— Et bien d'abord de ne jamais avoir épousé cet homme-là, ai-je dit sèchement. Rosa, je t'ai raconté notre histoire. Mes parents ne sont pas vraiment fous de Julian.

Rosa fait un geste de dédain.

— Mais tout ça c'est… comment dit-on ? De l'histoire ancienne. Peu importe comment tout a commencé. Ce qui compte c'est le présent, pas le passé.

— Oui, bien sûr. Carpe diem, etc.

— Ce n'est pas la peine d'être sarcastique, dit Rosa quand nous nous remettons à marcher. Tu devrais en parler à tes parents, Nora. C'est leur petit-fils ou leur petite-fille. Ils ont le droit de savoir.

— Ouais, je leur dirai sans doute bientôt. Je prends une autre gorgée de smoothie. De toute façon, je n'ai pas le choix.

Nous marchons deux ou trois minutes en silence.

Puis Rosa me demande à voix basse :

— En fait, tu ne veux pas vraiment de cet enfant, n'est-ce pas Nora ?

Je m'arrête pour la regarder.

— Rosa… Comment puis-je expliquer mes inquiétudes à quelqu'un qui a grandi dans le domaine et qui pense que ce genre de vie est normal ? Qui trouve que ma relation avec Julian est romantique ? Ce n'est pas que je n'ai pas envie d'avoir d'enfant. C'est seulement que le monde de Julian, *notre* monde est trop tordu pour y élever un enfant. Comment quelqu'un comme Julian pourrait-il être un bon père ? Comment pourrais-je être une bonne mère ?

— Qu'est-ce que tu racontes ? Rosa fronce les sourcils. Pourquoi ne serais-tu pas une bonne mère ?

— Je suis amoureuse d'un seigneur de la guerre qui m'a enlevée, qui torture et qui tue pour vivre, ai-je dit doucement. Ce n'est pas la meilleure école des parents. Peut-être un exemple dans un article du Dr Wessex, mais pas la meilleure manière de devenir parent.

— Oh, je t'en prie… Rosa roule des yeux. Tant de gens font du mal. Vous autres, les Américains, vous êtes tellement délicats. Ici, le Señor Esguerra est loin d'être le pire, et tu ne devrais pas t'en vouloir de l'aimer. Et ça ne fait nullement de *toi* quelqu'un de mauvais.

— Il n'y a pas que ça, Rosa. J'hésite, puis je me décide à le lui dire. Quand nous étions au Tadjikistan, j'ai tué quelqu'un. Je laisse lentement échapper mon souffle en retrouvant le sombre plaisir d'appuyer sur la gâchette et de voir la cervelle de Majid éclabousser tout un pan de mur. Je l'ai tué de sang-froid.

— Et alors ? Elle bronche à peine. Moi aussi, il m'est arrivé de tuer.

Je la regarde bouche bée et tellement stupéfaite que j'en perds la parole, et elle m'explique :

— C'était pendant l'attaque du domaine. J'avais trouvé un fusil, je m'étais cachée dans les buissons et j'ai tiré sur nos attaquants. J'en ai blessé un et tué un autre. Plus tard, j'ai appris que le blessé n'avait pas survécu.

— Mais tu étais encore petite. Je n'en reviens pas. Tu me dis que tu as tué deux hommes quand tu n'avais que dix, onze ans ?

— Presque onze, dit-elle en haussant les épaules. Eh oui, j'ai fait ça.

— Mais, tu as l'air si…

— Normale ? suggère-t-elle en me regardant avec un étrange sourire. Gentille ? Mais bien sûr, pourquoi en serait-il autrement ? J'ai tué pour protéger ceux que j'aimais. J'ai tué des hommes qui nous apportaient la mort et la destruction. C'est comme quand on coupe la tête d'un serpent qui voudrait nous piquer. Si je ne les avais pas tués, d'autres seraient morts. Ils auraient peut-être tué ma mère, en plus de mon père et de mon frère.

Je ne sais que répondre. Jamais je n'aurais imaginé que Rosa, Rosa qui est si gaie et qui a de bonnes joues, était capable d'une chose pareille. J'ai toujours pensé que le mal laisse des traces. Je le vois chez Julian, si profondément imprimé dans son âme qu'il est devenu une part de lui-même. Et je le vois aussi chez moi. Mais pas chez Rosa. Absolument pas.

— Comment réussis-tu à t'en préserver ? *Comment as-tu gardé ton innocence ?*

Elle me regarde et pour la première fois elle semble plus âgée que ses vingt-et-un ans.

— On peut choisir de se laisser souiller par le mal ou bien l'on peut s'en protéger, dit-elle à voix basse. J'ai choisi la seconde voie. J'ai tué, mais je ne suis pas une tueuse. Je ne me laisse pas définir par cette action. C'est arrivé et c'est fini. C'est du passé. Je ne peux changer le passé, alors je ne m'y attarde pas. Et tu devrais en faire autant. Ton présent, ton avenir, voilà ce qui compte.

Je mords mes lèvres, les larmes qui me viennent aux yeux me brûlent.

— Mais quelle sorte d'avenir peut avoir cet enfant avec des parents tels que nous, Rosa ? Regarde ce qui nous est arrivé à Julian et à moi depuis deux ans. Comment puis-je être certaine que mon bébé ne sera pas kidnappé et torturé par les ennemis de Julian ?

— Tu ne peux pas en être certaine. Rosa ne me quitte pas des yeux. Personne ne peut être sûr de rien. Des choses terribles peuvent arriver à n'importe qui, n'importe quand. Il y a des soldats qui meurent dans leur lit et des fonctionnaires qui meurent dans la fleur de l'âge. La vie est sans rime ni raison, Nora. Tu peux choisir de vivre sans cesse dans la peur ou tu peux prendre plaisir à la vie. Prendre plaisir dans ta relation avec Julian. Prendre plaisir à sentir ton bébé grandir en toi. C'est un cadeau de donner la vie, pas une malédiction. Tu n'as peut-être pas choisi de mettre un enfant au monde, mais maintenant qu'il est là, il te suffit de l'aimer. De le chérir. Ne laisse pas tes peurs tout gâcher. Elle marque une pause puis ajoute doucement : ne laisse pas ton âme être souillée par ce que tu ne peux pas changer.

CHAPITRE ONZE

❖ JULIAN ❖

— Alors, quels sont les dégâts ? ai-je demandé à Lucas en quittant le terrain d'entraînement. J'ai du mal à respirer, mes muscles sont douloureux et j'ai mal à l'épaule gauche, mais je suis satisfait.

Au combat, j'ai presque retrouvé ma forme d'avant, comme peuvent le confirmer les trois gardiens qui boitent à cause de moi.

— Il y a eu une nouvelle victime en France et deux en Allemagne. Lucas essuie la sueur de son visage avec une serviette roulée en boule. Il ne perd pas de temps.

— Et ça ne m'étonne pas. Étant donné l'obsession de se venger de Peter Sokolov, je sais que ce n'est qu'une question de temps avant qu'il n'élimine les autres hommes figurant sur la liste. Comment s'y est-il pris cette fois-ci ?

— Le corps du français a été retrouvé flottant dans une rivière, avec des signes de torture et d'étranglement, je pense donc que Sokolov l'avait d'abord kidnappé. Quant aux Allemands, l'un est mort dans l'explosion d'une voiture et l'autre a été abattu par un tireur d'élite. Lucas a un sourire sinistre. Ils n'avaient pas dû autant l'emmerder.

— À moins qu'il n'ait préféré la simplicité.

— Effectivement, dit Lucas. Il sait sans doute qu'Interpol est à ses trousses.

— J'en suis certain. J'essaie d'imaginer ce que je ferais si quelqu'un touchait à ma famille, et j'en ai des frissons de rage. Je ne peux même pas imaginer ce que Peter doit ressentir, non que ça l'excuse d'avoir mis Nora en danger pour obtenir sa foutue liste.

— Au fait, dit Lucas d'un air désinvolte, j'ai fait venir Yulia Tzakova de Moscou.

Je m'arrête net.

— L'interprète qui nous a livrés aux Ukrainiens ? Pourquoi ?

— Je veux l'interroger personnellement, dit Lucas en se mettant la serviette autour du cou. Je n'ai pas confiance dans les Russes pour faire le boulot correctement. L'expression de son visage est toujours aussi impassible, mais je vois une lueur d'excitation dans son pâle regard.

Il est impatient de le faire.

Je plisse les yeux en l'examinant.

— C'est parce que tu l'as baisée cette nuit-là à Moscou ?

La Russe aurait d'abord pu être à moi, mais j'avais décliné son invitation et c'était Lucas qui s'y était intéressé. C'est de ça qu'il s'agit ?

Sa bouche se durcit.

— C'est elle qui m'a baisé. Au pied de la lettre. Alors, ouais, je veux mettre la main sur cette petite pute. Mais je crois aussi qu'elle pourrait nous donner des renseignements utiles.

J'y réfléchis un instant puis je hoche la tête.

— Dans ce cas, vas-y ! Il serait hypocrite de ma part de refuser à Lucas de s'amuser avec la jolie blonde. S'il veut la faire payer personnellement pour l'accident d'avion, je n'y vois aucun inconvénient.

De toute façon, elle n'aurait pas fait long feu à Moscou.

— T'es-tu déjà arrangé avec les Russes ? ai-je demandé en recommençant à marcher.

Lucas hoche la tête à son tour.

— Au début, ils ont dit qu'ils ne traitaient qu'avec Sokolov, mais je les ai convaincus qu'ils n'avaient pas intérêt à te déplaire. Buschekov a compris quand je lui ai rappelé les récents problèmes avec Al-Quadar.

— Bien ! Si même les Russes se montrent conciliants alors, ma vendetta contre l'organisation terroriste aura porté ses fruits. Non seulement Al-Quadar est entièrement décimé, mais ma réputation en est sortie considérablement renforcée. Rares seront les clients qui oseront me trahir maintenant, une nouveauté qui promet d'être favorable aux affaires.

— Oui, c'est une bonne chose. Lucas dit tout haut ce que je pense tout bas. Elle arrivera demain.

Je hausse les sourcils, mais décide de ne faire aucun commentaire sur la rapidité des évènements. S'il a tant envie de jouer avec cette Russe, ça le regarde.

— Où vas-tu la mettre ? ai-je demandé.

— Chez moi. C'est là que je l'interrogerai.

Je souris en imaginant l'interrogatoire en question.

— Entendu. Amuse-toi bien !

— Oh oui ! dit-il d'un air sombre. Tu peux y compter.

* * *

Après avoir pris une douche, je pars à la recherche de Nora. Ou plutôt je vérifie sur mon ordinateur les indications données par ses implants de localisation et je vais droit à la bibliothèque où elle doit préparer ses examens de fin d'année.

Je la trouve assise à un bureau, elle me tourne le dos et tape à toute vitesse sur son ordinateur portable. Elle a les cheveux attachés négligemment en queue de cheval et elle porte un immense tee-shirt qui lui tombe aux genoux.

Un de *mes* tee-shirts, visiblement. Elle a pris cette habitude depuis peu quand elle travaille. Elle prétend que mes tee-shirts sont plus confortables que ses robes. Ce qui ne me gêne pas du tout. La voir habillée de mes vêtements ne fait qu'accentuer le fait qu'elle m'appartient.

Elle, et le bébé qu'elle porte.

Quand j'entre dans la pièce et que je m'approche d'elle, elle ne réagit pas. Et quand je suis à ses côtés, je comprends pourquoi.

Elle porte ses écouteurs, son front lisse est plissé tant elle se concentre, et elle martèle le clavier sur lequel ses doigts volent à toute vitesse. J'ai pensé un instant la laisser travailler, mais c'est trop tard. Nora a dû me voir du coin de l'œil parce qu'elle lève les yeux et m'adresse un sourire rayonnant en enlevant ses écouteurs.

— Salut ! Sa voix est douce et légèrement enrouée. C'est déjà l'heure du dîner ?

— Non, pas encore. Je lui souris à mon tour et pose les mains sur sa nuque. Ses muscles sont contractés et je commence à la masser avec les pouces. Je viens juste de m'entraîner avec mes hommes et je suis venu prendre une douche avant de retourner au bureau. J'ai eu l'idée d'en profiter pour venir voir comment tu allais.

— Oh… Elle se cambre sous mes doigts en fermant les yeux. Oh, oui, juste à cet endroit… C'est si bon…

Elle gémit comme si je la baisais, et ma réaction ne se fait pas attendre.

Je bande, très fort.

Putain !

En retenant mon souffle, je contrôle mon ardeur comme je le fais depuis une quinzaine de jours. Et ce soir quand je la prendrai, ce sera en douceur. Quelles que soient les tentations, je ne veux pas prendre le risque de faire du mal au bébé.

— C'est ta dissertation de psychologie ? Je garde le même ton calme tout en continuant à lui masser le cou. Tu as vraiment l'air passionné.

— Oh oui ! Elle ouvre les yeux et penche la tête de côté pour me regarder. C'est sur le syndrome de Stockholm.

Ma main s'arrête.

— Vraiment ?

Elle hoche la tête, et un petit sourire sombre se dessine sur ses lèvres.

— Oui ! C'est un sujet intéressant, tu ne trouves pas ?

— Si, fascinant ! ai-je dit sèchement. Ma chérie s'enhardit de plus en plus. Elle me provoque, sans doute dans l'espoir d'être punie.

Et j'en ai bien envie. Ma main me démange de la prendre sur mes genoux, de relever cet immense tee-shirt, et de lui donner une fessée jusqu'à ce que son joli petit derrière rose soit tout rouge. En l'imaginant, ma verge se gonfle, surtout quand je vois Nora écarter les deux globes parfaits de ses fesses et que je m'imagine entrer dans son petit trou plissé bien serré…

Mais arrête donc de penser à ça ! Je vois Nora sourire de plus belle quand elle jette un coup d'œil à la bosse de mon jean. Cette petite sorcière sait exactement ce qu'elle me fait et l'effet qu'elle a sur moi.

— Oui, ça me plaît beaucoup, murmure-t-elle en tournant les yeux vers mon visage. J'apprends tellement de choses sur ce sujet.

Je respire lentement et je recommence à lui masser le cou.

— Alors il faudra me l'expliquer, mon chat, ai-je dit calmement, comme si je n'avais pas une envie folle de la baiser. J'ai bien peur de ne pas avoir fait de psychologie à Caltech.

Le sourire de Nora se fait sardonique.

— Alors dans ton cas c'est juste un don, non ?

Je la fixe du regard en silence, sans prendre la peine de lui répondre. Ce serait inutile. Je l'ai vue, j'ai eu envie d'elle, je l'ai enlevée. C'est aussi simple que ça. Si elle veut mettre une étiquette sur notre relation, la faire correspondre à une définition psychologique, libre à elle.

Mais elle ne se libérera jamais de mon emprise.

Après un moment, elle soupire, et ferme les yeux en s'appuyant de nouveau contre moi. Je sens les muscles de son cou et de ses épaules se détendre lentement grâce à mon massage. L'expression de défi a quitté son visage, et maintenant elle a l'air particulièrement jeune et sans défense. Avec ses cils en éventail sur ses joues lisses elle semble aussi innocente qu'un faon nouveau-né que rien de mal n'aurait encore touché.

Comme si je ne l'avais jamais touchée.

Pendant un instant, je me demande comment ça serait si la situation était différente. Si j'étais seulement un homme qu'elle avait rencontré au lycée, comme ce Jake auquel je l'ai enlevée. M'aimerait-elle davantage ? Et d'ailleurs, m'aimerait-elle ? Si je ne l'avais pas prise comme je l'ai fait, aurait-elle été à moi ?

Évidemment, c'est absurde de se poser ces questions. Autant penser à voyager dans le temps ou à ce que je ferais si c'était la fin du monde. Je ne vis pas dans un monde hypothétique. Que serait-il arrivé si mes parents n'avaient pas été tués et si j'avais fini mes études à Caltech ? Si j'avais refusé de tuer cet homme quand j'avais huit ans ? Si j'avais pu protéger Maria de ses agresseurs ? Si je pense à tout ça, je deviendrai fou, et ce n'est pas possible.

Je suis ce que je suis et je n'y peux rien.

Même pas pour elle.

* * *

— J'ai parlé avec mes parents cet après-midi, dit Nora quand nous nous mettons à table pour dîner. Ils m'ont encore demandé quand nous viendrons les voir.

— Ah bon ? Je la regarde d'un air sardonique. Et vous n'avez parlé de rien d'autre ?

Nora a le nez dans sa salade.

— Je leur dirai bientôt.

— Quand ? Cela m'agace de la voir se comporter comme si le bébé n'existait pas. Le jour de l'accouchement ?

— Non, bien sûr que non ! Elle relève la tête en fronçant des sourcils. Et d'ailleurs comment sais-tu que je ne leur en ai pas encore parlé ? Tu épies mes conversations ?

— Évidemment ! Je n'écoute pas tout, mais il m'est arrivé de prêter l'oreille. Juste assez pour savoir que ses parents ignorent tout de ce qui vient d'arriver dans la vie de leur fille. Et d'ailleurs, ce n'est pas une mauvaise chose que Nora pense que ses conversations soient écoutées. Tu ne t'y attendais pas ?

Elle serre les lèvres.

— Non, peut-être pas. L'intimité est un droit fondamental après tout.

— Il n'y a pas de droits fondamentaux, mon chat. Sa naïveté me donne envie de rire. C'est un concept fabriqué de toute pièce. Personne ne te doit quoi que ce soit. Dans la vie, si tu veux quelque chose il faut te battre pour l'obtenir. Il faut faire en sorte que ça arrive.

— Comme toi pour ma captivité ?

Je lui souris froidement.

— Exactement. J'avais envie de toi, alors je t'ai enlevée. Je n'ai pas perdu mon temps en souhaits inutiles.

— Ni à réfléchir à l'élaboration des droits de l'homme, visiblement. Il y a un très léger soupçon de sarcasme dans le ton de sa voix. Et c'est comme ça que tu vas élever ton enfant ? En lui apprenant à prendre ce dont il aura envie sans se soucier de faire du mal aux autres ?

Je respire lentement en remarquant à quel point ses traits sont tendus.

— C'est ça qui t'inquiète, mon chat ?

— Il y a beaucoup de choses qui m'inquiètent, dit-elle calmement. Et effectivement, élever un enfant avec un homme sans scrupule vient en tête de liste.

Ses paroles me blessent sans que je sache vraiment pourquoi. Je veux la rassurer, lui dire qu'elle a tort de s'inquiéter, mais je ne peux pas davantage lui mentir que me mentir à moi-même.

Je ne sais pas comment je vais élever cet enfant, quelles leçons vais-je lui transmettre. Les hommes comme moi, les hommes comme mon père, ne devraient pas avoir d'enfant. Elle le sait, et moi aussi.

Comme si elle devinait mes pensées, Nora demande à voix basse :

— Et d'ailleurs pourquoi veux-tu cet enfant, Julian ? Pourquoi est-ce si important pour toi ?

Je la regarde en silence, sans savoir comment lui répondre. Je ne peux expliquer pourquoi cet enfant est aussi important pour moi. Ni pour quelle raison j'en ai autant envie. J'aurais dû être contrarié, ou en tout cas agacé, par la grossesse de Nora et à la place quand Goldberg nous a annoncé cette nouvelle l'émotion que j'ai ressentie m'était si inconnue que je ne l'ai d'abord pas reconnue.

C'était de la joie.

Une joie sans mélange, une joie parfaite.

Pendant un bref et délicieux moment, j'ai été vraiment heureux.

Comme je ne lui réponds pas, Nora soupire et replonge le nez dans son assiette. Je la regarde couper un morceau de tomate et commencer à manger sa salade. Son visage est pâle et tendu et pourtant chacun de ses mouvements est si gracieux, si féminin que je suis comme hypnotisé, complètement sous le charme.

Je pourrais la regarder pendant des heures.

Quand je l'ai conduite sur l'île après l'avoir kidnappée, les repas étaient le moment de la journée que je préférais. J'aimais passer du temps avec elle, la voir lutter contre la peur, et essayer de garder bonne contenance. Son courage stoïque et durement mis à l'épreuve m'avait ravi presque autant que son corps merveilleux. Elle était terrorisée et pourtant je pouvais voir le calcul derrière ses sourires craintifs et sa timide manière de flirter.

À sa manière, tranquillement, ma chérie s'est toujours battue.

— Nora… Je voudrais faire cesser son stress, ses inquiétudes bien compréhensibles, mais je ne peux pas lui mentir. Je ne peux pas faire semblant d'être quelqu'un que je ne suis pas. Alors quand elle relève les yeux je me contente de lui dire :

— Ce bébé vient à la fois de toi et de moi. C'est une raison suffisante pour qu'il soit important à mes yeux.

Et comme elle continue de me regarder de la même manière, j'ajoute à voix basse : je ferai de mon mieux pour notre enfant, mon chat. Cela au moins je te le promets.

Un bref sourire se dessine sur ses lèvres.

— Bien sûr, Julian, et moi aussi. Mais est-ce que ce sera suffisant ?

— On verra bien, non ? ai-je répondu, et quand Ana apporte le plat suivant nous nous remettons à manger et laissons tomber ce sujet.

CHAPITRE DOUZE

❖ NORA ❖

— As-tu vu la fille qu'on a amenée ici ce matin ? demande Rosa pendant notre promenade quotidienne. Ana dit qu'elle était menottée, etc.

— Comment ? Je regarde Rosa d'un air stupéfait. Quelle fille ? Je suis allée courir un peu avant le petit déjeuner et je n'ai rien vu.

— Moi non plus. Ana m'a dit qu'elle l'avait aperçue, c'est une belle blonde. Apparemment, Lucas Kent la garde chez lui. Rosa prend visiblement plaisir à me raconter ce potin. Ana pense qu'elle a dû trahir le Señor Esguerra d'une manière ou d'une autre.

— Vraiment ? Je fronce les sourcils. Je n'en ai pas entendu parler. Julian ne m'en a rien dit.

En plus, depuis que j'ai piraté son ordinateur, Julian me parle moins de ses affaires. Je ne sais pas si c'est parce qu'il se méfie de moi ou parce qu'il essaie de me protéger le plus possible à cause de ma grossesse. Sans doute la seconde hypothèse, car il prend tellement de précautions avec moi en ce moment.

— Veux-tu que l'on passe devant chez Kent pour voir ce qu'il en est ? Les yeux de Rosa brillent d'excitation. On pourra jeter un coup d'œil par la fenêtre.

Je la regarde bouche bée.

— Rosa ! Je ne m'y serais jamais attendu de sa part. Ce n'est pas possible.

— Allez ! Mon amie essaie de m'amadouer. Ça sera amusant. Tu ne veux pas voir qui est cette blonde et pourquoi elle est chez Kent ?

— Il me suffit de le demander à Julian. Il me le dira.

Rosa me regarde d'un air suppliant.

— Oui, cependant je risque de mourir de curiosité en attendant. Je veux juste savoir ce que Kent fait avec elle, c'est tout.

— Pourquoi ? Je n'ai aucune envie de voir l'homme de confiance de Julian torturer une malheureuse, et je ne sais pas pourquoi Rosa veut assister à quelque chose d'aussi atroce. Si elle a trahi Julian, ça ne sera pas beau à voir. Mon cœur se soulève à cette pensée. Aujourd'hui, la nausée ne me laisse pas en paix.

Rosa rougit.

— Juste comme ça. Allez, Nora ! Et elle me prend par le poignet en me tirant dans la direction des logements des gardiens. Allons-y ! Tu es enceinte, personne ne peut t'en vouloir de fouiner.

Je la laisse m'entraîner, stupéfaite par cet inexplicable désir de jouer à l'espionne. Habituellement, Rosa ne s'intéresse guère aux activités criminelles de mon mari. Je n'arrive pas à comprendre ce qu'il y a derrière cette étrange conduite, à moins que…

— Tu t'intéresses à Lucas ? lui ai-je dit brusquement en m'arrêtant de marcher. C'est de ça qu'il s'agit ?

— Quoi ? Mais non ! La voix de Rosa est devenue plus aiguë. C'est seulement de la curiosité, voilà tout.

Je la fixe des yeux et je remarque qu'elle a rougi de plus belle.

— Oh mon Dieu ! si, tu *t'intéresses* à lui.

Rosa prend la mouche, lâche mon poignet et croise les bras.

— Pas du tout !

Je fais un geste conciliant.

— Bon, d'accord, si tu le dis.

Rosa me regarde un moment d'un air mécontent puis baisse les épaules et décroise les bras.

— Oui, c'est vrai, dit-elle d'un air morne. Peut-être bien qu'il me plaît. Mais juste un petit peu, d'accord ?

— Oui, bien sûr, ai-je dit avec un sourire rassurant. Avec ses cheveux blonds et son visage farouche et sa mâchoire carrée, Lucas me fait penser à un guerrier viking, en tout cas tel qu'on les imagine à Hollywood. C'est un bel homme.

Rosa hoche la tête.

— Oui ! Évidemment il ne sait pas que j'existe, mais c'est normal.

— Que veux-tu dire ? Je la regarde en fronçant les sourcils. As-tu déjà essayé de lui parler ?

— Lui parler de quoi ? Je ne suis que la bonne qui fait le ménage dans la grande maison et qui apporte de temps en temps aux gardes de petites douceurs de la part d'Ana.

— Tu peux lui demander quels sont ses plats préférés, ai-je suggéré. Ou s'il a passé une bonne journée. Rien de compliqué. Il suffirait de lui dire bonjour pour qu'il te remarque.

Tout en le disant, je m'aperçois qu'être remarquée par un homme comme Lucas Kent n'est peut-être pas une bonne chose pour Rosa, ou pour n'importe quelle femme d'ailleurs.

Avant de me donner le temps de faire marche arrière, Rosa soupire et reprend :

— Mais je lui ai déjà dit bonjour. C'est simplement qu'il ne m'a pas *remarquée*, Nora. Enfin, pas vraiment. Et d'ailleurs pourquoi le ferait-il ? Enfin, regarde-moi ! Et elle se désigne d'un geste de dérision.

— De quoi parles-tu donc ? Je continue à penser qu'il vaudrait mieux pour Rosa de ne pas attirer l'attention de Lucas, mais je ne peux pas lui laisser dire une chose pareille. Tu es très jolie.

— Oh, je t'en prie ! Rosa me regarde d'un air incrédule. Je suis ordinaire. Un homme comme Kent a l'habitude de top-modèles, comme cette blonde qu'il a chez lui en ce moment. Je ne suis pas son genre.

— Eh bien, si tu n'es pas son genre c'est un imbécile, ai-je dit avec fermeté, et je le pense vraiment. Avec son joli visage rond, ses yeux bruns chaleureux et son sourire gai, Rosa est vraiment mignonne. En plus, elle a le genre de silhouette dont j'ai toujours eu envie : de belles rondeurs, une taille fine et une poitrine opulente. Tu es une très belle femme, un homme serait aveugle pour ne pas s'en apercevoir.

Elle pousse un petit grognement.

— Évidemment ! C'est pour ça que ma vie amoureuse est aussi géniale !

— Ta vie amoureuse est limitée par les bornes de ce domaine, lui ai-je rappelé. Et d'ailleurs, ne m'as-tu pas dit que tu étais sortie avec deux ou trois gardiens ?

— Si, bien sûr. Elle fait un geste dédaigneux de la main. Eduardo et Nick. Mais ça ne veut rien dire. Les gardiens non plus n'ont pas le choix, ils ne sont pas difficiles. Ils baiseraient n'importe qui.

— Rosa ! Je la regarde d'un air désapprobateur. Là, tu exagères !

Elle sourit gaiement.

— Bon, d'accord ! Je devrais sans doute dire " n'importe quelle *femme* " bien que j'aie entendu dire que le Dr Goldberg ne s'ennuie pas non plus. On dit qu'il préfère les types qui ont des tatouages. Et elle lève les sourcils d'un air qui en dit long.

Je hoche la tête en souriant involontairement à mon tour, et nous éclatons de rire toutes les deux en imaginant le médecin en question prenant son pied avec l'un des grands gardiens tatoués de la tête aux pieds.

— Bon, maintenant que nous savons que tu as un faible pour le "Monsieur Blond Dangereux", lui dis-je quelques minutes plus tard quand nous avons fini de rire et repris notre promenade en direction des logements des gardiens, pourrais-tu s'il te plaît me dire pourquoi tu veux l'espionner avec cette fille ?

— Je ne sais pas, admet Rosa. C'est comme ça. C'est nul, je sais, mais j'ai juste envie de voir comment il est avec une autre femme.

— Rosa… Je ne comprends toujours pas. Si elle est arrivée ici menottée, ce n'est pas exactement un rendez-vous amoureux. Tu le sais, non ?

— Oui, bien sûr. Elle semble s'en moquer complètement. Il lui fait sans doute subir quelque chose d'horrible.

— Et tu désires savoir pour quelles raisons.

Elle hausse les épaules.

— Je ne sais pas. J'espère peut-être qu'en le voyant comme ça je me guérirai de ce béguin stupide. Ou peut-être est-ce une curiosité morbide ? D'ailleurs qu'est que cela change ?

— Rien, tu as raison. Je presse le pas pour rester au même rythme qu'elle. Mais je peux tout de suite te dire que ça plairait beaucoup au Docteur Wessex.

— Oh ! j'en suis certaine, dit-elle en me souriant de nouveau. Heureusement que c'est toi sa patiente, non ?

* * *

Les casernes des gardiens sont en bordure du domaine, tout près de la jungle. Il y a un groupe de petits bâtiments ainsi que quelques maisons de taille normale. Grâce à mes explorations précédentes, je sais qu'elles sont occupées par les employés les plus importants de l'organisation de Julian et par des gardiens qui ont des enfants.

En arrivant, Rosa se dirige droit vers une de ces maisons plus grandes et je la suis presque au pas de course pour rester avec elle. J'ai mal au cœur et je regrette déjà d'avoir accepté de faire cette folie.

— Nous y voilà, murmure-t-elle quand nous contournons la maison. Sa chambre est là.

— Et comment le sais-tu ?

Elle me sourit à nouveau.

— Peut-être que je suis déjà venue une ou deux fois.

— Rosa… Je découvre un aspect de la personnalité de mon amie que j'ignorais complètement. Le pauvre, tu es déjà venu l'espionner ?

— Rien qu'une ou deux fois, murmure-t-elle en se baissant sous une fenêtre tandis que je reste un peu en retrait pour l'observer. Et maintenant, chut ! Elle met le doigt sur la bouche pour me faire taire.

Je m'appuie contre un tronc d'arbre et je la regarde se relever lentement pour jeter un coup d'œil par la fenêtre. Je suis stupéfaite qu'elle ait l'audace de le faire en plein jour. Même si le côté de la maison de Lucas est orienté vers la forêt, cette zone est remplie de gardiens et théoriquement ils pourraient nous apercevoir.

Avant de me laisser le temps de lui faire part de cette inquiétude, elle se tourne vers moi, l'air déçu.

— Ils n'y sont pas, dit-elle à voix basse. Je me demande où ils peuvent bien être.

— Il l'a peut-être emmenée ailleurs, ai-je dit avec soulagement. Partons !

— Attends, laisse-moi juste vérifier quelque chose. Toujours baissée, elle se dirige vers une fenêtre plus à gauche.

Je la suis à regret, ma nausée s'aggrave et la situation où nous sommes me déplaît de plus en plus. Encore une minute, c'est la promesse que je me fais, et je prends le chemin du retour.

Juste au moment où je vais lui dire que je m'en vais, Rosa laisse échapper un cri étouffé et me fait signe d'approcher.

— Voilà ! murmure-t-elle, tout excitée en désignant la fenêtre. C'est là qu'il la garde.

Et maintenant, c'est ma propre curiosité qui prend le dessus. En me baissant, je me dirige vers la cachette de Rosa et je m'accroupis à côté d'elle.

— Que fait-il ? Je murmure, mais j'ai presque peur de sa réponse.

— Je ne sais pas, me répond-elle aussi à voix basse en se retournant pour me regarder. Il n'est pas dans la pièce. Elle y est seule.

— Et que fait-*elle* ?

— Jette un coup d'œil ! Elle ne regarde pas vers nous.

J'hésite un instant, mais la tentation l'emporte. En retenant mon souffle, je me relève juste assez pour dépasser le rebord de la fenêtre, sans me rendre compte que Rosa en fait de même à côté de moi.

Et comme je le redoutais, ce que je vois à l'intérieur me glace le sang.

C'est une grande pièce avec peu de meubles. Si l'on en juge par le canapé de cuir noir près du mur et la télévision qui lui fait face, ce doit être le salon de Lucas. Les murs sont peints en blanc et la moquette est grise. C'est une pièce franchement masculine, fonctionnelle et sans fioriture, mais ce n'est pas son style qui retient mon attention.

C'est la jeune femme qui se trouve au centre.

Elle est complètement nue, attachée à une lourde chaise en bois, les pieds écartés et les mains derrière le dos. Elle a la tête baissée, ses cheveux blonds en désordre lui cachent le visage et presque tout le haut du corps. Je ne vois que ses pieds fins et ses longs membres pâles couverts de bleus.

Des membres qui semblent trop maigres pour une fille de sa taille.

Alors que je la fixe d'un regard horrifié et fasciné, elle relève brusquement la tête d'un seul coup, et me regarde droit dans les yeux, ses yeux à elle sont perçants et clairs dans son visage aux traits fins.

Je m'abaisse sans plus tarder, mon pouls s'est accéléré sous l'effet de l'adrénaline. Par contre, Rosa continue à regarder par la fenêtre avec une curiosité avide.

— Rosa, ai-je sifflé en l'attrapant par le bras. Elle nous a vues. Allons-y !

— D'accord, d'accord, dit mon amie en me laissant l'entraîner. Allons-y !

Nous reprenons notre chemin habituel en silence. Rosa semble plongée dans ses pensées et je suis incapable de parler, à chaque pas ma nausée empire. En passant devant un massif de rosiers, je m'agenouille et je vomis tandis que Rosa relève mes cheveux et s'excuse à plusieurs reprises pour m'avoir fait subir ça dans mon état.

Je repousse ses excuses d'un geste de la main et je me remets debout tant bien que mal. Ce qui me bouleverse le plus ce n'est pas d'avoir vu une femme ligotée et sur le point d'être torturée.

C'est le fait que ce spectacle ne m'ait pas autant choquée qu'il aurait dû.

* * *

Ce soir-là, Julian ne me rejoint pas pour le dîner. D'après Ana, il a un appel urgent avec un de ses associés de Hong-Kong. Je me demande si je vais aller dans son bureau écouter ce qu'il dit, mais à la place je décide d'en profiter pour appeler mes parents.

— Nora ma chérie, quand allons-nous te voir ? Demande au moins pour la douzième fois ma mère après lui avoir donné brièvement des nouvelles de mes études. Mon père est en voyage d'affaires, il n'y a que nous deux sur Skype aujourd'hui. Tu me manques tellement.

— Je sais, maman, toi aussi tu me manques. Je mords l'intérieur de ma joue en sentant tout à coup mes yeux brûler de larmes. *Quelle saleté, ces hormones de grossesse !* Je te l'ai dit, Julian a dit que nous allons bientôt venir.

— Mais quand ? demande ma mère avec impatience. Pourquoi ne peux-tu donc pas nous donner de date ?

Parce que je suis enceinte et que mon ravisseur de mari qui me couve littéralement de sa sollicitude refuse même de parler d'aller où que ce soit en ce moment.

— Maman… Je respire et j'essaie de prendre mon courage à deux mains. Je pense qu'il y a quelque chose que je dois te dire.

Ma mère se penche pour se rapprocher de la caméra et fronce immédiatement le front avec inquiétude.

— Qu'est-ce qu'il y a, chérie ?

— Je suis enceinte de huit semaines. Julian et moi allons avoir un bébé. Je n'ai pas plutôt prononcé ces mots qu'un poids énorme disparaît de mes épaules. Je m'aperçois seulement maintenant à quel point ce secret me pesait.

Ma mère cligne des yeux.

— Quoi ? Déjà ?

— Eh bien oui. Ce n'est pas exactement la réaction à laquelle je m'attendais. En fronçant les sourcils, je me rapproche aussi de la caméra. Que veux-tu dire par " *déjà* " ?

— Eh bien ! ton père et moi pensions que maintenant que vous êtes mariés tous les deux... Elle hausse les épaules. Ce que je veux dire, c'est que nous espérions que ça n'arriverait pas tout de suite, que tu pourrais d'abord finir tes études.

— Vous avez envisagé que j'aurai des enfants avec Julian ? J'ai l'impression d'être dans un autre monde. Et ça ne vous gêne pas ?

Ma mère soupire et se penche en arrière en me regardant avec lassitude.

— Bien sûr que si, ça nous gêne. Mais nous ne pouvons pas vivre dans le déni, et pourtant Dieu sait que ton père essaie de le faire. Ce n'est évidemment pas ce que nous aurions souhaité pour toi, mais... Elle s'arrête et pousse un autre soupir avant de continuer : écoute, ma chérie, si c'est ce que tu désires, s'il te rend aussi heureuse que tu le dis, ce n'est pas à nous de nous en mêler. Nous ne voulons qu'une chose et c'est que tu sois heureuse et en bonne santé. Tu le sais, non ?

— Oui, maman, je le sais. Et je cligne vite des yeux pour essayer d'endiguer de nouvelles larmes. Je le sais.

— Bien ! Elle me sourit, et je suis convaincue que ses yeux aussi sont brillants de larmes. Et maintenant, dis-moi tout. As-tu la nausée ? Es-tu fatiguée ? Comment t'en es-tu aperçue ? Était-ce un accident ?

Et pendant l'heure qui suit ma mère et moi, parlons de bébé et de grossesse. Elle me raconte sa propre expérience (je suis arrivée sans crier gare après avoir été conçue pendant sa lune de miel) et je lui explique que je me suis fait mal au bras quand j'ai été enlevée par les terroristes si bien qu'il a fallu m'enlever l'implant contraceptif pendant quelques jours. C'est ce que je peux dire qui s'approche le plus de la vérité : les hommes d'Al-Quadar m'ont arraché l'implant parce qu'ils pensaient que c'était un moyen de localisation. Mes parents savent que j'ai été enlevée dans le centre commercial, il fallait bien leur expliquer ma disparition, mais je ne leur ai pas tout dit.

Ils n'ont pas la moindre idée que leur fille a servi d'appât pour sauver la vie de son ravisseur et qu'elle a tué un homme de sang-froid.

Finalement quand nous terminons notre conversation, il fait nuit et je commence à être fatiguée. Dès que je raccroche, je prends une douche, je lave mes dents et je vais attendre Julian au lit.

Bientôt, mes paupières s'alourdissent et je sens la léthargie du sommeil me gagner. En rêvassant, une image m'apparaît, celle d'une jeune fille ligotée et sans défense, assise sur une chaise au milieu d'une grande pièce aux murs blanc. Mais elle n'est pas blonde. Elle est brune… et son ventre est rebondi parce qu'elle est enceinte.

CHAPITRE TREIZE

❖ JULIAN ❖

Il est presque minuit quand je termine mon travail et que j'arrive dans notre chambre. En entrant dans la pièce, j'allume la lampe de chevet et je m'aperçois que Nora dort déjà, recroquevillée sous la couverture. Je prends une douche et je viens la rejoindre, j'étreins son corps nu dès que je suis sous les draps. Son corps s'ajuste parfaitement au mien, son petit derrière rebondi se glisse contre mon aine et son cou se pose sur mon bras tendu. Mon autre bras est replié, posé sur son côté et je tiens d'une main l'un de ses petits seins si fermes.

Un sein qui me semble avoir un peu grossi, ce qui me rappelle que son corps change.

C'est étrange comme je trouve ces changements érotiques, à quel point je suis excité de sentir Nora s'arrondir maintenant qu'elle est enceinte. Je n'ai jamais pensé que les femmes enceintes étaient séduisantes, mais avec ma femme je me retrouve obsédé par son corps encore mince et fasciné par toutes ses possibilités.

Mon appétit sexuel toujours vif est décuplé en ce moment et j'ai bien du mal à ne pas passer sans cesse à l'attaque.

Si je ne me masturbais pas deux fois par jour, je serais incapable de me contrôler.

Et même maintenant, alors que je viens juste de le faire sous la douche, être couché en l'étreignant comme ça, est une véritable torture. J'ai besoin de la sentir contre moi, même si je vais me contenter de la câliner. Elle a besoin de repos et j'ai parfaitement l'intention de la laisser dormir. Mais quand je m'installe plus confortablement sur l'oreiller, elle remue dans mes bras et dit d'une voix assoupie :

— Julian ?

— Bien sûr, bébé. Je cède à la tentation et je l'embrasse derrière l'oreille, là où sa peau est si douce tout en laissant glisser la main de son sein à ses plis chauds entre les jambes. Qui d'autre ça pourrait-il bien être ?

— Je... je ne sais pas... Sa respiration s'accélère quand je trouve son clitoris et commence à le caresser. Quelle heure est-il ?

— Il est tard. J'enfonce un doigt en elle pour vérifier si elle est prête et ma verge enfle en sentant à quel point elle est mouillée, chaude et serrée. Je devrais te laisser te rendormir.

— Non ! Quand je replie le doigt pour trouver son point G, elle en perd le souffle. Vraiment, ça va !

— Ah bon ? Je ne peux résister à la tourmenter un peu. Ces jours-ci, je dois contrôler mon instinct sadique, mais je ne peux m'empêcher de l'entendre me supplier. En baissant la voix, je murmure : je me demande… Il me semble que je devrais m'arrêter.

— Non, je t'en prie, ne t'arrête pas ! Elle gémit quand mon pouce tourne autour de son clitoris tout en frottant ma verge en érection sur son derrière. Je t'en prie, ne t'arrête pas !

— Alors, dis-moi ce que tu veux que je fasse ! Je continue à lui caresser le clitoris. Elle est en flammes entre mes bras, son corps mince est brûlant. Ses cheveux ont le parfum de fleurs de son shampoing et ses parois intimes se contractent autour de mon doigt, comme si elle essayait de l'aspirer plus profondément. Dis-moi exactement ce que tu veux, mon chat.

— Tu sais bien ce que je veux. Maintenant, elle s'est mise à haleter et ses hanches se trémoussent pour obliger mes doigts à accélérer leur rythme. Je veux que tu me baises. Fort !

— Si fort que ça ? Ma voix perd sa douceur quand des images sombres et dépravées envahissent mon imagination. Il y a tant de saletés que je voudrais lui faire, tant de manières de la prendre. Même après tout ce temps elle a gardé une innocence que j'ai envie de corrompre et qui me donne envie de la pousser au-delà de ses limites. Dis-le-moi, Nora, je veux l'entendre en détail.

— Pourquoi ? demande-t-elle hors d'haleine en frottant son pubis contre ma main. Son sexe dégouline maintenant et mouille mes doigts. Tu ne feras pas ce que je te demande.

— Tu n'as pas le droit de demander pourquoi. En immobilisant la main, je laisse ma voix s'imprégner de mes désirs les plus noirs. Alors, dis-moi !

— Je… Elle retient son souffle alors que je recommence à jouer avec son clitoris. Je veux que tu me baises si fort que ça me fasse mal. Sa voix tremble quand j'introduis un deuxième doigt pour étirer sa petite ouverture. Je veux que tu m'attaches et me fasse faire tout ce que tu voudras.

— Tu veux que je te baise le cul ?

Elle se contracte autour de mes doigts et frissonne de tout son corps.

— Je… Sa voix se brise. Je ne sais pas.

Si mes bourses n'étaient pas sur le point d'exploser, ça m'amuserait qu'elle soit si évasive. Un de ces jours, je vais l'obliger à admettre qu'elle a pris goût au sexe anal, qu'elle aime quand je la prends comme ça. En fait, je vais l'obliger à me supplier de mettre ma verge dans son petit trou plissé. Mais pour le moment, tout ce bavardage n'est que du bavardage. J'ai beau avoir envie de la baiser par tous ses petits trous, ce n'est pas possible. Je ne vais pas risquer la vie du bébé pour un plaisir d'un instant.

On devra se contenter de ces fantaisies verbales jusqu'à ce que Nora accouche.

Je retire mes doigts, je prends ma queue et je la guide dans son sexe chaud et mouillé. Elle gémit quand je commence à la pénétrer. Comme nous sommes tous les deux allongés sur le côté et qu'elle a les jambes serrées, elle est encore plus étroite que d'habitude et j'y vais lentement en faisant taire le violent désir qui tambourine dans mes veines.

Ne lui fais pas mal ! Ne lui fais pas mal ! Ces paroles sont comme un mantra dans mon cerveau. Elle cambre le dos, courbe la colonne vertébrale pour mieux m'accueillir et je glisse la main sur l'avant de son sexe à la recherche du petit bouton de rose qui dépasse de ses plis. Quand mes doigts trouvent son clitoris, elle laisse échapper mon nom et je la sens entrer en spasmes autour de moi, ses muscles intimes se contractent au moment où elle jouit.

Mon cœur bat à se rompre dans ma poitrine, je respire profondément et je reste immobile pour retarder ma propre explosion. Quand le désir d'éjaculer se calme un peu, je commence à pousser en elle tout en frottant son clitoris gonflé. Elle pousse un cri incohérent, entre le gémissement et le halètement, et son corps se tend entre mes bras. Tandis que je continue à la baiser avec de petits coups légers, elle se contracte encore davantage en hurlant et je sens sa chair gonflée se resserrer autour de moi quand elle atteint son deuxième orgasme.

La sentir aspirer ainsi ma verge est indescriptible, c'est un plaisir si vif qu'il m'électrise. Il me traverse si vite, qu'il me pousse à jouir. Avec un grondement rauque, je frotte mon aine contre elle, je m'enfouis encore plus profondément et ma semence jaillit avec toute la violence de mon orgasme.

Ensuite, nous restons allongés pour retrouver notre souffle, nos corps collés l'un à l'autre par la sueur. Les battements de mon cœur reviennent à la normale, je me sens rassasié, détendu, satisfait. Je sais que je devrais me lever et emmener Nora prendre une douche rapide, mais c'est si bon de rester ainsi et de la tenir dans mes bras alors que ma verge ramollit en elle. En fermant les yeux, je m'autorise à goûter cet instant et je me perds dans mes pensées tout en sombrant dans le néant du sommeil.

— Julian ? La douce voix de Nora me sort de mon assoupissement et accélère les battements de mon cœur.

— Qu'est-ce qu'il y a, bébé ? L'inquiétude durcit mon ton. Est-ce que ça va ?

Elle pousse un grand soupir et se tourne dans mes bras pour me regarder.

— Évidemment, ça va ! Pourquoi ça n'irait pas ?

Je respire lentement, trop soulagé et trop satisfait sexuellement pour être agacé par l'exaspération de son ton.

— Qu'y a-t-il alors ? Je lui demande plus calmement en remontant la couverture sur elle. L'air est frais à cause de la climatisation et je sais que Nora a froid quand elle est fatiguée.

Elle pousse un nouveau soupir quand je l'enveloppe dans la couverture.

— Tu sais que je ne suis pas en sucre, non ?

Je ne prends pas la peine de lui répondre. À la place, je la fixe du regard en plissant des yeux jusqu'à ce qu'elle soupire encore une fois et dise :

— Je voulais seulement t'annoncer que j'ai parlé à mes parents, c'est tout.

— Au sujet du bébé ?

— Oui. Elle sourit de plaisir. Ma mère a bien réagi, ce qui m'a étonnée.

— Elle est intelligente, ta mère. Et ton père ?

— Il n'était pas là quand j'ai appelé, mais maman a dit qu'elle lui parlerait.

— Bien ! Je suis étrangement satisfait que Nora ait enfin franchi ce pas. Cela signifie qu'elle est bien plus prête à accepter sa grossesse et à admettre enfin que ce bébé fait partie de notre vie. Maintenant, tu n'auras plus besoin de t'inquiéter à ce sujet.

— C'est vrai. À la douce lumière de la lampe de chevet, ses yeux noirs étincellent. Le plus dur est fait. Il ne me reste plus qu'à accoucher et à élever cet enfant.

Elle parle d'un ton badin, mais j'entends la peur sous ses sarcasmes. L'avenir la terrifie et j'ai beau vouloir la rassurer, je ne peux pas lui dire que tout va bien se passer.

Parce qu'au fond de moi je suis aussi terrifié qu'elle.

* * *

Étant donné que je suis resté tard au bureau hier soir, je dors plus longtemps que d'habitude, et quand j'ouvre les yeux Nora est déjà réveillée.

En m'entendant bouger, elle roule dans le lit et me sourit d'un air ensommeillé.

— Tu es toujours là.

— Oui ! Sans résister à une envie soudaine, je la serre contre moi en la prenant dans mes bras. Parfois, il me semble que nous ne passons jamais assez de temps ensemble. Même si je suis tous les jours avec elle, ce n'est jamais assez.

J'en veux toujours plus.

Elle passe la jambe sur ma cuisse et frotte son nez contre ma poitrine. Mon corps réagit comme je peux m'y attendre, mon érection matinale se raidit encore plus au point d'en être douloureuse. Mais avant que je puisse faire quoi que ce soit, elle me change les idées en demandant :

— Julian… elle parle d'une voix étouffée. Qui est cette femme dans la maison de Lucas ?

Je suis surpris et je me dégage pour la regarder.

— Comment le sais-tu ?

Nora semble réticente et détourne les yeux.

— Nous… nous étions dans les parages. Elle me jette un coup d'œil par en dessous.

— Tiens, tiens ! Je m'accoude pour l'examiner et je remarque qu'elle s'est mise à rougir. Et pourquoi étiez-vous dans les parages ? D'habitude, vous n'allez pas vous promener par là.

— Mais hier, nous y étions. Nora s'enveloppe dans la couverture, s'assied et me regarde d'un air déterminé. Qui est-ce ? Qu'a-t-elle fait ?

Je pousse un soupir. Je ne voulais pas mêler Nora à toute cette histoire, mais visiblement je ne vais pas pouvoir l'éviter.

— Cette fille est l'interprète russe qui nous a vendus aux Ukrainiens, je lui explique en observant attentivement la réaction de Nora. Ma chérie commence juste à surmonter ses cauchemars et je ne veux surtout pas provoquer une rechute.

En m'entendant parler, Nora écarquille les yeux.

— C'est elle qui est responsable de l'accident d'avion ?

— Pas directement, mais oui, ce sont les renseignements qu'elle a donnés aux Ukrainiens qui l'a provoqué.

Si Lucas n'avait pas décidé de s'en charger, j'aurais envoyé quelqu'un à Moscou pour s'occuper de cette traîtresse, au cas où les Russes ne m'auraient pas devancé.

Tandis que Nora assimile ce que je viens de lui dire, je vois changer l'expression de son visage qui s'assombrit. L'observer me fascine. Ses lèvres si douces se durcissent et ses yeux s'emplissent d'une haine sans mélange.

— Elle a failli te tuer, dit-elle d'une voix étranglée. Julian, cette pute a failli te tuer.

— Oui, et elle a aussi fait tuer presque une cinquantaine de mes hommes. Cette perte me désole plus que tout, et je sais qu'il en va de même pour Lucas. Quel que soit le châtiment qu'il va infliger à la prisonnière, il sera amplement mérité et je vois que Nora est arrivée aux mêmes conclusions.

Tandis que je continue à la regarder, elle se lève d'un bond et laisse la couverture sur le lit. Elle attrape son peignoir et le met avant d'arpenter la pièce avec nervosité. En entrevoyant son corps nu, je retrouve mon excitation, mais je m'efforce de garder les yeux sur son visage et je me lève à mon tour.

— Est-ce que ça t'ennuie, mon chat ? Nora s'arrête, elle glisse les yeux vers le bas de mon corps avant de les relever. C'est pour ça que tu voulais savoir qui elle était.

— Bien sûr que ça m'ennuie. La voix de Nora est pleine d'une tension que je n'arrive pas vraiment à définir. Il y a une femme ligotée dans notre domaine.

— C'est une traîtresse, ai-je précisé. Tout, sauf une innocente victime.

— Pourquoi ne pas avoir laissé les autorités russes s'en occuper ? Nora s'approche de moi. Pourquoi fallait-il l'amener ici ?

— C'est Lucas qui l'a voulu. Il a… un compte personnel à régler avec elle.

En comprenant mieux, Nora ouvre grands les yeux.

— Il a eu une liaison avec elle ?

— Il n'a passé qu'une nuit avec elle, mais oui, c'est ça. Je me dirige vers la salle de bain et Nora me suit. Quand je fais couler la douche et que je commence à me laver les dents, elle prend sa propre brosse à dents et en fait de même. Je vois qu'elle est toujours troublée et en me rinçant la bouche je lui dis :

— Si cela t'ennuie vraiment, je peux lui demander de la conduire ailleurs.

Nora pose sa brosse à dents et me dit sur un ton sarcastique :

— Pour qu'il puisse la torturer sans qu'on le sache ? Quel serait l'avantage ?

Je hausse les épaules et je vais vers la cabine de douche.

— Tu ne verrais rien. Je laisse la porte ouverte pour pouvoir lui parler. La cabine est assez grande pour ne pas l'éclabousser.

— Oui, évidemment. Elle me fixe tandis que je commence à me savonner. Et si je ne le vois pas, c'est comme s'il ne se passait rien.

Je pousse un nouveau soupir.

— Viens là, bébé. Sans prendre garde à mes mains savonneuses, je tends les bras vers elle pour l'attirer dans la cabine. Puis j'enlève son peignoir que je jette au-dehors.

Elle ne me résiste pas quand je la mets sous l'eau chaude. À la place, elle ferme les yeux et reste immobile tandis que je verse du shampoing au creux de ma main et que je commence à lui masser le cuir chevelu. Même mouillé, j'aime sentir ses cheveux, épais et soyeux sous mes doigts.

C'est étrange comme j'aime m'occuper d'elle de cette manière. Dans de tels moments, il m'est plus facile d'oublier la violence qui est en moi et d'apaiser les désirs qui resteront inassouvis pour des mois et des mois.

— Quelle différence y a-t-il entre le fait que ce soit Lucas qui la punisse ou les Russes ? ai-je demandé après avoir fini de lui laver les cheveux. Le résultat sera le même. Tu le sais, n'est-ce pas, mon chat ?

Elle hoche la tête en silence puis la renverse en arrière pour se rincer les cheveux.

— Alors, pourquoi insister ? J'attrape le démêlant tandis qu'elle s'essuie les yeux et les ouvre pour me regarder. Tu voudrais qu'elle s'en sorte ?

— Je le devrais. Elle me regarde fixement tandis que je lui frictionne les cheveux. Je ne devrais pas vouloir qu'elle souffre comme ça.

Un violent sourire apparaît sur mes lèvres.

— Et pourtant c'est ce que tu veux, non ? Tu veux te venger autant que moi. Maintenant, je comprends pourquoi elle était aussi agitée. Comme pour l'homme qu'elle a tué, la sensibilité bourgeoise de Nora lutte contre son instinct. Elle sait que la société lui dicte ce qu'elle *devrait* ressentir et elle est contrariée de s'apercevoir qu'elle éprouve des sentiments bien différents.

La nature humaine n'incite pas à tendre l'autre joue et ma chérie commence à le découvrir.

Nora ferme les yeux à nouveau et met la tête sous la douche. L'eau lui dégouline sur le visage et fait de ses cils de longues pointes noires.

— J'ai voulu mourir quand je t'ai cru mort, dit-elle d'une voix presque entièrement couverte par le bruit de la douche. C'était presque encore pire que de t'avoir perdu pour la première fois. Quand j'ai vu cette fille, j'ai cru qu'elle t'avait fait *du tort* dans tes affaires, mais je n'avais pas réalisé qu'elle était responsable de l'accident d'avion.

J'imagine ce que Nora a dû ressentir ce jour-là, et mon cœur se serre violemment. Si jamais je la perdais, je deviendrais fou.

— Bébé… En me rapprochant, je m'interpose entre le jet d'eau et elle, puis je prends son visage dans les mains pour la fixer. C'est fini. Cette période de notre vie est terminée, entends-tu ? C'est du passé maintenant.

Elle ne répond pas, alors je penche la tête et je lui prends les lèvres pour l'embrasser longuement, profondément, c'est ma seule manière de la réconforter.

CHAPITRE QUATORZE

❖ NORA ❖

Je me perds. Lentement et sûrement, je suis attirée dans la ténébreuse orbite de Julian, absorbée par le cloaque pervers qu'est ce domaine.

Bien sûr, cela fait un certain temps que je le sais. J'ai observé ma propre transformation avec une espèce d'horreur et de curiosité distantes. Ce qui me répugnait autrefois fait maintenant partie de ma vie quotidienne. Le meurtre, la torture, le trafic d'armes, je continue à les condamner intellectuellement, mais ils ne me révoltent plus comme avant. Petit à petit, mes valeurs morales se sont altérées et j'ai laissé faire.

J'ai laissé le monde de Julian me changer sans même me battre.

Même avant de savoir ce qu'avait fait la blonde, son sort n'affectait pas vraiment ce que je ressentais. Comme chez Rosa, il s'agissait d'une curiosité morbide plutôt que de révolte. Et maintenant que je sais qu'elle est l'interprète qui a failli tuer Julian, la haine qui a jailli dans mes veines laisse peu de place à la pitié. Je sais que c'est mal de laisser Lucas la punir de cette manière, mais ce n'est pas un mal que je *ressens*.

Je veux qu'elle souffre, qu'elle paie pour les tourments qu'elle nous a fait subir.

Il est bizarre que je sois même capable de penser en ce moment, et à plus forte raison que je puisse analyser ses émotions qui me déconcertent. Je suis sous la douche et Julian m'embrasse, il apaise mes sens de ses caresses. Ses mains entourent mon visage et l'eau chaude qui coule sur ma peau intensifie le feu qui brûle en moi. Mais mes pensées quant à elles sont claires et froides. Je ne vois qu'une solution, un seul moyen de tenter de sauver ce qu'il reste de mon âme.

Je dois partir.

Pas indéfiniment et pas pour toujours. Mais je dois partir, ne serait-ce que pour une quinzaine de jours. J'ai besoin de retrouver mon sens des perspectives, me replonger dans le monde extérieur.

Si je ne le fais pas pour moi-même, alors je dois le faire pour la vie que je porte en moi, pour mon bébé.

— Julian… Quand ses baisers cessent et qu'il fait glisser une de ses mains dans mon dos, ce qui me remplit de désir, ma voix tremble. Julian, je veux retourner à la maison.

Il s'interrompt brusquement et relève la tête, sans me lâcher. Son regard se durcit, l'ardeur de son désir s'unit à quelque chose de froid et de menaçant.

— Mais tu *es* à la maison.

— Je veux voir mes parents, ai-je insisté, et les battements de mon cœur s'accélèrent dans ma poitrine. Avec le corps puissant de Julian tout contre moi, la vapeur de la douche qui s'accumule dans la cabine, j'ai l'impression d'être prisonnière d'une bulle de chair nue et de désir. Mon corps a envie de ses caresses, mais mon esprit m'interdit en hurlant de lui céder. Pas avec un tel enjeu.

Un muscle de sa mâchoire se met à s'agiter.

— Je t'ai dit que je t'y conduirais le moment venu. Mais pas maintenant. Pas dans ton état.

— Alors quand ? Je me force à soutenir son regard. Quand je devrai m'occuper d'un bébé ? D'un enfant en bas âge ? Ou quand cet enfant sera devenu adulte ? Crois-tu que ça sera possible à ce moment-là ?

Les lèvres de Julian dessinent une grimace effrayante. Il m'adosse au mur de la douche, prend mes poignets et les maintient au-dessus de ma tête.

— Ne me pousses pas à bout, mon chat, murmure-t-il tandis que sa verge en érection s'appuie sur mon ventre. Tu n'aimeras pas ce qui s'ensuivrait.

Malgré ma détermination, un soupçon de peur surgit dans mon cœur. Je sais que Julian ne risque pas de me faire de mal en ce moment, mais les sévices physiques ne sont pas la seule arme dont mon mari dispose dans son arsenal. Les images de la manière dont il a brutalement tabassé Jake traverse mon esprit et me donne une nausée qui me glace.

— Non ! ai-je murmuré alors qu'il se penche en avant et effleure mon oreille de ses lèvres, il y a un tel contraste entre la tendresse de ce geste et son corps menaçant qui me domine de toute sa taille. Julian, ne fais pas ça !

Il se relève, ses yeux brillent comme des pierres précieuses.

— Ne fais pas quoi ? Il fait passer mes poignets d'une de ses mains à l'autre et passe celle qui est restée libre sur mes seins et sur mon ventre en égratignant ma peau brûlante.

— Ne... Ma voix se brise, ses caresses me font vibrer de désir au plus profond de moi malgré le froid qui y demeure aussi. Ne permets pas que ça se passe ainsi.

Sa main remonte, elle prend ma mâchoire et la serre dans un étau implacable.

— Ainsi ? Comment ? demande-t-il d'un ton faussement calme. Comme si tu m'appartenais ?

J'en perds le souffle.

— Je suis ta femme, pas ton esclave...

— Tu es ce que je veux que tu sois, mon chat. Tu es à moi. Je reçois la cruauté désinvolte de ces paroles comme une gifle, et je suis incapable de respirer. Il a dû s'apercevoir de ma réaction, car il desserre un peu sa prise et sa voix s'adoucit légèrement quand il ajoute : tu es à la maison ici, Nora. Avec moi. Pas là-bas.

— Ce sont mes parents, Julian. Ma famille. Tout comme *tu* es ma famille maintenant. Je ne peux pas passer le reste de ma vie en cage pour préserver ma sécurité. Je deviendrais folle. Je sens des larmes monter sous mes paupières et je cligne vite des yeux pour essayer de les retenir. Je ne veux surtout pas lui montrer à quel point je suis vulnérable en ce moment.

Ces ridicules hormones de grossesse.

Julian me regarde fixement, ses yeux brillent de frustration et puis tout à coup il me relâche et recule d'un pas. Il ferme l'eau, sort de la douche et attrape une serviette avec des gestes d'une violence à peine contrôlée. Sa verge est toujours en érection et je suis surprise qu'il ne se soit pas encore jeté sur moi, même en tenant compte de sa nouvelle attitude à mon égard et sa manière de me traiter comme si j'étais en sucre.

Avec précaution, je le suis dans la salle de bain, mes pieds nus s'enfoncent dans le tapis de bain moelleux et doux.

— S'il te plaît… mais Julian revient déjà avec une serviette. Il m'en enveloppe et me sèche en me tapotant avant d'aller en chercher une autre pour lui.

— Quel rapport avec Yiulia Tzakova ? Je m'arrête net en entendant sa question au moment de sortir de la salle de bain. Quand je me tourne vers lui sans comprendre, il m'explique :

— L'interprète russe que tu as vue hier. Est-ce qu'elle a quelque chose à voir avec ton soudain désir de voir tes parents ?

Je pense d'abord le nier, mais Julian sait quand je lui mens.

— D'une certaine manière, ai-je dit prudemment. J'ai juste besoin de partir d'ici, de changer d'air. J'ai besoin de faire une pause, Julian. J'avale ma salive en soutenant son regard. J'en ai terriblement besoin.

Il me fixe, puis sans rien dire va dans la chambre pour s'habiller.

* * *

Au petit déjeuner, Julian garde le silence, il semble absorbé dans les messages de son iPad. Je me sens négligée et c'est une sensation inhabituelle pour moi. D'habitude quand nous prenons nos repas ensemble Julian me donne toute son attention et le fait qu'il se consacre aujourd'hui à autre chose me contrarie plus que cela le devrait.

Je me demande si je devrais rompre le silence, mais je ne veux pas encore empirer la situation. Si ça se trouve, notre dispute de ce matin a sans doute déjà anéanti mes chances de sortir du domaine. J'aurais dû attendre un meilleur moment pour parler de cette visite chez mes parents ; ce n'était pas très malin de le faire brusquement alors que nous étions en train de nous embrasser.

Évidemment, rien ne garantit qu'une autre tactique aurait changé le résultat. Une fois que Julian a pris une décision, j'ai peu de chance de le faire changer d'avis, surtout quand il s'agit de ma sécurité. Je me suis battue pour ne pas avoir les implants de localisation, et ils sont toujours là. Julian ne m'autorisera jamais à les faire enlever, et il risque de ne jamais m'autoriser à quitter le domaine. En pratique, je lui appartiens, et je n'y peux rien.

J'essaie de ne pas céder au désespoir morne qui m'oppresse, je finis mes œufs et je me lève de table ne voulant pas m'attarder dans cette atmosphère tendue.

Mais avant que je ne quitte la table, Julian lève les yeux de son iPad et me regarde sévèrement.

— Où vas-tu ?

— Préparer mes examens, ai-je répondu prudemment.

— Assieds-toi. Il désigne ma chaise d'un geste impérieux. Nous n'avons pas encore terminé.

Je réprime un sursaut de colère, retourne m'asseoir et croise les bras.

— Il faut vraiment que je travaille, Julian.

— Quand ton dernier examen a-t-il lieu ?

Je le fixe, mon pouls s'accélère tandis qu'un minuscule espoir se forme dans mon cœur.

— Avec le cours en ligne, on a le choix. Si je finis vite tous les cours, je pourrai tout de suite passer les examens.

— C'est-à-dire au début du mois de juin ? Insiste-t-il.

— Non, plus tôt que ça. Je pose mes mains moites sur la table. Techniquement, je pourrais avoir terminé dans une semaine et demie.

— Entendu. Il baisse de nouveau les yeux vers son iPad, y pianote quelque chose tandis que je le regarde en retenant mon souffle. Une minute plus tard, il relève les yeux et me fixe de son dur regard bleu. Je ne le répèterai pas, Nora, dit-il calmement. Si tu me désobéis ou si tu fais quoi que ce soit qui te met en danger quand nous serons à Chicago, je te *punirai*. M'as-tu compris ?

Sans le laisser terminer sa phrase, j'ai fait le tour de la table et je fais presque tomber la chaise en me jetant sur lui.

— Oui ! Je ne sais même pas comment je me retrouve sur ses genoux, mais m'y voilà, les bras autour de son cou, je le couvre de baisers. Merci ! Merci ! Merci !

Il me laisse l'embrasser jusqu'à ce que je perde haleine, puis il entoure mon visage de ses grandes mains et me regarde avec intensité. Je vois la lueur du désir dans ses yeux, je sens une bosse dure s'appuyer sur mes cuisses et je sais que nous allons poursuivre ce que nous avons commencé ce matin. Mon corps commence à vibrer d'impatience, mes tétons se durcissent sous l'étoffe de ma robe.

Comme s'il sentait mon excitation croissante, Julian a un sourire sombre et se lève tout en continuant à me tenir contre lui.

— Ne m'oblige pas à le regretter, mon chat, murmure-t-il en me portant vers l'escalier. Crois-moi, il ne faudra pas me décevoir.

— Je ne te décevrai pas, lui ai-je promis avec ferveur en lui mettant les bras autour du cou. Je te le promets, Julian, je ne te décevrai pas.

TROISIEME PARTIE :
LE VOYAGE

CHAPITRE QUINZE

❖ NORA ❖

Je vais à la maison ! Oh, mon Dieu, je vais à la maison !

Même maintenant en regardant les nuages par le hublot j'ai du mal à y croire. Deux semaines seulement sont passées depuis notre conversation au petit déjeuner et nous voilà partis pour Oak Lawn.

— Cet avion ne ressemble pas du tout à ceux que j'ai vus à la télévision, dit Rosa en contemplant l'intérieur luxueux de l'appareil. Je savais bien que nous ne prendrions pas un vol ordinaire, mais c'est *vraiment* génial, Nora.

Je lui souris.

— Oui, je sais. La première fois que je l'ai vu, j'ai eu la même réaction. Je jette un coup d'œil rapide à Julian qui est assis sur le canapé avec son ordinateur portable et qui ne semble pas faire attention à notre conversation. Il m'a dit qu'il avait l'intention de rencontrer son gestionnaire de portefeuilles quand nous serons à Chicago si bien que j'imagine qu'il examine de possibles investissements. À moins que ce soit les modifications apportées par ses ingénieurs aux plans de son dernier drone ; c'est un projet auquel il a consacré beaucoup de temps cette semaine.

— C'est la première fois que je prends l'avion et c'est dans un jet privé. Tu t'en rends compte ? La seule chose qui pourrait être encore mieux ce serait d'aller à New York, dit Rosa. Ses yeux marron brillent d'excitation et elle saute presque de joie sur son confortable siège en cuir. Elle est comme ça depuis plusieurs jours, depuis que Julian et moi avons décidé qu'elle viendrait avec nous en Amérique, ce dont mon amie rêve depuis des années.

— Chicago n'est pas mal non plus, ai-je dit, amusée de son snobisme involontaire. Tu verras, c'est une très belle ville.

— Oh bien sûr ! En s'apercevant qu'elle vient d'insulter ma région d'origine, Rosa se met à rougir. Je suis sûre que c'est super et je ne veux pas que tu penses que je suis ingrate, se hâte-t-elle de dire, consternée. Je sais à quel point c'est gentil de votre part de m'emmener et je suis ravie.

— Rosa, tu viens avec nous parce que j'ai besoin de toi. Je lui ai coupé la parole ne voulant pas en parler devant Julian. Tu es la seule en qui Ana ait confiance pour préparer mes smoothies le matin et tu sais que ces vitamines me sont indispensables.

En tout cas, c'est ce que j'ai dit à mon mari quand j'ai demandé à Rosa de venir avec nous, il est obsédé par le besoin de me protéger. Je suis convaincue que j'aurais pu préparer moi-même les smoothies ou me contenter de prendre les vitamines sous forme de cachets, mais je voulais être certaine qu'il permette à mon amie de faire ce voyage avec nous. Je ne sais toujours pas s'il a donné son accord parce qu'il m'a vraiment cru ou parce qu'il n'avait rien contre de toute façon. Quoi qu'il en soit, je ne veux pas que Rosa fasse des vagues sans le faire exprès.

Être en route pour aller voir mes parents me semble encore un peu irréel. La dernière quinzaine de jours est passée à toute vitesse. Avec tous mes examens et toutes mes dissertations, j'ai eu à peine le temps de penser à ce voyage. C'est seulement il y a trois jours que j'ai pu reprendre mon souffle et m'apercevoir que nous allions vraiment partir et que Julian avait fait tous les préparatifs nécessaires en intensifiant la sécurité entourant mes parents comme s'il s'agissait de la Maison-Blanche.

— Oh oui, les smoothies, dit Rosa en jetant un coup d'œil prudent dans la direction de Julian. Elle a enfin compris. Bien sûr, j'avais oublié. Et je t'aiderai à déballer toutes tes affaires de peinture afin que tu ne te fatigues pas trop.

— Voilà, exactement. Je lui souris d'un air complice. Il ne s'agit pas que je soulève des toiles trop lourdes, etc.

Au même moment, il y a des secousses dans l'avion et Rosa pâlit, oubliant toute son excitation.

— Qu'est-ce… qu'est-ce qui se passe ?

— C'est seulement une zone de turbulence, lui ai-je répondu, en respirant lentement pour lutter contre la nausée qui fait immédiatement son apparition. Je ne suis pas encore tout à fait sortie de la phase des nausées matinales et les soubresauts de l'appareil n'arrangent rien.

— Nous n'allons pas nous écraser n'est-ce pas ? demande Rosa d'un air apeuré et je secoue la tête pour la rassurer. Mais quand je jette un coup d'œil à Julian, je vois qu'il me regarde et que son visage est inhabituellement tendu, et ses phalanges toutes blanches alors qu'il s'agrippe à son ordinateur.

Sans réfléchir, je détache ma ceinture et je me lève pour aller vers lui. Si Rosa a peur d'un accident, il m'est facile d'imaginer ce que Julian doit ressentir alors qu'il en a eu un il y a moins de trois mois.

— Que fais-tu ? demande Julian d'une voix dure en laissant tomber l'ordinateur sur le canapé. Assieds-toi, Nora, c'est dangereux.

— Mais…

Avant de me laisser terminer, il est déjà auprès de moi pour me forcer à me rasseoir et rattache ma ceinture.

— Assieds-toi, hurle-t-il en me regardant sévèrement. N'as-tu pas promis de te tenir tranquille ?

— Si, je voulais seulement… Mais en voyant l'expression sur son visage, je me tais avant de marmonner : peu importe…

Sans cesser de me regarder de cette façon, il recule d'un pas et s'assied en face de Rosa et moi. Elle semble mal à l'aise, elle se tord les mains sur les genoux tout en regardant par le hublot. J'ai de la peine pour elle : ça ne doit pas être facile pour elle de voir son amie se faire traiter comme une petite fille désobéissante.

— Je ne veux pas que tu tombes si l'avion devait entrer dans une poche d'air, dit Julian d'une voix plus calme quand je ne montre aucun signe de vouloir me relever. C'est dangereux de se déplacer dans l'appareil en zone de turbulence.

Je hoche la tête et je me concentre sur ma respiration. Respirer lentement m'aide à lutter à la fois contre la nausée et contre la colère. Quelquefois, j'oublie la réalité et je commence à penser que notre mariage est normal, que nous sommes deux partenaires égaux, alors que… nous sommes ce que nous sommes. Sur le papier, je suis peut-être la femme de Julian, mais en réalité je suis plutôt son esclave sexuelle.

Une esclave sexuelle éperdument amoureuse de son seigneur et maître.

Je ferme les yeux, je trouve la position la plus confortable au milieu du vaste siège en cuir et j'essaie de me détendre.

Le vol va être long.

* * *

— Réveille-toi, bébé ! Des lèvres chaudes m'effleurent le front et ma ceinture est détachée. Nous y sommes !

J'ouvre lentement les yeux en clignotant.

— Quoi ?

Julian me sourit, très amusé. Il est debout devant moi.

— Tu as dormi pendant tout le voyage. Tu devais être épuisée.

J'étais assez fatiguée, le contrecoup des examens et des préparatifs de départ sûrement, mais dormir huit heures d'affilée, je ne l'avais encore jamais fait ! Ce doit encore être les hormones de grossesse.

En mettant la main devant la bouche pour bâiller, je me lève et je vois que Rosa se dirige déjà vers la sortie avec son sac à dos.

— Nous avons atterri, dit-elle gaiement. J'ai à peine senti l'avion toucher terre. Lucas doit être un pilote extraordinaire.

— Il est doué, confirme Julian en posant un châle de cachemire sur mes épaules. Quand je le regarde d'un air interrogateur, il m'explique : il ne fait que vingt degrés dehors. Je ne veux pas que tu prennes froid.

Je me retiens de ricaner. Il faut venir des tropiques pour penser que vingt degrés c'est " froid ", bien que pour être juste il fait peut-être un peu frais avec la robe à manches courtes que je porte. À Chicago, le temps de la fin du mois de mai est imprévisible, les jours frais du printemps alternent avec la chaleur estivale. De son côté, Julian est en jean et en chemise à manches longues.

— Merci ! lui fais-je en le regardant. D'un certain point de vue, je suis touchée par sa sollicitude même si je trouve qu'il exagère en ce moment. D'ailleurs, ce n'est pas désagréable d'avoir envie de me serrer contre lui en sentant ses grandes mains sur mes épaules, même si Rosa n'est qu'à quelques pas de nous.

— Je t'en prie bébé, dit-il d'une voix rauque en soutenant mon regard, et je sais que lui aussi ressent la même chose, cette attirance profonde et inexplicable que nous avons l'un pour l'autre. Je ne sais pas si c'est grâce aux atomes crochus ou à autre chose, mais nous sommes plus liés que si une corde nous attachait l'un à l'autre.

Le bruit métallique que fait la porte de l'avion en s'ouvrant me tire de la rêverie dans laquelle j'étais plongée. Je sursaute et je recule en rattrapant le châle pour qu'il ne tombe pas. Julian me regarde en me promettant que nous continuerons ce que nous venons de commencer et je suis parcourue d'un frisson d'impatience.

— Est-ce que je peux descendre ? demande Rosa et quand je me retourne elle attend avec fébrilité devant la porte ouverte.

— Bien sûr, répond Julian. Vas-y, Rosa ! Nous arrivons tout de suite.

Elle disparaît au-dehors et Julian s'approche de moi. J'en perds le souffle.

— Es-tu prête ? demande-t-il d'une voix douce. Je hoche la tête, captivée par la tendresse que je vois dans son regard.

— Dans ce cas, allons-y, murmure-t-il en me prenant par la main. Sa grande main virile s'empare de la mienne. Tes parents nous attendent.

* * *

La voiture qui nous conduit de l'aéroport à la maison de mes parents est une longue limousine moderne aux vitres particulièrement épaisses.

— Elle est blindée ? je demande à Julian en y montant, et il hoche la tête pour confirmer. Il s'assied derrière avec Rosa et moi, c'est Lucas qui conduit, comme d'habitude.

Je me demande s'il regrette que ce voyage le prive de son jouet, la prisonnière russe. La dernière fois que j'en ai entendu parler, l'interprète était encore en vie, et toujours chez Lucas. Julian m'a dit que Lucas l'avait confiée à deux gardiens pour la surveiller en son absence et s'assurer qu'elle va bien. Apparemment, il ne veut que personne d'autre que lui n'ait le privilège de la torturer.

Toute cette histoire me rend malade, donc je m'efforce de ne pas y penser. Ce que je sais c'est seulement parce que Rosa ne veut pas laisser tomber et me supplie sans cesse de demander des nouvelles à Julian. Son étrange obsession pour le bras droit de Julian m'inquiète, même si je suis parvenue à la conclusion que Lucas ne s'intéresse nullement à elle. Pourtant, bien que je n'aimerais pas qu'elle sorte avec lui, je ne voudrais pas non plus qu'elle ait le cœur brisé, et j'ai bien peur que les choses aillent dans cette direction.

— Tu es sûre que ça ne dérange pas tes parents que nous arrivions aussi tard ? demande Rosa en interrompant le fil de mes pensées. Il est presque neuf heures du soir.

— Non, ils ont vraiment hâte de me voir. Je jette un coup d'œil à mon téléphone, il y a encore un message de ma mère. Je le parcours et dis à Rosa : ma mère a déjà mis la table.

— Et ça ne les gêne pas que je vienne aussi ? Elle se mordille la lèvre inférieure. Évidemment, tu es leur fille, c'est normal qu'ils aient envie de te voir, mais je ne suis que la bonne…

— Tu es mon amie. Sans réfléchir, je tends le bras et je serre la main de Rosa. Je t'en prie, arrête de t'inquiéter. Tu es la bienvenue.

Rosa sourit, elle semble soulagée et je jette un coup d'œil à Julian pour voir sa réaction. Son visage est impassible, mais je saisis une lueur d'amusement dans ses yeux. Pour sa part, mon mari ne s'inquiète pas d'arriver tard chez mes parents et ne se demande pas s'il sera le bienvenu. Et c'est parfaitement logique. Pourquoi s'en soucierait-il alors qu'il a enlevé leur fille sans le moindre remords ?

Ce dîner ne devrait pas manquer de sel.

* * *

— Nora, ma chérie ! Dès que la porte s'ouvre chez mes parents, je me retrouve dans une étreinte douce et parfumée. Je serre ma mère dans mes bras en riant puis c'est le tour de mon père qui est juste derrière elle. Il me tient contre lui quelques instants et je sens son cœur battre à toute vitesse dans sa poitrine.

Quand il se dégage pour me regarder, ses yeux sont humides.

— Nous sommes si heureux de te voir, murmure-t-il d'une voix grave, et je lui souris à travers mes larmes.

— Moi aussi, papa. Moi aussi. Vous m'avez vraiment manqué tous les deux.

Dès que j'ai prononcé ces mots, je me souviens que je ne suis pas seule. En me retournant, je vois que ma mère regarde Rosa et Julian et que son sourire s'est figé.

Je respire profondément pour me galvaniser.

— Maman, papa, vous connaissez déjà Julian. Et voici Rosa Martinez. C'est ma meilleure amie au domaine. J'avais aussi invité Lucas pour le dîner, mais il

186

a refusé en expliquant qu'il fait partie des forces de sécurité ce soir et qu'il doit rester dehors.

Ma mère fait un signe de tête prudent en direction de Julian. Puis son sourire devient un tout petit peu plus chaleureux à l'égard de Rosa.

— Je suis heureuse de faire votre connaissance, Rosa. Nora nous a parlé de vous. Entrez, je vous en prie.

Elle recule pour les accueillir et Rosa entre avec un sourire hésitant. Elle est suivie par Julian qui marche d'un pas aussi désinvolte et aussi confiant que d'habitude.

— Gabriella, je suis tellement content de vous voir. Adressant un sourire éclatant à ma mère, mon ancien ravisseur se penche pour lui effleurer la joue à l'européenne. Quand il se relève, elle semble rougir comme une collégienne à son premier béguin. Lui laissant le temps de se remettre Julian tourne alors son attention vers mon père.

— Je suis heureux de vous rencontrer en personne, Tony, dit-il en lui tendant la main.

— Moi de même, répond mon père en crispant la mâchoire, et il serre la main de Julian à lui faire mal. Je suis content que vous ayez pu enfin venir ici.

— Oui, moi aussi, dit Julian avec aisance en lui lâchant la main. Je vois des marques rouges là où mon père a fait exprès de serrer très fort et mon cœur bat la chamade. Mais en jetant un coup d'œil à la main de mon père, je m'aperçois avec soulagement qu'elle est intacte.

Julian a dû lui pardonner ce petit signe d'agressivité, ou du moins je l'espère.

Tandis que nous nous dirigeons vers la salle à manger, je jette des regards furtifs au beau profil de mon mari. C'est vraiment étrange de voir mon ancien ravisseur dans la maison de mon enfance. J'ai l'habitude de le voir dans des endroits exotiques et lointains, pas à Oak Lawn dans l'Illinois. Voir Julian chez mes parents c'est un peu comme rencontrer un tigre sauvage dans un centre commercial, c'est à la fois bizarre et effrayant.

— Oh, ma chérie, tu es tellement mince, s'exclame ma mère en m'examinant d'un œil critique quand nous entrons dans la salle à manger. Je savais que tu n'aurais pas encore de rondeurs à cause du bébé, mais j'ai l'impression que tu as maigri.

— Je sais, dit Julian en posant une main au creux de mes reins. Je suis à la fois enfiévrée et décontenancée par ce geste qu'il vient de faire devant mes parents. Avec ses nausées, c'est difficile de la faire manger comme il faut. Au moins, elle a cessé de maigrir. Si vous l'aviez vue il y a un mois…

— C'était si pénible que ça, chérie ? demande ma mère avec sollicitude quand nous arrivons à table. Elle garde les yeux sur mon visage, clairement déterminée à ne pas voir le geste possessif de Julian. Mais mon père grince si fort des dents que je peux presque l'entendre.

— Je suis allée mieux une fois que nous avons su que j'étais enceinte. J'ai commencé à manger des plats plus simples à intervalles réguliers et ça m'a fait du bien, ai-je expliqué en rougissant. C'est étrange de parler de ma grossesse devant mon père. Nous avons esquivé le problème pendant nos conversations sur Skype quand mon père me demandait d'un ton bougon des nouvelles de ma santé et que je lui parlais d'autre chose. Je sais qu'il est furieux que je sois enceinte à mon âge et qu'il n'a que du mépris pour ma relation avec Julian. Ma mère ressent sans doute la même chose, mais elle se montre beaucoup plus diplomate sur le sujet.

— J'espère que tu pourras manger ce soir, dit ma mère avec inquiétude. Ton père et moi avons préparé toutes sortes de choses.

— Je suis sûre que je vais y arriver, maman. En souriant, je m'assieds sur la chaise que Julian me présente. Tout a l'air délicieux.

Et c'est vrai. Mes parents se sont surpassés. La table croule sous les plats, du poulet au romarin de mon père (une recette qu'il ne fait que dans les grandes occasions), aux tamales de ma grand-mère et mon préféré, les côtes d'agneau au four. C'est un vrai festin et j'ai des gargouillis dans le ventre en sentant les délicieux fumets qui s'échappent des plats malgré leurs couvercles.

Julian s'assied à ma gauche et mes parents en face de nous.

— Viens, assieds-toi ici à côté de moi, fais-je à Rosa en tapotant la chaise de droite. Je m'aperçois que mon amie n'est toujours pas à son aise et qu'elle est convaincue d'être de trop. Son sourire si gai d'habitude est hésitant et un peu timide quand elle s'assied à côté de moi en passant et repassant les mains sur sa robe bleue.

— Quel beau repas, Mme Leston, dit-elle avec son léger accent.

— Oh merci, ma chère. Ma mère lui adresse un grand sourire. Comme vous parlez bien anglais, où l'avez-vous appris ? Nora m'a dit que vous n'étiez encore jamais venue aux États-Unis.

— C'est vrai. Rosa semble touchée par ce compliment et elle explique comment la mère de Julian lui a appris l'anglais quand elle était petite. Mes parents écoutent attentivement son histoire et lui posent un certain nombre de questions qui s'y rattachent, et j'en profite pour m'excuser et aller aux toilettes.

Quand je reviens quelques minutes plus tard, l'atmosphère à table est particulièrement tendue. La seule personne qui semble à l'aise est Julian qui s'adosse à sa chaise et examine mes parents de son regard impénétrable. Visiblement, mon père se hérisse et ma mère a posé une main sur son coude, un geste qu'elle a l'habitude de faire pour le calmer. La pauvre Rosa donne l'impression de vouloir être ailleurs.

Je m'assieds en hésitant : faut-il leur demander ce qui se passe ? Mais j'ai l'impression que ça mettrait encore de l'huile sur le feu.

— Et comment ça se passe avec ton nouveau travail, papa ? ai-je demandé gaiement.

Mon père respire profondément, puis recommence et tente vaguement de sourire. C'est plutôt une grimace, mais je lui sais gré d'avoir fait cet effort.

Mais avant qu'il ne puisse répondre à ma question, Julian se penche en avant, pose l'avant-bras sur la table et dit :

— Tony, vous ne vous en rendez peut-être pas compte, mais votre fille est désormais l'une des femmes les plus riches du monde. Quelle que soit la profession qu'elle envisagera et même si elle ne travaille pas, elle ne manquera jamais de rien. Je sais que ce n'est pas idéal d'avoir un enfant pendant ses études, mais on ne peut vraiment pas dire que " c'est une catastrophe ", particulièrement dans cette situation.

Mon père bouillonne de rage.

— Vous pensez que cet enfant est le seul problème ? Vous avez enlevé…

— Tony ! Ma mère parle d'une voix douce, mais d'un ton qui arrête mon père en pleine phrase. Puis elle se tourne vers Julian. Je suis désolée du manque de courtoisie de mon mari, dit-elle calmement. Il est évident que nous sommes conscients du fait que vous puissiez subvenir aux besoins de Nora.

— Bien. Julian lui sourit froidement. Et savez-vous également que Nora est en train de devenir une artiste très recherchée ?

J'allais prendre une côte d'agneau, mais je m'interromps et je le regarde bouche bée. Une artiste très recherchée ? Moi ?

— Je sais que cette galerie d'art parisienne s'intéresse à sa peinture, dit prudemment ma mère. Est-ce de cela qu'il s'agit ?

— Oui. Le sourire de Julian se durcit. Mais ce que vous ne savez peut-être pas encore c'est que le propriétaire de cette galerie est l'un des plus grands collectionneurs en Europe. Et il s'intéresse beaucoup au travail de Nora. À tel point en fait qu'il vient juste de me proposer d'acheter cinq de ses tableaux pour sa collection personnelle.

— Vraiment ? Je ne peux cacher mon enthousiasme. Il veut les acheter ? Combien ?

— Cinquante mille euros. Dix mille par tableau. Et je suis sûr que nous pouvons en demander davantage.

Je retiens mon souffle un instant.

— Cinquante *mille* ? Cinq cents m'aurait déjà transporté de joie. Et même cinquante ! Le simple fait que quelqu'un ait envie de mes barbouillages est incroyable. Tu as bien dit *cinquante mille euros* ?

— Oui, bébé. Le regard de Julian s'attendrit en se posant sur moi. Félicitations ! Tu es sur le point de faire ta première grosse vente.

— Oh mon Dieu ! Je pousse un soupir. Oh-mon-Dieu !

Mes parents n'en croient pas leurs yeux non plus, je le vois sur leur visage. Ils sont stupéfaits du tour que prennent les évènements. Seule Rosa semble garder son calme.

— Félicitations, Nora, s'exclame-t-elle avec un grand sourire. Je t'avais bien dit que ces tableaux étaient extraordinaires.

— Quand as-tu reçu cette proposition ? ai-je demandé à Julian quand j'ai retrouvé la voix.

— Juste avant d'arriver ici. Julian tend la main pour serrer légèrement la mienne. J'allais te le dire tout à l'heure, mais j'ai pensé qu'il fallait que tes parents le sachent aussi.

— Oh, oui, absolument, dit ma mère qui se remet enfin de son choc. C'est… c'est incroyable, ma chérie. Nous sommes si fiers de toi.

Mon père hoche la tête, il ne dit toujours rien, mais je peux voir qu'il est tout aussi impressionné. Et peut-être qu'il commence à changer d'avis sur les possibilités de mon passe-temps.

— Papa, ai-je dit doucement en le regardant. Je n'ai pas l'intention de laisser tomber mes études. Même avec le bébé qui va naître, entendu ? S'il te plaît, ne t'inquiète pas pour moi. Sincèrement, tout va bien.

Mon père me fixe des yeux, puis se tourne vers Julian et enfin de nouveau vers moi. J'attends qu'il dise quelque chose, mais il se tait. À la place, il me tend le plat de côtes d'agneau et me les présente.

— Vas-y, chérie, dit-il à voix basse. Tu dois avoir faim après ce long voyage.

Je me sers avec plaisir et tout le monde commence à en faire autant.

Le reste du dîner se déroule aussi bien que possible. Malgré quelques silences tendus, l'essentiel du repas est dominé par une conversation relativement courtoise. Ma mère pose des questions sur la vie dans le domaine et Rosa et moi lui montrons des photos sur le téléphone de Rosa. Pendant ce temps, mon père s'embarque dans une conversation sur la politique avec Julian. À la surprise générale, il s'avère qu'ils ont tous les deux les mêmes opinions cyniques sur la situation au Moyen-Orient, bien que les connaissances géopolitiques de Julian soient nettement supérieures à celles de mon père. Contrairement à mes parents qui apprennent les nouvelles par les médias, Julian fait partie de l'actualité.

En fait, il fait l'actualité, mais rares sont ceux qui le savent en dehors du monde de l'espionnage.

Je dois le reconnaître, pour des gens qui pensent que Julian devrait être derrière les barreaux mes parents sont des hôtes étonnamment bienveillants. J'imagine que c'est parce qu'ils ont peur de me perdre s'ils déplaisent à Julian. Ma mère inviterait le diable en personne à dîner pour garder le contact avec sa fille unique et mon père a tendance à suivre son exemple dans les situations délicates.

Et pourtant, ils le scrutent et l'examinent pendant tout le repas avec autant de méfiance que si c'était une bête sauvage. Il sourit et fait preuve de tout son charme, mais je sais qu'ils devinent la menace permanente qui se dégage de lui, la violence ténébreuse qui l'enveloppe comme un noir manteau.

Quand nous en sommes au dessert et au café, Julian reçoit un message urgent de Lucas et s'excuse pour sortir quelques instants.

— Rien de grave, me dit-il quand je lui jette un coup d'œil inquiet. C'est seulement une petite question d'affaires à régler.

Il sort de la maison et Rosa choisit ce moment pour aller aux toilettes, me laissant seule avec mes parents pour la première fois depuis notre arrivée.

— Les affaires ? demande mon père d'un air incrédule. À dix heures et demie du soir ?

Je hausse les épaules.

— Julian traite avec des gens dans différents fuseaux horaires. Il est dix heures du matin quelque part dans le monde.

Je vois que mon père veut poursuivre ses questions, mais heureusement ma mère s'interpose.

— Ton amie est vraiment gentille, dit-elle en indiquant le hall où est allée Rosa. C'est difficile de croire qu'elle a grandi dans de telles circonstances. Elle baisse la voix. Avec des criminels, je veux dire.

— Oui, je sais. Je me demande ce que penseraient mes parents s'ils savaient que Rosa a tué deux personnes. Elle est merveilleuse.

— Nora, ma chérie… Ma mère jette un coup d'œil furtif dans la pièce vide puis se penche en avant et baisse encore la voix. Je sais que nous n'avons pas beaucoup le temps maintenant, mais dis-le-nous : es-tu vraiment heureuse avec lui ? Parce que maintenant que tu es sur le sol américain le FBI devrait pouvoir…

— Maman, je ne pourrais pas vivre sans lui. S'il lui arrivait quelque chose, j'en mourrais. Cette terrible vérité m'échappe avant de penser à une manière moins brutale de le dire. J'ajoute avec plus de douceur : je ne m'attends pas à ce que vous le compreniez, mais il est tout pour moi. Je l'aime vraiment.

— Et lui ? Est-ce qu'il t'aime ? demande mon père à voix basse. Il fait plus vieux que son âge en ce moment, la pitié et le chagrin que je lis dans ses yeux le vieillissent. Est-ce que quelqu'un comme lui est capable d'amour, ma chérie ?

J'ouvre la bouche pour le rassurer, mais, quelle qu'en soit la raison, je n'arrive pas à prononcer ces paroles. Je veux croire que Julian m'aime à sa manière, mais il y a toujours en moi un élément de doute.

Mon père a touché juste.

Julian est-il capable d'amour ?

Franchement, je ne le sais toujours pas.

CHAPITRE SEIZE

❖ JULIAN ❖

Quand je sors, la Lincoln noire m'attend déjà.

— Je leur ai dit que vous étiez occupé, mais ils ont insisté pour vous rencontrer, dit Lucas qui sort de l'ombre entourant la maison. J'ai pensé qu'il valait mieux vous prévenir.

Je hoche la tête et me dirige vers la voiture.

La vitre arrière descend.

— Allons faire un tour, dit Frank en ouvrant la porte. Il faut que nous parlions.

Je le regarde durement.

— Je ne crois pas. Si vous voulez que l'on parle, ça sera ici.

Frank m'examine, il se demande vraisemblablement jusqu'où il peut aller avec moi, et je détecte exactement le moment où il décide de ne pas me contrarier davantage.

— D'accord. Il descend de voiture, son ventre rond est sanglé dans son costume gris. Pourquoi pas, si les voisins indiscrets ne vous gênent pas.

Je parcours les alentours d'un regard de professionnel. Il a malheureusement raison. De l'autre côté de la rue, il y a déjà un rideau qui se lève.

Nous commençons à attirer l'attention.

— Il y a un petit parc juste à côté, ai-je dit. Ma décision est prise. Pourquoi ne pas marcher dans cette direction ? Je vous donne exactement un quart d'heure.

Frank acquiesce de la tête et la Lincoln noire démarre, elle va sans doute faire le tour du quartier. Je suis persuadé qu'il y a d'autres forces de sécurité bien cachées, exactement comme les miennes. La CIA ne laisserait jamais un de ses membres avec moi sans protection.

— Alors, parlez ! ai-je dit tandis que nous nous dirigeons vers le parc. Je fais signe à Lucas de nous suivre à une certaine distance. Pourquoi êtes-vous là ?

— C'est plutôt : et vous, pourquoi êtes-vous là ? La voix de Frank est empreinte de frustration. Vous savez les problèmes que vous nous causez ? Le FBI sait que vous êtes dans sa juridiction et il est dans tous ses états.

— Je croyais que vous vous en étiez occupé.

— C'est vrai, mais Wilson refuse de laisser tomber. Bosovsky et lui reniflent partout, ils essaient de trouver les traces d'un camouflage. C'est la merde, et votre arrivée n'arrange rien.

— En quoi est-ce que cela me concerne ?

— Nous ne voulons pas de vous ici, Esguerra, dit Frank quand nous tournons au coin de la rue. Vous n'avez aucune raison d'y être.

— Ah bon ? Je hausse les sourcils. Les parents de ma femme habitent ici.

— Votre femme ? Grogne Frank. Vous voulez dire cette fille de dix-huit ans que vous avez enlevée ?

Nora a maintenant vingt ans, en tout cas elle les aura dans deux ou trois jours, mais je ne le contredis pas. Ce n'est pas son âge qui est le problème.

— C'est ça, ai-je dit froidement. Et vous le savez parfaitement puisque vous m'avez dérangé alors que je dînais avec ses parents… mes beaux-parents.

— Merde, vous plaisantez ? Putain, comment pouvez-vous regarder ces gens en face ? Vous avez enlevé leur fille…

— C'est ma femme maintenant. Mon ton se durcit. Ma relation avec ses parents ne vous regarde pas, ne vous en mêlez pas, bordel !

— Je vais m'en mêler si vous restez ici. Frank se tait, il est essoufflé et il a du mal à suivre mon pas plus rapide que le sien. Je ne plaisante pas, Esguerra. Nous pouvons effacer des dossiers et des données, mais pas des gens. Pas dans ce cas.

— Vous êtes en train de me dire que la CIA ne peut pas réduire au silence deux agents trop zélés du FBI ? Je le regarde froidement. Parce que si c'est le seul problème…

— Non, m'interrompt Frank en comprenant tout de suite ce que je veux dire. Il ne s'agit pas seulement du FBI, Esguerra. Il lève la main pour essuyer la sueur de son front. Il y a de gros bonnets que votre présence ici rend nerveux. Ils ne savent pas à quoi s'attendre.

— Dites-leur de s'attendre à ce que je rende visite à mes beaux-parents et à ce que je m'en aille. Pour une fois, je suis parfaitement sincère avec Frank. Je ne suis pas ici pour affaires, vos gros bonnets n'ont aucune raison de s'inquiéter.

Frank n'a pas l'air de me croire, mais je m'en fous complètement. Si la CIA a le sens de ses intérêts, elle me protégera du FBI.

Je suis ici pour Nora et ceux à qui ça ne plaît pas peuvent aller se faire voir.

* * *

Quand je retourne dans la maison, Nora se querelle avec Rosa pour savoir qui va débarrasser la table.

— Rosa, s'il te plaît, aujourd'hui tu es invitée, dit Nora en prenant le plat où il reste des côtes d'agneau. Je t'en prie, assieds-toi et je vais aider ma mère…

— Non, non, non, dit Rosa en faisant le tour de la table et en prenant la vaisselle sale. Tu dois penser au bébé. S'il te plaît, c'est mon travail. Laisse-moi aider.

— Je suis enceinte de dix semaines, pas de neuf mois…

— Elle a raison, bébé, ai-je dit en m'approchant de Nora et en lui prenant le plat des mains. La journée a été longue et je ne veux pas que tu te fatigues trop.

Nora commence à protester, mais j'emporte déjà le plat à la cuisine où les parents de Nora enveloppent les restes. À mon arrivée, Gabriela ouvre grands les yeux, mais elle me prend le plat en murmurant merci.

Je lui souris et je retourne chercher d'autres plats dans la salle à manger.

Rosa et moi faisons plusieurs autres allées et venues pour débarrasser la table et tout amener à la cuisine. Nora est assise sur le canapé du salon et nous regarde avec un mélange d'exaspération et de curiosité.

Finalement, la table est débarrassée et les Leston sortent de la cuisine pour nous rejoindre. Je m'assieds à côté de Nora sur le canapé et je lui prends la main que je pose sur mes genoux pour la caresser.

— Gabriela, Tony, merci pour ce délicieux repas, ai-je dit quand les parents de Nora s'assoient sur l'autre canapé à côté de Rosa. Excusez-moi d'avoir dû sortir et d'avoir raté le dessert.

— Je t'ai gardé une part de gâteau, dit Nora dont je masse la paume de la main. Maman l'a enveloppé pour que nous puissions l'emmener.

Je souris chaleureusement à sa mère.

— Merci d'y avoir pensé, Gabriela, ça me fait plaisir.

Gabriela incline la tête.

— Je vous en prie. C'est dommage que vos affaires vous retiennent si tard le soir.

— Oui, c'est vrai, ai-je dit en faisant comme si je ne remarquais pas la question implicite qu'elle me pose. Et vous avez raison, il se fait tard… Je jette un coup d'œil à Nora qui étouffe un bâillement de sa main restée libre.

— Nora nous dit que vous allez rester à Palos Park, dit Tony en nous regardant d'un air indéchiffrable. C'est là que vous allez dormir ce soir ?

— Oui, c'est vrai. Cette maison est à la limite de la ville avec une surface inhabitée assez grande afin que Lucas puisse mettre en place les mesures de sécurité nécessaires. C'est là que nous habiterons pendant toute la durée de notre visite.

— Si vous voulez dormir dans la chambre de Nora, vous y êtes les bienvenus, propose Gabriela d'un air hésitant.

— Merci, mais nous ne voulons pas déranger. Il vaut mieux que nous soyons chez nous pendant cette quinzaine de jours. Sans lâcher la main de Nora, je me lève en souriant poliment aux Leston. Et à ce sujet, il me semble que nous devrions y aller, Nora a besoin de se reposer.

— *Nora* va bien, marmonne celle qui fait l'objet de mon inquiétude tandis que je la dirige vers la porte. Je suis capable de veiller après dix heures du soir, tu sais.

En entendant son ton grognon, j'étouffe un petit sourire. Ma chérie n'aime pas admettre qu'elle se fatigue plus facilement désormais.

— Oui, je m'en rends compte. Mais tes parents aussi ont besoin de se reposer. C'est jeudi demain, non ?

— Oh, oui, bien sûr ! En s'arrêtant avant de sortir, Nora se retourne vers ses parents. J'avais oublié que vous travaillez tous les deux, dit-elle d'un air contrit. Je suis désolée. Nous aurions sans doute dû partir plus tôt.

— Oh non, ma chérie, proteste sa mère. Nous sommes si heureux que vous soyez ici, et nous vous avions invités ce soir. Quand allons-nous vous revoir ?

Nora lève les yeux vers moi et je réponds :

— Demain soir si ça vous convient. Et cette fois-ci, vous dînerez chez nous.

— Nous y serons, dit Tony et je regarde les Leston embrasser Nora pour lui dire au revoir.

CHAPITRE DIX-SEPT

❖ NORA ❖

Quand nous montons dans la limousine, je m'aperçois que je suis *effectivement* fatiguée, la tension et l'excitation de la soirée se dissipent alors et je n'ai plus de force. De nouveau, Rosa s'assied en face de nous et Julian m'attire vers lui en posant le bras sur mon épaule. Entourée par son chaleureux parfum masculin, je me détends à ses côtés et je commence à rêver.

Mon ancien ravisseur et moi venons juste de dîner avec mes parents. Comme si nous formions une famille. C'est tellement absurde que j'ai encore du mal à y croire. Je ne sais pas exactement ce que j'avais imaginé quand Julian avait donné son accord pour cette visite, mais ce n'était pas du tout ça.

J'imagine que d'une certaine manière je m'étais simplement refusée à penser qu'une telle situation serait possible, mon ravisseur assis à la même table que mes parents. C'est comme si j'avais érigé un mur dans mon esprit pour ne pas avoir d'inquiétudes. Quand je pensais à mon retour à la maison, je ne m'étais imaginée qu'avec mes parents. Uniquement nous trois comme si Julian restait à l'arrière-plan dans l'autre partie de ma vie, celle des ténèbres.

Évidemment, c'était ridicule de penser de la sorte. Julian ne reste jamais à l'arrière-plan. Il domine toutes les situations dans lesquelles il se trouve et les conforme à sa volonté. Et même dans ce cas, dans ma relation avec mes parents, il a pris le contrôle, il s'est immiscé dans ma famille selon son désir, parfaitement à l'aise là où d'autres auraient rougi de honte.

Visiblement, c'est utile de ne pas avoir de conscience.

— Comment te sens-tu, mon chat ?

En entendant la question que vient de murmurer Julian, je relève la tête vers lui en m'apercevant que j'ai gardé le silence durant plusieurs minutes.

— Bien, ai-je dit, consciente de la présence de Rosa juste à côté de nous. Il me faut tout digérer.

— Ah bon ? Julian me regarde d'un air amusé en relâchant son étreinte pour me permettre de m'asseoir plus confortablement. Digérer le repas ou le reste ?

— Sans doute les deux, ai-je dit en souriant et en m'apercevant de mon jeu de mots involontaire. C'était un bon repas.

— Oui, c'est vrai. Malgré l'obscurité de la voiture, je peux deviner la ligne sensuelle de ses lèvres. Tes parents avaient fait merveille.

Je hoche la tête.

— Absolument. Je me demande ce qu'ils ont dû ressentir en dînant avec celui qui a enlevé leur fille.

Avec le criminel qui est désormais leur gendre et le père de leur petit-fils ou de leur petite-fille.

En soupirant, je me blottis de nouveau aux côtés de Julian et je ferme les yeux.

Ma vie est parvenue à un nouveau degré dans l'aberration.

* * *

Nous mettons moins de vingt minutes pour atteindre le quartier cossu de Palos Park. Je l'ai toujours connu quand j'étais petite, le longeant pour aller à la réserve du Lac Tampier. En général, ses habitants sont avocats ou médecins et je n'ai jamais entendu dire que qui que ce soit pouvait y louer une maison pour une quinzaine de jours.

Mais évidemment, Julian n'est pas n'importe qui.

La maison qu'il a choisie est en lisière du quartier et protégée par une haute grille de fer forgé. Après avoir franchi les barrières électroniques, nous parcourons encore une allée sinueuse pendant quelques centaines de mètres avant d'atteindre la maison proprement dite.

À l'intérieur, la maison est luxueuse, presque aussi agréable que celle du domaine. Des parquets luisants aux tableaux contemporains sur les murs, tout dans notre maison de vacances fait preuve d'une grande richesse.

— Combien as-tu payé pour cette maison ? ai-je demandé en traversant une immense salle à manger. Je ne pensais pas qu'on pouvait louer ici.

— Ce n'est pas une location, dit simplement Julian, je l'ai achetée.

Je n'en reviens pas.

— Quoi ? Quand ? Tu avais dit que c'était une location.

— J'ai dit que j'avais trouvé une maison pour notre visite, précise-t-il, je n'ai pas dit comment.

— Ah bon ! Je me sens tout bête d'avoir imaginé qu'il l'avait louée. Mais quand as-tu pu l'acheter ?

— J'ai commencé à m'en occuper dès que nous avons décidé de venir. Les anciens propriétaires ont mis presque une semaine à partir, mais maintenant cette maison est à nous.

À nous ! C'est si facile à dire que je ne comprends pas tout de suite. Et puis j'assimile ce qu'il vient de dire.

— *Nous* sommes propriétaires de cette maison ? ai-je dit prudemment. C'est-à-dire, nous deux ?

— Techniquement, elle appartient à une de nos sociétés-écrans, mais je t'ai nommée actionnaire à cinquante pour cent dedans si bien que oui, elle est à *nous*, dit Julian tandis que nous entrons dans une vaste chambre avec un lit à baldaquin.

— Julian… Je m'arrête devant le lit pour le regarder. Pourquoi avoir fait ça ? Le fonds en fiducie était plus que suffisant…

— Parce que tu es à moi. Il se rapproche d'un pas et une ardeur que je connais bien brûle dans son regard quand il pose la main sur les boutons de ma robe. Ses doigts effleurent ma peau nue, et mes tétons se hérissent de désir. Parce que je veux prendre soin de toi, te gâter, faire en sorte que tu ne manques jamais de rien. Malgré la tendresse de ses paroles, ses yeux brillent d'un sombre éclat quand il finit de déboutonner ma robe et la laisse tomber par terre. D'autres questions, mon chat ?

Je secoue la tête en le fixant des yeux. Je n'ai plus que mon string bleu et un soutien-gorge assorti, et sa manière de me regarder me fait penser à un lion affamé prêt à se jeter sur une gazelle. Il veut peut-être prendre soin de moi, mais à ce moment précis il veut aussi me dévorer.

— Bon ! Sa voix grave ronronne de manière menaçante. Et maintenant, tourne-toi !

Mon pouls s'accélère avec impatience et nervosité, et je lui obéis. J'ai beau désirer ardemment le mal, il me reste encore un peu de peur instinctive au fond du ventre. Julian a toujours été imprévisible. Il est bien possible que cette soirée familiale ait réveillé ses désirs sadiques et libéré le démon qu'il maîtrise depuis quelques semaines.

Une vibration brûlante qui trahit mes désirs se manifeste entre mes jambes à cette pensée.

Alors que je reste immobile, j'entends un léger bruit soyeux et une étoffe douce vient me recouvrir les yeux.

C'est un bandeau, ai-je compris en retenant mon souffle. Privée de vision, je me sens infiniment plus vulnérable. Ma main droite me démange, tout à coup j'ai envie de lever le bras et de déchirer le tissu qui me recouvre les yeux.

— Oh ! non, ne fait pas ça ! Julian m'attrape le bras, ses mains se serrent sur mes poignets comme s'il me menottait. Il se penche en avant et murmure : qui a dit que tu pouvais faire ça, mon chat ?

Son haleine brûlante me fait frissonner.

— C'est seulement…

— Silence ! Son ordre résonne en moi, et intensifie la vibration que je sens entre mes jambes. Je te dirai quand parler. Il lâche mes poignets et il me pousse vers l'avant ce qui me fait trébucher et atterrir tête en premier sur le lit. Ne bouge pas ! ordonne-t-il en s'avançant d'un pas.

Je lui obéis en retenant mon souffle tandis qu'il me parcourt de la main, commençant aux épaules et finissant sur mes cuisses. Ses caresses sont douces, et pourtant indiscrètes, comme celle d'un étranger. Ou peut-être me semblent-elles ainsi à cause du bandeau. Je peux sentir sa présence derrière moi, mais je ne peux rien voir, et il me touche comme si j'étais un objet, m'utilisant à sa guise. Je sens ses grandes mains calleuses et chaudes, et le souvenir de notre première fois ensemble me traverse l'esprit, ce qui me contracte le ventre d'un mélange d'anxiété et de désir pervers.

Quand il a fini de me caresser, il me fait rouler sur le dos et m'installe sur le lit en me mettant un oreiller sous la tête. Puis il m'attrape par le bras et je le sens nouer une corde rêche autour de mon poignet. Il attache l'autre bout de la corde à ce que, je devine être l'un des barreaux du lit.

Ensuite, il contourne le lit et fait de même avec l'autre bras.

Me voilà allongée comme pour une sorte de sacrifice sexuel, les bras étirés à la diagonale et les yeux toujours recouverts du bandeau. Je suis encore plus impuissante que d'habitude, ce qui m'inquiète tout en me ravissant, comme presque toujours avec Julian. Pour d'autres couples, il ne s'agirait que d'un jeu. Mais pour nous, c'est aussi réel que possible. Je n'ai pas la possibilité de dire non. Julian va me prendre que je le veuille ou pas, et d'une manière perverse, le savoir augmente encore mon désir sexuel au point de me faire mal.

— Tu es belle. Son murmure brutal s'accompagne d'un mouvement presque imperceptible, ses doigts caressent la peau délicate de mon ventre. Et tout à moi. N'est-ce pas, mon chat ?

— Oui ! Ma respiration se fait haletante en sentant ses doigts s'approcher du haut de mon string. Oui, tout à toi.

Le matelas s'affaisse un peu quand il vient sur le lit et chevauche mes jambes. L'étoffe de son jean irrite ma peau, me rappelant qu'il est encore tout habillé.

— C'est vrai… Il se penche en avant, les boutons de sa chemise s'appuient sur mon ventre tandis qu'il me recouvre de son large buste musclé. Il me mordille le lobe de l'oreille et j'ai la chair de poule qui se répand sur mes bras lorsqu'il murmure à mon oreille : tu ne seras jamais qu'à moi.

Je réprime un frisson, un liquide brûlant m'envahit au plus profond de moi-même. Venant de quelqu'un d'autre, ces paroles ne seraient que des mots doux très possessifs, mais de la part de Julian, c'est à la fois une menace et une constatation. Si jamais j'étais assez sotte pour laisser un autre homme me toucher, Julian le tuerait sans la moindre hésitation.

— Je ne désire que toi. C'est la vérité, et pourtant ma voix tremble quand Julian embrasse mon cou puis me suce sous l'oreille, là où la chair est si tendre. Tu le sais bien.

Il a un petit rire dont le son grave et viril résonne en moi.

— Oui, mon chat. Je le sais.

Il se relève et j'ai l'impression qu'il va au pied du lit. Quand il m'attrape par la cheville droite, je comprends pourquoi.

Il va aussi m'attacher les jambes.

La corde m'entoure la cheville tandis que je reste allongée au même endroit, le cœur battant. Il est rare que Julian m'attache aussi soigneusement. Il n'en a pas besoin. Même si j'avais envie de me débattre il est assez fort pour me maîtriser sans avoir recours à des cordes ou à des chaînes.

Et d'ailleurs, je n'ai aucune envie de résister étant donné que je sais de quoi il est capable, ce qu'il peut vouloir faire pour me posséder.

Une fois ma jambe droite attachée il prend la gauche. Ses mains sont vigoureuses et sans hésitation, il entoure ma cheville et attache l'extrémité de la corde à l'un des barreaux restants, me laissant ainsi allongée les jambes grandes ouvertes. Cette posture est déconcertante et dès que Julian revient près de moi j'essaie instinctivement de refermer les jambes. Mais évidemment, je peux à peine les bouger. Tout comme les cordes qui m'entourent les poignets, celles des chevilles me maintiennent bien en place, sans toutefois me couper la circulation.

Mon ravisseur n'est peut-être pas un adepte du sadomasochisme traditionnel, mais il sait parfaitement comment attacher quelqu'un.

— Julian ? Je me souviens alors que j'ai toujours mes sous-vêtements, mon soutien-gorge et mon string. Qu'est-ce que tu vas me faire ?

Il ne réagit pas. À la place, je sens de nouveau s'affaisser le matelas quand il se lève puis j'entends des bruits de pas et celui de la porte qui se referme.

Il est sorti de la pièce en me laissant attachée au lit.

Mon cœur se met à battre encore plus vite.

Je plie les bras pour vérifier de nouveau la corde tout en sachant que c'est inutile. Comme prévu, il n'y a presque pas de jeu ; si j'essaie de tirer sur elle, elle me mordra cruellement la peau. Je suis presque nue, seule, avec les yeux bandés, et dans une maison inconnue. Et même si je sais que Julian ne laissera rien de mal m'arriver, je ne peux empêcher la tension de m'envahir alors que les secondes passent sans qu'il fasse signe de revenir.

Après deux ou trois minutes, je vérifie de nouveau la corde. Toujours pas de jeu… et Julian n'est toujours pas revenu.

Je m'oblige à inspirer et expirer lentement. Il ne se passe rien de grave ; personne ne me fait de mal. Je ne sais pas à quoi joue Julian, mais ça ne semble pas particulièrement brutal.

Mais tu as envie de brutalité, me rappelle insidieusement une petite voix intérieure. *Tu as envie de cette violence, et de souffrir.*

Je fais taire cette voix et je me concentre pour conserver mon calme. J'ai beau être excitée par les caprices de Julian en amour, ils m'effraient aussi. En tout cas, ils effraient la part de moi qui est restée saine d'esprit. J'ai envie de souffrir, mais j'en ai également peur. C'est toujours comme ça maintenant. C'est comme si j'étais coupée en deux, ce qu'il reste de la Nora d'autrefois est en guerre contre celle d'aujourd'hui.

Quelques minutes passent encore, interminables.

— Julian ? Je ne peux plus garder le silence. Julian, où es-tu ?

Rien. Pas la moindre réponse.

Je frotte ma nuque contre les draps pour essayer d'enlever le bandeau, mais il bouge à peine. Je suis tellement contrariée que je tire de toutes mes forces sur les cordes, mais je n'arrive qu'à me faire mal. Finalement, j'abandonne et j'essaie de me détendre et de ne pas tenir compte de l'anxiété qui commence à m'envahir.

Quelques minutes de plus s'écoulent. Et juste au moment où il me semble que je risque de devenir folle j'entends la porte qui s'ouvre, suivi d'un léger bruit de pas.

— Julian, c'est toi ? Je ne peux cacher mon soulagement. Qu'est-ce qui s'est passé ? Où étais-tu ?

— Chut… Puis je sens un chatouillement sur mes lèvres. Qui t'a dit que tu avais le droit de parler, mon chat ?

La froideur de sa voix accélère les battements de mon cœur. Me punit-il de quelques fautes ?

— Quoi… ?

— Chut ! Il met la main sur mes lèvres pour me réduire au silence. Pas un mot de plus.

J'avale ma salive, tout à coup j'ai la gorge sèche. Il ne me touche que les lèvres et pourtant tout mon corps s'embrase et je retrouve mon excitation de tout à l'heure malgré ma nervosité croissante.

Ou peut-être à cause d'elle. C'est impossible de le dire.

— Suce-moi les doigts. L'ordre qu'il vient de murmurer s'accompagne d'une pression de plus en plus vive sur le bord de mes lèvres. Vas-y !

J'ouvre la bouche avec obéissance et je commence à sucer deux de ses longs doigts. C'est un goût frais et légèrement salé, l'extrémité de ses ongles me frotte le palais. Je fais tourner la langue autour de ses doigts comme je le ferais autour de sa verge, comme si la sensation était aussi intense pour lui.

Alors que je commence à me prendre au jeu, Julian retire ses doigts et il les passe sur mon corps où ils laissent une traînée humide et fraîche qui me fait frissonner ; mes muscles intimes se contractent quand ses doigts tournent autour de mon nombril en m'égratignant légèrement le ventre. *Plus bas,* ai-je souhaité en silence, *s'il te plaît, juste un petit peu plus bas*, mais au lieu de ça il relève la main en me privant de ses caresses.

J'ouvre la bouche pour le supplier, mais je me souviens alors qu'il ne veut pas que je parle. En avalant ma salive, j'avale aussi mes paroles, ne voulant pas lui déplaire alors qu'il est d'humeur imprévisible.

S'il est vrai que Julian me punit de quelque chose, je ne veux pas lui déplaire davantage.

Alors au lieu de le supplier je reste immobile et j'attends, le souffle court et haletant en essayant de l'entendre bouger. Je n'entends rien. Se contente-t-il de me regarder ? De fixer des yeux mon corps à demi nu, étiré et attaché sur le lit ?

Finalement, j'entends quelque chose. Un grattement, comme s'il avait pris quelque chose sur la table de nuit.

J'attends en écoutant anxieusement et c'est alors que je le sens.

Quelque chose de dur et de froid qui se glisse sous l'élastique de mon soutien-gorge et m'appuie entre les seins.

Le choc me fait presque chanceler, mais je parviens à ne pas bouger tandis que mon cœur bat à se rompre.

Snip. C'est un bruit reconnaissable entre tous.

C'est celui du métal qui coupe un tissu épais. Julian vient de couper le devant de mon soutien-gorge avec des ciseaux.

Je m'autorise un bref soupir de soulagement, puis je me tends de nouveau en sentant le froid des ciseaux me glisser le long du corps.

Snip ! Snip ! Il a coupé les deux côtés de mon string et appuie sur mes hanches avec l'extérieur des ciseaux. Je sens la chaleur de sa main lorsqu'il enlève les bouts de tissu puis je l'entends retenir son souffle. Il me regarde. Je le sais. J'imagine ce qu'il voit, je suis là, couchée, nue, les jambes grandes ouvertes, et ma peau me brûle en pensant à cette image pornographique.

— Tu es déjà mouillée ! Son murmure plein de désir me fait brûler de plus belle. Ta chatte dégouline pour moi. Et il accompagne ces paroles d'une caresse imperceptible sur mon clitoris endolori. Ma chair est si sensible que j'ai une impression de brutalité et pourtant le feu se propage dans mes veines et je suis éperdue de désir. Involontairement, un gémissement s'échappe de ma bouche et je relève les hanches vers lui, pour lui en demander silencieusement davantage.

Cette fois-ci, il répond à ma prière.

Je sens encore une fois le matelas s'affaisser quand il vient sur le lit et s'installe entre mes jambes. Ses grandes mains s'emparent avec force de mes cuisses et il baisse la tête vers mon sexe. Je sens la chaleur de son haleine sur mes plis ouverts. J'ai failli gémir d'impatience, mais je me retiens à la dernière seconde pour ne pas risquer de le faire changer d'avis. Je désire ses caresses. J'en ai besoin. C'est insupportable sans elles.

Et c'est alors que je sens la douceur mouillée de sa langue venir entre mes plis, une caresse qui m'apaise tout en m'attisant. Il ne me lèche pas ; il a juste posé la langue sur mon clitoris, mais c'est suffisant. C'est plus que suffisant. J'agite les hanches en petits mouvements spasmodiques pour provoquer exactement le rythme dont j'ai besoin, et la tension monte en moi, le plaisir forme une bulle qui vibre au plus profond de mon être.

Alors il se met à mouvoir la langue autour de mon clitoris en le suçant vigoureusement et quand la bulle éclate, l'extase se propage dans les terminaisons nerveuses et me fait hurler, je ne peux plus garder le silence.

Avant que mon orgasme ne soit tout à fait terminé, il commence à me lécher. Rien que de légers petits coups de langue qui prolongent les secousses de mon plaisir dans tout mon corps. C'est tellement agréable, bien que mon clitoris soit gonflé et hypersensible que je ne bouge plus et que je le savoure, pantelante et satisfaite d'avoir joui. Ce n'est qu'une minute plus tard que je m'aperçois que mon plaisir s'avive de nouveau, s'intensifie et se transforme en une tension douloureuse.

J'en perds le souffle, me cambrant vers sa bouche, j'ai besoin qu'il aille plus fort pour me faire jouir encore, mais il continue ses caresses imperceptibles, sa langue m'effleurant à peine le clitoris.

— Je t'en prie, Julian… Les mots m'échappent avant de me rappeler que je n'ai pas le droit de parler, mais à mon grand soulagement il continue. Il continue à me lécher, sa langue va à un rythme qui m'amène lentement et douloureusement toujours plus près du plaisir tout en le retardant sans cesse. J'essaie de relever encore les hanches, mais je n'ai pas beaucoup de liberté de mouvement dans la position où je suis.

Je ne peux que subir, entièrement à la merci du plaisir-tourment que Julian choisit de m'infliger.

Et juste quand j'ai l'impression de ne pouvoir en supporter davantage il se met de côté et sa main droite passe de ma cuisse à mon sexe en feu. Ses grands doigts rugueux me tâtonnent à l'entrée et je pousse un gémissement quand il y fait entrer deux d'entre eux, me pénétrant à la vitesse de l'éclair. J'y suis presque, c'était presque ce dont j'avais besoin… et puis il appuie fortement sur mon clitoris.

Je vole en éclats sous le plaisir intense qui me traverse, j'ai des convulsions, je suis à bout de souffle et je laisse échapper un grand cri.

— Oui, c'est fait, bébé, murmure-t-il. Sa main me quitte, et j'entends s'ouvrir une fermeture éclair. Je m'en aperçois à peine. Je suis ivre d'orgasmes, et épuisée par l'intensité brutale de tout ce qui vient d'arriver. Mon cœur bat comme après un sprint, je ne suis plus qu'une poupée de chiffon.

Impossible d'en désirer encore plus, pourtant quand il me couvre de son grand corps, un imperceptible sursaut me contracte le ventre. Il est nu, il s'est déjà déshabillé, et je sens l'ardeur de son érection. Son pouvoir viril à l'état brut. Même si je n'étais pas attachée, je me sentirais en situation d'infériorité et d'impuissance devant lui, mais les cordes qui m'entourent les bras et les jambes accentuent cette sensation. Sous son poids je peux à peine respirer, mais peu importe. Même l'air semble secondaire à cet instant.

Je n'ai besoin que de lui.

Tout en restant sur moi, il change de position et se met sur l'un de ses coudes. Son gland dur et lisse m'effleure l'intérieur des cuisses quand il baisse la tête pour m'embrasser et l'impatience me raidit quand je le sens commencer à me pénétrer.

Après tous ces orgasmes, je suis mouillée et glissante, mon corps est prêt à être possédé, et pourtant je le sens s'étirer quand sa grosse verge sépare mes parois intimes juste à la limite de la souffrance. Au même moment, sa langue envahit ma bouche, et je ne peux même pas gémir quand il commence à aller et venir de plus en plus profondément. Le sentir ainsi est irrésistible, comme le goût de ses baisers, comme la manière dont son corps domine complètement le mien et s'en empare. Je ne peux ni voir ni bouger. Je me noie et il est mon seul salut.

Je ne sais pas combien de temps se passe avant que la tension qui vibre au fond de moi se réveille de nouveau. Tout ce que je sais, c'est qu'au moment où Julian jouit je jouis avec lui en tremblant et en criant dans ses bras.

Ensuite, il enlève le bandeau et les cordes et me porte vers la douche. Je suis tellement épuisée que je tiens à peine debout si bien que Julian me lave et prend soin de moi comme si j'étais un enfant. Quand il me porte vers le lit, il me prend dans ses bras et au moment de m'endormir je l'entends dire à voix basse :

— Je te donnerai tout au monde, mon chat. Tout au monde, pourvu que tu sois à moi.

CHAPITRE DIX-HUIT

❖ JULIAN ❖

Je me réveille le lendemain matin avec cette sensation familière, Nora est étendue sur moi. Comme d'habitude, elle dort la tête posée sur mon épaule et l'une de ses jambes minces est posée en travers de mes cuisses. Je sens le poids de ses doux seins gonflés le long de mon corps, j'entends sa respiration régulière, et ma verge se raidit aux souvenirs de la nuit dernière qui envahissent mon esprit avec des détails précis.

Je ne sais pas pourquoi j'ai parfois ce désir de la tourmenter, de l'entendre me supplier et m'implorer. Pourquoi la voir attachée à mon lit me donne-t-il une telle satisfaction ? Quand nous avons quitté la maison de ses parents hier soir, j'avais l'intention de la prendre avec douceur et de la laisser dormir, mais quand je l'ai vue à côté de ce lit à baldaquin, toutes mes bonnes intentions se sont envolées en fumée. Il y avait quelque chose dans son apparence qui a avivé ma soif de cruauté et ramené les ténèbres à la surface. Ce que je voulais lui faire n'a commencé qu'avec ces cordes et si je ne m'étais pas obligé à sortir de la pièce après l'avoir attachée, j'aurais brisé la promesse que je m'étais faite la nuit où je lui ai fait du mal.

La promesse de ne plus laisser la violence entrer dans notre chambre pendant les prochains mois.

Heureusement, la laisser quelques instants et aller prendre une douche froide dans l'une des chambres d'amis a eu l'air de réussir et a atténué mon trop-plein de désir. Quand je suis revenu, je me contrôlais davantage et j'ai été capable de la torturer de plaisir au lieu de la torturer de souffrance.

Un changement dans la respiration de Nora attire mon attention de nouveau vers elle. Elle bouge tout en restant sur moi, fait un léger bruit et se frotte la joue contre ma poitrine.

— Tu n'es pas encore levé, murmure-t-elle d'une voix ensommeillée, et je ressens un bien-être particulier en entendant que ça lui fait plaisir.

— Non, pas encore, ai-je répondu en caressant son dos nu si lisse. Mais ça ne va pas tarder.

— Es-tu obligé ? Sa voix est étouffée. Tu es un si bon oreiller.

— Ravi de me rendre utile.

À la sécheresse de mon ton, elle bouge la tête et lève les yeux vers moi sous ses longs cils noirs. — Cela t'ennuie ? Que je dorme comme ça sur toi ?

— Non. Sa question me fait sourire. Tu crois que je te laisserais faire si ça m'ennuyait ?

Elle cligne des yeux.

— Non, bien sûr que non. Elle se dégage et s'assied en s'enveloppant dans la couverture. Nous devrions sans doute nous lever. Je voulais aller courir avant le petit déjeuner.

Je m'assieds à mon tour.

— Courir ?

— Oui. Il n'y a pas de danger ici n'est-ce pas ?

— C'est moins sûr que dans le domaine. L'idée qu'elle aille courir ne me plaît guère, malgré toutes les mesures de sécurité et l'absence apparente de menace. Si jamais il lui arrivait quoi que ce soit…

— Julian, je t'en prie. Nora semble contrariée. Il s'agit seulement de courir ici, à Palos Park. Je n'irai pas loin, mais je ne peux pas rester enfermée pendant quinze jours dans cette maison…

— Je viendrai avec toi. Je me lève et je vais chercher un short dans l'armoire. Habille-toi. Nous devrions nous dépêcher. Je pense que Rosa prépare déjà le petit déjeuner.

* * *

Nous commençons à courir au petit trot pour nous

échauffer. Dehors, il fait frais à peine quinze degrés, mais courir m'empêche d'avoir froid même si je suis torse nu. Je me demande si Nora ne devrait pas s'habiller davantage, mais elle semble à l'aise avec son pantalon corsaire et son tee-shirt si bien que je ne dis rien.

En sortant de notre allée et en arrivant dans la rue, je garde l'œil sur les voitures des voisins qui sortent de leurs garages et sur les gens qui vont faire leur footing matinal. Je suis mal à l'aise au milieu de tant d'inconnus. Mes hommes sont en position tout autour du quartier, un dispositif stratégique, et je sais que nous sommes en sécurité, mais je ne peux m'empêcher de guetter les signes du moindre danger.

— Tu sais que personne ne va sortir des buissons pour sauter sur nous, non ? dit Nora qui a évidemment remarqué que je suis préoccupé par les alentours. Ce n'est pas le genre du quartier.

Je lui jette un coup d'œil.

— Je sais. Je m'en suis assuré.

Elle sourit et se met à courir plus vite.

— Évidemment !

J'accélère aussi et nous courons à bonne allure pendant un moment. La respiration perle sur le visage de Nora, faisant briller sa peau dorée, et je suis de plus en plus distrait en la regardant. Elle est toujours sexy quand elle court, son corps mince est à la fois féminin et athlétique. Les muscles ronds et fermes de son derrière se contractent et se relâchent à chaque foulée et je ne peux m'empêcher de m'imaginer le serrer entre les mains tout en la baisant.

Putain ! Si ça continue comme ça, j'aurai besoin de prendre une autre douche froide.

— Qu'est-ce que tu fais après le petit déjeuner ? demande Nora hors d'haleine quand nous dépassons un couple de joggers. As-tu du travail ?

— J'ai ce rendez-vous en ville avec mon gestionnaire de portefeuille, ai-je répondu en essayant de contrôler mon envie de me retourner et de jeter un regard noir au coureur. Ce salaud a dévisagé Nora avec un peu trop de plaisir quand nous l'avons dépassé. Je serai de retour avant le dîner.

— Ah tant mieux ! Elle commence à haleter en parlant. Je veux aller me faire couper les cheveux aujourd'hui et peut-être voir Leah et Jennie.

— Quoi ? Nous sommes arrivés au coin de la rue, je tourne la tête pour la fixer. Et où as-tu l'intention d'aller pour tout ça ?

— Au centre commercial de Chicago Ridge. La semaine dernière, j'ai envoyé un message à Leah et à Jennie pour leur dire que je venais et elles ont répondu qu'elles seraient là elles aussi et qu'elles resteraient pour le pont du Memorial Day. Elle dit tout cela d'un trait et me regarde d'un air implorant. Mais ça ne te gêne pas que je les voie, si ? Je n'ai pas vu Jennie depuis deux ans, et Leah… Tout à coup, elle garde le silence, et je sais que c'est parce qu'elle allait dire que la dernière fois c'était dans ce maudit centre commercial quand Peter l'a laissée servir d'appât pour Al-Quadar.

Ma chérie ne réalise pas que je suis déjà au courant de ce rendez-vous, et de la présence de Jake ce jour-là.

— Tu n'iras pas dans ce centre commercial. Je sais que je semble dur, mais je n'y peux rien. Il me suffit de l'imaginer s'y promener toute seule pour me faire voir rouge. Il y a trop de monde, c'est trop dangereux.

— Mais...

— Si tu veux voir tes amies, tu peux le faire ici, à la maison ou dans un restaurant d'Oak Lawn, *une fois* que j'en aurai assuré la sécurité.

Nora serre les lèvres, mais elle a le bon sens de ne faire aucune objection. Elle sait qu'elle a déjà atteint les limites.

— D'accord, je vais leur donner rendez-vous au Poisson de Mer, dit-elle une minute plus tard. Et ma coupe de cheveux ?

Je jette un coup d'œil à la longue queue de cheval qui lui tombe dans le dos. Je la trouve belle, surtout avec son extrémité qui se balance sur son joli derrière.

— Pourquoi as-tu besoin d'une coupe ?

— Parce que... (nous courrons plus vite et elle se met à haleter) cela va faire deux ans que je ne suis pas allée chez le coiffeur.

— Et alors ? Je ne vois toujours pas le problème. J'aime tes cheveux longs.

— Tu es vraiment un *homme* ! Elle peut à peine parler, mais elle réussit à rouler des yeux. J'ai besoin de les désépaissir. Ils me rendent folle.

— Je ne veux pas que tu les fasses couper court. Je ne sais pas pourquoi j'y tiens brusquement, mais c'est comme ça. Si tu les fais couper, pas plus de deux centimètres.

Nora me jette un coup d'œil incrédule, nous nous sommes arrêtés pour laisser passer une voiture qui sort d'une allée devant nous.

— Vraiment ? Pourquoi ?

— Je te l'ai dit. J'aime tes cheveux longs.

Elle roule une nouvelle fois des yeux quand nous recommençons à courir.

— Ouais, OK. Tu sais, je n'allais pas me faire raser la tête. Je voulais seulement un dégradé.

— Pas plus de deux centimètres, ai-je répété en la regardant durement.

— Entendu. J'ai l'impression que mentalement elle roule encore des yeux. Alors je peux aller me faire couper les cheveux ?

— Oui, mais pas au centre commercial de Chicago Ridge. Trouve un endroit tranquille dans les parages et je dirai à mes hommes d'en assurer la sécurité.

— OK, souffle-t-elle alors que nous nous lançons dans un sprint. C'est d'accord.

* * *

Avant d'aller en ville, je m'assure que l'emploi du temps de Nora est bien en place pour la journée. Je charge une douzaine de mes meilleurs hommes de sa sécurité en leur ordonnant d'être aussi discrets que possible. Vraisemblablement, elle ne remarquera même pas leur présence, mais ils feront en sorte qu'aucun individu suspect ne puisse s'approcher à moins de cent mètres d'elle.

— Tout ira bien, dit-elle quand j'hésite dans le hall avant de quitter la maison. Vraiment, Julian. Ce n'est qu'une coupe de cheveux et un déjeuner avec les filles. Je te promets que tout va bien se passer.

Je respire profondément. Elle a raison. Je suis vraiment paranoïaque. Les précautions que je prends sont la meilleure façon d'assurer sa sécurité en dehors du domaine. Évidemment, je pourrais la garder *à l'intérieur* du domaine pour le restant de ses jours, ce serait la meilleure solution pour avoir l'esprit en paix, mais alors Nora serait malheureuse, et son bonheur compte pour moi.

Il compte bien plus que je ne m'y attendais.

— Comment te sens-tu ? ai-je demandé. Sans savoir pourquoi je n'arrive toujours pas à partir. Tu n'as pas la nausée ? Tu n'es pas fatiguée ? Je jette un coup d'œil à son ventre, un ventre encore plat dans le jean serré qu'elle porte aujourd'hui.

— Non, rien du tout. Elle m'adresse un sourire réconfortant quand je relève les yeux vers son visage.

Pas le moindre soupçon de nausée. Je suis en pleine forme.

— Alors ça va. Et je m'avance vers elle pour lui caresser légèrement la joue. Fais attention, bébé, d'accord ?

— D'accord, murmure-t-elle, en me regardant. Toi aussi, Julian, fais attention. Et à bientôt !

Et avant que je ne parte elle se met sur la pointe des pieds et pose rapidement un baiser brûlant sur mes lèvres.

CHAPITRE DIX-NEUF

❖ NORA ❖

— Rosa, tu es sûre de ne pas vouloir venir avec moi ?

— Non, non, je te l'ai déjà dit, j'ai beaucoup à faire avant le dîner. Le Señor Esguerra me fait confiance pour impressionner tes parents avec ce repas et je ne veux pas le décevoir. Va retrouver tes amies et amuse-toi bien. Rosa me chasse presque de l'immense cuisine. Vas-y, ou tu seras en retard chez le coiffeur.

— Entendu, si tu en es sûre. En secouant la tête devant l'obstination et le sens du devoir de Rosa, je vais vers l'entrée principale où une voiture m'attend déjà. Heureusement, ce n'est pas la limousine, mais une Mercédès de taille normale. Je ne me ferai pas trop remarquer bien que cette voiture, comme la limousine, ait des vitres blindées.

Le chauffeur est un grand homme mince que j'ai aperçu dans le domaine, mais avec qui je n'ai jamais parlé. Julian m'a dit ce matin que son nom est Thomas. Thomas ne se présente pas et n'est pas bavard, toute son attention se concentre sur la route. En sortant de l'allée, je vois démarrer deux 4X4 noirs qui nous suivent ensuite à une certaine distance. Cette escorte me donne l'impression d'être la Première Dame ou une princesse de la mafia.

La seconde comparaison est sans doute plus appropriée.

En moins d'une demi-heure, nous arrivons au salon de coiffure. Ce n'est pas un salon haut de gamme, mais il a bonne réputation dans le quartier et surtout Julian a jugé que sa situation le rendait facile à sécuriser.

Je n'avais pas pensé avoir si facilement un rendez-vous, mais ils ont eu une annulation ce matin et ont donc pu me prendre à onze heures.

— C'est seulement pour un petit rafraîchissement s'il vous plaît, ai-je demandé après qu'une employée tatouée aux cheveux violets m'a fait un shampoing et m'a conduite vers un fauteuil. Pas plus de deux centimètres.

— Vous êtes certaine ? Regardez comme ils sont épais. Vous devriez au moins les faire effiler.

Je fronce les sourcils en me regardant dans la glace.

— Ils seront quand même longs ?

— Bien sûr. Vous ne perdrez rien en longueur, mais ce sera une meilleure coupe. Les mèches les plus courtes, autour de votre visage, vous descendront bien au-dessous des épaules.

— Dans ce cas, allez-y ! J'essaie d'avoir l'air décidé alors que c'est loin d'être le cas. Il est difficile de désobéir à Julian, même pour cette vétille, et c'est ce qui me pousse à le faire. On va désépaissir cette tignasse.

Tandis que la styliste s'affaire autour de moi et me coupe les cheveux, je regarde les autres clientes du salon. Après des semaines d'isolement dans le domaine, c'est une sensation étrange de me retrouver parmi tant d'inconnues. Personne ne fait particulièrement attention à moi, mais je suis tout de même mal à l'aise, comme si tout monde me fixait des yeux. Et puis je suis assez anxieuse. Je sais qu'ici personne ne me veut de mal, ce n'est donc pas logique, mais la paranoïa de Julian devient contagieuse.

Mais en même temps, je suis contente d'être ici. Je sais que les hommes de Julian sont dehors si bien que je ne suis pas vraiment libre, mais j'en ai la sensation.

J'ai l'impression d'être une jeune fille normale qui va passer la journée à se faire belle et à voir ses amies.

— Et voilà ! annonce la styliste quelques minutes plus tard. Il ne reste plus qu'à les sécher et vous serez prête.

Je hoche la tête en évitant de regarder les longues boucles éparpillées par terre. Il me semble qu'il y en a beaucoup et pourtant les mèches mouillées que je vois dans la glace n'ont pas l'air particulièrement courtes.

— Alors, qu'est-ce que vous en dites ? me demande-t-elle après m'avoir séché les cheveux. Elle me tend un miroir. Est-ce que ça vous plaît ?

Je me tourne sur le fauteuil pivotant en examinant ma nouvelle coupe sous tous les angles. J'ai l'impression de ressembler à une publicité pour un shampoing, des cheveux noirs, longs et lisses avec des mèches plus courtes autour de mon visage, et leur volume le met en valeur.

— Parfait. Je lui rends le miroir en souriant. Merci bien.

Désobéir à Julian à l'air de me réussir et de me rendre plus belle.

* * *

Il me reste un peu de temps avant mon rendez-vous avec Leah et Jennie si bien que je ne me refuse rien et je fais une pédicure et une manucure dans le même salon. Au milieu du pédicure mon téléphone sonne, c'est un message de Julian qui vient d'arriver.

Tu es encore au salon ? a-t-il écrit. *Thomas dit que ça fait presque deux heures que tu y es.*

On me met du vernis à ongles, ai-je répondu. *Et toi, comment ça va ?*

Sans doute moins bariolé !

Je souris en rangeant mon téléphone. Tout ceci paraît si merveilleusement normal, même sous la surveillance de Thomas. C'est comme si nous étions un couple ordinaire, sans que rien de pervers n'assombrisse notre vie.

Suivant mon impulsion je reprends le téléphone dans mon sac à main.

Je t'aime, ai-je écrit en insistant avec un smiley.

Il n'y a pas de réponse, mais je n'en attendais pas. Julian ne pourrait jamais reconnaître les sentiments qu'il éprouve pour moi, quels qu'ils soient, dans un texto. Et pourtant j'ai le cœur un peu plus lourd en remettant le téléphone à sa place et en prenant un magazine à potins.

Une demie heure plus tard je suis aussi apprêtée et aussi resplendissante que les mannequins de ce magazine. Mes cheveux me tombent en cascade dans le dos, ils sont lisses et luisants et mes ongles sont plus soignés qu'ils ne l'ont été depuis des mois. En ajoutant un généreux pourboire, je règle la note et je sors du salon, prête pour le reste de ma journée.

Comme prévu, Thomas m'attend dehors. Je ne vois pas les autres membres de l'équipe de sécurité, mais je sais qu'ils sont là et qu'ils me protègent tout en restant invisibles. Et pourtant leur discrétion ajoute à l'illusion de normalité et je retrouve ma bonne humeur sur le chemin du restaurant de fruits de mer où Leah et Jennie ont rendez-vous avec moi pour déjeuner.

Elles y sont déjà quand j'arrive et les toutes premières minutes se passent en embrassades et en exclamations, cela fait si longtemps que nous ne nous sommes pas vues !

Je redoutais que la situation soit tendue avec Leah après notre dernière rencontre au centre commercial, mais mon inquiétude semble sans fondement. Quand nous sommes toutes les trois, c'est comme si nous étions de nouveau au lycée.

— Oh, mon Dieu, Nora, j'avais oublié à quel point tu étais jolie, s'exclame Jennie une fois que nous sommes toutes assises. À moins que ce soit la vie dans la jungle qui te réussit aussi bien.

— Oh, merci, ai-je dit en riant. Tu es ravissante toi aussi. Quand as-tu décidé de te teindre en rousse ? Je trouve que ça te va très bien.

Jennie sourit et ses yeux verts se mettent à briller.

— En commençant à l'université. J'ai décidé qu'il était temps de changer, et c'était soit rousse soit avoir des cheveux bleus.

— Et je l'ai convaincue de devenir rousse. Le bleu n'aurait pas convenu à son teint irlandais.

— Oh, je me demande, ai-je dit en gardant mon sérieux. Il paraît que les Schtroumfs sont très à la mode en ce moment.

Leah éclate de rire, Jennie et moi l'imitons. Comme c'est bon d'être avec elles ! Depuis mon enlèvement, j'ai vu Leah deux ou trois fois, mais ça faisait presque deux ans que je n'avais pas revu Jennie. Elle étudiait à l'étranger quand je suis revenue passer quatre mois ici après l'explosion du hangar si bien que nous n'avons été en contact que sur Facebook.

— Alors, Nora, dis-nous tout ! dit Jennie une fois que le garçon a pris nos commandes. Quel effet cela fait d'être mariée à un Pablo Escobar des temps modernes ? J'entends les rumeurs les plus extravagantes.

Leah s'étrangle en buvant et j'éclate de nouveau de rire. J'avais oublié le talent de Jennie pour dire ce qui choque.

— Eh bien, ai-je dit une fois que j'ai retrouvé mon sérieux, Julian est trafiquant d'armes et non pas de drogues, mais à part ça, c'est très agréable d'être mariée avec lui.

— Oh, je t'en prie ! Très agréable ? Jennie fronce les sourcils de manière excessive. Je veux les détails les plus sordides. Est-ce qu'il dort avec une mitraillette sous l'oreiller ? Mange des petits chiens au petit déjeuner ? Écoute, ce type t'a enlevée, pour l'amour du ciel ! Alors, raconte…

— Jennie ! Leah l'interrompt sèchement. Elle n'a pas l'air amusé du tout. Je ne pense pas que ce soit un sujet de plaisanterie.

— Ce n'est pas grave, ai-je dit pour la rassurer. Je t'assure, Leah, ça va. Julian et moi *sommes* mariés maintenant et nous sommes heureux ensemble. Vraiment heureux.

— Heureux ? Leah me regarde comme si j'avais deux têtes. Nora, tu sais de quoi il est capable, ce qu'il a fait. Comment peux-tu être heureuse avec un tel homme ?

Je la regarde à mon tour, ne sachant que répondre. Je voudrais lui dire que Julian n'est pas si méchant que ça, mais les mots ne sortent pas. Si, Julian *est* méchant. En fait, il est sans doute pire que ne le croit Leah. Elle ignore la destruction de masse d'Al-Quadar de ces derniers mois ainsi que le fait que Julian a tué depuis l'enfance.

Et bien sûr, elle ignore aussi que moi aussi *j'ai tué*. Si elle le savait, elle penserait sans doute que Julian et moi nous méritons d'être ensemble.

À mon soulagement, Jennie vient à ma rescousse.

— Arrête de jouer les trouble-fêtes, dit-elle à Leah en lui donnant une bourrade. Si elle est heureuse avec lui, ça vaut mieux que d'être malheureuse, non ?

Leah qui est pâle d'habitude se met à rougir.

— Bien sûr ! Désolée, Nora. Elle esquisse un sourire. C'est sans doute que j'ai du mal à comprendre tout ça. Te voilà enfin de retour aux États-Unis et tu as l'intention de retourner en Colombie avec lui.

— C'est ce qui arrive quand on se marie, dit Jennie avant que je ne puisse répondre. On vit ensemble. Comme Jake et toi. C'est parfaitement normal que Nora retourne là-bas avec son mari…

— Jake et toi vous vivez ensemble ? Je lui ai coupé la parole, et je regarde Leah avec stupéfaction. Depuis quand ?

— Depuis quinze jours, dit gaiement Jennie. Leah ne te l'avait pas dit ?

— J'allais te le dire aujourd'hui, me dit Leah. Elle semble mal à l'aise. Je voulais te le dire de vive voix.

— Pourquoi ? Ils ne sont sortis qu'une seule fois ensemble, dit Jennie d'un air raisonnable. Ce n'est pas comme si Jake avait été son petit ami.

— Jennie a raison, ai-je dit. Leah, je suis vraiment contente pour vous deux. Et tu ne devrais pas avoir peur de me dire ce genre de choses. Je t'assure que ça m'est égal. Je lui adresse un grand sourire avant de lui demander : louez-vous un appartement à l'extérieur du campus ?

— Oui, dit Leah qui semble soulagée de ma question. Nous avions tous les deux des problèmes de colocation, alors nous avons décidé que c'était la meilleure solution.

— C'est logique, dit Jennie, et nous passons quelques minutes à parler des avantages et des inconvénients de vivre avec son petit ami plutôt qu'en colocation.

— Et toi, Jennie ? ai-je demandé une fois que le garçon nous a apporté les entrées. Y a-t-il un petit ami à l'horizon ?

— Hélas non ! Jennie fait une grimace de dégoût. Il y a à peine une douzaine de garçons présentables à Grinnell, et ils sont tous pris. Toutes les deux, vous auriez dû me faire entendre raison quand j'ai décidé d'aller en faculté dans ce trou ! Sérieusement, c'est pire que le lycée !

— Non ! J'écarquille les yeux en feignant d'être horrifiée. Pire que le lycée ?

— Rien n'est pire que le lycée, dit Leah, et elles commencent toutes les deux à comparer le choix de garçons disponibles dans un lycée de banlieue et dans une minuscule faculté de lettres.

Au fil du repas, nous parlons de tout sauf de ma relation avec Julian. Leah nous parle d'un stage qu'elle a fait dans un cabinet d'avocats de Chicago et Jennie nous fait part d'anecdotes amusantes sur ses dernières vacances au Curaçao.

— Il y avait une raffinerie de pétrole juste à côté de l'hôtel, c'était atroce, se plaint-elle, et Leah et moi sommes d'accord, même une piscine d'eau de mer à débordement (l'un des atouts de l'hôtel de Jennie) ne peut compenser quelque chose d'aussi atroce qu'une raffinerie de pétrole dans une station balnéaire.

Finalement, la conversation arrive sur ma vie dans le domaine et je leur parle de mes cours en ligne à Stanford, des leçons que je prends avec Monsieur Bernard et de mon amitié croissante avec Rosa.

— J'aurais voulu qu'elle se joigne à nous aujourd'hui, mais elle n'a pas pu, ai-je expliqué en me sentant légèrement coupable. Mes parents viennent dîner chez nous et Julian a demandé à Rosa d'aider pour le dîner. En le disant, je me rends compte à quel point je donne l'impression d'être gâtée, et l'envie qui se lit sur le visage de Jennie et de Leah montre qu'elles le pensent aussi.

— Eh bien ! dit Jennie en secouant la tête. Pas étonnant que tu sois heureuse avec ce type. Il te traite comme une vraie princesse. Si quelqu'un m'offrait Stanford, des serviteurs, et un immense domaine, ça me serait aussi égal d'avoir été kidnappée.

— Jennie ! Leah la regarde d'un air consterné. Tu ne le penses pas vraiment.

— Non, sans doute pas, concède Jennie en souriant. Mais Nora, il faut l'admettre, toute cette histoire est super.

Je hausse les épaules en souriant. "Super" est une façon de parler. On pourrait aussi dire tordu et compliqué, mais je me satisfais de la description de Jenny pour le moment.

— Attends, tu as dit que tes parents venaient pour le dîner ? demande Leah, comme si elle venait seulement de se rendre compte de cette partie de ma réponse. C'est-à-dire qu'ils vont dîner avec vous deux ?

— Oui, ai-je dit en savourant l'expression du visage de mes deux amies. Nous avons dîné chez mes parents hier soir et donc ce soir ils viennent chez nous. Et tandis que Leah et Jennie continuent à me fixer avec stupéfaction, j'explique que Julian a acheté une maison à Palos Park afin que nous soyons en sécurité pendant nos visites ici.

— Ma belle, je dois le dire, tu vis dans un monde entièrement différent maintenant, dit Jennie en secouant la tête. Une île privée, un domaine en Colombie, et maintenant ça…

— Rien de tout ça ne compense le fait que ce soit un psychopathe, dit Leah en regardant sévèrement Jennie avant de se tourner vers moi. Nora, comment réagissent tes parents ?

— Ils… ils font ce qu'ils peuvent. Je ne sais pas comment décrire autrement le consentement et l'attitude circonspecte de mes parents. Évidemment, ce n'est pas facile pour eux.

— Ouais, j'imagine, dit Leah. Tes parents sont courageux. Les miens seraient devenus dingues.

— Je ne crois pas que ça aurait amélioré les choses de devenir dingue, dit judicieusement Jenny. Je suis sûre que les parents de Nora sont surtout contents qu'elle soit là.

Au moment où j'allais répondre, Jennie et Leah lèvent la tête et restent bouche bée en voyant quelqu'un derrière moi. Instinctivement, je me retourne, le cœur battant, et je croise le regard bleu de mon ancien ravisseur.

Il est debout derrière moi, la main posée avec désinvolture sur le dos de ma chaise, un sourire dangereusement séduisant aux lèvres.

— Puis-je me joindre à vous, mesdames ? demande-t-il l'air amusé.

— Julian ! Je sursaute de surprise et je suis dans tous mes états. Qu'est-ce que tu fais là ?

— Mon rendez-vous s'est terminé plus tôt que prévu, alors j'ai décidé de passer pour voir si tu étais prête à rentrer à la maison, dit-il. Mais je vois que vous n'avez pas encore fini.

— Hum, non. Nous allions juste commander le dessert. Je jette un coup d'œil incertain à Leah et à Jennie et je vois qu'elles ne quittent pas Julian des yeux. Leah a l'air d'être sur le point de décamper, Jennie semble à la fois fascinée et terrifiée.

Merde ! Et voilà ce qui arrive quand je crois pouvoir déjeuner normalement avec mes amies. En me retournant vers Julian, je lui dis à regret :

— Tu sais je pourrais venir si…

— Non, non, joignez-vous à nous si vous en avez le temps, intervient Jennie qui s'est visiblement remise de ses émotions. On sert un délicieux cheese-cake ici.

— Alors dans ce cas il faut que je reste, dit aimablement Julian en s'asseyant à côté de moi. Je ne voudrais pas priver Nora d'un tel plaisir. Il me sourit. Au fait bébé, tes cheveux sont très beaux. Tu avais raison de vouloir les faire effiler.

— Oh ! En me souvenant de ma petite rébellion, je me touche les cheveux là où les mèches sont plus courtes. L'approbation de Julian est à la fois une déception et un soulagement. Merci.

— Ça lui va bien, dit Leah d'une voix enrouée, et je constate qu'elle commence à retrouver son calme. En s'éclaircissant la gorge, elle précise inutilement : je voulais parler de sa nouvelle coupe.

Julian sourit de plus belle.

— Oui, elle est ravissante n'est-ce pas ?

— Oui, ravissante, répète Jennie, sauf que c'est Julian qu'elle regarde et non pas moi. Elle semble sous le charme et je la comprends. Maintenant que les cicatrices de son visage ont pratiquement disparu et avec sa prothèse oculaire que l'on ne peut distinguer de son œil véritable, Julian est aussi beau que jamais, d'une beauté virile, ténébreuse et saisissante.

Reprenant enfin mes esprits je dis :

— Pardon, j'ai oublié de faire les présentations. Julian, voici mes amies Leah et Jennie. Leah, Jennie, voici Julian, mon mari.

— Je suis heureux de faire votre connaissance, dit Julian avec son charme naturel. Nora m'a beaucoup parlé de vous.

— Ah bon ? Leah fronce des sourcils. Contrairement à Jennie, elle ne semble pas éblouie par l'apparence physique de Julian. Qu'est-ce qu'elle vous a dit par exemple ?

— Par exemple le fait que toutes les deux vous êtes amies depuis l'école primaire, dit Julian. Ou que c'était vous, Jennie, la cavalière de Nora au bal des sophomores.

Je cligne des yeux de surprise. J'en ai parlé un jour à Julian, mais je ne m'attendais pas à ce qu'il se souvienne d'un tel détail.

— Oh la la ! souffle Jennie qui n'a pas quitté Julian des yeux. J'ai du mal à croire qu'elle vous a raconté tout ça.

Leah serre les lèvres et fait un signe au garçon.

— Une part de cheese-cake, s'il vous plaît, et puis la note, demande-t-elle quand il vient vers notre table. Ils servent des parts énormes, explique-t-elle bien que personne n'ait fait d'objection. Nous pourrons partager.

— Ça me convient très bien, ai-je dit. Je suis étonnée que Leah accepte de prendre le dessert avec nous. Si elle était partie immédiatement, je n'aurais pas pu lui en vouloir. Je sais qu'elle est au courant de ce qui est arrivé à Jake et le fait qu'elle fasse l'effort de se montrer polie avec Julian en dit long sur le prix qu'elle accorde à notre amitié.

— Alors, dites-moi, demande Julian une fois que le garçon est parti, comment s'est passé votre déjeuner ? Est-ce que Nora vous a déjà annoncé la grande nouvelle ?

Je me fige, horrifiée qu'il révèle ainsi mon secret. Je n'avais l'intention de parler du bébé à mes amies que bien plus tard, quand ce serait inévitable. Pas aujourd'hui, quand je peux encore faire semblant de me comporter comme une étudiante insouciante.

— Quelle grande nouvelle ? demande impatiemment Jennie en se penchant en avant. La curiosité lui fait ouvrir de grands yeux. Nora ne nous a rien dit.

— Elle ne vous a pas parlé du propriétaire de la galerie d'art de Paris ? Julian me jette un coup d'œil de côté. Celui qui a proposé d'acheter ses tableaux ?

— Quoi ? s'exclame Leah. Quand est-ce arrivé, Nora ?

— Hum, seulement hier, ai-je marmonné. Mon soulagement fait disparaître la nausée qui arrivait. Julian m'en a parlé, mais je n'ai pas encore vu cette offre.

— Toutes mes félicitations ! Jennie me fait un grand sourire. Alors tu vas devenir une artiste célèbre, hein ?

— Je ne sais pas si je serai célèbre… ai-je commencé à dire, mais Julian me coupe la parole.

— Si, dit-il fermement. Le propriétaire de la galerie offre dix mille euros pour chacun des cinq tableaux. Et tandis que mes amies s'exclament, il explique que le propriétaire de la galerie est un collectionneur réputé et que mes toiles acquièrent déjà de la notoriété à Paris grâce aux relations de Monsieur Bernard.

C'est sur ces entrefaites qu'arrive notre cheese-cake. Leah a eu raison de ne demander qu'une seule part, elle est énorme. Le garçon apporte quatre assiettes à dessert et nous partageons le gâteau tandis que Julian répond aux questions de Jennie sur le monde de l'art à Paris et en France en général.

— Oh la la Nora, tu vas vraiment avoir une vie passionnante, dit Jennie en tendant la main vers l'addition que le garçon a apportée. Tu nous préviendras quand tu auras ta première exposition, d'accord ?

— Je m'en occupe, dit Julian qui a pris la note avant que Jennie ne la saisisse. Et avant que mes amies ne puissent protester, il donne deux billets de cent dollars au garçon en lui disant : gardez la monnaie.

— Oh merci, dit Jennie alors que le garçon ravi s'éloigne. Mais vous n'auriez pas dû, car vous n'avez pris qu'une bouchée de cheese-cake, vous n'avez rien mangé d'autre.

— Je vous en prie, laissez-nous payer notre part, dit Leah d'un air contraint en prenant son portefeuille, mais Julian fait un geste de la main.

— Ne vous inquiétez pas s'il vous plaît. C'est la moindre des choses que je puisse faire pour les amies de Nora. Puis il se lève et me tend la main. Tu es prête, bébé ?

— Oui, ai-je répondu en mettant ma main dans la sienne. Mes quelques heures de liberté sont terminées, mais d'une certaine façon, peu importe. C'était une belle journée, mais c'est réconfortant de me retrouver sous la coupe de Julian.

De retourner à ma place.

CHAPITRE VINGT

❖ JULIAN ❖

— Pourquoi es-tu venu me chercher? demande Nora quand nous montons en voiture après avoir dit au revoir à ses amies. Tu avais peur que je prenne la fuite ?

— Si tu avais essayé, tu ne serais pas allée bien loin. En me retournant vers elle, je passe la main dans ses cheveux. Ils sont un peu plus courts devant, mais tout de même longs et encore plus soyeux que d'habitude.

— Je n'allais pas m'enfuir. Nora fronce les sourcils. Je ne veux pas te quitter. Plus maintenant.

— Je le sais, mon chat. Je m'oblige à ne plus lui toucher les cheveux avant que ça devienne un tic. Sinon je ne t'aurais pas amenée aux États-Unis.

— Alors, pourquoi être venu me chercher ? De toute façon, je serais rentrée à la maison une heure plus tard.

Je hausse les épaules, je n'ai pas envie d'admettre comme elle m'a manqué. Mon addiction est devenue incontrôlable. Quoi que je fasse, je ne pense qu'à elle. Désormais et aussi ridicule que cela puisse paraître, même passer quelques heures loin d'elle est intolérable.

— Entendu. En tout cas, je suis contente que Leah n'ait pas complètement pété un plomb, dit Nora alors que je garde le silence. Quand tu es arrivé, j'ai cru qu'elle allait fuir ou appeler la police. Elle baisse les yeux puis les relève. Si tu n'avais pas annoncé cette grande nouvelle, la situation aurait été très délicate.

— Vraiment ? ai-je dit d'une voix caressante. Alors j'aurais peut-être dû leur annoncer la *véritable* grande nouvelle. C'était mon intention initiale, leur demander si Nora leur avait déjà parlé du bébé, mais l'expression horrifiée de son visage avait donné la réponse avant que ses amies puissent dire quoi que ce soit.

Nora tend la main pour prendre la mienne, ses doigts fins entourent ma paume.

— Je suis contente que tu ne l'aies pas fait. Elle me serre légèrement la main. Merci d'avoir compris.

— Pourquoi ne pas leur en avoir parlé ? ai-je demandé en plaçant mon autre paume sur sa petite main. Ce sont tes amies, je pensais que tu partageais de tels évènements avec elles.

— Je vais leur dire. Elle semble gênée. Mais pas tout de suite.

— Tu as peur qu'elles te jugent ? Je fronce les sourcils en essayant de comprendre. Nous sommes mariés. C'est parfaitement normal. Tu le sais, non ?

— Mais elles *vont* me juger, Julian. Elle fait la grimace. Je vais être mère à vingt ans. Les filles de mon âge ne se marient pas, elles n'ont pas d'enfants. En tout cas, c'est le cas pour la plupart de celles que je connais.

— Je vois. Je l'examine pensivement. Alors qu'est-ce qu'elles font ? Elles font la fête ? Elles vont en boîte ? Elles ont un petit ami ?

Elle baisse les yeux.

— Je suis sûre que tu penses que c'est idiot.

Oui et non. Quelquefois, je suis encore déconcerté qu'elle soit aussi jeune. À quel point son expérience de la vie est limitée. Je ne peux pas me souvenir d'avoir été aussi jeune. À vingt ans, j'étais déjà à la tête de l'organisation de mon père, j'avais presque vu le monde entier et fait des choses qui feraient trembler les criminels les plus endurcis. J'étais passé à côté de la jeunesse, et j'oublie sans cesse que Nora a gardé une partie de la sienne.

— C'est ce dont tu as envie ? ai-je demandé quand elle relève de nouveau les yeux vers moi. Sortir ? T'amuser ?

— Non… c'est-à-dire… ça serait agréable, mais je sais que ça n'est pas possible. Elle respire profondément et sa main remue dans la mienne. Tout va bien, Julian, je t'assure. Je leur dirai bientôt. Mais je ne voulais pas que ça monopolise notre déjeuner d'aujourd'hui.

— Entendu. Je lui lâche la main, mets le bras sur son épaule et l'attire vers moi. Tu feras comme tu l'entends, mon chat.

* * *

À ma grande satisfaction, le second repas avec les parents de Nora se passe sans encombre. Nora leur fait visiter la maison tandis que je rattrape un peu de travail en retard et quand je les rejoins pour dîner les Leston semblent beaucoup moins tendus qu'avant.

— Oh, mon dieu, regardez cette table ! dit Gabriela quand nous nous asseyons. Rosa, est-ce vous qui avez tout préparé ?

Rosa hoche la tête en souriant fièrement.

— Oui ! J'espère que ça va vous plaire.

— Je suis sûre que oui. La table est jonchée de plats qui vont d'une salade d'asperges au plat traditionnel Colombien, *Arroz on Pollo*. Merci, Rosa.

— Je n'ai plus très faim après ce cheese-cake, dit Nora en souriant, mais je vais essayer de rendre justice à ce repas. Tout semble délicieux.

Tandis que nous commençons à manger, la conversation porte sur la journée que Nora a passée avec ses amies et sur les nouvelles du quartier. Visiblement, l'un des voisins des Leston qui a divorcé commence à sortir avec une femme qui a dix ans de plus que lui et son petit chihuahua s'est bagarré avec le chat persan d'un autre voisin.

— C'est incroyable, dit Tony Leston en gloussant, ce chat fait au moins cinq kilos de plus que le chien. Nora et Rosa se mettent à rire tandis que j'observe les Leston d'un air perplexe. Pour la première fois, je comprends pourquoi Nora avait tant envie de venir les voir et ce qu'elle voulait dire en m'expliquant qu'elle avait besoin de respirer loin du domaine. La vie que mènent les parents de Nora, la vie qu'elle menait avant de me rencontrer est si différente de la mienne que je pourrais me trouver sur une autre planète.

Une planète peuplée de gens dans une ignorance totale des réalités de ce monde.

— Qu'est-ce que tu fais samedi ma chérie ? demande Gabriela en souriant affectueusement à sa fille. As-tu déjà des projets ?

Nora semble perplexe.

— Samedi ? Non, pas encore. Et puis elle ouvre grands les yeux. Oh, samedi ! Tu veux dire pour mon anniversaire.

Je réprime mon agacement. J'avais de nouveau envie de faire une surprise à Nora, en espérant que ça se passerait mieux cette fois-ci. Tant pis, c'est trop tard. En m'adossant à la chaise, je dis :

— Nous avons prévu quelque chose pour le soir, mais pas dans la journée.

— Parfait ! La mère de Nora fait un grand sourire à sa fille. Alors pourquoi ne viens-tu pas déjeuner ? Je préparerai tous tes plats préférés.

Nora me jette un coup d'œil et je lui fais un petit signe.

— Oui, ça nous fera plaisir, maman, dit-elle.

En entendant ce " nous " le sourire de Gabriela perd un peu de sa gaieté si bien que je me penche en avant et dit à Nora :

— J'ai du travail, bébé, j'en ai bien peur. Pourquoi ne pas aller toute seule chez tes parents ?

— Oh, bien sûr. Nora cligne des yeux. Entendu !

Tony et Gabriela semblent ravis et je me remets à manger sans écouter le reste de la conversation. J'ai beau détester l'idée d'être loin de Nora, je veux qu'elle se détende avec ses parents, ce qu'elle ne peut faire que si je ne suis pas là.

Je veux à tout prix que ma chérie soit heureuse le jour de son anniversaire.

* * *

Après le départ des Leston, Nora va prendre une douche et je consulte mes messages sur mon téléphone.

J'ai la surprise de trouver un mail de Lucas. Une seule ligne :

Yulia Tzakova s'est enfuie.

En soupirant, je repose le téléphone. Je sais que je devrais être furieux, mais pour une raison ou pour une autre je ne suis que légèrement agacé. La Russe n'ira pas loin ; dès notre retour, Lucas partira à sa recherche et la retrouvera. Mais pour le moment, j'imagine sa rage, une rage qui transparaît dans la brièveté de son mail, et je me mets à rire.

Si l'accident d'avion ne m'avait pas coûté autant d'hommes, j'aurais presque pitié de cette fille.

CHAPITRE VINGT-ET-UN

❖ NORA ❖

— Œil pour œil.

Les yeux de Majid brûlent de haine, il s'avance sur moi en enjambant le corps déchiqueté de Beth. Il a du sang jusqu'aux chevilles, du sang qui gicle autour de ses pieds et y laisse une trace maléfique.

— Une vie pour une vie.

— Non ! La peur me fait trembler, me secoue tout entière et me donne mal au cœur. Pas ça ! Je vous en prie, pas ça !

Mais il est trop tard. Il est déjà près de moi et appuie son couteau sur mon ventre. Avec un sourire cruel, il regarde derrière lui et dit :

— *La tête fera un joli petit trophée. Après l'avoir un peu découpée, bien sûr…*

— *Julian !*

Mon cri résonne dans la pièce, je saute du lit, glacée et tremblante de terreur.

— Bébé, ça va ? Dans l'obscurité, des bras m'étreignent avec force et me serrent chaleureusement. Chut… me réconforte Julian tandis que je commence à sangloter en m'agrippant à lui de toutes mes forces. Tu as fait un autre cauchemar ?

Je réussis à lui faire un petit signe.

— Quelle sorte de cauchemar, mon chat ? Toujours avec Beth et moi ?

J'enfouis le visage dans son cou.

— Plus ou moins, ai-je murmuré quand je parviens à parler. Sauf que c'est moi que Majid menaçait cette fois. J'avale la bile qui me monte à la gorge. Il menaçait le bébé dans mon ventre.

Je sens se contracter les muscles de Julian.

— Mais Majid est mort, Nora. Il ne peut plus te faire de mal.

— Je sais. Je n'arrive pas à cesser de pleurer. Crois-moi, je sais.

L'une des mains de Julian descend sur mon ventre pour réchauffer ma peau glacée.

— Tout ira bien, murmure-t-il en me berçant doucement d'avant en arrière, tout ira bien.

Je continue à me serrer à lui pour essayer de calmer mes sanglots. J'ai tellement envie de le croire. Je voudrais que les dernières semaines que nous avons passées ensemble soient la norme et non l'exception dans notre vie.

Je change de position tout en restant sur les genoux de Julian, je sens quelque chose de dur qui s'appuie sur ma hanche, et sans que je sache pourquoi ça apaise ma peur. S'il y a une chose dont je peux être certaine, c'est du désir éperdu et brûlant que nos deux corps ont l'un pour l'autre. Et tout à coup, je sais exactement de quoi j'ai besoin.

— Fais-moi oublier, ai-je murmuré en lui embrassant le cou. S'il te plaît, fais-moi oublier.

La respiration de Julian change, son corps se contracte différemment.

— Avec plaisir, murmure-t-il en se retournant pour me poser sur le lit.

Et quand il plonge en moi, j'enroule mes jambes autour de ses hanches pour laisser la force de ses assauts déloger le cauchemar de mon esprit.

* * *

Je me réveille tard vendredi matin, des grains de sable dans les yeux pour avoir pleuré au milieu de la nuit. En m'extirpant du lit, je me lève, je lave mes dents et je prends une longue douche bien chaude. Maintenant que je me sens infiniment mieux, je retourne m'habiller dans la chambre.

— Comment ça va, mon chat ? Julian entre juste au moment où je mets mon short devant la glace. Il est déjà habillé, avec sa longue silhouette musclée son jean sombre et son tee-shirt donne l'impression qu'il sort d'un magazine de mode.

— Bien ! Je me retourne et lui sourit docilement. Je ne sais pas pourquoi j'ai fait ce cauchemar la nuit dernière. Je ne l'avais pas eu depuis plusieurs semaines.

— Entendu. Julian s'appuie au mur, croise les bras et me regarde d'un air pénétrant. Il s'est passé quelque chose hier ? Quelque chose qui aurait pu provoquer une rechute ?

— Non, me suis-je empressée de dire. Je ne veux surtout pas que Julian puisse penser que je ne peux rester seule quelques heures. C'était génial hier. Je crois que c'est comme ça. J'ai peut-être trop mangé au dîner.

— OK. Julian me fixe du regard. D'accord.

Il ne dit rien, mais je sais que je ne suis pas parvenue à le rassurer tout à fait. Tout au long du petit déjeuner, il ne me quitte pas du regard, il est évident qu'il guette les signes annonciateurs d'une crise de panique. Je fais de mon mieux pour me comporter normalement, le bavardage de Rosa m'y aide beaucoup, et quand nous avons fini de manger je propose que nous allions nous promener dans un parc.

— Quel parc ? dit Julian en fronçant des sourcils.

— N'importe lequel, ai-je dit. Celui où tu penseras que nous sommes le plus en sécurité. J'ai juste envie de sortir, de prendre l'air.

Julian semble pensif pendant quelques instants ; puis il pianote sur son téléphone.

— Entendu, dit-il. Mes hommes ont besoin d'une demi-heure pour se préparer et on y va.

— Tu viendras avec nous, Rosa ? ai-je demandé pour ne pas la laisser encore toute seule, mais je suis surprise de la voir faire non de la tête.

— Non, je vais en ville, explique-t-elle. Le Señor Esguerra (elle jette un coup d'œil à Julian) dit qu'il est d'accord du moment qu'un gardien vient avec moi. Je n'ai pas besoin de la même sécurité que vous deux, alors j'ai pensé passer la journée à visiter Chicago. Elle s'arrête et me regarde d'un air inquiet. Mais ça ne te dérange pas ? Parce que sinon…

— Bien sûr que non, vas-y ! Chicago est une ville magnifique. Tu vas bien t'amuser. Et je lui adresse un grand sourire en essayant de ne pas être jalouse. Je veux que Rosa soit libre de ses mouvements ; il n'y a pas de raison qu'elle soit cantonnée en banlieue.

Il n'y a pas de raison qu'elle soit confinée ici comme moi.

* * *

En moins d'une demi-heure, la voiture nous amène au parc. En arrivant, je comprends où nous sommes et j'ai le ventre noué.

Je connais bien ce parc.

C'est celui où je me promenais avec Jake le soir où Julian m'a enlevée.

Les souvenirs qui affluent sont d'une grande intensité. En un éclair, je retrouve cette impression terrifiante, voir Jake qui a perdu connaissance et qui est étendu par terre et sentir la cruelle piqûre de l'aiguille dans ma peau.

— Ça ne va pas ? Demande Julian, et je m'aperçois que j'ai dû pâlir. Il fronce les sourcils. Nora ?

— Si, ça va. J'essaie de sourire tandis que la voiture s'arrête. Ce n'est rien.

— Si, il y a quelque chose. Il plisse ses yeux bleus. Si tu ne te sens pas bien, nous allons rentrer à la maison.

— Non ! Je me précipite éperdument sur la portière pour l'ouvrir. Tout à coup, l'atmosphère de la voiture me semble lourde, elle est pleine de mauvais souvenirs. Je t'en prie ! J'ai seulement besoin de prendre l'air.

— Entendu ! Julian a visiblement l'air de se rendre compte dans quel état je suis et il fait signe au chauffeur. La fermeture de la porte a un déclic. Vas-y !

Je descends de voiture et dès que je suis dehors l'anxiété qui me serre le cœur se dissipe. En respirant profondément, je me retourne pour voir Julian descendre à son tour, le visage tendu d'inquiétude.

— Pourquoi as-tu choisi ce parc ? ai-je demandé en essayant de prendre une voix neutre. Il en existe beaucoup d'autres à proximité.

Pendant une seconde, il a l'air déconcerté. Quand il comprend, l'inquiétude disparaît de son visage.

— Parce que je l'avais déjà passé au peigne fin, dit-il en se dirigeant vers moi. Il me prend l'avant-bras en baissant le regard sur moi. C'est ça qui t'ennuie, mon chat ? L'endroit que j'ai choisi ?

— Oui, d'une certaine manière. Je respire encore profondément. Il me rappelle certains… souvenirs.

— Ah, bien sûr. Un certain amusement se lit dans le regard de Julian. Effectivement, j'aurais dû en tenir compte. C'est seulement que c'était le parc où il était le plus facile d'assurer notre sécurité parce que j'en avais déjà établi tous les paramètres.

— Quand tu m'as enlevée. Je le fixe des yeux. Parfois, son absence de remords me surprend encore. Tu l'avais déjà passé au peigne fin il y a deux ans quand tu m'as enlevée.

Un sourire se dessine sur ses belles lèvres, il lâche mon bras et recule d'un pas.

— Alors, est-ce que tu te sens mieux ou est-ce que nous devrions rentrer ?

— Non, allons-nous promener, ai-je dit, décidée à profiter de cette journée. Tout va bien maintenant.

Julian me prend la main, entrelace ses doigts avec les miens et nous entrons dans le parc. À mon grand soulagement, de jour tout y est différent de cette soirée fatale et bien vite les mauvais souvenirs s'éloignent pour se réfugier dans la partie interdite et cadenassée de mon cerveau.

C'est là que je veux qu'ils demeurent, je me concentre donc sur la brillante lumière du soleil et la brise tiède du printemps.

— J'adore ce temps, ai-je dit à Julian en passant devant un terrain de jeu. Je suis contente que nous soyons sortis.

Il sourit et porte ma main à ses lèvres pour l'effleurer d'un baiser.

— Moi aussi, bébé, moi aussi.

En marchant, je m'aperçois qu'il y a plus de monde que d'habitude pour un vendredi. Il y a des couples plus âgés, des mères de famille et des nounous avec des enfants et un bon nombre de gens de mon âge. Cela doit être des étudiants qui sont revenus chez eux pour le long week-end. Et çà et là je distingue aussi quelques hommes à l'allure martiale qui font de leur mieux pour rester discrets.

Ce sont les hommes de Julian. Ils sont là pour me protéger, mais leur présence est aussi un cuisant souvenir du fait que je suis encore prisonnière.

— Comment avais-tu réussi à me retrouver ? ai-je demandé après nous être assis sur un banc. Je sais que je devrais arrêter de m'attarder sur le passé, mais je n'arrête pas de penser à ce moment-là. Je veux dire, après notre première rencontre dans la boîte de nuit ?

Julian se retourne pour me regarder, l'expression de son visage est impénétrable.

— J'avais envoyé un gardien pour te suivre jusque chez toi.

— Oh ! Si simple et pourtant parfaitement diabolique. Tu savais déjà que tu voulais m'enlever ?

— Non. Il prend mes deux mains dans la sienne. Je n'étais pas encore parvenu à cette décision. Je me suis dit que je voulais seulement savoir qui tu étais, pour être certain que tu rentres sans encombre à la maison.

Je le fixe, à la fois fascinée et troublée.

— Et quand as-tu décidé de m'enlever ?

Ses yeux bleus se mettent à briller.

— Plus tard. Je ne pouvais m'empêcher de penser à toi. Je suis allé à la fête de ton lycée parce que je me disais qu'il n'était pas possible que tu correspondes à mon souvenir ni aux photos que j'avais demandé aux gardiens de prendre. Je me disais que si je te revoyais pour de bon, mon obsession disparaîtrait… mais évidemment ce ne fut pas le cas. Ses lèvres ont une grimace ironique. C'est devenu pire. Et ça continue à empirer.

J'avale ma salive, incapable de détacher les yeux de l'intensité de son regard.

— Est-ce qu'il t'est arrivé de le regretter ? De me prendre comme tu l'as fait ?

— Regretter que tu sois à moi ? Il hausse les sourcils. Non, mon chat. Pourquoi le regretterais-je ?

Oui, pourquoi ? Je me demande à quelle autre réponse je pouvais m'attendre. Qu'il est tombé amoureux de moi et que maintenant il regrette de m'avoir fait souffrir ? Que désormais je compte tellement pour lui qu'il condamne ses propres actions ?

— Pour rien, ai-je dit à voix basse, en retirant ma main des siennes. Je me demandais juste, c'est tout.

L'expression de son visage s'adoucit légèrement.

— Nora…

Je me penche en avant, mais avant qu'il ne puisse poursuivre nous sommes interrompus par l'éclat de rire d'un enfant. Une toute petite fille blonde avec des couettes s'avance en se dandinant vers nous en serrant un gros ballon vert entre ses mains potelées.

— Attrape ! crie-t-elle en lançant le ballon à Julian et je suis stupéfaite de le voir tendre la main sur le côté pour attraper le ballon qu'elle a maladroitement lancé.

La petite fille rit de joie et se rapproche encore plus vite de nous en courant à toutes jambes. Avant que je ne puisse dire quoi que ce soit, elle est déjà près de notre banc et attrape Julian par la jambe avec la même insouciance que si c'était un arbre.

— Salut ! dit-elle, en adressant à un Julian un sourire qui fait apparaître ses fossettes. Tu peux me rendre mon ballon ? Elle prononce chaque mot avec une clarté dont un enfant plus grand serait fier. Je veux encore jouer.

— Voilà, dit Julian avec un sourire et il lui rend le ballon. Bien sûr que tu peux avoir ton ballon.

— Lisette ! Une femme blonde à l'air tourmenté arrive en courant, elle est toute rouge. Te voilà ! Laisse ces gens tranquilles. Elle attrape l'enfant par le bras et nous regarde d'un air ennuyé. Je suis désolée. Elle s'est échappée avant que je puisse…

— Aucun problème, lui ai-je dit en souriant pour la rassurer. Elle est adorable. Quel âge a-t-elle ?

— Tantôt deux ans et demi tantôt vingt ans, dit la femme avec beaucoup de fierté. Je ne sais pas d'où ça vient, ni son père ni moi n'avons fait d'études.

— Je sais lire ! annonce Lisette en fixant Julian des yeux. Et toi ?

Julian se lève et met un genou à terre devant la petite fille.

— Moi aussi, dit-il gravement. Mais ce n'est pas le cas de tout le monde donc tu as vraiment une longueur d'avance.

La petite fille lui fait un grand sourire.

— Et je sais aussi compter jusqu'à cent.

— Vraiment ? Julian penche la tête de côté. Et qu'est-ce que tu sais faire d'autre ?

En s'apercevant que la présence de sa fille ne nous dérange pas, la femme blonde commence à se détendre et lui lâche le bras.

— Elle connaît toutes les paroles de *La Reine des Neiges*, dit-elle en lissant les cheveux de l'enfant. Et elle sait les chanter en regardant le film.

— C'est vrai ? demande Julian en feignant le plus grand sérieux, et elle acquiesce avec enthousiasme avant de chanter d'une voix suraigüe.

En souriant, je m'attends à ce que Julian l'interrompe d'un instant à l'autre, mais il n'en fait rien. Au contraire, il l'écoute attentivement, l'air approbateur sans paraître condescendant. Quand

Lisette termine sa chanson, il l'applaudit et lui demande quels sont ses dessins animés de Disney préférés, ce qui pousse la petite fille à lui parler de manière volubile de *Cendrillon* et de *La Petite Sirène*.

— Je suis désolée, s'excuse de nouveau sa mère à mon intention quand Lisette semble vouloir continuer indéfiniment. Je ne sais pas ce qu'il lui prend aujourd'hui. D'habitude, elle ne parle pas comme ça aux gens qu'elle ne connaît pas.

— Je vous en prie, dit Julian en se relevant avec souplesse quand Lisette s'interrompt pour reprendre son souffle. Elle ne nous dérange pas du tout. Vous avez une merveilleuse petite fille.

— Avez-vous des enfants ? demande la mère de Lisette en lui souriant avec la même expression d'adoration que sa fille. Vous vous y prenez tellement bien avec elle.

— Non, dit Julian qui donne un coup d'œil à mon ventre. Pas encore.

— Oh ! s'exclame-t-elle en souriant d'un air ravi. Félicitations ! Vous aurez de très beaux bébés tous les deux, j'en suis sûre.

— Merci, ai-je dit en me sentant rougir. Nous l'attendons avec impatience.

— Eh bien, nous allons vous dire au revoir, dit la mère de Lisette en reprenant le bras de sa fille. Viens, Lisette chérie, dis au revoir au gentil monsieur et à la gentille dame. Ils sont occupés et nous allons déjeuner.

— Au revoir ! La petite fille se met à rire en faisant signe à Julian de sa main restée libre. Bonne journée !

Julian lui fait signe à son tour en souriant puis se tourne vers moi.

— Aller déjeuner ne semble pas une mauvaise idée. Qu'en dis-tu mon chat ? Es-tu prête à rentrer ?

— Oui ! Je me rapproche de lui et lui prends le bras. J'ai le cœur étrangement serré. Rentrons !

Dans la voiture qui nous ramène à la maison, pour la première fois de ma vie, je m'autorise cette petite rêverie : j'imagine que Julian et moi formons une famille normale. En fermant les yeux, je vois mon ancien ravisseur comme il était dans le parc tout à l'heure, un bel homme sombre et inquiétant agenouillé à côté d'une petite fille très en avance pour son âge.

Agenouillé à côté de *notre* enfant.

Un enfant que pendant que dure cette rêverie je désire de toutes mes forces.

CHAPITRE VINGT-DEUX

❖ JULIAN ❖

Le samedi matin, je me lève de bonne heure et je descends à la cuisine. Rosa y est déjà et après avoir vérifié qu'elle domine bien la situation je remonte vers Nora.

Elle dort encore quand j'entre dans la chambre. En m'approchant du lit, j'enlève doucement la couverture pour la découvrir en faisant de mon mieux pour ne pas la réveiller. Elle marmonne quelque chose et se tourne sur le dos, mais n'ouvre pas les yeux. Elle est incroyablement sexy, allongée nue comme ça et j'essaie de ne pas prêter attention à mon érection en prenant le flacon d'huile de massage tiède que j'ai ramené de la cuisine et dont je verse quelques gouttes dans ma main.

Je commence par ses pieds, car je sais à quel point ma chérie aime se les faire masser. Dès que je lui touche la plante, ses orteils se recourbent et un gémissement ensommeillé s'échappe de ses lèvres qui me fait bander de plus belle ; mais je résiste à l'envie de venir sur le lit et de m'enfouir à l'étroit dans son corps délicieux.

Ce matin, seul compte son plaisir à elle. Je commence par un pied en m'attardant sur chaque orteil, puis je passe au second avant de remonter sur ses fins mollets et sur ses cuisses. Maintenant, Nora est sur le point de ronronner et je sais qu'elle est réveillée même si ses yeux sont encore fermés.

— Joyeux anniversaire, bébé, ai-je murmuré en me penchant pour faire pénétrer l'huile de massage sur son ventre doux et plat. As-tu bien dormi ?

— Mmm… Elle semble incapable de laisser échapper autre chose que des sons inarticulés. J'arrive à ses seins, et je prends ses tétons raidis entre mes paumes, ils semblent demander que je les prenne dans ma bouche pour les sucer. Incapable de résister à cette tentation, je me penche pour en prendre un dans la bouche et le sucer bien fort. Elle en perd le souffle, se cambre, ouvre grands les yeux, et je passe à l'autre sein tout en dirigeant mes doigts couverts d'huile vers son clitoris pour le caresser.

— Julian, gémit-elle en respirant de plus en plus vite quand j'enfonce deux doigts dans son étroit fourreau brûlant et les y replie. Oh, mon Dieu, Julian ! Elle poursuit avec un petit cri tout en se raidissant, puis je la sens vibrer sous la jouissance.

Quand ses contractions s'apaisent, je retire mes doigts de sa chair gonflée et les laisse remonter sur sa cage thoracique.

— Tourne-toi, bébé, ai-je dit doucement, je n'en ai pas encore terminé avec toi.

Elle obéit et je reprends de nouveau de l'huile. J'en verse abondamment dans ma main pour lui masser le cou, les bras et le dos, et les gémissements de plaisir qu'elle continue de pousser me ravissent. En arrivant aux rondeurs bien fermes de son derrière moi aussi, j'ai du mal à respirer et ma verge est comme une lance de fer dans mon pantalon. Je monte sur le lit, enjambe ses cuisses et je me penche en avant en lui couvrant de tout le corps.

— Je veux te baiser, lui ai-je murmuré à l'oreille, sachant bien qu'elle sent la dureté de mon érection contre son derrière. Tu en as envie, bébé ? Tu as envie que je te prenne et que je te fasse encore jouir ?

Elle frissonne sous mon poids.

— Oui, je t'en prie, oui !

Un sombre sourire apparaît sur mes lèvres.

— Je suis à tes ordres ! J'ouvre ma fermeture éclair, je sors ma verge et passe le bras gauche sous ses hanches pour relever son derrière et le placer à un meilleur angle. Si c'était un autre jour, je mettrais de l'huile sur son petit trou plissé et je la prendrais par là en me délectant de ses réticences, mais pas aujourd'hui.

Aujourd'hui, je ne veux lui donner que ce dont elle a envie.

En appuyant ma verge sur sa petite ouverture glissante, je commence à la pénétrer.

Une douceur humide m'envahit dès que j'avance plus profondément en elle. Malgré le désir qui me dévore, je vais lentement pour la laisser s'ajuster à la taille de ma verge. Quand je suis tout au fond, elle se met à gémir et à me serrer et je suis sur le point de m'enflammer en la sentant se contracter autour de moi, mes bourses se resserrent contre mon corps.

— Julian… Elle halète de nouveau et gigote sous moi tandis que je commence à pousser lentement en contrôlant mes gestes. Julian, je t'en prie, laisse-moi jouir…

Ses plaintes me rendent fou, avec un grognement sourd je commence à la baiser de plus en plus fort, en martelant sa chair soyeuse si serrée autour de moi. Je l'entends crier, je la sens me serrer de plus en plus fort et quand elle est reprise de contractions, j'explose avec un grognement rauque et ma semence jaillit dans son sexe agité de spasmes.

Ensuite, je m'allonge à côté d'elle et je la prends dans mes bras.

— Joyeux vingtième anniversaire, bébé, ai-je murmuré dans ses cheveux en désordre, et elle se met doucement à rire avec délice.

* * *

— Oh, Julian, vraiment, il ne fallait pas, proteste Nora quand j'attache le délicat pendentif en diamant autour de son cou. C'est ravissant, mais…

— Mais quoi ? Je recule d'un pas pour admirer dans le miroir la pierre en forme de croissant de lune sur sa peau bronzée.

Elle détourne les yeux du miroir pour me regarder, ses yeux noirs ont une expression sérieuse.

— Tu as déjà rendu ce jour tellement spécial pour moi avec ce massage et les crêpes faites par Rosa pour le petit déjeuner. Tu n'avais pas besoin de m'offrir en plus un cadeau aussi coûteux. D'autant plus que je n'ai jamais rien pu t'offrir pour *ton* anniversaire.

— Mon anniversaire est en novembre, lui ai-je dit avec amusement. En novembre dernier, tu ne savais pas si j'avais survécu à l'explosion, tu ne pouvais donc rien m'offrir. Et l'année d'avant, et bien… Je souris en me souvenant à quel point elle m'en voulait pendant ses premiers mois sur l'île.

— C'est vrai. Nora ne détourne pas les yeux. L'année d'avant, j'avais d'autres préoccupations.

J'éclate de rire.

— J'en suis certain ! De toute façon, ne t'inquiète pas pour ça. Je ne fête jamais mon anniversaire.

— Pourquoi pas ? Elle fronce les sourcils de surprise. Tu n'aimes pas les anniversaires ?

— Pas le mien, non. Mes parents l'oubliaient tous les ans quand j'étais enfant et j'ai appris à l'oublier aussi. De toute façon, ça n'a rien à voir avec ce cadeau. S'il ne te plaît pas, je peux t'offrir autre chose.

— Non ! Nora agrippe le collier sans vouloir le lâcher. Je l'adore.

— Alors il est à toi. Je me dirige vers elle, lui relève le menton et l'embrasse rapidement sur les lèvres avant de reculer de nouveau. Et maintenant, tu devrais te préparer. Tes parents t'attendent pour déjeuner avec toi.

Elle cligne des yeux en me fixant du regard.

— Qu'est-ce qu'on fait ce soir ? Tu leur as dit que nous avions déjà des projets.

— C'est vrai. Je t'emmène dîner en ville, au restaurant. Je marque une pause en la regardant. À moins que tu ne veuilles faire autre chose ? À toi de choisir.

— Vraiment ? Son visage s'éclaire tant elle est excitée. Dans ce cas-là, soyons fous ?

— C'est-à-dire ?

— On pourrait aller en boîte après le dîner ?

Ma première réaction serait de refuser, mais je me retiens.

— Pourquoi ? ai-je demandé à la place.

Elle hausse les épaules, et semble un peu gênée.

— Je ne sais pas. Je pense juste que ça serait super. Je ne suis pas allée en boîte depuis… Elle se tait et se mord la lèvre.

— Depuis que tu m'as rencontré.

Elle hoche la tête et je me souviens de la conversation que nous avons eue après son déjeuner avec ses amies. Il y avait une certaine nostalgie dans la voix de Nora quand elle avait parlé de sortir et de s'amuser, comme un désir pour quelque chose qu'elle ne connaîtrait jamais plus.

— Dans quelle boîte voudrais-tu aller ? ai-je demandé, ayant même du mal à croire que je prends sa demande au sérieux.

Les yeux de Nora se mettent à briller.

— N'importe laquelle, se hâte-t-elle de répondre. Là où nous serons le plus en sécurité. Peu m'importe où nous allons du moment qu'il y a de la musique et qu'on peut danser.

— Alors, la boîte où nous nous sommes rencontrés ? ai-je suggéré malgré moi. Mes hommes la connaissent déjà, ça sera plus facile…

— Oui, parfait, m'interrompt-elle, rayonnante. Est-ce que Rosa pourrait venir avec nous ? Je sais que ça lui ferait très plaisir aussi. Elle doit lire sur mon visage parce qu'elle précise aussitôt : seulement en boîte, pas pour le dîner. Moi aussi je veux dîner en tête-à-tête avec toi.

Je soupire.

— Entendu. Je demanderai à l'un des gardiens de l'amener en voiture pour qu'elle puisse nous rejoindre après le dîner.

Nora pousse un cri de joie et me jette les bras autour du cou.

— Merci ! Oh ! je suis tellement impatiente, ça va être tellement génial !

Et pendant qu'elle va déjeuner avec ses parents, je me concerte avec Lucas pour voir comment on peut sécuriser une boîte de nuit à la mode un vendredi soir à Chicago.

* * *

— Oh ! Julian, c'est extraordinaire, s'exclame Nora quand nous entrons dans le luxueux restaurant français que j'ai choisi pour le dîner. Comment as-tu réussi à avoir une table ? Il paraît qu'il faut attendre des mois… Puis elle s'arrête et se met à rouler des yeux. Mais voyons, qu'est-ce que je raconte ? Évidemment toi tu peux y arriver !

Son enthousiasme me donne le sourire.

— Je suis content que ça te plaise. Espérons que la cuisine y soit aussi bonne que l'ambiance.

Le garçon nous conduit à notre table, une alcôve privée au fond du restaurant.

Au lieu de vin, je demande de l'eau gazeuse pour nous deux ainsi que le menu dégustation après avoir d'abord expliqué les restrictions rendues nécessaires par la grossesse de Nora.

— Très bien, Monsieur, dit le garçon en s'inclinant légèrement, et en un clin d'œil, l'entrée arrive à notre table.

Tout en savourant le risotto aux asperges et les raviolis aux langoustines, Nora me raconte son déjeuner et me dit à quel point ses parents étaient heureux de fêter son anniversaire avec elle.

— Ils m'ont offert un nouvel assortiment de pinceaux, dit-elle en souriant. J'imagine que mon père commence à croire à mon passe-temps.

— C'est une bonne nouvelle, bébé. Il devrait avoir confiance en toi, tu as beaucoup de talent.

— Merci ! Elle m'adresse un sourire radieux et tend la main vers son verre d'eau.

Tout en parlant, je ne peux détacher les yeux d'elle. Elle est rayonnante ce soir, je ne l'ai jamais vue aussi belle. Sa robe bustier bleue est à la fois élégante et sexy, mais bien trop courte pour que je puisse garder ma sérénité. Ce soir quand je l'ai vue descendre l'escalier avec cette robe et ses escarpins argentés j'ai eu toutes les peines du monde à ne pas la ramener dans la chambre pour la baiser pendant trois jours de suite.

De plus elle s'est maquillée de telle façon que ses lèvres sont brillantes et très pulpeuses. Chaque fois qu'elle met sa fourchette dans sa bouche, je l'imagine me suçant et mon pantalon commence à me serrer de manière gênante.

— Tu sais, tu ne m'as jamais raconté ce que tu faisais dans cette boîte le soir où nous nous sommes rencontrés, dit-elle quand nous en sommes au troisième plat. Et d'ailleurs, que faisais-tu à Chicago ? Tu travailles surtout à l'extérieur des États-Unis, non ?

— C'est vrai, ai-je répondu en hochant la tête. Mais je n'étais pas vraiment ici pour mes affaires habituelles. Quelqu'un que je connais m'avait recommandé un analyste de fonds spéculatifs, c'était un entretien d'embauche pour le poste de gestionnaire de portefeuille.

— Ah bon ! Nora ouvre grands les yeux. C'est lui que tu as vu l'autre jour ?

— Oui, et j'en étais content si bien que je l'ai engagé. Ensuite, j'ai décidé de sortir et de visiter un peu la ville et c'est comme ça que je me suis retrouvé dans cette boîte de nuit.

— À cette époque, tu n'étais pas inquiet pour ta sécurité ?

— J'avais quelques hommes avec moi, mais non, à ce moment-là, Al-Quadar n'était pas encore aussi dangereux, et en plus je n'avais pas besoin de m'inquiéter pour toi. Ce n'est qu'une fois que Nora est devenue à moi que je suis devenu paranoïaque. Ma chérie ne sait pas à quel point elle m'a rendu vulnérable, elle ne réalise pas jusqu'où j'irais pour la protéger. Si j'avais été certain que Majid la laisse saine et sauve je lui aurai livré ces explosifs, et tout ce qu'Al-Quadar exigeait de moi.

J'aurais tout fait pour la retrouver.

— Et tu avais l'intention de rencontrer quelqu'un ce soir-là ? demande Nora en buvant une gorgée d'eau. Elle parle avec désinvolture, mais le ton de sa voix est démenti par son regard.

Je souris, sa jalousie apparente me fait plaisir.

— Peut-être bien, ai-je dit pour la taquiner. C'est pour ça que la plupart des hommes vont en boîte, tu sais. Ce n'est pas pour danser, je t'assure.

— Et ça a marché ? Elle se penche en avant, sa petite main serre un peu plus fort sa fourchette. Tu as rencontré quelqu'un après mon départ ?

Je suis tenté de continuer à la taquiner, mais je n'arrive pas à être aussi cruel.

— Non, mon chat. Ce soir-là, je suis retourné seul à ma chambre, incapable de penser à autre chose qu'à cette jolie jeune fille que je venais de rencontrer. Et j'ai aussi rêvé d'elle. De son visage qui ressemblait tant à celui de Maria… De sa peau soyeuse et de ses courbes délicates.

De toutes les choses perverses et interdites que j'avais envie de lui faire.

— Je vois. Nora se détend, un sourire apparaît sur son visage. Et le lendemain ? Tu es de nouveau allé en boîte ?

— Non. Je prends une figue fourrée au crabe. Je n'en voyais pas l'intérêt alors que j'étais tellement obsédé par elle que j'ai passé des heures à regarder les photos que mes gardes avaient prises.

Et alors que je savais déjà que je ne désirerais jamais une autre femme autant qu'elle.

CHAPITRE VINGT-TROIS

❖ NORA ❖

Quand nous sortons finalement du restaurant, j'ai l'impression d'être au septième ciel. Depuis que nous nous sommes rencontrés, notre dîner de ce soir est ce qui ressemble le plus à un rendez-vous d'amoureux, et pour la première fois depuis des mois j'envisage l'avenir avec optimisme.

Nous n'aurons peut-être jamais une vie " normale ", mais ça ne nous empêchera pas d'être heureux.

En route pour la boîte de nuit, je m'autorise à retrouver ce rêve dans lequel Julian et moi vivons en famille. Il me semble plus réel désormais, plus tangible. Pour la première fois, je peux nous imaginer élever notre enfant ensemble : ça ne sera pas facile et nous serons sans cesse entourés de gardiens, mais ça sera possible. Nous pourrons y arriver. La plupart du temps, nous vivrons au domaine, mais nous pourrions aussi voyager. Nous pourrons rendre visite à mes parents et à mes amies, et nous pourrons aller en voyage en Europe et en Asie. J'aurai ma carrière de peintre et les affaires de Julian seront à l'arrière-plan au lieu de dominer entièrement notre vie.

Ce ne sera pas le genre de vie dont je rêvais quand j'étais plus jeune, mais ce sera tout de même une belle vie.

À cause de la circulation du centre-ville, nous mettons une demi-heure à rejoindre la boîte de nuit. Quand nous descendons de voiture, Rosa est déjà arrivée et nous attend. En me voyant, elle sourit et court vers la voiture.

— Nora, tu es splendide, s'exclame-t-elle avant de se tourner vers Julian. Et vous, aussi vous êtes très beau, Señor. Elle me fait un grand sourire. Merci beaucoup de m'avoir invitée ce soir. Je mourrais d'envie d'aller dans une vraie boîte de nuit aux États-Unis.

— Je suis contente que tu aies pu venir, lui ai-je dit en souriant à mon tour. Toi aussi, tu es ravissante. Et c'est vrai. Avec des escarpins rouges très sexy et une courte robe jaune qui met ses formes en valeur, Rosa a autant de sex-appeal qu'une pin-up.

— Vraiment ? demande-t-elle avec empressement. J'ai acheté cette robe en ville jeudi dernier. Mais j'avais peur qu'elle soit un peu trop…

— Mais non, ai-je dit avec fermeté. Tu es absolument fantastique. Alors, allons-y, allons danser. Et je la prends par le bras pour la mener vers l'entrée de la boîte tandis que Julian nous suit d'un air amusé.

Bien que la boîte de nuit soit dans un quartier ancien et assez mal famé du centre de Chicago, beaucoup de gens font la queue à la porte. Elle doit être encore plus à la mode qu'il y a deux ans. Sur notre passage, les hommes nous dévisagent, Rosa et moi, et les femmes s'ébahissent devant Julian. Je les comprends, même si mon mauvais démon me donne envie de leur arracher les yeux. Mon mari s'est fait beau ce soir, il porte un élégant blazer et un jean de marque, et il est naturellement séduisant, comme une star de cinéma qui assisterait à la première d'un film. Évidemment les stars n'ont ni poignards ni revolvers cachés sous leur veste, mais j'essaie de ne pas y penser.

Julian n'a qu'un mot à dire au videur et nous voilà à l'intérieur sans avoir eu besoin de faire la queue. Personne ne vérifie nos cartes d'identité, pas même au bar où Julian offre un verre à Rosa. Je me demande si c'est parce que les hommes de Julian ont prévenu la direction de la boîte de notre visite.

Quoi qu'il en soit c'est bien agréable.

Il n'est que dix heures du soir, mais l'atmosphère de la boîte est déjà déchaînée, avec les derniers hits pop pour danser qui passent à pleine puissance. J'ai beau ne pas avoir bu d'alcool, je plane, ivre d'excitation. En riant, j'attrape Rosa et Julian et je les entraîne sur la piste de danse où des centaines de gens se déhanchent déjà.

Quand nous arrivons au centre de la piste, Julian tourne tout autour de moi et me serre contre lui en me tenant le dos tout en commençant à danser. Avec sa manière de me tenir, je suis face à Rosa si bien que nous dansons tous les trois ensemble, mais je suis protégée par la grande silhouette de Julian. Personne d'autre ne peut me toucher ni exprès ni accidentellement sans avoir d'abord affaire à lui.

Même au milieu de la foule d'une piste de danse j'appartiens à Julian et à lui seul.

Rosa sourit, elle aussi a visiblement compris son petit manège. Elle est encore plus excitée que moi, ses yeux brillent quand elle commence à se trémousser au rythme de la dernière chanson de Lady Gaga. Bien vite, deux jeunes types séduisants s'approchent d'elle et je la regarde en souriant commencer à flirter avec eux et s'éloigner progressivement de Julian et de moi.

Dès qu'elle est occupée avec eux, Julian se tourne vers moi.

— Comment te sens-tu, bébé ? demande-t-il de sa voix grave qui couvre les décibels de la musique. Les spots de couleur lui éclairent le visage et lui donnent une beauté surréelle. Tu n'es pas fatiguée ? Tu n'as pas la nausée ?

— Non ! Je secoue vigoureusement la tête. Je suis en pleine forme. Encore mieux que ça d'ailleurs.

— Oui, c'est vrai, murmure-t-il en me serrant encore plus près de lui, et je rougis en sentant la bosse dure dans son pantalon. Il me désire et mon propre corps réagit immédiatement, le rythme de la musique fait écho à la violente pulsation que je sens tout à coup au fond de moi. Nous sommes entourés de monde, mais la foule semble avoir disparu quand nous nous fixons du regard et que nos deux corps commencent à se mouvoir à un rythme sexuel primitif. Mes seins se gonflent, mes tétons durcissent, et quand j'appuie ma poitrine contre Julian, malgré les vêtements que nous portons, je sens la chaleur qui émane de lui… la même chaleur qui monte en moi.

— Putain, bébé, soupire-t-il en baissant le regard vers moi. Ses hanches vont et viennent et nous dansons ensemble, excités tout autant par notre désir réciproque que par le rythme de la musique. Putain, il ne faudra plus jamais remettre cette robe.

— Cette robe ? Je lève les yeux vers lui. Tu penses que c'est cette robe ?

Il ferme les yeux et respire profondément avant de me répondre et de me regarder de nouveau.

— Non, dit-il d'une voix rauque. Ce n'est pas la robe, Nora. C'est toi. Putain, c'est toujours toi.

Je suis presque sûre qu'il va m'emmener quelque part, mais il ne le fait pas. À la place, il relâche son étreinte et laisse quelques centimètres entre nous. Je sens toujours son corps près du mien, mais l'atmosphère est moins chargée de cette sexualité à l'état brut si bien que je peux reprendre mon souffle. Nous dansons encore sur quelques airs et je commence alors à avoir soif.

— Je pourrais aller chercher de l'eau s'il te plaît ? ai-je demandé en haussant la voix pour qu'il puisse m'entendre malgré la musique, et Julian hoche la tête avant de me conduire vers le bar. En passant devant Rosa je vois qu'elle continue de danser avec les deux types de tout à l'heure, elle semble contente d'être prise en sandwich entre les deux.

Je lui fais un clin d'œil et je l'applaudis discrètement puis nous nous éloignons de la foule des danseurs.

Julian demande un verre d'eau glacée pour moi, je le bois d'un trait tant je suis altérée. Il sourit en me regardant boire et je sais que lui aussi il se souvient de notre première rencontre ici même, à ce bar.

Quand nous nous retournons pour aller vers la piste de danse, je vois Rosa se diriger vers le fond de la boîte de nuit, là où sont les toilettes. Elle me fait signe en souriant et je lui fais signe à mon tour avant de me retourner vers Julian.

— Retournons danser, lui ai-je dit en l'attrapant par la main, et nous nous mêlons à la foule juste au moment où commence un nouvel air.

Quelques minutes plus tard, ça y est, je m'aperçois que ma vessie est pleine.

— Il faut que j'aille aux toilettes, fais-je à Julian. Il m'accompagne en souriant, et nous nous dirigeons ensemble vers le fond de la boîte et je fais la queue aux toilettes des dames tandis que Julian s'adosse au mur en regardant autour de lui pendant que j'attends mon tour dans le hall sombre en forme de cercle qui conduit aux toilettes. Je me demande s'il redouble encore de vigilance à cet endroit et j'ai envie de ricaner à l'idée qu'il soit inquiet au point de m'accompagner aux toilettes. Heureusement, il ne le fait pas. Par contre, il reste dans l'entrée de l'étroit couloir, les bras croisés.

Il y a une longue queue et je mets presque un quart d'heure avant d'arriver au bout. Quand c'est enfin mon tour, j'entre dans la petite salle de bains où il n'y a que trois w.c. et je m'exécute. C'est seulement en me lavant les mains que je réalise que Rosa a disparu dans cette direction et que je ne l'ai pas vue ressortir.

Je sors mon téléphone de mon minuscule sac à main et j'envoie un texto à Julian :

— *As-tu vu passer Rosa ? Est-ce que tu la vois ?*

Il ne répond pas tout de suite si bien que je ressors de la salle de bain pour le rejoindre quand quelque chose de rouge à une dizaine de mètres de moi attire mon attention. En fronçant les sourcils, je poursuis mon chemin dans le hall, je passe devant les toilettes et c'est alors que je le vois.

Un escarpin rouge abandonné à cet endroit.

Mon cœur est sur le point de s'arrêter.

Je me penche pour ramasser l'escarpin et un frisson me parcourt le dos.

Aucun doute. C'est bien le soulier de Rosa.

Le cœur battant à se rompre, je me relève, je regarde autour de moi, mais je ne la vois nulle part. À cause de la forme circulaire du hall, d'ici on ne voit même plus les toilettes.

Je jette l'escarpin et je reprends mon téléphone. Il y a une réponse de Julian :

— *Non, je ne la vois pas.*

Au moment de lui répondre, une porte que je n'avais pas encore remarquée s'ouvre à quelques mètres de moi.

Un petit type maigre en sort, referme la porte derrière lui et s'adosse à l'encadrement. En le regardant, je m'aperçois qu'il est très jeune. C'est plutôt un adolescent, il est pâle, avec des taches de rousseur, et n'a pas une ombre de barbe. Son allure est nonchalante, presque paresseuse, mais il y a quelque chose dans le coup d'œil qu'il m'adresse qui retient mon attention.

— Excusez-moi. Je m'approche prudemment de lui, fronçant le nez, car il empeste l'alcool et le tabac. Avez-vous vu mon amie ? Elle porte une robe jaune…

Il crache par terre devant moi.

— Fous le camp, sale pute.

Je suis tellement déroutée que je recule. Puis la colère me saisit, mêlée d'adrénaline.

— Excusez-moi ? J'ai serré les poings. Qu'est-ce que vous venez de dire ?

L'adolescent change de posture et devient plus agressif.

— J'ai dit…

Et c'est à ce moment que je l'ai entendu.

C'est un cri de femme derrière la porte, immédiatement suivi par un bruit de chute.

Mon niveau d'adrénaline redouble. Sans réfléchir, je m'avance, le poing droit en avant, exactement comme me l'a appris Julian. L'élan que j'ai pris ajoute de la force au coup que j'assène et le type en perd le souffle, il a reçu mon poing dans le plexus solaire. Il commence à se plier en deux et c'est alors qu'il reçoit mon genou en plein dans les bourses.

Il se penche en avant avec un cri aigu, les mains entre les jambes, alors je l'attrape par la peau du cou, en me servant de mon élan pour lui faire un croche-pied et le faire tomber.

Encore mieux qu'à l'entraînement !

Il trébuche, les bras ballants, et sa tête vient heurter le mur d'en face. Puis il glisse par terre, prostré et immobile devant moi.

Je le regarde bouche bée en tremblant. Je n'arrive pas à croire ce que je viens de faire.

Je n'arrive pas à croire que je me suis attaquée à un homme, même si c'était un adolescent qui avait trop bu.

Derrière la porte, un autre cri me sort de mon état de choc.

Et maintenant que je reconnais cette voix, une nouvelle poussée d'adrénaline fait battre mon cœur à se rompre. N'obéissant qu'à mon instinct, je saute par-dessus le corps du jeune type et je pousse la porte.

C'est une pièce étroite, toute en longueur, fermée par une autre porte au fond. Un canapé sali se trouve à côté et mon amie s'y débat en sanglotant sous le poids d'un homme.

Pendant une seconde, je suis trop saisie pour réagir puis je remarque des traces rouges sur le jaune vif de la robe de Rosa qui est en lambeaux.

En proie à une rage folle, j'oublie toute prudence.

— Lâchez-la ! ai-je hurlé en me précipitant dans la pièce. Pris de surprise, le type se relève d'un bond puis comme s'il se souvenait de ses noirs desseins, il attrape Rosa par les cheveux et la traîne par terre.

— Nora ! hurle Rosa.

Horrifiée, je me retourne d'un coup, mais c'est trop tard.

L'autre est déjà sur moi, la main en l'air pour me gifler.

Son coup m'abat sur le mur avec une telle force que chaque os de mon dos s'en ressent.

Je vois trente-six chandelles, je m'affaisse par terre, et malgré le bourdonnement dans mes oreilles j'entends une voix d'homme dire :

— Tu peux baiser celle-ci si tu veux, et celle-ci va y passer dans la voiture.

Et tandis qu'il déchire brutalement mes vêtements, je vois l'agresseur de Rosa l'entraîner vers la porte qui est au fond de la pièce.

CHAPITRE VINGT-QUATRE

❖ JULIAN ❖

Commençant à m'ennuyer je m'éloigne du mur et je jette un coup d'œil dans le hall. Nora est déjà en tête de la queue si bien que je m'adosse de nouveau au mur pour continuer à l'attendre. Et je décide de ne jamais remettre les pieds dans cette boîte. Il doit toujours falloir y faire la queue et je trouve ridicule qu'on n'y ait pas installé davantage de toilettes pour dames.

Pour la troisième fois de suite, je sors mon téléphone pour vérifier mes mails. Comme prévu, il ne s'est rien passé depuis trois minutes et je me demande si je ne vais pas retourner au bar y prendre un verre. Je n'ai rien bu de toute la soirée pour garder mes réflexes intacts en cas de danger, mais ce n'est pas une bière qui va changer quoi que ce soit.

Pourtant je décide de ne pas le faire. Bien que plusieurs de mes hommes soient disséminés dans la boîte de nuit, je ne suis pas rassuré d'avoir quitté Nora des yeux depuis quelques minutes. J'aurais dû faire la queue avec elle, mais le hall circulaire est si étroit qu'il n'y a de la place que pour les femmes, et un homme de temps en temps qui s'y fraye un chemin.

Je continue donc à attendre en me distrayant du spectacle des danseurs sur la piste. Avec tous ces corps qui se frottent les uns contre les autres, l'atmosphère est très chargée sexuellement, mais les lumières qui clignotent et le rythme de la musique me laissent indifférent. N'ayant pas Nora entre les bras pour exciter mon désir je pourrais tout aussi bien être à un coin de rue et regarder l'herbe pousser.

Mon téléphone vibre dans ma poche et me tire de mes réflexions. Je le sors, je lis le message de Nora et je fronce les sourcils.

— *Est-ce que tu as vu passer Rosa ? Est-ce que tu la vois ?*

M'éloignant de nouveau du mur je jette un coup d'œil dans le hall. Je n'y vois ni Rosa ni Nora, mais la jeune fille qui était dans la queue derrière Nora continue à attendre son tour.

Certain que Nora se trouve dans les toilettes, je commence à examiner la boîte de nuit pour chercher une robe jaune dans la foule. Ce n'est pas facile avec le monde présent et l'obscurité qui y règne, mais la robe de Rosa est de couleur tellement vive que je devrais pouvoir l'apercevoir.

Et pourtant je ne vois toujours rien. Ni au bar ni sur la piste de danse.

Je commence à être mal à l'aise et je traverse la foule pour aller de l'autre côté du bar et y regarder de nouveau.

Rien. Pas la moindre robe jaune nulle part.

Mon malaise se transforme en état d'alerte maximum. Je reprends le téléphone et j'y vérifie la localisation indiquée par les implants de Nora.

Elle est toujours aux toilettes ou juste à côté.

Légèrement rassuré, j'envoie un message à Lucas pour qu'il alerte mes hommes et je réponds à Nora avant de retourner dans la direction des toilettes. Je suis peut-être paranoïaque, mais il faut que je retrouve Nora. Sans plus tarder. Mon instinct me dit qu'il se passe quelque chose de grave et je ne pourrai me détendre que lorsqu'elle sera en sécurité à mes côtés.

Quand j'arrive dans le hall, la file des femmes s'est encore allongée et il y a même la queue pour les toilettes des hommes. Le hall très étroit est complètement bloqué et je commence à pousser les autres sans prêter attention à leurs cris de protestation.

Nora n'est pas dans cette queue bien que ses localisateurs indiquent qu'elle soit à proximité. Mais en passant devant les toilettes des dames je m'aperçois qu'elle n'y est pas non plus. Selon mon application de localisation, elle est à une trentaine de mètres, vers la gauche du hall circulaire. C'est un endroit où il y a un peu moins de monde et j'accélère le pas en redoublant d'inquiétude.

C'est une seconde plus tard que je vois ce qui se passe.

Il y a un homme allongé par terre, à côté d'une porte close.

Mon sang se glace, je sens le goût âcre et violent de la peur dans ma bouche. Et si quelqu'un avait enlevé Nora, et s'il lui était arrivé quelque chose…

Non, il ne faut pas y penser, pas quand elle pourrait avoir besoin de moi.

Un calme glacé m'envahit et bloque ma peur. Je m'accroupis, je saisis mon poignard dans la gaine que je porte à la cheville et je le glisse dans ma ceinture pour l'avoir à portée de main. Puis en me relevant, je prends mon revolver et j'enjambe le corps sans prêter attention au sang qui coule du front de cet homme.

Selon mon application, Nora n'est qu'à quelques mètres sur ma gauche, ce qui veut dire qu'elle est derrière cette porte.

Après avoir respiré un grand coup, j'enfonce la porte et j'entre dans la pièce.

Immédiatement, un cri étouffé venant de ma droite attire mon attention. En tournant sur moi-même, je vois deux silhouettes se battre près du mur, et alors je deviens fou.

Nora, ma Nora chérie, se bat avec un homme deux fois plus grand qu'elle. Il est sur elle, l'une de ses mains étouffe ses cris et l'autre déchire ses vêtements. Les yeux de Nora sont fous de rage, elle lui griffe le visage et le cou, et le sang dégouline sur lui.

Je vois rouge, je n'ai jamais connu une telle rage.

D'un bond, je suis sur eux et je dégage Nora. Je ne tire pas, ce serait trop risqué, elle est trop près, mais j'ai le poignard dans la main quand je le plaque au sol et que je l'étrangle de l'avant-bras gauche. Il ne peut plus respirer et ses yeux sortent de leurs orbites tandis que je le poignarde à plusieurs reprises. Un sang chaud jaillit et m'éclabousse et je sens la terreur de cet homme, il sait qu'il va mourir. Il me donne des coups de poing, mais je n'en tiens pas compte. À la place, je le regarde droit dans les yeux tout en continuant à le frapper, ses convulsions mortelles me ravissent.

— Julian ! Le cri de Nora m'arrache à ma folie sanguinaire et je me relève d'un bond, laissant son agresseur se tordre de douleur sur le sol.

Elle est toute tremblante, le mascara et les larmes coulent sur son visage tandis qu'elle tente de se relever en se tenant au mur.

Putain ! La peur me donne la nausée et me serre le cœur. Je me précipite vers elle et je l'attire contre moi en la palpant des pieds à la tête pour voir si elle est blessée. Pas de fracture, cependant sa lèvre inférieure est tuméfiée et sa robe a été un peu déchirée au décolleté. Et l'enfant… Non, je ne peux me permettre d'y penser pour le moment.

— Bébé, tu es blessée ? J'arrive à peine à reconnaître ma propre voix. Il t'a fait mal ?

Elle secoue la tête, les yeux encore égarés.

— Non ! Elle s'agite entre mes bras et me repousse avec une force surprenante.

— Lâche-moi ! Il faut aller à sa rescousse !

— Quoi ? Qui ? Pris de cours, je recule en la retenant par le bras pour qu'elle ne tombe pas.

— Rosa ! Il l'a emmenée, Julian ! Il l'a prise et l'a entraînée par-là. Nora agite sa main restée libre vers la porte du fond. Il faut aller à sa rescousse ! Elle semble avoir perdu la tête.

— C'est un autre qui l'a emmené ?

— Oui ! Il a dit (un sanglot l'interrompt), il a dit, qu'elle allait y passer dans sa voiture. Ils étaient deux et l'un des deux a emmené Rosa !

Je la fixe du regard, ma rage reprend le dessus. J'ai beau ne pas être proche de Rosa, je l'aime bien et elle est sous ma protection. L'idée que quelqu'un ait pu oser faire une telle chose, les attaquer ainsi Nora et elle me met hors de moi.

— Dépêche-toi ! me supplie Nora en me tirant éperdument par le bras pour m'entraîner vers la porte. Viens, Julian, il faut se dépêcher ! Il vient juste de l'emmener par-là, nous pouvons encore les rattraper !

Putain ! Je grince des dents, chacun des muscles de mon corps vibre tant ils sont contractés. Je n'ai jamais connu un tel déchirement. Nora a été attaquée, et je n'entends qu'un cri, c'est elle d'abord, je devrais la prendre et la mettre en sécurité aussi vite que possible. Mais si ce qu'elle dit est vrai, la seule manière de sauver Rosa est d'agir immédiatement, et mes hommes vont mettre au moins plusieurs minutes pour nous rejoindre.

— Je t'en prie, Julian ! supplie Nora en sanglotant et c'est la panique que je lis dans ses yeux qui emporte ma décision.

— Reste ici ! Ma voix est froide et brutale, je lui lâche le bras et je recule. Ne bouge pas !

— Je viens avec toi…

— Pour rien au monde. Je sors mon revolver et je le lui mets entre les mains. Tu m'attends ici, et tu tires sur tous les gens que tu ne connais pas.

Et avant qu'elle ne puisse me contredire, je vais à toute vitesse vers la porte du fond en envoyant un message à Lucas pour lui dire ce qui se passe.

CHAPITRE VINGT-CINQ

❖ NORA ❖

Dès que Julian disparaît derrière la porte, je m'affaisse sur le sol en serrant le revolver qu'il m'a donné. Mes jambes tremblent, la tête me tourne, la nausée monte en moi. Il me semble que je vais perdre la tête. Seul le fait de savoir que Julian est parti à la rescousse de Rosa m'empêche de devenir complètement folle. Je respire en tremblant, je m'essuie le visage du revers de la main et en baissant le bras une traînée rouge m'attire l'attention.

Du sang.

J'ai du sang sur moi.

Je le fixe, à la fois dégoûtée et fascinée. Cela doit être celui de l'homme que Julian a tué. Julian était couvert de sang quand il m'a touchée, et maintenant moi aussi. Les traînées rouges que j'ai sur les bras et sur la poitrine me font penser à l'un de mes tableaux. Bizarrement, c'est une comparaison qui me calme un peu. En respirant encore, je relève les yeux et je tourne mon attention vers le cadavre qui est allongé à quelques mètres de moi.

Maintenant qu'il ne peut plus me nuire, j'ai un choc en m'apercevant que je le reconnais. C'est l'un des deux jeunes avec lesquels dansait Rosa. Est-ce que ça veut dire que l'autre agresseur est le second ? Je fronce les sourcils en essayant de me rappeler ses traits, mais ils sont très vagues dans mon souvenir. Et je ne me souviens pas d'avoir vu l'adolescent qui gardait l'entrée de cette pièce. Était-il avec les cavaliers de Rosa ? Et si oui, pourquoi ? Tout ceci est absurde. Même s'ils sont tous les trois des violeurs en série, comment pouvaient-ils croire qu'ils pouvaient commettre impunément une agression aussi brutale dans une boîte de nuit ?

Évidemment les motivations du mort n'ont plus aucune importance. Je sais qu'il est mort parce que son corps est immobile. Ses yeux sont ouverts, sa bouche béante et un filet de sang coule le long de sa joue. Et je m'aperçois qu'il pue la mort, le sang, les excréments et la peur. En remarquant cette odeur nauséabonde, je recule et je vais en rampant me tapir vers le canapé.

De nouveau, un homme vient d'être tué devant moi. Je m'attends à être horrifiée et dégoûtée, mais ce n'est pas le cas. À la place, je ne ressens qu'une joie cruelle.

Comme si c'était sur un écran de cinéma que j'avais vu le poignard de Julian se lever et s'abattre pour frapper sans relâche les flancs de cet homme, la seule pensée dont je sois capable c'est d'être contente qu'il soit mort.

Je suis contente que Julian l'ait abattu.

C'est étrange, mais cette fois mon absence de sympathie ne me fait rien. Je sens encore les mains de cet homme sur moi, ses ongles qui me griffent pour déchirer mes vêtements.

Il avait réussi à me plaquer après m'avoir giflée et j'avais beau me débattre de toutes mes forces, je savais qu'il aurait le dessus. Si Julian n'était pas arrivé à ce moment-là…

Non ! Je refuse d'y penser. Julian est arrivé, il est inutile de s'attarder sur le pire. Et finalement, je m'en suis bien tirée. Ma lèvre coupée me fait mal et j'ai l'impression que mon dos est couvert de bleus, mais il n'y a rien eu d'irréparable. Je vais guérir. La dernière fois que j'ai été attaquée, j'ai réussi à survivre.

Mais la vraie question, c'est, si Rosa en sera capable ?

Penser qu'elle peut être blessée, violée, brisée m'emplit de rage. Je voudrais que Julian massacre l'autre homme aussi sauvagement qu'il a tué celui-là.

En fait, je voudrais le faire moi-même. J'aurais bien insisté pour accompagner Julian, mais le contredire n'aurait fait que retarder le sauvetage de Rosa.

Pour le moment, je ne peux qu'attendre et espérer que Julian la ramène.

J'aperçois mon petit sac à main sur le sol et je rampe vers lui pour le prendre. Chaque geste me fait mal, mais je veux récupérer mon sac. Mon téléphone est dedans, ce qui me permet de joindre Julian. Et c'est important parce que je réalise tout à coup que Rosa n'est plus seule à être en danger.

Mon mari aussi.

Non. Je repousse cette idée pour le moment. Je sais de quoi Julian est capable. Si quelqu'un peut s'en sortir, c'est bien mon ravisseur. La vie de Julian est plongée dans la violence depuis son enfance ; pour lui tuer un salaud ou deux sera simple comme bonjour.

À moins que le salaud en question soit armé ou ne soit pas seul.

Non. Je ferme les yeux de toutes mes forces en refusant de me complaire dans de telles pensées. Julian va revenir avec Rosa, et tout se passera bien. Nous allons avoir un enfant, nous allons bâtir notre vie ensemble…

Un enfant…

J'ouvre brusquement les yeux, je porte en toute hâte la main sur mon ventre en poussant un gros soupir. Pour la première fois, je réalise que sans l'intervention de Julian les violeurs auraient fait une autre victime que Rosa et moi. Si j'avais été brutalisée et malmenée plus longtemps, que serait-il arrivé au bébé ?

Cette pensée terrifiante me coupe le souffle.

Je me remets à trembler, de nouvelles larmes me remplissent les yeux. Je ne sais même pas pourquoi je pleure. Tout va bien. Il ne peut en être autrement.

En serrant mon sac à main contre moi, je ne quitte plus des yeux la porte du fond. D'une seconde à l'autre, Julian va apparaître avec Rosa et notre vie reprendra son cours normal.

D'une seconde à l'autre.

Mais le temps passe avec une lenteur désespérante. Si lentement que j'ai envie de hurler. Je fixe la porte des yeux jusqu'à ce que mes larmes cessent de couler et que les yeux me brûlent maintenant qu'ils sont secs. J'ai beau essayer, je ne peux éviter de penser au pire, la peur qui me ronge menace de m'engloutir tout entier et de me faire complètement disparaître.

Enfin, la porte commence à grincer, elle va s'ouvrir.

Je me lève d'un bond en oubliant que j'ai mal partout, puis je me souviens de ce que Julian m'a dit avant de partir.

Quelqu'un d'autre que lui peut franchir ce seuil.

Je lève le revolver qu'il m'a donné, je le braque en tremblant et j'attends.

CHAPITRE VINGT-SIX

❖ JULIAN ❖

Dès que j'ai envoyé mon message à Lucas, j'ouvre la porte et j'arrive dans l'allée qui se trouve derrière la boîte de nuit. Une forte odeur d'ordures et d'urine me prend immédiatement aux narines. Il a dû pleuvoir pendant que nous étions à l'intérieur parce que la chaussée toute défoncée est mouillée et que la lumière d'un lointain réverbère se reflète dans les flaques huileuses.

Maîtrisant ma rage et mon inquiétude j'examine méthodiquement les alentours. Plus tard, je m'autoriserai à penser au visage couvert de larmes de Nora et à quel point j'ai foiré, mais pour le moment je dois me concentrer sur un seul objectif, sauver Rosa.

Je le lui dois bien, ainsi qu'à Nora.

Je ne vois personne à proximité et je me fraye un chemin entre les poubelles en direction de la rue. Des rats s'enfuient à mon approche. Je me demande s'ils peuvent sentir la violence qui me coule dans les veines, la soif de sang qui grandit à chacun de mes pas.

Il ne m'a pas suffi de tuer une fois. Loin de là.

Mes bruits de pas sur le sol mouillé résonnent et j'arrive au coin de l'allée et d'une petite rue étroite ; c'est alors que je les vois.

Deux silhouettes qui se battent près d'un 4x4 blanc à une trentaine de mètres d'ici.

J'aperçois le jaune de la robe de Rosa que l'homme essaie d'entraîner dans sa voiture et une rage noire s'empare de nouveau de moi.

Je sors mon poignard et je cours à toute vitesse dans leur direction.

Je sais exactement à quel moment l'agresseur de Rosa m'aperçoit. Il écarquille les yeux, grimace de peur, et avant que je ne puisse réagir il jette Rosa vers moi et se précipite dans la voiture.

J'accélère, je réussis à rattraper Rosa avant qu'elle ne tombe par terre, et elle s'agrippe à moi avec des sanglots hystériques. J'essaie de la calmer en me dégageant de ses mains qui me serrent, mais c'est trop tard.

La voiture démarre en trombe et les pneus crissent, l'agresseur de Rosa a mis les gaz, c'est un vrai lâche et il vient de s'enfuir.

Putain ! Tout essoufflé, je fixe la voiture avant qu'elle ne disparaisse. Je sais que mes hommes sont postés au prochain croisement, mais une fusillade en pleine rue attirerait trop l'attention. Sans lâcher Rosa, je sors mon téléphone et je dis à Lucas de suivre la voiture blanche.

Puis je tourne mon attention sur celle qui sanglote dans mes bras.

— Rosa ! Sans prêter attention à l'adrénaline qui m'envahit, je la repousse doucement pour voir quel mal lui a été fait. Un côté de son visage est enflé et couvert de sang séché, elle a des égratignures et des bleus partout, mais à mon grand soulagement elle semble n'avoir rien de cassé. Mais elle paraît tellement ébranlée que je lui parle à voix basse comme à un enfant.

— Est-ce que c'est grave, ma douce ?

— Il… On… Elle ne peut pas parler clairement, elle tremble comme une feuille, sa robe est déchirée et je grince des dents en la voyant et en essayant de résister à la rage qui me reprend. Je comprends déjà qu'elle ne se remettra pas facilement de ce qui lui est arrivé.

— Viens ma douce, laisse-moi te ramener auprès de Nora. Je lui parle doucement pour la réconforter en me penchant pour la prendre dans mes bras. Elle tremble de plus belle quand je commence à la bercer et je serre encore plus fort les dents en retournant le plus vite possible dans l'allée.

Lorsque nous arrivons devant la porte de la boîte de nuit, je pose Rosa à terre. Puis, en la tenant par le coude pour l'aider à marcher, je lui fais passer la porte avec beaucoup de précautions.

La première chose que nous voyons c'est Nora qui braque le revolver dans notre direction. Mais dès qu'elle nous aperçoit, son visage s'éclaire et elle baisse son arme.

— Rosa ! Elle jette le revolver et nous rejoint en courant. Tu l'as retrouvée Julian ! Oh, Dieu merci, tu l'as retrouvée ! Arrivée près de nous, elle se met sur la pointe des pieds, et me serre de toutes ses forces dans ses bras avant de prendre Rosa à son tour et de l'emmener vers le canapé. Je l'entends la rassurer en murmurant, Rosa se serre contre elle en pleurant et j'en profite pour demander à notre chauffeur d'amener la voiture dans l'allée.

Deux ou trois minutes plus tard, elle s'y trouve.

— Viens, bébé. Il faut y aller, vous emmener toutes les deux à l'hôpital, ai-je dit doucement en m'approchant du canapé, et Nora hoche la tête sans lâcher Rosa. Ma femme semble désormais bien plus calme, son hystérie de tout à l'heure a complètement disparu. Mais je dois quand même résister au désir de la prendre dans mes bras pour m'assurer qu'elle va aussi bien qu'elle en a l'air. Seule m'en empêche la certitude que Rosa va s'effondrer sans le soutien de Nora.

Heureusement, ma chérie semble capable de s'occuper de son amie qui a été traumatisée. Jamais ce moral d'acier que j'ai toujours décelé en elle n'a été plus évident que maintenant. Malgré la rage qui me brûle les entrailles, je ressens de la fierté en voyant Nora aider Rosa à se relever et la conduire vers la sortie qui mène vers l'allée.

Lucas est adossé à la voiture, il nous attend. Quand il aperçoit Rosa, je vois changer l'expression de son visage, il cesse d'être impassible et sa grimace est effrayante.

— Quels salauds ! marmonne-t-il dans sa barbe en faisant le tour de la voiture pour nous ouvrir la portière. Quels fils de putes ! Il ne semble pas pouvoir détourner les yeux de Rosa. Putain, ils vont le payer !

— Oui, ils vont le payer, ai-je confirmé en le regardant avec surprise prendre toutes ses précautions pour installer Rosa dans les bras de Nora et conduire la jeune fille en pleurs dans la voiture. Contrairement à ses habitudes, il est tellement attentionné que je ne peux m'empêcher de me demander s'il y a quelque chose entre eux. Ce qui serait bizarre étant donnée sa fixation sur l'interprète russe, mais on a vu arriver des choses encore plus étranges.

Je laisse tomber et je me tourne vers Nora qui est à côté de la portière qu'elle agrippe de la main gauche. Elle semble perdue dans ses pensées, le regard étrangement distant en levant la main droite et en la portant sur son ventre.

— Nora ? Je fais un pas vers elle, brusquement pris de peur, et à ce moment précis je la vois devenir pâle comme un linge.

CHAPITRE VINGT-SEPT

❖ NORA ❖

Les crampes que je sens depuis quelques secondes s'intensifient et me font de plus en plus mal. La douleur s'élance dans mon ventre et me coupe le souffle au moment même où Julian s'avance vers moi, le visage plein d'inquiétude. Luttant pour respirer, je me plie en deux et tout à coup je sens ses mains vigoureuses s'emparer de moi et me soulever de terre.

— Tout de suite à l'hôpital ! Hurle-t-il à Lucas, et en un clin d'œil je me retrouve dans la voiture sur les genoux de Julian. Nous démarrons à toute vitesse.

— Nora ? Nora, qu'est-ce qui t'arrive ? La voix de Rosa est toute paniquée, mais je ne suis pas capable de la rassurer, j'ai trop mal au ventre. Je peux seulement respirer à petites bouffées, en haletant, et mes mains s'enfoncent en tremblant dans les épaules de Julian qui me berce, je sens à quel point il est contracté.

— Julian ! Je ne peux retenir un grand cri quand une crampe particulièrement atroce me traverse le ventre. Je sens quelque chose de chaud et d'humide sur mes cuisses et je sais que si je baisse les yeux je verrai du sang. Julian, l'enfant…

— Je sais, bébé. Il pose ses lèvres sur mon front et me berce plus vite. Tiens bon, je t'en prie, tiens bon.

Nous parcourons les rues obscures à toute vitesse, les lumières de la ville et les feux rouges, tout est flou pour moi. J'entends Rosa me parler, ses mains douces caressent mes cheveux et je me sens vaguement coupable de lui infliger ça après ce qu'elle vient de subir.

Mais surtout, j'ai peur.

Une peur atroce, il est trop tard et plus rien ne sera comme avant.

* * *

— Je suis vraiment navrée, Madame Esguerra. La jeune doctoresse s'arrête près de mon lit, ses yeux noisette sont pleins de sympathie. Comme vous l'avez sans doute deviné, vous venez de faire une fausse couche. La bonne nouvelle, si l'on peut parler ainsi à un tel moment, c'est que vous n'étiez qu'au premier trimestre de votre grossesse et que vous ne saignez déjà plus.

Pendant les prochains jours, vous risquez d'avoir de nouveau des saignements et des pertes, mais vous allez vite revenir à la normale. Et il n'y a aucune raison pour que, vous n'essayiez pas bientôt de concevoir un autre enfant… si c'est, ce que vous souhaitez évidemment.

Je la fixe, les yeux me brûlent. Je ne peux plus pleurer. J'ai pleuré toutes les larmes de mon corps. Je sens Julian me tenir la main, il est assis au bord du lit, je sens toujours des crampes moins vives dans mon ventre et la seule chose à laquelle je peux penser c'est que j'ai perdu le bébé.

J'ai perdu notre bébé, et c'est entièrement de ma faute.

— Où est Rosa ? J'ai tellement mal à la gorge que je dois me forcer pour articuler. Comment va-t-elle ?

— Elle est dans la chambre d'à côté, dit doucement la doctoresse. Elle est extraordinairement jolie, son visage pâle en forme de cœur est encadré par des boucles brunes. Aimeriez-vous lui parler ?

— Les examens sont terminés ? Je n'ai jamais entendu Julian parler avec une telle dureté. Il a le visage et les mains propres, il avait nettoyé le sang avec une bouteille d'eau avant de sortir de voiture, mais sa veste grise a encore des taches brunes. Je me demande ce que les médecins pensent de notre apparence et s'ils réalisent que le sang qui est sur nous n'est pas seulement le mien.

— Oui, c'est terminé. Le médecin hésite un instant. Mr Esguerra, votre amie dit qu'elle ne veut ni porter plainte ni faire de déposition, mais c'est pourtant ce que nous recommandons vivement dans de telles situations. Au minimum, elle devrait autoriser notre infirmière spécialisée dans les cas de viol à recueillir des preuves. Vous pourriez parler à Mademoiselle Martinez et nous aider à la convaincre…

— Est-ce que certaines de ses blessures nécessitent qu'elle soit hospitalisée ? Julian lui a coupé la parole en serrant plus fort ma main. Ou peut-elle rentrer à la maison avec nous ?

Le médecin fronce des sourcils.

— Elle peut rentrer à la maison, mais…

— Et ma femme ? Il regarde la jeune femme d'un œil perçant. Vous êtes certaine qu'elle n'a rien de plus que des bleus ?

— Oui. Comme je vous l'ai déjà expliqué, Monsieur Esguerra, tous les tests sont bons. Le médecin soutient son regard sans la moindre hésitation. Il n'y a ni commotion cérébrale ni lésions internes et il n'y a pas besoin de faire un curetage quand la fauche couche a lieu aussi tôt dans la grossesse. Je recommande à Madame Esguerra de se reposer pendant quelques jours, mais ensuite elle pourra tout de suite reprendre une vie normale.

Julian me jette un coup d'œil.

— Bébé ? Le ton de sa voix s'est légèrement adouci. Veux-tu rester ici jusqu'à demain matin au cas où ou préfères-tu rentrer à la maison ?

— À la maison. J'ai du mal à avaler ma salive. Je veux rentrer à la maison.

— Madame Esguerra… Le médecin pose la main sur mon avant-bras, ses doigts fins me réchauffent. Quand je lève les yeux vers elle, elle me dit avec douceur : je sais que cela ne vous consolera pas de votre perte, mais je veux que vous sachiez que la grande majorité des fausses couches ne peuvent être évitées. Il est possible que la situation dans laquelle votre amie et vous avez été ait pu provoquer ce fâcheux événement, mais il est tout aussi possible qu'un problème de chromosome l'ait entraîné de toute façon. Selon les statistiques, environ vingt pour cent des grossesses se terminent en fausse couche et jusqu'à soixante-dix pour cent de celles qui interviennent dans les trois premiers mois sont dues à des anomalies et non à quelque chose que la mère aurait fait ou pas.

Je l'écoute d'un air morne, et mes yeux glissent de son visage au badge qu'elle porte sur le buste.

Dr Cobakis. J'ai l'impression de reconnaître ce nom, mais je suis trop fatiguée pour savoir où je l'ai vu.

Je relève les yeux d'un air apathique.

— Merci, ai-je murmuré, en espérant qu'elle cesse d'en parler. Le médecin a sans doute eu affaire à des situations comparables, la réaction automatique d'une femme est de s'en vouloir quand sa grossesse se passe mal. Mais elle ne sait pas que dans mon cas c'est de *ma* faute.

C'est moi qui ai insisté pour aller dans cette boîte de nuit. Ce qui est arrivé à Rosa et au bébé est de ma faute et de personne d'autre.

Le médecin me presse légèrement l'avant-bras et recule.

— Pendant que vous vous habillez, je vais faire préparer votre amie pour qu'elle puisse sortir, dit-elle, et elle sort, me laissant seule avec Julian depuis notre arrivée à l'hôpital.

Aussitôt, après son départ il me lâche la main et se penche vers moi.

— Nora… Je lis dans son regard la même peine qui me ronge. Bébé, est-ce que tu as encore mal ?

Je secoue la tête. Les sensations physiques n'ont plus d'importance pour moi maintenant.

— Je veux rentrer à la maison, ai-je dit d'une voix enrouée. S'il te plaît, Julian, ramène-moi à la maison.

— Oui. Il caresse la partie de mon visage restée intacte, ses mains sont douces et chaudes. Oui, je te le promets.

CHAPITRE VINGT-HUIT

❖ JULIAN ❖

Je n'ai jamais connu un tel vide, une béance brûlante qui me consume et me fais tant souffrir. Quand j'ai perdu Maria et mes parents, j'ai connu la rage et la peine, mais pas ça.

Pas ce vide affreux qui se mêle à une soif de sang d'une intensité que je n'ai jamais connue non plus.

Quand je porte Nora dans notre chambre au premier étage, elle reste immobile et silencieuse. Elle a les yeux fermés, ses cils dessinent de sombres croissants sur ses joues exsangues. Depuis que nous avons quitté l'hôpital elle est comme ça, presque catatonique, à cause du sang qu'elle a perdu et de son épuisement.

En la posant sur le lit, je vois sa pommette contusionnée et sa lèvre fendue et j'ai besoin de détourner le regard pour ne pas devenir fou. La violence qui m'anime est si forte, si intense que je ne peux pas toucher Nora en ce moment, je risquerais de lui faire mal.

Quelques instants plus tard, je me sens suffisamment calme pour lui faire face. Nora n'a toujours pas bougé, elle est exactement là où je l'ai installée, et je m'aperçois qu'elle s'est endormie. En respirant lentement, je me penche sur elle et je commence à la déshabiller. Je pourrais la laisser dormir jusqu'à demain matin, mais il y a du sang séché sur ses vêtements et je ne veux pas qu'elle le voie en se réveillant.

Elle aura bien assez à affronter à ce moment-là.

Une fois qu'elle est nue, je me déshabille à mon tour et quand je la prends dans mes bras pour l'emmener dans la salle de bains, elle reste inerte. En entrant dans la cabine de douche, j'ouvre l'eau sans lâcher Nora.

Elle se réveille quand l'eau chaude arrive sur elle, ses yeux s'ouvrent d'un coup et elle s'agrippe de toutes ses forces à mon bras.

— Julian ?

Elle semble inquiète.

— Chut ! Je veux la réconforter. Tout va bien. Nous sommes à la maison. Elle semble alors un peu plus calme, je la pose par terre et je lui demande doucement : tu peux rester debout toute seule une minute, bébé ?

Elle hoche la tête et je me dépêche de la laver et de me laver. Quand j'ai fini, elle chancèle et je m'aperçois qu'elle fait un grand effort pour ne pas tomber. Je l'enveloppe vite dans une grande serviette et je la porte vers le lit.

Avant même de poser la tête sur l'oreiller, elle est endormie. Je la borde sous la couverture et je m'assieds un moment à côté d'elle en regardant sa poitrine monter et descendre au rythme de sa respiration.

Puis je me lève, je me rhabille et je descends au rez-de-chaussée.

* * *

En entrant au salon, je m'aperçois que Lucas m'y attend déjà.

— Où est Rosa ? ai-je demandé en gardant une voix neutre. Plus tard, je pourrai penser à notre enfant, à Nora qui est couchée là-haut, si mal en point et si vulnérable, mais pour le moment je repousse tout cela. Je ne peux pas me permettre de me laisser aller à ma peine et à ma rage, pas quand il y a tant à faire.

— Elle dort, répond Lucas en se levant. Je lui ai donné un calmant et j'ai fait en sorte qu'elle prenne une douche.

— Bien. Merci. Je traverse la pièce pour me rapprocher de lui. Et maintenant, dis-moi tout.

— Les " nettoyeurs " se sont occupés du cadavre et ils ont fait prisonnier le gamin que Nora avait abattu dans le couloir. Ils le gardent dans un hangar que j'ai loué sur la rive droite.

— Bien. Je suis bouillant d'impatience. Et la voiture blanche ?

— Les hommes ont réussi à la suivre jusque dans un quartier résidentiel du centre-ville. Elle a alors disparu dans un garage et ils ont décidé de laisser tomber. J'ai déjà retrouvé sa plaque minéralogique.

Il marque alors une pause, si bien que je lui demande avec impatience :

— Et alors ?

— Et alors nous avons sans doute un problème, dit-il d'un air sombre. Est-ce que le nom de Patrick Sullivan vous dit quelque chose ?

Je fronce les sourcils en essayant de me souvenir à quelle occasion je l'ai déjà entendu.

— J'ai l'impression de le connaître, mais je ne sais pas pourquoi.

— Les Sullivan contrôlent la moitié de la ville. Prostitution, drogue, armements, etc. c'est eux. Patrick Sullivan est le chef de famille et il a mis dans sa poche tous les hommes politiques et tous les chefs de police de la ville.

— Ah bon. Maintenant, je comprends. Je n'ai pas eu affaire au gang des Sullivan, mais je fais toujours en sorte de connaître les clients potentiels aux États-Unis et ailleurs. C'est comme ça que j'ai remarqué ce nom, et effectivement nous risquons d'avoir un problème. Et qu'est-ce que Patrick Sullivan a à voir dans tout ça ?

— Il a deux fils, dit Lucas. Ou plutôt il en *avait* deux. Brian et Sean. C'est le corps de Brian qui croupit en ce moment dans le hangar que j'ai loué et Sean est le propriétaire du 4x4 blanc.

— Je vois. Donc les deux salauds qui ont attaqué Rosa et ma femme ont des relations. Mieux que ça en fait, ce qui explique leur stupide arrogance et le fait qu'ils aient osé attaquer des femmes en pleine boîte de nuit. Comme leur papa contrôle la ville, ils ont l'habitude d'être les plus gros caïds de la région.

— En plus, continue Lucas, le gamin que nous gardons aussi au frais dans ce hangar est leur cousin de dix-sept ans, le neveu de Sullivan. Il s'appelle Jimmy. Visiblement, il est proche des deux frères. Ou plutôt il en *était* proche.

Tout à coup, je plisse les yeux d'un air soupçonneux.

— Et savent-ils qui nous sommes ? Ont-ils pu viser Rosa pour m'atteindre à travers elle ?

— Non, je ne crois pas. Lucas fait la grimace. Les frères Sullivan ont un lourd passé avec les femmes. Viols de femmes qu'ils ont d'abord droguées, agressions sexuelles, viols en série d'étudiantes, la liste n'en finit pas. Sans leur père, ils se morfondraient déjà en prison.

— Je vois. À mon tour, je fais la grimace. Eh bien, quand nous en aurons fini avec eux ils regretteront de ne pas y avoir été.

Lucas approuve d'un air sombre.

— Je mets en place une équipe de choc ?

— Non, ai-je répondu. Pas encore. Je me retourne et je me dirige vers la fenêtre ; je regarde dans la cour bordée d'arbres et plongée dans l'obscurité. Il est quatre heures du matin et la seule lumière visible vient de la demi-lune dans le ciel.

Ce quartier est tranquille et paisible, mais il ne va pas le rester longtemps. Une fois que Sullivan aura découvert qui a tué ses fils et son neveu, ces rues manucurées seront rouges de sang.

— Avant de faire quoi que ce soit, je veux que Nora et ses parents soient au domaine, ai-je dit en me retournant vers Lucas. Sean Sullivan peut attendre. Pour le moment, nous allons nous concentrer sur le neveu.

— Entendu. Lucas incline la tête. Je m'en occupe.

Il sort de la pièce et je me retourne de nouveau pour regarder par la fenêtre.

Malgré la demi-lune, je ne vois que des ténèbres.

CHAPITRE VINGT-NEUF

❖ NORA ❖

— Nora, ma chérie… Je reconnais la douceur des caresses qui me tirent de mon assoupissement fébrile. En me forçant à ouvrir de lourdes paupières, je fixe ma mère des yeux sans comprendre, elle est assise au bord du lit et me caresse les cheveux. J'ai tellement mal à la tête que je ne comprends pas tout de suite ce qu'elle fait dans ma chambre et je ne remarque pas non plus immédiatement ses yeux rougis et gonflés.

— Maman ? En retenant la couverture, je réprime une plainte causée par la souffrance que provoque mon geste. Mon dos me fait mal, il est raide et j'ai encore des crampes, une douleur sourde à l'abdomen. Qu'est-ce que tu fais là ?

— Julian nous a appelés ce matin, dit-elle d'une voix tremblante. Il nous a dit que Rosa et toi vous avez été agressées dans une boîte de nuit la nuit dernière.

— Oh !

Un éclair de colère achève de me réveiller. Comment Julian a-t-il osé inquiéter ainsi mes parents ? J'aurais trouvé quelque chose de moins inquiétant à leur dire, une manière moins brutale pour leur expliquer la perte du bébé.

La perte du bébé.

Ma douleur est si violente et si brutale que je ne peux la contenir. Des sanglots incontrôlables s'échappent de ma gorge, avec des larmes brûlantes qui coulent à flots. En tremblant, je porte la main à la bouche, mais c'est trop tard. Ma peine afflue et déferle, mes larmes me brûlent comme du vitriol. Je sens les bras de ma mère qui m'entourent, je l'entends pleurer et je sais qu'il faut m'arrêter, mais je n'y arrive pas. C'en est trop, cette souffrance, et la certitude que c'est de ma faute.

Tout à coup, ce n'est plus ma mère qui me tient dans ses bras. À la place je suis enveloppée dans la couverture et Julian m'a prise sur ses genoux, il m'étreint entre ses bras vigoureux et il me berce comme si j'étais un enfant. J'entends la voix de mon père, dont le timbre est grave et réconfortant et je sais qu'il essaie de consoler ma mère, il essaie de calmer *sa* douleur. Julian et lui ont dû entrer dans la chambre à un moment donné, mais je ne sais pas quand ni comment.

Finalement, Julian me porte vers la douche. C'est là, à l'abri des regards de mes parents que j'arrive à me contrôler.

— Je suis navrée, dis-je à Julian en murmurant pendant qu'il me sèche, et m'enveloppe dans un épais peignoir de bain. Je suis tellement navrée. Où est Rosa ? Comment va-t-elle ?

— Elle va bien, dit-il à voix basse. Ses yeux sont rouges, je devine qu'il n'a pas dû beaucoup dormir la nuit dernière. Enfin, aussi bien que possible. Elle est encore dans sa chambre, mais Lucas lui a parlé et il dit qu'elle va mieux. Et tu n'as aucune raison de t'inquiéter, bébé, aucune.

Je secoue la tête, cet affreux sentiment de culpabilité me reprend.

— Il faut que j'aille la voir…

— Attends, Nora. Il m'attrape par le bras juste au moment où je vais me précipiter dans la chambre. Avant ça, il y a quelque chose dont il faut qu'on parle avec tes parents.

— Mes parents ?

Il hoche la tête en baissant le regard vers moi.

— Oui, c'est la raison pour laquelle je les ai fait venir. Il faut que nous parlions.

* * *

— Les Sullivan, cette famille de criminels ? Mon père a élevé la voix de manière incrédule. Vous me dites que les hommes qui ont agressé ma fille font partie de la pègre ?

— Oui, dit Julian dont le visage est dur et impassible. Il est assis à côté de moi sur le canapé, la main gauche posée sur mon genou. C'est ce que j'ai découvert hier soir après notre retour de l'hôpital.

— Il faut immédiatement nous rendre à la police. Ma mère se penche en avant, les mains serrées sur les genoux. Ces monstres doivent payer pour ce qu'ils ont fait. Si vous connaissez leur identité…

— Ils paieront, Gabriela. Le regard de Julian se durcit encore. Vous n'avez aucune inquiétude à vous faire à ce sujet.

— C'est à cause de vous, n'est-ce pas ? dit violemment mon père en se levant brusquement. Ils sont venus à votre poursuite.

— Non, ai-je dit en lui coupant la parole et en secouant la tête. Je suis encore secouée de ce que je viens d'apprendre, mais s'il y a une chose dont je suis sûre c'est que pour une fois les activités de Julian ne sont pas en cause. C'est le hasard, papa. Ils ignoraient qui nous étions, Rosa et moi. Ils voulaient seulement… Je frissonne à ce souvenir. Ils voulaient seulement s'amuser.

— S'amuser ? Mon père me fixe des yeux, la colère contracte ses traits, et il se rassied. Ces salauds pensent que c'est drôle de faire mal à des femmes ?

— En fait, c'est après Rosa qu'ils en avaient, ai-je dit d'un air morne. Et je suis intervenue, c'est tout.

Julian resserre son emprise sur mon genou et jette un coup d'œil vers moi. Pour la première fois depuis le début de la matinée je vois un éclair de rage traverser son masque impassible. Je suis convaincue qu'il m'en veut d'avoir profité de mon anniversaire pour lui faire accepter d'aller dans cette boîte de nuit et pour avoir essayé de venir en aide à Rosa.

Pour avoir perdu notre enfant… cet enfant que je n'ai désiré que quand c'était trop tard.

J'ignore quelle sera ma punition, mais, quelle qu'elle soit, elle sera plus que méritée.

— Il faut nous rendre à la police, répète ma mère. Nous devons faire une déposition…

— Non. Cette fois, c'est Julian qui s'est levé et qui commence à faire les cent pas devant le canapé. Ce n'est pas une bonne idée.

— Pourquoi ? demande sèchement mon père. C'est ce que font les gens civilisés dans ce pays. Ils prennent contact avec les autorités…

— Sullivan a mis les autorités dans sa poche. Julian s'interrompt pour jeter un coup d'œil acerbe à mon père. Et même si ce n'était pas le cas, autant envoyer un message à Sullivan pour lui dire qui nous sommes.

— C'est vrai. Je me lève d'un bond, sans tenir compte de mes muscles endoloris. Finalement malgré l'engourdissement de mon cerveau j'ai réuni toutes les pièces du puzzle et je comprends pourquoi Julian a fait venir mes parents.

Si l'homme que Julian a poignardé hier soir est effectivement le fils du patron de la pègre alors, mon mari n'est pas le seul criminel à vouloir se venger. Maman, papa, nous ne pouvons pas faire ça.

Ma mère semble stupéfaite.

— Mais Nora…

— Il vaudrait mieux que vous veniez tous les deux chez nous pendant quelque temps, dit Julian qui s'est rapproché de moi. Jusqu'à ce que nous ayons réglé ça.

— Quoi ? Ma mère nous regarde bouche bée. Que voulez-vous dire ? Pourquoi ? Oh… Et elle se tait brusquement. Vous vous en êtes pris à un de ces hommes hier soir, c'est ça ? dit-elle lentement en regardant Julian. Vous ne voulez pas qu'ils découvrent votre identité parce que… parce que…

— Parce que l'un des fils de Sullivan est mort, effectivement. La voix de Julian est aussi neutre que s'il parlait du temps qu'il fait. Ils vont venir à notre poursuite, et quand ils sauront qui nous sommes ils iront à votre poursuite et celle de Tony.

Ma mère devient toute pâle et mon père se lève.

— Vous dites que nous sommes recherchés par la pègre ? Sa voix est pleine de colère et d'incrédulité. Qu'ils risquent de s'en prendre à nous parce que… parce que vous…

— Parce que j'ai tué l'un des fils de Sullivan pour avoir essayé de faire du mal à Nora, oui. Je n'ai jamais entendu Julian parler avec une telle froideur. Nous pourrons toujours nous occuper plus tard de savoir qui est en tort. Mais pour le moment comme je ne veux pas que Nora pleure la mort de ses parents je vous suggère de prévenir vos patrons que vous allez partir en vacances et de faire vos bagages.

— Quand partons-nous ? demande ma mère, toujours aussi pâle. Elle s'est levée à son tour.

— Gabs, tu plaisantes… commence mon père, mais ma mère pose la main sur son bras.

— Non. La voix de ma mère ne tremble plus, son regard est déterminé. Je n'en ai pas plus envie que toi, mais tu connais la réputation des Sullivan. Ils sont redoutables et si Julian dit que nous sommes en danger.

— Tu as confiance dans ce meurtrier ? Mon père se retourne pour la regarder avec colère. Tu crois que tu seras plus en sécurité avec *lui* ?

— Plutôt qu'ici où la pègre va vouloir se venger ? Oui, c'est ce que je pense, réplique ma mère. Nous n'avons pas vraiment le choix, si ?

— Nous pouvons contacter la police ou le FBI.

— Non, Tony, ce n'est pas possible si ce que raconte Julian est vrai.

— Mais il est évident qu'*il* ne peut pas être en faveur de nous rendre à la police…

Pendant leur discussion, mon mal de tête ne fait qu'empirer. Finalement, je n'en peux plus.

— Maman, papa, je vous en prie. J'interviens dans la discussion sans tenir compte de cette migraine. Il vous suffit de venir quelque temps chez nous. Il ne s'agit pas de venir définitivement. N'est-ce pas Julian ? Je jette un coup d'œil à mon mari pour qu'il le confirme.

Julian hoche froidement la tête.

— Comme je vous l'ai dit, c'est juste en attendant de régler la situation. J'espère que ce ne sera que l'affaire d'un mois ou deux.

— Un mois ou deux ? Et comment pouvez-vous régler ça en un mois ou deux ? demande ma mère tandis que mon père reste debout, bouillant de colère.

— Souhaitez-vous vraiment le savoir, Gabriela demande Julian, d'une voix douce, et ma mère devient encore plus pâle.

— Non, ce n'est pas la peine. Elle semble légèrement enrouée. Après s'être éclairci la gorge, elle demande : alors que dit-on à notre travail ? Comment expliquer des vacances aussi longues et en prévenant aussi peu de temps avant ? C'est plus qu'un congé, voilà ce que je veux dire…

— Vous pouvez leur dire la vérité : votre fille a fait une fausse couche et elle a besoin de vous pendant quelques semaines. La dureté des paroles de Julian me porte un coup. En remarquant ma réaction, il tend la main et prend la mienne tout en continuant d'une voix plus douce à ma mère : ou vous pouvez inventer autre chose. À vous de voir.

— Entendu, c'est ce qu'on va faire, dit ma mère à voix basse en nous regardant. En jetant un coup d'œil à mon père, je vois que la colère a quitté son visage. À la place, il semble retenir ses larmes. Ses yeux rencontrent les miens et il s'avance vers moi.

— Je suis navré, ma chérie, dit-il à voix basse, sa voix grave est pleine de tristesse. Je n'ai pas encore pu te le dire, mais je suis tellement, tellement navré de ta perte.

— Merci papa. Je dois me détourner pour ne pas recommencer à pleurer.

Immédiatement, les bras de Julian se referment autour de moi et m'étreignent.

— Tony, Gabriela, dit-il d'une voix douce. Il me masse le dos, et je reste là, refoulant mes larmes, le visage appuyé contre sa poitrine. Je crois qu'il vaut mieux que Nora aille se reposer maintenant. Pourquoi n'allez-vous pas parler de tout ça ? Nous serons de nouveau en contact plus tard dans la journée. L'idéal serait que vous partiez demain avec Nora, avant que Sullivan ne découvre notre identité.

— Bien sûr, dit ma mère à voix basse. Viens, Tony, nous avons beaucoup à faire. Et avant même de me retourner, je les entends sortir de la pièce.

Après leur départ, Julian relâche son étreinte et recule pour me regarder.

— Nora, bébé.

— Ça va. Je lui ai coupé la parole, je ne veux pas de sa pitié. La culpabilité que j'ai réussi à refouler depuis une heure est de retour, plus forte que jamais. Je vais voir Rosa maintenant.

Julian m'examine un moment puis recule et me laisse partir.

— Entendu, mon chat, dit-il doucement. Vas-y !

CHAPITRE TRENTE

❖ JULIAN ❖

En regardant Nora sortir de la pièce, je me rends compte à quel point j'ai le cœur serré. Elle tente de cacher sa peine, de se montrer forte, mais je sais que ce qui lui est arrivé est déchirant pour elle. Quand elle s'est effondrée ce matin, ce n'était que la pointe de l'iceberg, et savoir que c'est de ma faute accentue la violente rage qui s'agite dans mes entrailles.

Tout est de ma faute. Putain, si je n'avais pas eu tellement envie de lui faire plaisir, de la rendre heureuse en cédant à ses moindres caprices, rien de cela ne serait arrivé. J'aurais dû suivre mon instinct et la garder au domaine où personne n'aurait pu la toucher. Au moins, j'aurais dû lui refuser d'aller dans cette foutue boîte.

Mais je ne l'ai pas fait. J'ai accepté de céder. J'ai laissé mon obsession pour elle obscurcir mon jugement et maintenant elle en paie le prix. Si seulement je ne l'avais pas laissée aller seule aux toilettes, si seulement j'avais choisi une autre boîte de nuit... Les regrets qui m'empoisonnent s'agitent dans mon cerveau jusqu'à me donner l'impression que ma tête va exploser.

Il faut que je trouve un autre moyen d'exprimer ma rage tout de suite.

En me retournant, je me dirige vers la porte d'entrée.

— J'ai amené le cousin ici, dit Lucas dès que je sors dans l'allée. J'ai pensé que vous n'auriez peut-être pas envie d'aller jusqu'à Chicago aujourd'hui.

— Excellent. Lucas me connaît par cœur. Où est-il ?

— Là-bas, dans cette camionnette. Il désigne une camionnette noire garée stratégiquement derrière les arbres les plus éloignés des voisins.

Empli d'une morbide impatience, je m'y dirige et Lucas m'accompagne.

— Nous a-t-il déjà donné des informations ? ai-je demandé.

— Il nous a donné les codes d'accès du parking et de l'ascenseur de son cousin, dit Lucas. Il n'a pas été difficile de le faire parler. J'ai pensé vous laisser terminer l'interrogatoire au cas où vous voudriez lui parler en personne.

— Tu as eu raison. Je veux absolument le faire. En m'approchant de la camionnette, j'ouvre les portières arrière et je jette un coup d'œil dans l'obscurité.

Un jeune homme maigre est allongé par terre, bâillonné. Ses chevilles sont attachées à ses poignets derrière le dos, le forçant à rester dans une position inconfortable, son visage est ensanglanté et contusionné. Une forte odeur d'urine, de peur et de sueur m'arrive dessus. Lucas et mes gardes ont bien travaillé.

Sans tenir compte de la puanteur, je monte dans la camionnette et je me retourne :

— Elle est insonorisée ? ai-je demandé à Lucas qui est resté dehors.

Il hoche la tête.

— À environ quatre-vingt-dix pour cent.

— Bien, ça devrait suffire. Je referme les portières derrière moi, je suis enfermé avec le gamin qui commence immédiatement à se tortiller sur le sol et à pousser des cris d'orfraie malgré son bâillon.

Après avoir tiré mon poignard, je m'accroupis à côté de lui. Il se débat de plus belle, ses cris de panique redoublent d'intensité.

Sans tenir compte de la terreur que je vois dans ses yeux, je l'attrape par le cou pour le maintenir immobile et je glisse le poignard entre le bâillon et sa joue en traversant le tissu. Une traînée de sang lui coule sur la joue là où il a été coupé, et je me délecte à cette vue. Je veux le faire saigner davantage. Je veux que la camionnette en soit toute ensanglantée.

Comme s'il devinait mes pensées, l'adolescent commence à marmonner :

— Je t'en prie, mec, ne fais pas ça ! me supplie-t-il en sanglotant. J'ai rien fait ! Je le jure, j'ai rien fait…

— Ferme-la ! Je le fixe, laissant monter la tension. Sais-tu pourquoi tu es là ?

Il secoue la tête.

— Non ! Non, je le jure, dit-il en bégayant. Je sais rien. J'étais dans cette boîte, il y avait cette fille, et je sais pas ce qui s'est passé, ensuite je me suis réveillé dans ce hangar, et j'ai rien fait…

— Tu n'as pas touché la fille en jaune ? Je penche la tête de côté en faisant tourner le poignard entre mes doigts. Je sais exactement ce que ressent un chat qui joue avec une souris ; c'est très amusant.

L'adolescent écarquille les yeux.

— Quoi ? Non, putain ! Non, je le jure, je n'ai rien à y voir ! J'avais dit à Sean que ça n'était pas une bonne idée…

— Alors tu savais ce qu'ils allaient faire ?

En se rendant immédiatement compte de ce qu'il vient d'admettre, le gamin se remet à pleurnicher, des larmes et de la morve coulent sur son visage meurtri.

— Non ! C'est-à-dire, ils ne m'ont rien dit avant de le faire, je ne savais pas ! Je le jure, je ne savais pas avant qu'ils arrivent et qu'ils me disent de surveiller la porte, et je leur ai dit, ce n'est pas juste, et ils m'ont dit de le faire, et puis l'autre fille est arrivée et je lui ai dit de s'en aller…

— Ferme-la ! J'appuie la lame sur sa bouche. Il se tait immédiatement, les yeux fous de peur. C'est bon, ai-je dit doucement, maintenant écoute-moi attentivement. Tu vas me dire où ton cousin Sean mange, dort, chie, baise et tout le reste. Je veux la liste de tous les endroits où il va ? Compris ?

Il a un petit hochement de tête, et je retire le poignard. Immédiatement, le gamin me donne une liste de restaurants, de boîtes, de clubs de lutte clandestins, d'hôtels et de bars. Je les enregistre sur mon téléphone portable et quand il a fini je lui souris.

— C'est bien !

Ses lèvres écorchées tremblent dans un vague effort pour essayer de me sourire en retour.

— Alors maintenant vous allez me libérer, pas vrai ? Je le jure, je n'ai rien à voir avec tout ça.

— Te libérer ? Je baisse les yeux vers le poignard comme si je réfléchissais à ce qu'il vient de me dire. Puis je les relève avec un nouveau sourire. Pourquoi ? Parce que tu viens de trahir ton cousin ?

— Mais… je vous ai tout dit ! De nouveau, il est complètement affolé. Je ne sais rien d'autre !

— Oui, je sais. Je lui appuie le poignard sur le ventre. Et ça veut dire que tu ne me sers plus à rien.

— Mais si ! Commence-t-il à hurler. Tu peux exiger une rançon ! Je suis Jimmy Sullivan, le neveu de Patrick

Sullivan, et il paiera pour me récupérer ! Je le jure, il paiera…

— Oh ! J'en suis certain. Je laisse s'enfoncer le poignard, la vue du sang autour de la lame me fait plaisir. Puis je détourne le regard et je croise les yeux terrifiés du jeune homme. Dommage que je n'aie pas le moindre besoin d'argent.

Et tandis qu'il pousse un cri de terreur, je l'éventre en regardant jaillir son sang, un beau flot de sang rouge sombre.

* * *

Après m'être essuyé les mains sur la serviette que quelqu'un avait pensé à laisser dans la camionnette, j'ouvre la portière et je saute au-dehors. Lucas m'attend, je lui dis donc de se débarrasser du cadavre et je retourne à la maison.

C'est étrange, mais je ne me sens guère mieux. Tuer aurait dû faire baisser la tension, apaiser mon ardent besoin de violence, mais semble n'avoir fait que l'amplifier ; à chacun de mes gestes, le vide augmente et empire encore.

Je veux être avec Nora. Plus que jamais j'ai besoin d'elle. Mais en arrivant dans la maison, je commence par prendre une douche. Je suis couvert de sang et je ne veux pas qu'elle me voie comme ça.

Ressemblant au meurtrier barbare que ses parents m'accusent d'être.

En sortant de la douche, la première chose que je fais est de vérifier l'application de localisation pour savoir où se trouve Nora. À ma grande déception, elle est encore dans la chambre de Rosa. J'ai envie d'aller la chercher, mais je décide de lui donner encore quelques minutes et de voir entre-temps où en sont les affaires.

En ouvrant mon ordinateur portable, je constate que ma messagerie regorge des mails habituels. Les Russes, les Ukrainiens, l'État islamique, les changements de contrats des fournisseurs, une fuite dans la sécurité dans l'une des usines d'Indonésie… Je fais tout défiler avec indifférence jusqu'à ce que j'arrive à un message de Frank, mon contact à la CIA.

L'ayant ouvert je le lis d'une traite, et il me glace les sangs.

CHAPITRE TRENTE-ET-UN

❖ NORA ❖

— Salut ! Tenant d'une main des sandwiches et de la tisane posés sur un plateau j'ouvre la porte de la chambre de Rosa et j'approche de son lit.

Elle est allongée sur le côté, bien enveloppée dans une couverture. Après avoir posé le plateau sur la table de nuit, je m'assieds au bord du lit et lui touche doucement l'épaule.

— Rosa ? Comment ça va ?

Elle roule sur elle-même pour être face à moi et j'ai du mal à ne pas broncher en voyant les contusions sur son visage.

— Ce n'est pas beau à voir, hein ? dit-elle en s'apercevant de ma réaction. Sa voix est un peu enrouée, mais, elle semble remarquablement calme, elle a les yeux secs malgré son visage tuméfié.

— C'est vrai, ce n'est pas joli, ai-je dit en prenant des précautions. Comment te sens-tu ?

— Sans doute mieux que toi, dit-elle à voix basse en me regardant. Je suis tellement navrée pour le bébé, Nora. Je ne peux même pas imaginer ce que vous éprouvez Julian et toi.

Je hoche la tête en tentant de ne pas tenir compte de la douleur qui perce mon cœur.

— Merci. Je me force à sourire. Alors, est-ce que tu as faim ? Je t'ai apporté quelque chose à manger.

Elle s'assied en grimaçant et regarde le plateau d'un œil interrogateur.

— C'est toi qui as préparé ça ?

— Bien sûr ! Tu sais, je suis capable de faire bouillir de l'eau et de mettre du fromage sur du pain. J'en avais l'habitude avant d'être enlevée par Julian et de vivre dans le luxe.

Une ombre de sourire apparaît sur les lèvres écorchées de Rosa.

— Ah oui, ces années difficiles où tu devais te débrouiller toute seule !

— Exactement. Je prends une tasse de tisane bouillante et je la tends à Rosa en faisant bien attention. Voilà ! De la camomille au miel. Selon Ana, ça peut tout guérir.

Rosa en prend une gorgée et hausse le sourcil à mon intention.

— Bravo ! Presque aussi bonne que celle d'Ana.

— Excuse-moi ! À mon tour, je fronce exagérément le sourcil. Comment ça, presque ? Et moi qui croyais que c'était parfait ?

Cette fois-ci, son sourire est plus gai.

— Tu y es presque, je t'assure. Et maintenant, laisse-moi goûter un de tes sandwiches. Je dois dire qu'ils paraissent appétissants.

Je lui tends l'assiette et la regarde manger.

— Et toi, tu ne manges pas ?

— Non, j'ai déjà pris un petit quelque chose à la cuisine tout à l'heure, ai-je expliqué.

— Moi non plus je ne devrais pas avoir faim, dit Rosa après avoir fini presque tous les sandwiches. Lucas m'a apporté une omelette un peu plus tôt dans la matinée.

— Ah bon ? La surprise me fait cligner des yeux. Je ne savais pas qu'il faisait la cuisine.

— Moi non plus. Elle termine ce qu'il reste et me rend l'assiette. C'était très bon, merci, Nora.

— Je t'en prie. Je me relève sans prêter attention à mon dos encore ankylosé. Est-ce que je peux t'apporter autre chose ? Un livre peut-être ?

— Non, ça va. En grimaçant de nouveau elle repousse la couverture, révélant un long tee-shirt, et elle met pied à terre. Je vais me lever. Je ne peux pas rester au lit toute la journée.

Je la regarde avec sévérité.

— Bien sûr que si ! Tu devrais te reposer aujourd'hui et te faire dorloter.

— Comme si toi tu te reposais ! Elle me jette un regard sardonique et va vers l'armoire au fond de la pièce. J'ai assez traîné au lit. Je veux parler à Lucas pour savoir ce qu'on a fait aux salauds qui nous ont attaquées.

Je la regarde.

— Rosa… J'hésite, ne sachant comment faire.

— Tu voudrais savoir ce qui s'est passé hier soir avec ces types, c'est ça ? Elle enfile un jean et s'interrompt pour me regarder, les yeux brillants. Tu voudrais savoir ce qu'ils m'ont fait avant que tu arrives.

— Seulement si tu veux me le dire, je m'empresse de répondre. Si ça te met mal à l'aise…

Elle lève la main et m'interrompt en pleine phrase. Puis elle respire profondément et raconte :

— Ils m'ont suivie aux toilettes. Sa voix est légèrement crispée. Quand j'en suis sortie, ils étaient là tous les deux, et le plus âgé des deux, Sean, m'a dit qu'il y avait un salon pour VIP au fond et qu'ils voulaient me le montrer. Tu sais, comme il y en a quelquefois dans les films ?

Je hoche la tête, la gorge nouée.

— Eh bien ! j'ai eu la bêtise de les croire. Elle se retourne pour prendre quelque chose dans l'armoire. Je la regarde en silence, elle enlève son tee-shirt et met un soutien-gorge puis une chemise noire à manches longues. Sa peau douce est pleine de griffures et de bleus, on y voit des traces de doigts, et je dois lui cacher ma réaction quand elle me regarde et me dit :

— Je leur avais dit que c'était la première fois que je venais aux États-Unis, je croyais qu'ils voulaient me faire plaisir.

— Oh, Rosa… Je m'approche d'elle, le cœur lourd, mais elle lève de nouveau la main.

— Non ! Elle avale sa salive. Laisse-moi simplement finir.

Je m'arrête à quelques pas d'elle, et quelques instants plus tard elle reprend son récit.

— En passant devant les toilettes, quand les gens qui faisaient la queue ne pouvaient plus nous voir, le plus jeune des deux, Brian, m'a sautée dessus et m'a entraînée dans cette pièce. L'adolescent s'y trouvait aussi, il a tout vu avant que Sean lui dise d'aller dans le hall et de faire en sorte que personne ne puisse entrer. Je crois qu'il… Elle s'interrompt un instant afin de reprendre contenance. Qu'il y aurait eu droit à son tour après eux deux.

En l'écoutant, je retrouve la rage que j'avais ressentie à la boîte de nuit. Elle était enfouie sous le poids de ma peine, écartée par la douleur de ma propre perte, mais maintenant je la sens de nouveau. Une colère violente et brûlante qui me dévore au point de me faire presque trembler, je serre et je desserre les poings le long de mon corps.

— Je crois que tu connais la suite, poursuit Rosa dont la voix est de plus en plus incertaine. Tu es arrivée juste au moment où j'essayais de repousser Sean. Sans toi… Son visage se décompose et cette fois je ne peux plus me retenir.

M'approchant d'elle je la prends dans mes bras et je la serre bien fort, elle est toute tremblante. En plus de ma colère, je me sens impuissante, totalement incapable de faire face à la situation.

Pour n'importe quelle femme, ce qui est arrivé à Rosa est le pire des cauchemars, et je ne sais pas comment la consoler. De l'extérieur, ce que m'a infligé Julian sur l'île semble identique, mais même la première fois, pendant ce moment traumatisant il m'avait montré un semblant de tendresse. Je m'étais sentie violentée tout en étant adorée, aussi incongrue que cette combinaison puisse être.

Je n'ai jamais ressenti ce que Rosa doit ressentir en ce moment.

— Je suis navrée, ai-je murmuré en lui caressant les cheveux. Je suis tellement navrée. Ces salauds vont payer. Nous les ferons payer.

Elle renifle et se dégage, ses yeux sont brillants de larmes.

— Oui. Sa voix s'étrangle quand elle s'écarte de moi. Je le veux, Nora, je le veux plus que tout.

— Moi aussi, ai-je murmuré en la fixant. Je veux que les agresseurs de Rosa meurent. Je veux qu'ils soient éliminés de la manière la plus brutale possible. C'est mal, c'est pervers, mais ça m'est égal. Le spectacle de l'homme que Julian a tué hier soir me vient à l'esprit et m'apporte une satisfaction particulière. Je veux que l'autre, Sean, paie de la même manière.

Je veux que Julian se jette sur lui et je veux voir mon mari se mettre à l'œuvre avec toute la violence dont il est capable.

On frappe à la porte, ce qui nous fait sursauter toutes les deux.

— Entrez ! dit Rosa en essuyant ses larmes avec sa manche.

À ma surprise, Julian entre dans la pièce, il semble tendu et étrangement inquiet. Il s'est changé depuis ce matin et ses cheveux ont l'air mouillés, comme s'il venait juste de prendre une douche.

— Qu'est-ce qui ne va pas ? ai-je demandé immédiatement. Il s'est passé quelque chose ?

— Non, répond Julian en traversant la pièce. Pas encore. Mais il va peut-être falloir hâter votre départ. Il s'arrête devant moi. Je viens juste d'apprendre que notre portrait-robot à tous les trois a été diffusé dans le bureau du FBI de Chicago. Celui des deux frères qui s'est enfui doit avoir une bonne mémoire visuelle. Les Sullivan nous recherchent et s'ils ont autant de relations que nous le pensons, il n'y a pas de temps à perdre.

La peur m'étreint et me serre le cœur.

— Tu crois qu'ils sont déjà au courant pour mes parents ?

— Je n'en sais rien, mais ce n'est pas impossible. Appelle-les immédiatement et dis-leur de faire leurs bagages. Nous irons les chercher dans une heure et je vous conduirai tous les quatre à l'aéroport.

— Attends une minute ! Je fixe Julian des yeux. *Nous* quatre ? Et toi ?

— Il faut que je m'occupe de la menace que représentent les Sullivan. Lucas et moi nous allons rester ici ainsi que la plupart des gardes.

— Quoi ? Tout à coup, je peine à respirer. Qu'est-ce que ça veut dire ? Tu vas rester ici ?

— Il faut que je règle cette situation, répond Julian avec impatience. Bon, on va perdre du temps à parler de ça ou bien tu appelles tes parents ?

Je garde pour moi les objections pleines d'amertume qui me viennent à la bouche.

— Je les appelle tout de suite, ai-je dit d'une voix dure en prenant mon téléphone.

Julian a raison : ce n'est pas le moment de discuter. Mais s'il croit que je vais obéir docilement, il se trompe vraiment.

Je ferai n'importe quoi pour ne pas le perdre une nouvelle fois.

CHAPITRE TRENTE-DEUX

❖ JULIAN ❖

Le trajet pour aller chez les parents de Nora se déroule dans un silence tendu. Je m'occupe de coordonner les détails concernant la sécurité avec mon équipe et Nora envoie texto sur texto à ses parents qui semblent l'assiéger de questions sur ce brusque changement de programme. Rosa nous regarde tous les deux en silence, elle a tellement de bleus qu'ils cachent l'expression de son visage.

Dès que nous arrivons, Nora se précipite dans la maison où je la suis, ne voulant pas la laisser seule, ne serait-ce que pour une demi-heure. Rosa reste dans la voiture avec Lucas en expliquant qu'elle ne veut pas déranger.

En entrant, je m'aperçois que Rosa avait raison de rester dehors.

C'est une maison de fous chez les Leston. Gabriela court dans tous les sens en essayant de mettre autant de choses que possible dans une immense valise et son mari est au téléphone. Il parle très fort en expliquant qu'il doit partir tout de suite et qu'il est désolé de ne pas avoir pu prévenir auparavant.

— Ils vont me virer, marmonne-t-il sombrement en raccrochant. Je réprime l'envie de lui dire qu'aucun emploi ne vaut autant que sa vie.

— Dans ce cas, je vous aiderai à trouver un autre emploi, Tony, ai-je dit à la place en m'asseyant à la table de la cuisine. Le père de Nora me regarde d'un air furieux en guise de réponse, mais je fais comme si je ne l'avais pas vu et je me concentre sur la douzaine de mails qui ont réussi à s'accumuler dans ma messagerie depuis quelques heures.

Quarante minutes plus tard, Nora réussit enfin à obtenir des Leston qu'ils finissent de faire leurs bagages.

— Il faut y aller, maman, insiste-t-elle lorsque sa mère se souvient encore de quelque chose qu'elle avait oublié. Je te promets que nous avons de l'insecticide au domaine. Et pour tout ce dont tu auras besoin, nous le commanderons et nous nous le ferons livrer. Nous ne vivons pas en pleine jungle, tu sais.

Gabriela semble convaincue par cet argument et je l'aide à fermer la grande valise et à la porter à la voiture. Elle doit au moins peser une centaine de kilos et c'est avec un grognement que j'arrive à la mettre dans le coffre de la limousine.

Entre-temps, le père de Nora arrive avec une autre valise plus petite.

— Je vais la prendre, ai-je dit en tendant la main, mais il me repousse.

— Non, ça va, répond-il sèchement si bien que je recule et que je le laisse faire. S'il veut continuer à faire la gueule, ça le regarde.

Quand tous les bagages sont dans la voiture, les parents de Nora y montent et Rosa va devant à côté de Lucas.

— Pour vous laisser plus de place, explique-t-elle bien qu'on puisse facilement tenir à dix derrière dans cette voiture.

— Il y a vraiment besoin de toutes ces voitures, demande Gabriela tandis que je prends place à côté de Nora. En d'autres termes, est-ce que c'est vraiment aussi dangereux ?

— Probablement pas, mais, je ne veux prendre aucun risque, ai-je répondu quand nous démarrons. En plus des vingt-trois gardes qui étaient désœuvrés dans ce quartier tranquille et qui sont répartis entre sept 4x4, j'ai aussi tout un arsenal sous notre siège.

C'est excessif pour un simple trajet jusqu'à Chicago, mais maintenant qu'il y a des problèmes j'ai peur que ce ne soit pas suffisant. J'aurais dû prendre davantage d'hommes et d'armes, mais je ne voulais pas que Frank et les autres aient l'impression que j'étais ici pour un contrat.

— C'est de la folie, marmonne Tony en regardant par la vitre arrière la procession de véhicules qui nous suit. Je ne peux même pas imaginer ce que nos voisins doivent penser.

— Ils pensent que tu es un gros bonnet, papa, dit Nora avec une gaieté forcée. Tu ne t'es jamais demandé comment c'était pour le Président qui se déplace toujours avec les services secrets ?

— Non, pas vraiment. Le père de Nora se retourne vers nous et l'expression de son visage s'adoucit pour regarder sa fille. Comment te sens-tu, ma chérie ? lui demande-t-il. Tu devrais sans doute te reposer au lieu de faire face à tout ça.

— Ça va, papa. Le visage de Nora se ferme. Et je préfère ne pas en parler si ça ne te dérange pas.

— Bien sûr, ma chérie dit sa mère en clignotant des yeux, j'imagine que c'est pour éviter de pleurer. Comme tu voudras mon amour.

Nora s'efforce de sourire à sa mère, mais elle échoue lamentablement. Incapable de résister, je tends le bras et lui pose sur son épaule, l'attirant contre moi.

— Détends-toi, bébé, ai-je murmuré dans ses cheveux tandis qu'elle se blottit à mes côtés. On va bientôt arriver et tu pourras dormir dans l'avion, d'accord ?

Nora pousse un soupir et marmonne quelque chose dans mon épaule.

— Bonne idée. Elle semble fatiguée si bien que je lui caresse les cheveux dont la douceur soyeuse est si agréable. Je pourrais rester comme ça pour toujours, à sentir la chaleur de son petit corps, son parfum doux et délicat. Pour la première fois depuis sa fausse couche j'ai le cœur un peu moins serré, l'amertume de mon profond chagrin s'atténue un peu. La violence qui bouillonne dans mes veines n'a toujours pas disparu, mais l'horrible vide est momentanément comblé, la douleur béante cesse de gagner du terrain.

Je ne sais pas combien de temps nous restons ainsi, mais en jetant un coup d'œil devant moi je m'aperçois que les parents de Nora nous regardent d'un air bizarre. Gabriela semble particulièrement fascinée. Je fronce les sourcils et j'aide Nora à s'asseoir de manière plus confortable à côté de moi. Je n'ai pas envie qu'ils nous voient comme ça. Je ne veux pas qu'ils sachent à quel point je dépends de ma chérie, que j'aie désespérément besoin d'elle.

Mon regard désapprobateur les force à détourner les yeux et je reprends ma caresse sur les cheveux de Nora au moment où nous quittons l'autoroute pour une route à deux voies.

— Combien de temps encore ? demande le père de Nora deux ou trois minutes plus tard. Nous allons à un aéroport privé, n'est-ce pas ?

— Oui, ai-je confirmé. Nous n'en sommes plus très loin maintenant, il me semble. On roule bien, nous devrions arriver dans une vingtaine de minutes. Un de mes hommes est déjà sur place pour préparer l'avion au décollage, dès que nous arriverons nous pourrons décoller.

— Et nous pourrons partir comme ça ? Sans passer par la douane ? demande la mère de Nora. Elle semble toujours aussi intriguée par ma manière d'étreindre Nora. On ne nous empêchera pas de rentrer aux États-Unis à notre retour ?

— Non, ai-je répondu. J'ai des accords spéciaux avec… Mais avant que je puisse terminer mes explications, la voiture accélère, c'est si brutal et si soudain que j'aie du mal à rester assis et à tenir Nora qui sursaute et m'attrape par la taille. Ses parents n'ont pas cette chance, ils tombent sur le côté et sont presque projetés sur le sol de la limousine.

Le panneau qui nous sépare du chauffeur descend et révèle le visage consterné de Lucas dans le rétroviseur.

— Nous sommes suivis, dit-il laconiquement. Ils ont retrouvé nos traces et ils ont mis les grands moyens.

CHAPITRE TRENTE-TROIS

❖ NORA ❖

Pendant une seconde, mon cœur cesse de battre. Puis l'adrénaline explose dans mes veines.

Avant que je ne puisse réagir, Julian est déjà en action. Il détache ma ceinture, m'attrape par le bras et me plaque sur le sol de la voiture.

— Reste là, hurle-t-il, et j'ai le choc de le voir soulever le siège où se trouve tout un arsenal.

— Que… s'exclame ma mère, mais juste à ce moment la limousine fait un écart qui me projette contre le siège de cuir. Mes parents poussent un cri et ils se serrent désespérément l'un contre l'autre, Julian se retient au bord du siège qu'il vient de soulever pour ne pas tomber.

C'est alors que je l'ai entendu.

Le *ra-ta-ta-ta-ta* d'une mitraillette.

On nous tire dessus.

— Gabriela ! Mon père est pâle comme un linge. Tiens-toi à moi !

La limousine a un nouvel écart qui fait pousser un cri d'effroi à ma mère. Julian réussit malgré tout à rester assis, il est penché sur les armes tandis que la voiture accélère encore. Là où je suis, sur le sol, je ne peux voir par les vitres que le sommet des arbres qui défilent à toute vitesse. Nous devons filer sur la route à deux voies à une allure folle.

Une nouvelle salve et les arbres vont encore plus vite, ce n'est plus qu'une traînée verte et floue. Mon pouls bat à se rompre, il est presque plus assourdissant que le crissement lointain des pneus.

— Oh mon Dieu ! En entendant le cri de panique de ma mère, j'attrape l'un des sièges et je me mets à genou pour regarder par la vitre arrière.

Ce que je vois alors ressemble à une scène du film *Fast and Furious*.

Derrière les sept 4x4 de nos gardes, il y a toute une procession de véhicules. Environ, une douzaine d'entre eux sont des 4x4 et des camionnettes, mais il y a aussi trois Hummers avec d'énormes mitraillettes sur le toit. Des hommes armés de fusils d'assaut s'accrochent aux portières et échangent des coups de feu avec nos gardes qui ripostent. J'ai le choc de voir l'une des voitures de nos poursuivants gagner du terrain sur notre dernier

4x4 et lui rentrer dedans pour lui faire quitter la route. Évidemment les deux voitures sont déséquilibrées, les carrosseries se heurtent en faisant des étincelles et j'entends une autre rafale, puis la voiture des assaillants quitte la route et bascule sur le côté.

Une de moins, encore quinze.

Les chiffres sont parfaitement clairs pour moi. *Quinze voitures contre huit, y compris notre limousine.* Les chances ne sont pas de notre côté. Mon cœur s'emballe, la bataille et la course-poursuite continuent, les voitures se rentrent les unes dans les autres sous une pluie de balles.

Boom ! Un bruit assourdissant résonne et secoue chacun de mes os. Stupéfaite, je vois le 4x4 des gardes qui est juste derrière nous se soulever de terre et exploser. Son réservoir a dû être touché, ai-je pensé comme dans un état second, puis j'entends Julian crier mon nom.

Mes oreilles bourdonnent, je me retourne et je le vois me jeter quelque chose de volumineux.

— Mets ça ! hurle-t-il, et il en jette deux autres à mes parents.

Avec incrédulité, je m'aperçois que ce sont des gilets pare-balles.

Il vient de nous donner des gilets pare-balles !

C'est lourd, mais j'arrive à l'enfiler malgré toutes les embardées de la limousine. J'entends mes parents se donner mutuellement des conseils et je me retourne pour voir que Julian a déjà le sien.

Il tient aussi un AK-47 qu'il me met dans les mains avant de prendre une grosse arme étrange qu'il a prise parmi les autres. Je l'examine avec étonnement puis je la reconnais.

C'est un lance-grenades, Julian me l'a montré un jour au domaine.

En essayant de me remettre de ce choc, je reviens m'asseoir avec le fusil d'assaut entre mes mains tremblantes. Je dois prendre part, même si cela me terrorise. Mais avant que je puisse ouvrir la vitre et commencer à tirer, Julian m'abaisse de nouveau sur le sol.

— Reste au sol, hurle-t-il, ne bouge pas, putain !

Je hoche la tête et j'essaie de contrôler ma respiration qui s'est emballée. L'adrénaline qui parcourt mon corps est à la fois un accélérateur et un ralentisseur, mes perceptions sont à la fois floues et précises. J'entends sangloter ma mère, Rosa et Lucas hurlent quelque chose à l'avant, et puis je vois changer l'expression du visage de Julian quand il se tourne vers la vitre avant.

— Merde ! Le juron lui sort de la gorge et me terrifie par sa véhémence.

Incapable de rester immobile, je m'agenouille de nouveau… et je m'arrête de respirer.

Devant nous sur la route il y a un barrage de police, et nous fonçons droit dessus à la vitesse d'une voiture de course.

CHAPITRE TRENTE-QUATRE

❖ JULIAN ❖

Immédiatement, la partie rationnelle et froide de mon cerveau comprend deux choses. Nous n'avons nulle part où nous diriger et les quatre véhicules de police qui bloquent la route sont entourés d'hommes en tenue de combat.

Ils nous attendaient, ce qui veut dire qu'ils sont de connivence avec Sullivan et qu'ils sont là pour nous tuer.

Cette pensée m'emplit de rage et de terreur. Je n'ai pas peur pour moi, mais savoir que Nora pourrait mourir aujourd'hui, que jamais plus je ne la tiendrai dans mes bras.

Non, putain, non. Je repousse impitoyablement cette pensée qui me paralyse et j'examine rapidement la situation.

En moins de vingt secondes, nous avons atteint le barrage de police. Je sais ce que Lucas a l'intention de faire : se jeter entre les deux véhicules les plus éloignés l'un de l'autre. Il y a moins d'un mètre entre eux, mais nous allons presque à 200 km à l'heure, la voiture est blindée, nous avons l'élan pour nous.

Il suffit de survivre à la collision.

Sans lâcher le lance-grenades que je tiens de la main droite, je crie aux parents de Nora :

— Accrochez-vous ! Et je m'abats sur le sol en couvrant Nora de mon corps.

Quelques secondes plus tard, notre limousine se jette sur les véhicules de police avec une violence inouïe. J'entends hurler les parents de Nora, je sens la force d'inertie de l'impact me projeter en avant et je me raidis de toutes mes forces pour m'empêcher de glisser.

Et ça marche, de justesse. Mon épaule droite heurte le côté du siège, mais Nora est saine et sauve sous moi. Je sais que je l'écrase de mon poids, mais c'est un moindre mal. J'entends résonner les balles sur le côté et sur les vitres de la voiture et je m'aperçois qu'on nous tire dessus.

Si c'était une voiture ordinaire, elle serait déjà criblée de balles.

Dès que je sens que la limousine a repris de la vitesse, je me relève et je constate que les parents de

Nora ont survécu au choc. Tony se tient le bras en faisant une grimace de douleur, mais Gabriela semble seulement hébétée.

Mais je n'ai pas le temps d'y regarder de plus près. Pour avoir la moindre chance d'en réchapper, il faut s'occuper des hommes de Sullivan et le faire sans plus tarder.

Je tiens toujours le lance-grenades et j'appuie sur un bouton qui se trouve sur la portière pour ouvrir le toit. Puis je me lève entre les sièges, la tête et les épaules au-dehors. En levant mon arme, je vise les voitures lancées à notre poursuite, un véhicule de police a maintenant rejoint les quinze voitures de Sullivan.

Non, ai-je rectifié après un rapide calcul, *treize* voitures appartenant aux Sullivan. Depuis deux minutes mes hommes ont réussi à en neutraliser deux de plus.

C'est le moment d'égaliser le score.

Les balles me sifflent autour de la tête, mais je n'y prends pas garde et je vise avec soin. Il n'y a que six coups dans ce lance-grenades, il faut faire en sorte que chacun d'eux puisse compter.

Boom ! Le premier coup part violemment. L'effet de recul me frappe à l'épaule, mais la grenade a atteint sa cible, le véhicule de police qui est immédiatement derrière nous. Il est soulevé par l'explosion et atterrit sur le côté, en flammes. L'un des Hummers lui rentre dedans et j'ai la satisfaction sardonique de les voir sauter tous les deux, ce qui entraîne une des camionnettes de Sullivan en dehors de la chaussée.

L'ennemi n'a plus que onze véhicules.

Je vise à nouveau. Cette fois-ci, ma cible est plus audacieuse : c'est l'un des Hummers qui se trouvent plus loin. Il a un lance-grenades à un coup sur le toit avec lequel il a tiré sur un de nos 4x4 et je sais qu'ils vont s'en servir dès qu'ils l'auront réarmé.

Boom ! Encore, cet effet de recul ! Mais cette fois, à ma grande déception j'ai raté mon coup.

À la dernière seconde, le Hummer fait une brusque embardée et rentre brutalement dans un de nos 4x4. Avec une rage impuissante, je vois le véhicule de mes hommes se coucher sur le côté et quitter la route.

Nous n'avons plus que les cinq 4x4 des gardes et notre limousine.

Rassemblant tout mon sang-froid je vise un véhicule plus proche de moi. *Boom !* Cette fois, j'atteins ma cible. Le véhicule se retourne et explose et les deux 4x4 des Sullivan qui sont immédiatement derrière lui rentrent dedans à toute vitesse.

Encore huit véhicules contre nous.

Je mets de nouveau en joue en faisant de mon mieux pour compenser les zigzags incessants que fait la limousine. Je sais que Lucas conduit de cette manière afin que nous soyons plus difficiles à atteindre, mais ça *les* rend aussi plus difficiles à atteindre pour moi.

Boom ! J'ai tiré et un autre 4x4 des Sullivan vient d'exploser en atteignant en même temps celui qui le suit.

Il y a encore six véhicules contre nous et il me reste deux grenades.

Je respire profondément et je vise une nouvelle fois, mais au même moment les deux Hummers crachent le feu faisant exploser deux de nos 4x4 qui se couchent sur le côté en quittant la chaussée.

Il ne nous reste que trois 4x4.

En maîtrisant ma rage, je tiens fermement mon arme et je vise celui qui menace de nous rattraper. Un, deux… *boom !* La grenade a atteint sa cible et l'énorme véhicule quitte la route avec de la fumée qui sort de son capot.

L'ennemi n'a plus qu'un Hummer et quatre 4x4.

Il me reste encore une grenade. De nouveau, je respire profondément, je vise, mais avant de pouvoir appuyer sur la gâchette l'un des véhicules ennemis dévie de sa route et rentre dans un autre. Mes hommes ont dû abattre son chauffeur, ce qui accroit nos chances. Les Sullivan n'ont plus qu'un Hummer et deux 4x4.

Soulagé, je vise encore une fois… et c'est alors que je l'entends.

Impossible de s'y tromper, c'est le grondement d'un hélicoptère au loin. En levant les yeux, je vois un hélicoptère de la police qui vient de l'ouest.

Merde !

Ou bien ce sont d'autres flics pourris ou bien les autorités américaines ont eu vent de cette escarmouche.

Dans un cas comme dans l'autre, ce n'est pas de bon augure pour nous.

CHAPITRE TRENTE-CINQ

❖ NORA ❖

En entendant ce nouveau bruit, mon niveau d'adrénaline fait un bond. J'ignorais qu'on pouvait ressentir cela, être à la fois hébétée et très alerte. Mon cœur bat à se rompre et ma peau glacée se hérisse tant j'ai peur. Mais la panique qui s'était emparée de moi tout à l'heure a disparu entre la seconde et la troisième explosion.

On peut visiblement s'habituer à tout, même à voir des voitures exploser.

Tenant de toutes mes forces l'arme que Julian m'a donnée je m'agrippe au siège de ma main restée libre, incapable de détourner les yeux du combat qui a lieu à l'extérieur de la voiture. Derrière nous, la route ressemble à un champ de bataille avec des voitures accidentées et d'autres en flammes sur l'étroite bande vide entre les voies.

C'est comme si nous étions dans un jeu vidéo, sauf que les victimes sont bien réelles.

Boom ! Il suffit d'appuyer sur un bouton de contrôle et un véhicule saute. *Boom !* Encore un autre. *Boom ! Boom !* Je me surprends à guider mentalement la trajectoire de chaque grenade comme si je pouvais aider en pensée Julian à viser.

Un jeu. Rien qu'un jeu de tirs très réaliste avec des effets sonores exceptionnels. En le percevant ainsi, j'arrive à tenir. Je peux faire comme s'il n'y avait pas des douzaines de cadavres qui brûlent derrière nous, dans les deux camps. Je peux me dire que l'homme que j'aime n'est pas debout au centre de la limousine, un lance-grenades à la main, la tête et le buste exposés à une rafale de balles à l'extérieur.

Oui, un jeu, auquel un hélicoptère vient de se joindre. Je l'entends et en allant sur le siège, penchée plus près de la vitre, je peux aussi le voir.

C'est la police, et elle vient droit sur nous.

Ce devrait être un soulagement de voir intervenir les autorités, sauf que le barrage de police que nous venons de franchir n'avait pas l'air de vouloir rétablir l'ordre. J'ai vu leur Land-Cruiser nous poursuivre aux côtés des Sullivan ; la police n'essayait pas d'arrêter les criminels participant à cette fatale course poursuite.

Elle essayait de nous attraper.

Une nouvelle vague de terreur m'envahit et met en péril mon calme apparent. Ce n'est pas un jeu. Tout autour de nous, des hommes meurent et si la limousine n'était pas blindée, si Lucas ne conduisait pas aussi bien, nous aussi nous serions morts. S'il ne s'agissait que de moi, ça n'aurait pas une telle importance. Mais tous ceux que j'aime sont dans cette voiture. S'il leur arrive quelque chose…

Non, arrête ! Je sens que je commence à entrer en hyperventilation et je m'oblige à ne plus y penser. Ce n'est pas le moment de paniquer. En jetant un coup d'œil devant moi, je vois mes parents serrés l'un contre l'autre sur le siège, cramponnés à leur ceinture de sécurité. Ils sont verts de peur. J'ai l'impression qu'ils sont tétanisés par le choc, ma mère a arrêté de hurler.

La limousine fait une brusque embardée sur la droite qui me fait presque tomber par terre.

— Je prends la direction du hangar ! hurle Lucas à l'avant et je m'aperçois qu'on vient de quitter la route à deux voies pour une encore plus étroite.

Le petit aéroport s'annonce bientôt, c'est notre promesse de salut. Le grondement de l'hélicoptère est maintenant juste au-dessus de nous, mais si nous pouvons arriver à notre avion et décoller…

Boom ! Je ne vois plus rien, et pendant l'espace d'une seconde je n'entends plus rien non plus. À bout de souffle, je m'agrippe au bord du siège en essayant éperdument de m'y retenir tandis que la limousine vire brutalement et accélère encore davantage. Quand je retrouve mes esprits, je m'aperçois que c'est le 4x4 des gardes qui est juste derrière nous qui a été atteint. Il y a maintenant une brèche dans son toit d'où s'échappe de la fumée. J'ai le choc de la voir rentrer dans un autre de nos véhicules, la collision est d'une violence extrême. Les pneus crissent et les deux voitures quittent la route, ce n'est plus qu'un amas de métal froissé.

Je comprends avec un accès de panique que l'hélicoptère de la police vient de nous tirer dessus et qu'il a neutralisé deux de nos véhicules, nous n'en avons désormais plus qu'un pour nous protéger.

En me retournant, je jette un coup d'œil affolé vers la vitre avant. Le hangar où nous attend notre avion est proche, si proche. Juste une centaine de mètres et nous y sommes. Nous devrions encore pouvoir résister jusque-là.

Boom ! Assourdie, je me retourne pour voir le Hummer qui est derrière nous prendre feu. Je réalise avec soulagement que Julian a dû l'atteindre. Désormais, il n'y a plus que l'hélicoptère et deux 4x4 lancés à notre poursuite et nous avons encore un 4x4 avec des gardes.

Encore deux coups comme celui-là et nous sommes sauvés…

— Nora ! Des bras puissants m'enveloppent la taille et m'entraînent par terre. Julian est agenouillé au-dessus de moi, furieux, le visage grimaçant de colère. Putain, je t'ai dit de ne pas te relever !

En moins d'une seconde, je m'aperçois de deux choses : il n'est pas blessé et ses mains sont vides.

Il ne doit plus avoir de munitions dans le lance-grenades.

Boom ! La limousine est secouée par une rafale qui nous projette tous deux en avant. Je suis vaguement consciente que Julian me tient dans ses bras et me protège de tout son corps, mais je sens quand même un choc en venant me cogner contre la paroi avant. Je ne peux plus respirer et tout tourne, je vois trouble et il y a quelque chose qui me déchire la peau. L'intérieur de mon crâne me donne l'impression qu'il va exploser comme si mon cerveau voulait en sortir.

— Nora ! La voix de Julian me parvient à travers mon bourdonnement d'oreilles. Hébétée, j'essaie de me concentrer sur lui. Quand je retrouve un peu de lucidité, je m'aperçois que nous sommes de nouveau sur le sol de la limousine et il est allongé sur moi. Son visage est ensanglanté et son sang coule sur moi. Il me dit quelque chose, mais je n'arrive pas à comprendre.

Je ne vois que son sang, le rouge terrible et affreux de son sang.

— Tu es blessé. Ce son rauque plein de terreur ne ressemble guère à ma voix. Julian, tu es blessé…

Il m'attrape par la mâchoire et me force au silence.

— Écoute-moi, dit-il d'un ton grinçant, dans une minute, exactement une minute je veux que tu partes en courant. Tu me comprends ? Tu partiras en courant dans la direction de ce foutu avion et tu ne t'arrêteras pas, quoiqu'il arrive.

Je le regarde fixement, sans comprendre. *Goutte à goutte*, son sang continue de couler. Il mouille mon visage, j'en sens la chaleur et le goût métallique sur mes lèvres. Ses yeux sont bleu vif dans tout ce rouge, bleu et tellement beau…

— Nora, hurle-t-il en me secouant. Tu me comprends ?

Je commence à mieux entendre et je finis par comprendre ce qu'il me dit.

Il faut courir. Il veut que je coure.

— Mais et… Je veux dire " Et *toi ?* ", mais il me coupe la parole.

— Tu emmèneras tes parents et vous allez tous courir, putain ! Sa voix est dure comme l'airain, son regard me brûle. Tu es armée, mais inutile de prendre des risques inutiles. Me comprends-tu, Nora ?

Je réussis à lui faire un petit signe.

— Oui. Malgré le martèlement de mes tempes, je réalise que la voiture ne s'est pas encore arrêtée et qu'elle poursuit sa route malgré le choc qu'elle a reçu. J'entends le vrombissement de l'hélicoptère juste au-dessus de nous, mais nous sommes toujours en vie. Oui, je comprends.

— Bon. Il continue à me regarder encore un instant puis comme s'il ne pouvait y résister il baisse la tête et prend ma bouche avec violence pour me donner un baiser brûlant. Je sens le goût salé et métallique de son sang, et ce goût qui n'appartient qu'à lui et je voudrais qu'il continue de m'embrasser pour me faire oublier ce cauchemar où nous sommes. Mais trop vite, ses lèvres arrivent vers mon cou et je sens la chaleur de son haleine quand, il me murmure à l'oreille :

— Je t'en prie, va vers l'avion avec tes parents, bébé. Thomas y est déjà et il peut piloter l'appareil si besoin est. Lucas s'occupera de Rosa. C'est notre seule chance de nous en tirer, alors quand je te dirai de courir, vas-y ! Je serai juste derrière toi, d'accord ?

Et avant de me laisser une chance de répondre, il se relève et m'aide à m'agenouiller en me tendant l'AK-47 que j'ai laissé tomber. La brusquerie de ce mouvement me fait tourner la tête, mais je me force à reprendre mes esprits et à agripper le fusil de toutes mes forces. Tout semble étrange, mon corps refuse bizarrement de m'obéir, mais je parviens à me concentrer suffisamment pour voir que la vitre arrière a disparu et qu'il y a de la fumée à l'arrière de la voiture. Par contre, je suis soulagée de voir que mes parents sont toujours ceinturés sur leur siège, ils saignent et semblent sonnés, mais ils sont en vie.

La vitre arrière a dû voler en éclats et le verre être projeté dans la voiture, ce qui explique pourquoi ils saignent ainsi que Julian.

La limousine commence à ralentir et Julian me reprend par la mâchoire afin que je me concentre de nouveau sur lui.

— Dans dix secondes, dit-il durement. Je vais ouvrir la portière et sortir. À ce moment-là, tu t'enfuiras de l'autre côté. Compris Nora ? Tu sauteras et tu prendras tes jambes à ton cou.

Je hoche la tête et quand il me lâche je me tourne vers mes parents.

— Détachez vos ceintures, ai-je dit d'une voix rauque. Dès que la voiture s'arrêtera, on se précipitera vers l'avion.

Ma mère ne réagit pas, le choc l'a rendue inerte, mais mon père commence à triturer la boucle de la ceinture. Du coin de l'œil, je vois se rapprocher le hangar et je commence désespérément à aider mes parents, il faut y arriver avant l'arrêt de la voiture.

J'arrive à détacher la ceinture de ma mère, mais celle de mon père semble coincée et nous tirons tous les deux dessus en nous gênant mutuellement alors que la limousine franchit à toute vitesse un grand portail ouvert avant d'entrer dans une sorte de hangar.

— Dépêchez-vous ! s'écrie Julian alors que la limousine s'arrête brusquement. J'ai failli de nouveau être projetée en avant, mais je réussis à me rattraper à la ceinture de sécurité.

— Vas-y, Nora, hurle Julian en ouvrant sa portière. Vas-y tout de suite !

La boucle de la ceinture de mon père s'ouvre enfin et je l'attrape par la main, de son côté il a pris celle de ma mère. Nous ouvrons l'autre portière et nous sortons à toute vitesse de la voiture si bien que nous tombons à quatre pattes. Le cœur battant à se rompre, je tourne la tête en cherchant l'avion et je l'aperçois.

Il est presque à l'autre extrémité du hangar, une douzaine d'autres avions nous séparent encore de lui.

— Par ici ! Je me relève d'un bond en tirant mon père par la main. Venez, il faut y aller !

Nous nous mettons à courir. Derrière nous, on entend le grincement des freins d'une autre voiture suivie d'une violente rafale. En tournant la tête, je vois Julian et Lucas tirer sur un 4x4 qui vient d'entrer dans le hangar. Rosa court aussi juste derrière nous. Le cœur battant, je ralentis un peu, je meurs d'envie de revenir en arrière pour porter main forte à Lucas et à Julian, mais je me souviens de ce qu'il m'a dit.

Notre seule chance de survie, c'est que tout le monde monte dans l'avion. Même avec mon aide mes parents ont toutes les peines du monde à réagir.

Si bien que je maîtrise mon désir de faire demi-tour et à la place je hurle " Dépêche-toi ! " à Rosa qui nous a presque rattrapés. Maintenant, nous courrons tous les quatre et mon père entraîne ma mère. Il est pâle comme un linge et semble complètement affolé, mais il réussit à avancer, et c'est l'essentiel. Si nous nous en tirons, j'aurai tout le temps de m'inquiéter des conséquences psychologiques pour mes parents et de me reprocher ma responsabilité dans toute cette histoire.

Mais pour le moment, la seule chose qui compte c'est de s'en sortir.

Et pourtant, tout en le sachant, je ne peux m'empêcher de jeter des coups d'œil éperdus derrière nous sans cesser de courir. La peur que j'éprouve pour Julian me noue l'estomac. Je ne peux imaginer le perdre une nouvelle fois. Il me semble que ça me tuerait.

La première fois que je regarde derrière moi, je vois Julian et Lucas se mettre à l'abri derrière la limousine et échanger des coups de feu avec les hommes qui sont derrière le 4x4. Il y a déjà deux cadavres sur le sol et un trou sanglant dans le pare-brise du véhicule.

Malgré ma panique je suis fière. Mon mari et son second savent comment s'y prendre pour tuer.

La deuxième fois que je me retourne, la situation s'est encore améliorée. Il y a quatre morts dans le camp adverse, et Lucas est en train de contourner la limousine pour atteindre le dernier tireur tandis que Julian le couvre.

Au troisième coup d'œil, le dernier tireur a été éliminé, le feu a cessé, et le hangar est étrangement silencieux après tout ce vacarme. Je vois Julian et Lucas debout, ils ne semblent pas atteints et des larmes de joie coulent sur mes joues.

Nous avons réussi. Nous sommes sains et saufs.

Nous sommes déjà près de l'avion et je vois Thomas, le chauffeur qui m'avait conduit chez le coiffeur vers la porte ouverte.

— Aidez-les à monter s'il vous plaît, je lui fais d'une voix tremblante et il me fait un signe en aidant mes parents et Rosa sur la passerelle. Je vous rejoins dans une seconde, ai-je dit à mon père qui essaie de m'obliger à le suivre. Juste un instant. Et je lui lâche la main pour me retourner vers la limousine.

— Julian ! En levant l'AK-47 au-dessus de ma tête, je lui fais signe avec mon arme. Par ici ! Viens, allons-y !

Il me regarde et je vois un grand sourire illuminer son visage.

Entre le rire et les larmes, je commence à courir vers lui, seule ma joie compte désormais et c'est alors que le mur le plus proche de la limousine explose et que Julian et Lucas sont projetés en l'air.

CHAPITRE TRENTE-SIX

❖ JULIAN ❖

Douleur et obscurité.

Pendant une seconde, je me retrouve dans cette pièce sans fenêtre et le couteau de Majid me laboure le visage. J'ai la nausée et je suis sur le point de vomir. Puis mes idées redeviennent claires et je me rends compte d'un bourdonnement sourd dans mes oreilles.

Ce qui n'avait pas été le cas au Tadjikistan.

Et je n'y avais pas eu aussi chaud.

Trop chaud. Si chaud que je brûle.

Putain ! Une vague d'adrénaline me rend toute ma lucidité. À la vitesse de l'éclair, je roule plusieurs fois sur moi-même pour éteindre les flammes qui embrasent mon gilet pare-balles. La nausée me dévore, j'ai affreusement mal à la tête, mais quand je m'immobilise le feu est éteint.

En haletant violemment, je reste allongé sans bouger et j'essaie de retrouver mes esprits. Mais qu'est-ce qui s'est passé, putain ?

Le bourdonnement que j'ai dans la tête s'atténue légèrement et j'essaie d'ouvrir les paupières pour voir des gravats en flammes tout autour de moi.

Une explosion. Il y a dû y avoir une explosion.

Dès que je le comprends, j'entends autre chose.

Une brusque rafale, suivie par une riposte.

Mon cœur cesse de battre. *Nora !*

La panique qui s'empare de moi est d'une telle intensité qu'elle domine tout le reste. En ignorant la douleur, je me relève d'un bond, non sans mal car mes genoux tremblent avant de se raidir pour soutenir mon poids.

En tournant la tête à droite et à gauche, je cherche d'où viennent les coups de feu, puis je la vois.

Une petite silhouette s'est précipitée derrière un gros avion après avoir tiré une nouvelle volée. Derrière elle se trouvent quatre hommes armés en tenue de combat.

En moins d'une seconde, je constate le reste. Le mur du hangar voisin de la limousine a disparu, il est réduit en poussière, et par ce trou, je peux voir l'hélicoptère de la police posé dans l'herbe, ses pales sont désormais immobiles et silencieuses.

Les hommes que j'avais dans le dernier 4x4 ont dû perdre la partie, nous laissant sans défense contre ceux qui restent du côté des Sullivan.

Avant de bien tout saisir, je suis déjà en action. À côté de moi, la limousine brûle, mais c'est l'avant qui est en feu, pas l'arrière, si bien qu'il me reste encore quelques secondes. L'ayant rejointe d'un bond je réussis à ouvrir une des portes et à y entrer. Il y a toujours des armes là où je les avais cachées, j'attrape deux mitrailleuses et j'en ressors immédiatement, la voiture risque d'exploser d'un instant à l'autre. À ce moment-là, j'aperçois Lucas qui tente de se relever à quelques mètres de moi. Il est en vie, ce que je constate avec un vague soulagement.

Mais je n'ai pas le temps de m'y attarder. À une centaine de mètres, Nora se faufile entre les avions et se bat contre nos poursuivants. Ma petite chérie contre quatre hommes armés, cette pensée m'emplit de terreur, de rage et me rend malade.

Une arme dans chaque main je commence à courir. Dès que je peux viser les hommes de Sullivan, je commence à tirer.

Ratatatata ! La tête de l'un des hommes vient d'exploser. *Ratatatta !* Un autre est abattu.

En comprenant ce qui se passe, les deux survivants se retournent et commencent à tirer sur moi. Sans prendre garde aux balles qui sifflent autour de moi, je continue à courir et à tirer en faisant de mon mieux pour zigzaguer entre les avions. Même avec mon gilet pare-balles je ne suis pas à l'abri du feu de l'ennemi.

Ratatata ! Quelque chose vient de me traverser l'épaule gauche en laissant une traînée brûlante sur son passage.

En poussant un juron, je renforce ma prise et je riposte si bien qu'un des hommes saute derrière un petit camion de livraison. L'autre continue de tirer sur moi et en courant je vois Nora sortir de derrière l'un des avions et viser, ses yeux noirs semblent immenses dans son visage blême.

Pan ! La tête du tireur vient d'exploser d'un coup. La balle de Nora a atteint sa cible. Elle se retourne d'un coup et vise celui qui est caché derrière le camion.

Mettant à profit la diversion qu'elle me fournit je change de direction et je rampe autour du camion vers lequel il s'est réfugié. En arrivant derrière lui, je le vois viser Nora, et dans un éclair de rage j'appuie sur la gâchette et je le crible de balles.

Il glisse le long du camion, il n'est plus qu'un amas sanglant de viande morte.

Il n'y a plus de coups de feu, le silence qui s'ensuit est presque stupéfiant.

En haletant, je baisse mes armes et je sors de derrière le camion.

CHAPITRE TRENTE-SEPT

❖ NORA ❖

Quand Julian sort de derrière le camion, ensanglanté, mais vivant, je laisse tomber le AK-47, il est trop lourd pour continuer à le tenir. L'émotion qui m'emplit le cœur va bien au-delà du bonheur et du soulagement.

C'est du ravissement. Un ravissement violent et extraordinaire pour avoir tué nos ennemis et avoir survécu.

Quand le mur a explosé et que des hommes armés sont entrés dans le hangar, j'ai cru que Julian avait été tué. Aveuglée par la rage, j'ai ouvert le feu sur eux et quand ils ont commencé à tirer sur moi j'ai couru sans réfléchir, ne suivant que mon instinct.

Je savais que je ne tiendrais pas plus de deux ou trois minutes et ça m'était égal. Je voulais seulement vivre assez longtemps pour en tuer le plus possible.

Mais maintenant, Julian est là, devant moi, il est en vie et aussi vigoureux que d'habitude.

Je ne sais pas si j'ai couru vers lui ou si c'est lui qui a couru vers moi, mais quoi qu'il en soit je me retrouve dans ses bras et il me serre si fort que j'ai du mal à respirer. Il me couvre de baisers ardents et brûlants sur le visage et sur le cou, ses mains me tâtent partout pour savoir si je suis blessée et toute l'horreur de l'heure que nous venons de traverser disparaît pour être remplacée par une joie folle.

Nous avons survécu, nous sommes ensemble, et plus rien ne pourra jamais nous séparer.

* * *

— Ces deux-là étaient vers l'hélicoptère, dit Lucas quand nous sortons du hangar pour aller à sa recherche. Comme Julian, il saigne et il a du mal à tenir debout, mais ça ne le rend pas moins dangereux, comme en témoigne l'état des deux hommes couchés dans l'herbe. Ils gémissent et pleurent, l'un d'eux tient son bras ensanglanté, l'autre essaie d'arrêter le sang qui jaillit de sa jambe.

— C'est bien celui que je crois ? demande Julian d'une voix rauque en indiquant le plus âgé des deux et Lucas a un sourire cruel.

— Oui... Patrick Sullivan en personne et son fils préféré, l'unique survivant, Sean.

Je jette un coup d'œil au plus jeune des deux, et je reconnais ses traits grimaçants. C'est lui qui a agressé Rosa et qui s'était enfui.

— J'imagine qu'ils étaient venus en hélicoptère pour assister aux opérations et intervenir le moment venu, continue Lucas en faisant la grimace et en se tenant les côtes. Sauf qu'ils n'en ont pas eu l'occasion. Ils ont dû apprendre qui vous étiez et appeler en renfort tous les flics auxquels ils avaient rendu service.

— Ceux qu'on a tués étaient des policiers ? Ai-je demandé en commençant à trembler, l'excitation provoquée par l'adrénaline commence à se dissiper. Ceux qui étaient dans le Hummer et dans les 4x4 ?

— À en juger par leur équipement, c'était le cas de la plupart d'entre eux, répond Julian en me mettant le bras autour de la taille. Je lui sais gré de me soutenir, mes jambes semblent en coton. Certains étaient sans doute pourris, mais d'autres suivaient aveuglément les ordres de leurs supérieurs. Je suis certain qu'on leur a dit que nous étions des criminels extrêmement dangereux. Peut-être même des terroristes.

— Oh ! Cette pensée me fait mal à la tête et tout à coup je me rends compte de tous les endroits où j'ai mal et de tous mes bleus. J'ai tellement mal et je me sens tellement épuisée que je m'appuie sur Julian, au bord de l'évanouissement.

— Merde ! En entendant ce juron qu'il a marmonné, tout bascule, je suis à l'horizontale et je réalise que Julian vient de me prendre dans ses bras après m'avoir soulevée de terre. Je l'emmène dans l'avion, l'ai-je entendu dire, et j'ai recours à mes dernières forces pour secouer la tête.

— Non, ça va. Pose-moi s'il te plaît, lui ai-je demandé en le repoussant, et à ma surprise Julian s'exécute et me repose doucement sur le sol. Il a gardé un bras autour de mon dos, mais me laisse me tenir toute seule.

— Qu'est-ce qu'il y a, bébé ? demande-t-il en baissant les yeux vers moi.

Je désigne les deux blessés.

— Que vas-tu en faire ? Tu vas les tuer ?

— Oui, dit Julian. Ses yeux ont une lueur froide. Je vais les tuer.

J'inspire lentement et j'expire. La jeune fille que Julian a emmenée dans l'île aurait fait des objections, lui aurait donné des raisons de les épargner, mais je ne suis plus cette jeune fille. Les souffrances de ces hommes ne m'émeuvent pas. J'aurais davantage de compassion pour un scarabée retourné sur le dos que pour eux et je suis contente que Julian élimine la menace qu'ils représentent.

— Je pense que Rosa devrait y assister, dit Lucas. Elle veut que justice soit faite.

Julian me jette un coup d'œil et je lui fais un signe en guise de confirmation. C'est peut-être mal, mais à cet instant il semble juste qu'elle soit ici et qu'elle voit mourir ceux qui l'ont fait souffrir.

— Amène-la ici, ordonne Julian et Lucas retourne dans le hangar en nous laissant seuls avec les Sullivan.

Nous regardons nos captifs dans un silence morne, ni l'un ni l'autre n'ayant envie de parler. Le plus âgé des deux est presque inconscient, il s'est vidé de son sang, mais l'agresseur de Rosa fait bruyamment appel à notre pitié. Il se tortille en sanglotant sur le sol, nous promettant de l'argent, des avantages politiques, une introduction auprès de tous les cartels américains... tout ce que nous désirons pourvu que nous le laissions partir. Il jure qu'il ne touchera plus jamais à une femme, il dit que c'était une erreur, il ne savait pas, il n'avait pas réalisé qui était Rosa.

Comme ni Julian ni moi ne réagissons, ses tentatives de négociations se transforment en menaces et je cesse de l'écouter, sachant qu'aucune de ses paroles ne nous fera changer d'avis. La colère que je ressens est glaciale, ne laissant aucune place à la pitié.

À cause de ce qu'il a fait à Rosa et à cause de l'enfant que nous avons perdu, Sean Sullivan ne mérite rien moins que la mort.

Une minute plus tard, Lucas est de retour, il sort du hangar et accompagne Rosa qui semble secouée. Mais dès qu'elle aperçoit les deux hommes, son visage retrouve des couleurs et son regard se durcit. En s'approchant de son agresseur, elle baisse les yeux vers lui pendant deux ou trois secondes avant de les relever vers nous.

— Puis-je ? demande-t-elle tout en tendant la main et Lucas souriant froidement lui tend un fusil. Sans trembler, elle vise son agresseur.

— Fais-le, lui dit Julian, et je vois encore mourir un homme, sa tête explose. Avant même que se dissipent les échos du coup de feu tiré par Rosa, Julian s'avance vers Patrick Sullivan qui a perdu connaissance et décharge plusieurs balles dans sa poitrine.

— Nous en avons terminé, dit-il en se détournant du cadavre, et nous nous dirigeons tous les quatre vers l'avion.

* * *

Pour le voyage de retour, c'est Thomas qui pilote l'appareil tandis que Lucas se repose dans la cabine avec Julian, Rosa et moi. Quand elle voit que nous sommes tous sains et saufs, ma mère éclate en sanglots hystériques, si bien que Julian conduit mes parents vers la chambre de l'avion et leur dit de prendre une douche et de s'y reposer. Je voudrais aller voir comment ils vont, mais l'épuisement auquel s'ajoute l'effondrement qui suit la poussée d'adrénaline a finalement raison de moi.

Dès le décollage, je m'endors sur mon siège, la main serrée dans celle de Julian.

Je ne me souviens ni de l'atterrissage ni de notre arrivée à la maison. Quand j'ouvre de nouveau les yeux, nous sommes déjà dans notre chambre et le Dr Goldberg nettoie et panse mes plaies. Je me souviens vaguement que dans l'avion Julian a lavé le sang dont j'étais couverte, mais le reste du voyage reste complètement vague dans mon souvenir.

— Comment vont mes parents ? ai-je demandé au médecin qui enlève un petit morceau de verre logé dans mon bras à l'aide d'une pince à épiler. Comment se sentent-ils ? Et Rosa et Lucas ?

— Tout le monde dort, dit Julian en regardant travailler le médecin. Son visage est gris tant il est épuisé, je ne l'ai jamais entendu parler d'une voix aussi lasse. Ne t'inquiète pas, ils vont bien.

— Je les ai examinés à leur arrivée, dit le Dr Goldberg en bandant la plaie qui saigne légèrement de mon bras. Votre père a une grosse contusion au coude, mais il ne s'est rien cassé. Votre mère était en état de choc, mais à part quelques égratignures à cause du verre cassé et une petite entorse cervicale, elle va bien, ainsi que Mlle Martinez. Kent a plusieurs côtes fêlées et quelques brûlures, mais il s'en remettra.

— Et Julian ? ai-je demandé en jetant un coup d'œil vers mon mari. Il a déjà été nettoyé et pansé, je sais donc que le docteur a dû le soigner pendant que je dormais.

— Une légère commotion cérébrale, comme vous, des brûlures au premier degré dans le dos, quelques points de suture au bras où une balle l'a frôlé, et des contusions. Et bien sûr des égratignures à cause du verre qui a volé en éclat. En me retirant un autre morceau de verre du bras, le médecin s'interrompt et nous regarde tous les deux comme s'il se demandait comment procéder. J'ai appris votre fausse couche, je suis vraiment navré.

Je hoche la tête en luttant contre les larmes qui me viennent brusquement aux yeux. La pitié que je lis dans le regard du Dr Goldberg me fait plus mal que tous les éclats de verre possibles en me rappelant ce que nous avons perdu. L'atroce douleur que j'ai enfouie pendant notre lutte pour survivre est de retour, plus vive et plus forte que jamais.

Nous avons peut-être survécu, mais nous ne sommes pas indemnes.

— Merci, dit Julian d'une voix rauque en se levant et en se dirigeant vers la fenêtre. Ses mouvements sont raides et saccadés, sa posture pleine de tension. Le médecin s'aperçoit visiblement de sa gaffe et finit de me soigner en silence puis s'en va en murmurant " bonne nuit " avant de nous laisser seuls avec notre peine.

Dès le départ du Dr Goldberg, Julian revient vers le lit. Je ne l'ai jamais vu aussi fatigué. Il vacille presque en marchant.

— Est-ce que tu as pu un peu dormir dans l'avion ? ai-je demandé en le regardant enlever le tee-shirt et le jogging qu'il a dû mettre en arrivant à la maison. Mon cœur se serre à la vue de ses blessures. " Quelques contusions " sont vraiment une litote. Il est couvert de bleus des pieds à la tête, son dos musclé et son torse sont presque entièrement bandés.

— Non, je voulais conserver un œil sur toi, répond-il avec lassitude en venant se coucher à côté de moi.

Allongé en face de moi, il me prend dans ses bras et me serre plus près de lui.

— Je pensais que tu avais une commotion cérébrale à cause de ta chute dans la voiture, murmure-t-il, le visage tout près du mien.

— Oh, je vois. Je ne peux détourner les yeux du bleu intense de son regard. Mais toi aussi tu as reçu une commotion cérébrale dans l'explosion.

Il hoche la tête.

— Oui, c'est ce que j'ai pensé. Une autre raison pour ne pas dormir tout à l'heure.

Je le fixe, ma respiration est oppressée. J'ai l'impression de me noyer dans ses yeux bleus, sombrant de plus en plus dans leur pouvoir hypnotique. Involontairement, le souvenir de l'explosion se glisse dans mon esprit en me ramenant toute l'horreur de ce qui s'est passé. Julian projeté en l'air par la détonation, le viol de Rosa, ma fausse couche, le visage terrifié de mes parents quand nous roulions à toute vitesse sur l'autoroute au milieu d'une pluie de balles… Ces scènes atroces se mêlent dans ma tête et m'emplissent d'une peine et d'une culpabilité qui me suffoquent.

Parce que j'ai insisté afin que nous allions dans cette boîte de nuit, en l'espace de deux brèves journées j'ai perdu mon bébé et j'ai failli perdre tous ceux qui comptent pour moi.

Les larmes que je verse semblent des gouttes de sang venues de mon âme. Chacune d'elles brûle mes canaux lacrymaux, et les sanglots qui sortent de ma gorge sont affreusement rauques. Le monde dans lequel je suis désormais n'est pas seulement sombre ; il est ténébreux, absolument dépourvu du moindre espoir.

En fermant les yeux de toutes mes forces, j'essaie de me lover pour me faire aussi petite que possible et empêcher ma douleur d'exploser au-dehors, mais Julian m'en empêche. Il me prend dans ses bras et m'étreint quand je m'effondre, je sens le réconfort de son grand corps contre le mien tandis qu'il me caresse le dos et me chuchote à l'oreille que nous sommes sains et saufs, que tout ira bien et que nous retrouverons bientôt une vie normale... Je suis comme entourée du son grave de sa voix si bien que je suis forcée de l'écouter et ses paroles me réconfortent même si je sais qu'elles sont mensongères.

Je ne sais pas combien de temps je pleure ainsi, mais finalement le pire de ma douleur finit par s'atténuer et je me rends compte des caresses de Julian, de son immense force.

Ses étreintes qui m'emprisonnaient autrefois sont désormais mon salut et m'empêchent de me noyer dans le désespoir.

Alors que mes sanglots se calment, je m'aperçois que je le serre aussi fort que lui et qu'il semble aussi en être réconforté. Il me console, mais moi aussi je le console en échange, et d'une certaine manière cela atténue mes souffrances et permet de dissiper un peu les ténèbres qui m'oppressent.

Il m'a déjà tenu dans ses bras quand je pleurais, mais jamais comme ça. Indirectement, il a toujours été la cause de mes larmes. Jusqu'ici, nous n'avons jamais été unis dans la peine, nous n'avons jamais partagé la même douleur. L'expérience la plus proche de ce qui nous arrive maintenant fut la mort atroce de Beth, mais même à ce moment-là nous n'avions pas pu la pleurer ensemble. Après l'explosion du hangar, j'étais seule pour pleurer Beth et Julian, et à son retour la colère dominait la tristesse dans mon cœur.

Mais cette fois, c'est différent. Ma perte est aussi la sienne. Encore plus la *sienne* en fait puisqu'il avait désiré cet enfant dès le départ. La minuscule vie qui grandissait en moi et qu'il avait protégée si farouchement n'est plus, et je ne peux même pas imaginer ce que doit ressentir Julian.

À quel point il doit me haïr pour ce que j'ai fait.

Cette pensée est dévastatrice, mais cette fois je réussis à contenir mon chagrin. J'ignore ce qui arrivera demain, mais pour le moment il me réconforte et je suis assez égoïste pour l'accepter, pour m'appuyer sur sa force afin de m'en sortir.

En tremblant et en soupirant, je me serre encore plus près de mon mari pour écouter ses battements de cœur vigoureux et réguliers.

Même si Julian me déteste en ce moment, j'ai besoin de lui.

J'ai bien trop besoin de lui pour pouvoir le laisser partir un jour.

CHAPITRE TRENTE-HUIT

❖ JULIAN ❖

Tandis que la respiration de Nora ralentit et se calme, son corps se détend contre le mien. Un frisson la parcourt encore de temps à autre, mais finalement ils cessent eux aussi et elle sombre dans un profond sommeil.

Moi aussi je devrais dormir. Je n'ai pas fermé l'œil depuis la veille de l'anniversaire de Nora, ce qui veut dire que je suis éveillé depuis plus de quarante-huit heures.

Quarante-huit heures qui comptent parmi les pires de ma vie.

Nous sommes sains et saufs. Tout ira bien. Nous retrouverons bientôt une vie normale. Ces paroles prononcées pour rassurer Nora sonnent creux à mon oreille. Je voudrais croire ce que j'ai dit, mais notre deuil est trop récent, la douleur trop vive.

Un enfant. Un bébé conçu par Nora et par moi. Il aurait pu n'être rien, rien que quelques cellules en devenir, mais même à dix semaines cette minuscule créature m'avait rempli le cœur d'émotions et faisait de moi ce qu'elle voulait.

Cet enfant n'était pas encore né et j'aurais déjà tout fait pour lui.

Et il est mort avant d'avoir pu vivre.

Une rage noire et pleine d'amertume me reprend à la gorge, cette fois elle est dirigée uniquement contre moi. Il y a tant de choses que j'aurais pu, que j'aurais dû faire pour empêcher cette situation. Je sais qu'il est inutile de s'y attarder, mais mon cerveau épuisé refuse de lâcher prise. Les regrets inutiles tournoient sans relâche dans ma tête jusqu'à ce que je me sente comme un écureuil en cage, tournant sur place et n'allant nulle part. Et si j'avais empêché Nora de quitter le domaine ? Et si j'étais arrivé plus vite aux toilettes de la boîte de nuit ? Et si, et si… mes pensées tournent de plus en plus vite, l'abîme s'ouvre de nouveau sous moi et je sais que si Nora n'était pas avec moi je sombrerais dans la folie, englouti par le vide.

En serrant encore plus fort son petit corps tout chaud, je regarde fixement l'obscurité, en souhaitant désespérément quelque chose qui est hors d'atteinte, une absolution que je ne mérite pas et que je ne trouverai jamais.

Nora soupire dans son sommeil et se frotte la joue sur ma poitrine, ses lèvres douces me touchent la peau. Une autre nuit, ce geste inconscient aurait excité mon désir, l'aurait réveillé, il me tourmente sans cesse en sa présence. Mais cette nuit, ce geste de tendresse ne fait que me serrer davantage le cœur.

Mon enfant est mort.

L'irrémédiable me frappe et pénètre la carapace qui me protège depuis l'enfance. Je n'y peux rien, personne n'y peut rien. Je pourrais détruire toute la ville de Chicago, mais ça n'y changerait rien.

Mon enfant est mort.

La douleur afflue sans que je puisse la contrôler, comme un fleuve qui a détruit un barrage. J'essaie de lutter, de la repousser, mais c'est encore pire. Les souvenirs arrivent comme un raz de marée, les visages de tous ceux que j'ai perdus m'envahissent l'esprit. *Le bébé, Maria, Beth, ma mère, mon père tel qu'il était dans les rares moments où je l'ai aimé...* La violence du chagrin est insoutenable et surmonte tout sauf la présence de ce nouveau deuil.

Mon enfant est mort.

L'angoisse me tenaille, me torture tout en me purifiant.

Mon enfant est mort.

En tremblant, je m'agrippe à Nora tout en cessant de lutter et en acceptant de souffrir.

QUATRIEME PARTIE :
LE CONTRECOUP

CHAPITRE TRENTE-NEUF

❖ NORA ❖

Quinze jours après notre retour, Julian estime que mes parents seront en sécurité s'ils rentrent à Oak Lawn.

— J'intensifierai leur surveillance pendant quelques mois, explique-t-il alors que nous marchons dans le camp d'entraînement. Il faudra qu'ils acceptent quelques restrictions, comme ne pas aller dans les centres commerciaux ou dans des endroits trop fréquentés, cependant ils devraient pouvoir recommencer à travailler et reprendre l'essentiel de leurs activités.

Je hoche la tête sans grande surprise. Julian m'a tenue au courant des efforts qu'il a faits dans ce domaine et je sais que les Sullivan ne sont plus à craindre. Avec les mêmes tactiques impitoyables qu'il a utilisées contre Al-Qadar, mon mari a réussi ce que les autorités ont vainement tenté de faire depuis des dizaines d'années : débarrasser Chicago de son gang le plus dangereux.

— Et Frank ? ai-je demandé en passant devant deux gardes qui luttent dans l'herbe. Je croyais que la CIA ne voulait plus qu'aucun de nous ne revienne aux USA ?

— Elle a fini par céder hier. Il a fallu la convaincre, mais tes parents devraient pouvoir rentrer chez eux sans rencontrer d'obstacle.

— Ah bon ! Je ne peux qu'imaginer comment Julian l'a " convaincue " étant donnée la dévastation que nous avons laissée derrière nous. Même l'équipe de camouflage dépêchée par la CIA n'a pas pu dissimuler le récit de notre course-poursuite et de la bataille que nous avons livrée. La zone qui entoure l'aéroport privé n'est pas très peuplée, mais les coups de feu et les explosions ne sont pas passés inaperçus. Depuis quinze jours, l'opération clandestine de Chicago pour appréhender le " redoutable trafiquant d'armes " est l'unique sujet des journaux.

Comme le supposait Julian dans la voiture, les Sullivan avaient effectivement demandé à la police de leur rendre service en organisant cette attaque. Le chef de la police qui était à la solde des Sullivan et qui n'est plus qu'un amas sanglant flottant dans la soude avait pris les informations que les Sullivan avaient obtenues sur nous et utilisé ce prétexte d'un " trafiquant d'armes passant des explosifs en contrebande à Chicago " pour réunir à la hâte une équipe d'intervention spéciale. Les hommes du gang Sullivan qui s'étaient joints à eux furent présentés comme " un renfort extérieur " et toute cette intervention d'urgence avait été dissimulée aux autres organismes de maintien de l'ordre, ce qui explique qu'on ait pu nous prendre par surprise.

— Ne t'inquiète pas, dit Julian en se méprenant sur la tension qu'il lit sur mon visage. À part Frank et quelques hauts fonctionnaires, nul ne sait que tes parents étaient impliqués dans ce qui s'est passé. Cette surveillance supplémentaire n'est qu'une précaution, rien de plus.

— Je sais bien. Je lève les yeux sur lui. Tu ne les laisserais pas partir s'il y avait un danger.

— Non, dit doucement Julian en s'arrêtant à l'entrée de la salle de lutte. Je ne les laisserais pas partir. Son front brille de sueur, la chaleur est moite, et son débardeur colle à ses muscles saillants. Il a encore quelques plaies à demi cicatrisées au visage et au cou venant des débris de verre, mais elles ne nuisent en rien à son pouvoir de séduction.

Se tenant tout près de moi et m'observant avec son regard bleu perçant, mon mari est l'image même de la virilité, de la vigueur et de la santé.

Je détourne les yeux en avalant ma salive, la peau me brûle en me souvenant de mon réveil ce matin. S'il est vrai que nous n'avons pas eu de rapports sexuels depuis ma fausse couche, cela ne veut pas dire que Julian et moi sommes dans l'abstinence. *Attachée à genoux, sa verge dans la bouche et sa langue sur mon clitoris...* Ces images dans mon esprit me consument alors que mon sentiment de culpabilité incessant continue de m'oppresser.

Pourquoi Julian continue-t-il à être aussi gentil avec moi ? Depuis notre retour, j'ai attendu qu'il me punisse, qu'il fasse quelque chose pour exprimer la colère qu'il doit ressentir, mais jusqu'à présent il n'en a rien fait. Au contraire, il s'est montré plus tendre que d'habitude, et d'une certaine manière, plus attentionné que pendant ma grossesse. Son changement de comportement est subtil, quelques baisers et quelques caresses de plus pendant la journée, des massages complets chaque soir, le fait de demander à Ana de préparer mes plats préférés. Rien de nouveau, mais il le fait beaucoup plus souvent depuis notre retour des États-Unis.

Depuis que nous avons perdu notre enfant.

Tout à coup, mes yeux sont brûlants de larmes et je baisse la tête pour les cacher en passant devant Julian pour entrer dans la salle de sport. Je ne veux pas qu'il me voie encore pleurer. Il l'a assez vu depuis quinze jours. C'est sans doute pour cela qu'il se retient de me punir : il doit penser que je n'aurai pas la force de le supporter et que je redeviendrai cette loque en proie aux crises de panique que j'étais après le Tadjikistan.

Sauf que ce n'est pas le cas. Je le sais désormais. La situation actuelle est différente.

Quelque chose en *moi* est différent.

En me dirigeant vers les tapis de sol je me penche et je m'étire en mettant ce temps à profit pour reprendre contenance. Quand je me retourne vers Julian, mon visage ne montre aucun signe du chagrin qui est toujours sur le point de me prendre en embuscade.

— Je suis prête, ai-je dit en me plaçant sur le tapis, allons-y.

Et pendant l'heure qui suit, tandis que Julian m'apprend comment faire tomber un homme de quatre-vingt-dix kilos en sept secondes je parviens à éloigner de mon esprit toutes ces idées noires, le deuil et le sentiment de culpabilité.

* * *

Après la séance d'entraînement, je retourne me doucher à la maison puis je vais à la piscine annoncer la nouvelle à mes parents. Mes muscles sont fatigués, mais l'endorphine provoquée par l'intensité de l'exercice me fait du bien.

— Alors on peut rentrer ? Mon père s'assied dans sa chaise longue, la méfiance et le soulagement luttent sur son visage. Et tous ces policiers ? Et les relations de ces gangsters ?

— Je suis sûre que ça va, Tony, dit ma mère avant que je ne puisse répondre. Julian ne nous permettrait pas de rentrer s'il y avait encore du danger.

En maillot de bain jaune, elle est bronzée et reposée comme si elle venait de passer la dernière quinzaine de jours dans une station balnéaire, ce qui d'une certaine manière n'est pas loin de la vérité. Julian a fait de grands efforts pour assurer le confort de mes parents et leur a donné l'impression qu'ils étaient vraiment en vacances. Des livres, des films, de délicieux repas, et même des jus de fruits au bord de la piscine, tout cela a été mis à leur disposition, si bien que mon père a fini par admettre avec réticence que ma vie dans le domaine d'un trafiquant d'armes n'est pas aussi terrible qu'il l'avait imaginée.

— C'est vrai, il ne vous le permettrait pas, ai-je confirmé en m'asseyant sur une chaise longue à côté de ma mère. Julian dit que vous pouvez partir quand vous voulez. L'avion peut être prêt demain, mais évidemment nous aimerions beaucoup que vous restiez plus longtemps.

Comme prévu, ma mère hoche la tête pour refuser.

— Merci, ma chérie, mais je pense que nous devrions rentrer. Ton père s'inquiète pour son travail et mes patrons me demandent tous les jours quand je serai de retour... Sa voix est hésitante et elle m'adresse un sourire d'excuse.

— Bien sûr. Je lui souris à mon tour sans tenir compte d'un léger pincement au cœur. Je sais pourquoi ils veulent partir, et ce n'est ni à cause de leur travail ni à cause de leurs amis. Malgré tout le confort dont ils disposent ici, mes parents se sentent confinés, prisonniers des miradors et des drones surveillant la jungle. Je m'en aperçois dans leur manière de regarder les gardes en armes et dans la peur qui traverse leur visage quand ils passent vers le camp d'entraînement et entendent des coups de feu. À leurs yeux, vivre ici c'est vivre dans une prison dorée peuplée de criminels.

Et parmi ces criminels se trouve leur propre fille.

— Nous devrions aller dans la maison pour faire nos bagages, dit mon père en se levant. Je crois qu'il vaut mieux que nous partions le plus tôt possible demain matin.

— D'accord. J'essaie de ne pas être blessée par ses paroles. Il serait stupide de me sentir rejetée parce que mes parents veulent rentrer chez eux. Ils ne sont pas à leur place ici et je le sais aussi bien qu'eux. Physiquement, ils n'ont plus les bleus et les égratignures qui leur ont été infligés pendant la course poursuite, mais moralement il en va autrement.

Quelques heures de thérapie avec le docteur Wessex ne suffisent pas afin que mes parents habitués à la vie tranquille, se remettent d'avoir vus exploser des voitures et mourir des gens.

— Voulez-vous que je vous aide à faire vos bagages ? ai-je demandé à mon père tandis que mon père pose une serviette de bain sur les épaules de ma mère. Julian a rendez-vous avec son comptable, je suis donc libre jusqu'au dîner.

— Ce n'est pas la peine ma chérie, dit gentiment ma mère. Nous allons nous débrouiller. Pourquoi ne vas-tu pas nager avant le dîner ? L'eau est fraîche, elle est vraiment bonne.

Et ils me laissent au bord de la piscine pour se hâter vers la maison que la climatisation rend si confortable.

* * *

— Ils partent demain ? Rosa semble étonnée quand je lui annonce le départ imminent de mes parents. Oh, quel dommage ! Je n'ai pas pu montrer à ta mère ce lac dont je leur ai parlé.

— Ce n'est pas grave, ai-je dit en prenant un panier à linge pour l'aider à remplir la machine à laver. J'espère qu'ils reviendront.

— Oui, espérons-le, répond Rosa qui fronce les sourcils en me voyant faire. Mais tu ne devrais pas… Elle s'arrête brusquement.

— Je ne devrais pas soulever quelque chose de lourd ? ai-je dit en terminant sa phrase en lui adressant un sourire ironique. Ana et toi vous oubliez toujours que je n'ai plus besoin de prendre de précautions. Je peux de nouveau faire de l'haltérophilie, de la lutte, du tir, et manger ce que je veux.

— Évidemment. Rosa semble toute contrite. Je suis désolée (elle tend la main vers le panier), mais tu ne devrais tout de même pas faire mon travail.

Je le lui laisse en soupirant, je sais qu'elle sera contrariée si j'insiste pour l'aider. Depuis notre retour, elle est particulièrement susceptible à ce sujet et elle insiste pour ne pas être traitée autrement qu'avant.

— J'ai été violée ; on ne m'a pas coupé les deux bras, a-t-elle rétorqué vivement à Ana quand la gouvernante a essayé de lui faire faire des tâches moins lourdes. Il ne va rien m'arriver en passant l'aspirateur ou la serpillière.

Bien sûr, Ana a éclaté en sanglots en l'entendant dire cela et Rosa et moi avons dû passer les vingt minutes suivantes à tenter de la calmer. La vieille femme a bien du mal à contrôler ses émotions depuis notre retour, elle se lamente ouvertement à cause de ma fausse couche et de l'agression de Rosa.

— Elle réagit plus mal que ma mère, m'a dit Rosa la semaine dernière, et j'ai hoché la tête sans surprise. J'ai beau n'avoir rencontré Mme Martinez que deux ou trois fois, cette femme sévère et bien en chair m'avait frappée par sa ressemblance avec Beth, elle a la même carapace et la même vision cynique de la vie. Comment Rosa est-elle parvenue à demeurer aussi gaie avec une mère pareille, restera toujours un mystère pour moi. Même maintenant, après tout ce qu'elle a enduré, le sourire de mon amie est seulement un peu moins rayonnant, la lueur de ses yeux légèrement moins vive.

Maintenant que ses contusions ont presque guéri, personne ne pourrait deviner que Rosa a survécu à un traumatisme aussi grave, d'autant plus qu'elle insiste farouchement pour être traitée normalement.

En poussant un nouveau soupir, je la regarde remplir la machine à laver avec efficacité et rapidité, elle enlève les vêtements les plus sombres qu'elle empile soigneusement par terre. Quand elle a terminé, elle se retourne vers moi.

— Est-ce que tu es au courant ? demande-t-elle. Lucas a retrouvé les traces de l'interprète. Je crois qu'il va partir à sa poursuite après avoir ramené tes parents en avion.

— Il te l'a dit ?

Elle hoche la tête.

— Je l'ai rencontré par hasard ce matin et je lui ai demandé où ça en était. Oui, il me l'a dit.

— Oh, je comprends. Non, je ne comprends pas du tout, mais je décide de ne pas m'en mêler. Rosa m'en dit de moins en moins sur sa relation ou plutôt son absence de relation avec Lucas, et je ne veux pas insister. J'imagine qu'elle m'en parlera quand ça sera le moment, s'il y a quelque chose à en dire évidemment.

Elle va mettre en marche la machine à laver et je me demande si je devrais lui confier ce que j'ai appris hier… et dont je n'ai encore rien dit à Julian. Finalement, je décide de me lancer puisqu'elle connait déjà une partie de l'histoire.

— Te souviens-tu de la jolie doctoresse qui m'a soignée à l'hôpital ? ai-je demandé en m'appuyant sur le séchoir.

Rosa se retourne vers moi, elle semble interloquée par ce changement de sujet de conversation.

— Oui, je crois. Pourquoi ?

— Son nom de famille est Cobakis. Je me souviens l'avoir lu sur son badge et pensé que je le connaissais, comme si je l'avais déjà vu quelque part.

À ces mots, Rosa semble intriguée.

— Et c'était vrai ? Tu l'avais déjà vu ?

Je hoche la tête.

— Oui. Je ne pouvais plus me rappeler où c'était, et puis hier ça m'est revenu. Il y avait quelqu'un qui s'appelait George Cobakis sur la liste que j'ai donnée à Peter.

Rosa ouvre grands les yeux.

— La liste de ceux qui sont responsables de ce qui est arrivé à sa famille ?

— Oui. Je respire profondément. Je n'en étais pas sûre, alors hier j'ai vérifié ma messagerie, et effectivement, c'était bien ça. George Cobakis, Homer Glen, Illinois. À l'origine, j'avais remarqué ce nom à cause de l'adresse.

— Oh ! Rosa me fixe, bouche bée. Et crois-tu que cette gentille doctoresse pourrait avoir un lien avec ce George ?

— J'en suis sûre. J'ai fait une recherche sur George Cobakis hier soir et son nom est apparu dans les données. C'est sa femme. Un journal local a écrit un article sur une vente de charité pour les anciens combattants et leurs familles et il a publié la photo d'un couple qui avait fait des dons importants à cette organisation. C'est apparemment un journaliste, un correspondant à l'étranger. Je ne comprends pas comment son nom s'est retrouvé sur la liste de Peter.

— Merde ! Rosa semble à la fois horrifiée et fascinée. Et qu'est-ce que tu vas faire ?

— Qu'est-ce que je peux faire ? C'est la question qui me tourmente depuis que j'ai compris ce lien. Avant, les noms figurant sur cette liste n'étaient que des noms. Mais maintenant à côté de l'un de ces noms, il y a un visage. La photo d'un homme brun et souriant à côté de sa jolie femme élégante.

Une femme que j'ai rencontrée.

Une femme qui sera veuve si l'ancien spécialiste de la sécurité de Julian réussit à se venger.

— Tu en as parlé à ton mari ? demande Rosa. Il est au courant ?

— Non, pas encore. Et je ne suis pas sûre de vouloir que Julian le sache. Il y a quelques semaines, j'ai parlé à Rosa de la liste que j'ai envoyée à Peter, mais je ne lui ai pas dit que je l'avais fait contre la volonté de Julian. Ce genre de choses, comme ce qui est arrivé après que nous avons appris que j'étais enceinte, est trop personnel pour être confié à quelqu'un d'autre. J'imagine que Julian dira qu'il n'y a rien à faire maintenant que la liste est entre les mains de Peter, ai-je dit en essayant de deviner comment réagira mon mari.

— Et il aura sans doute raison. Rosa me fixe. C'est malheureux que nous ayons rencontré cette femme, mais si son mari a été lié d'une manière ou d'une autre à ce qui est arrivé à la famille de Peter je ne vois pas comment nous pouvons intervenir.

— Entendu. Je respire une nouvelle fois profondément en essayant de me débarrasser de l'anxiété que je ressens depuis hier. Nous ne pouvons pas nous en mêler, nous ne devrions pas le faire. Même si c'est moi qui ai donné cette liste à Peter.

Même si quoiqu'il arrive, ce sera de nouveau de ma faute.

— Ce n'est pas ton problème, Nora. D'une manière ou d'une autre, Peter aurait obtenu ces noms. Il était trop déterminé pour qu'il en aille autrement. Ce n'est pas toi qui es responsable de ce qui arrivera à ces gens, c'est Peter.

— Bien sûr, ai-je murmuré en tentant de sourire. Bien sûr, je sais bien.

Et tandis que Rosa se remet à trier le linge, pour changer de sujet je parle des nouvelles recrues parmi les gardes.

CHAPITRE QUARANTE

❖ JULIAN ❖

Après avoir terminé de parler avec mon comptable, je me lève et je m'étire, mes muscles sont moins tendus. Immédiatement, mes pensées se tournent vers Nora et je vérifie où elle se trouve sur mon téléphone. Désormais, je le fais au moins cinq fois par jour, c'est une habitude aussi profondément ancrée que de me laver les dents le matin.

Elle est à la maison, exactement là où je m'attends qu'elle soit. Avec satisfaction, je laisse le téléphone et je ferme mon ordinateur portable, j'ai décidé que c'était terminé pour ce soir. Avec tous les documents à remplir pour une nouvelle société-écran et les entretiens d'embauche pour remplacer les gardes, je travaille jusqu'à douze heures par jour. Autrefois, cela n'aurait pas eu d'importance, les affaires étaient ma seule raison de vivre, mais maintenant le travail est une distraction importune.

Il m'empêche de passer du temps avec ma jolie femme qui est étrangement distante en ce moment.

Je ne sais pas quand j'ai remarqué que Nora refuse sans cesse de croiser mon regard.

Et elle reste sur la réserve, même en faisant l'amour. J'ai d'abord attribué son attitude renfermée à son chagrin et au contrecoup du traumatisme, mais avec le temps je m'aperçois qu'il y a quelque chose de plus.

Cette distance entre nous est subtile, à peine sensible, mais elle est bien là. Nora parle et se comporte comme si la situation était normale, mais je me rends compte qu'elle ne l'est pas. Quel que soit le secret qu'elle me cache, il lui pèse et la conduit à ériger une barrière entre nous. Je l'ai senti aujourd'hui pendant notre séance d'entraînement et ça a renforcé ma détermination de savoir ce qu'il en est.

Selon les médecins, elle s'est finalement tout à fait remise de sa fausse couche, et d'une manière ou d'une autre ce soir elle me dira tout.

* * *

Au dîner, j'observe Nora avec ses parents, je bois chaque mouvement de ses mains, chaque battement de ses longs cils. Je n'aurais pas pensé que ce soit possible, mais mon obsession envers elle s'est encore accentuée depuis notre retour. C'est comme si tout le chagrin, la rage et la douleur qui sont en moi s'étaient mêlés pour me déchirer le cœur, un sentiment si intense qu'il m'écartèle.

Un désir exclusivement concentré sur elle.

Une fois le plat principal terminé, je m'aperçois que j'ai à peine dit un mot et que j'ai passé l'essentiel du repas à la regarder et à l'écouter. Cela vaut peut-être mieux puisque c'est le dernier soir que ses parents passent ici. Bien que son père soit moins ouvertement hostile à mon égard, je sais que sa femme et lui continuent à souhaiter que leur fille échappe à mes griffes. Évidemment, je ne les laisserai jamais la reprendre, mais ça ne me gêne pas qu'ils passent un peu de temps tous les trois ensemble.

Pour ce faire, dès qu'Ana apporte le dessert je m'excuse en disant que je n'ai plus faim et je vais dans la bibliothèque pour les laisser terminer sans moi.

Une fois là je m'assieds près de la fenêtre et je passe quelques minutes à répondre à des mails sur mon téléphone. Puis le mystère provoqué par l'attitude inhabituellement distante de Nora revient me hanter. Son comportement depuis une quinzaine de jours me rappelle ce qui s'est passé quand je l'ai obligée à avoir les implants de localisation. C'est comme si elle m'en voulait, mais cette fois-ci j'ignore pourquoi.

Après avoir jeté un coup d'œil à l'horloge sur le mur, je réalise que je suis déjà sorti de table depuis une demi-heure. J'espère que Nora est déjà montée dans la chambre. Mais quand je vérifie où elle est, je vois qu'elle est encore à la salle à manger.

Légèrement agacé, je me demande si je vais prendre un livre et lire en attendant, puis j'ai une meilleure idée.

En utilisant une autre application sur mon téléphone, j'allume le micro caché dans la salle à manger, je mets mes écouteurs Bluetooth et je m'adosse à la chaise pour écouter.

Une seconde plus tard, j'entends la voix énervée de Gabriela.

— Il y a eu des morts, dit-elle avec colère. Comment cela peut-il te laisser indifférente ? Il y avait des officiers de police parmi ces criminels, des hommes sans reproche qui se contentaient d'obéir aux ordres…

— Et ils nous auraient tués en obéissant aux ordres. Le ton de Nora est plus vif que d'habitude si bien que je me redresse et que j'écoute plus attentivement. Vaut-il mieux être tué par un homme sans reproche ou se défendre et s'en sortir ? Je suis désolée de ne pas montrer les remords auxquels tu t'attends, maman, mais je ne regrette *pas* que nous soyons sains et saufs. Ce qui s'est passé n'est pas de la faute de Julian. En fait…

— C'est lui qui a tué le fils de ce gangster, dit Tony en lui coupant la parole. S'il avait fait ce que l'on doit faire et appelé la police au lieu d'avoir recours au meurtre…

— S'il avait fait ça, j'aurais été violée et Rosa aurait souffert encore davantage avant l'arrivée de la police. Il y a une nuance dure et cassante dans la voix de Nora. Tu n'y étais pas, papa. Tu ne peux pas comprendre.

— Ton père comprend parfaitement, chérie. Maintenant, Gabriela parle d'une voix plus calme, non sans lassitude. Effectivement, ton mari ne pouvait peut-être pas attendre l'arrivée des policiers sans rien faire, mais tu sais aussi bien que moi qu'il aurait pu s'abstenir de tuer cet homme.

S'abstenir de tuer quelqu'un qui avait fait du mal à Nora et qui avait failli la violer ? Mon sang ne fait qu'un tour. Ce fils de pute a eu de la chance de ne pas avoir été castré et forcé de bouffer ses couilles. Il n'a eu une mort si rapide qu'à cause de la présence de Nora et parce que mon inquiétude pour elle était plus grande que ma rage.

— Il aurait peut-être pu s'en abstenir. Le ton de Nora est le même que celui de sa mère. Mais on a toutes les raisons de croire que les Sullivan auraient été laissés en liberté, étant données leurs relations. C'est ça que tu veux maman, que de tels hommes continuent d'agir ainsi avec les femmes ?

— Non, bien sûr que non, dit Tony. Mais ça ne donne pas à Julian le droit de juger, de condamner et d'exécuter. Quand il a tué cet homme, il ignorait qui c'était, tu ne peux pas prendre cette excuse. Il l'a tué parce qu'il le voulait et voilà tout.

Pendant quelques secondes tendues, je n'entends plus rien. Ma rage ne fait que s'amplifier et ma colère aussi tandis que j'attends la réponse de Nora. Je me fous de ce que ses parents pensent de moi, mais il ne m'est pas du tout égal de les entendre essayer de dresser leur fille contre moi.

Enfin, Nora prend la parole.

— Oui, tu as raison, papa, il l'a tué parce qu'il le voulait. Sa voix est calme et ferme. Il a tué cet homme sans hésiter une seconde parce qu'il m'avait fait du mal. Tu veux que je le trouve coupable à cause de ça ? Eh bien, c'est impossible et je ne le ferai pas. Parce que si j'avais pu j'en aurais fait autant.

Encore un long silence. Puis :

— Chérie, quand tu as quitté l'avion et qu'on a entendu tous ces coups de feu, c'était toi ? demande Gabriela à voix basse. As-tu tiré sur quelqu'un ? Elle s'interrompt puis dit encore plus doucement : as-tu tué quelqu'un ?

— Oui. Le ton de Nora n'a pas changé. Je l'imagine assise à cet endroit, confrontant à ses parents sans flancher. Oui, maman, oui.

Quelqu'un respire très fort, puis il y a encore quelques instants de silence.

— Je te l'ai dit, Gaby. C'est maintenant Tony qui parle, sa voix est lourde de tristesse. Je t'ai dit qu'elle devait l'avoir fait. Notre fille a changé. C'est lui qui l'a changée.

Il y a un crissement, comme le bruit d'une chaise sur le sol, puis d'une voix tremblante :

— Oh, chérie…puis un sanglot étouffé et la voix de Nora qui murmure :

— Ne pleure pas, maman. Je t'en prie, ne pleure pas. Je suis désolée de vous avoir déçus. Je suis tellement désolée…

Je ne peux plus supporter d'en entendre davantage. Me levant d'un bond je sors de la bibliothèque à la hâte, déterminé à aller chercher Nora et à l'emmener en haut. Elle n'a vraiment pas besoin qu'on la force à se sentir coupable et si je dois la protéger de ses propres parents, tant pis.

En marchant, je les entends continuer à parler et je ralentis le pas dans le couloir en écoutant malgré moi.

— Tu ne nous as pas déçus, chérie, dit son père d'une voix rauque. Ce n'est pas ça du tout. C'est seulement que nous nous apercevons maintenant que tu n'es plus la même… et que même si tu nous revenais ce ne serait plus pareil.

— Non, papa, répond Nora à voix basse. Ce ne serait plus pareil.

Deux ou trois secondes s'écoulent encore puis la mère de Nora reprend la parole.

— Nous t'aimons ma chérie, murmure-t-elle d'une voix tendue. Je t'en prie, il ne faut jamais en douter, nous t'aimons.

— Je sais, maman. Et moi aussi je vous aime tous les deux. Pour la première fois, la voix de Nora se brise. Je suis désolée que les choses se soient passées comme ça, mais maintenant ma place est ici.

— Avec *lui*. Curieusement, Gabriela ne semble pas amère, elle est seulement résignée. Oui, on le voit bien. Il t'aime. Je n'aurais jamais imaginé le dire, mais il t'aime. Votre manière d'être ensemble, sa manière de te regarder… Elle laisse échapper un rire nerveux. Oh, ma chérie, je donnerais tout au monde pour que, ce soit quelqu'un d'autre. Quelqu'un d'honnête et de gentil, quelqu'un qui aurait un travail normal et qui t'achèterait une maison près de chez nous.

— Mais Julian m'a acheté une maison près de chez vous, dit Nora et sa mère se met de nouveau à rire, cette fois d'une manière légèrement hystérique.

— C'est vrai, dit-elle une fois calmée. Il a fait ça, n'est-ce pas ?

Et maintenant, les deux femmes rient toutes les deux si bien que je pousse un soupir de soulagement. Nora n'a peut-être pas besoin que j'intervienne après tout.

On entend de nouveau une chaise racler sur le sol puis Tony dit d'une voix bourrue :

— Nous sommes là pour toi, chérie. Quoiqu'il advienne, nous serons toujours là pour toi. Si la situation change un jour, si jamais tu voulais le quitter et revenir à la maison…

— Non, papa. Je suis réconforté par le calme et la confiance que j'entends dans la voix de Nora, ils font disparaître ce qui me restait de colère. J'en suis si heureux que j'ai failli ne pas entendre ce qu'elle murmure ensuite : à moins que ce soit lui, qui le veut.

— Mais il ne le voudra pas, dit le père de Nora qui semble amer. C'est bien évident. Si cet homme n'en faisait qu'à sa tête, tu ne serais jamais à plus de trois mètres de lui.

J'entends à peine ce qu'il dit, à la place je rumine l'étrange déclaration de Nora. *À moins que ce soit lui qui le veut.* Elle semble presque en avoir peur. À moins qu'elle ne le *souhaite ?* Un affreux soupçon se glisse en moi. Est-ce pour cela qu'elle a été si distante depuis quelques jours, parce qu'elle veut que je la laisse partir ? Parce qu'elle ne veut plus être avec moi et qu'elle espère que je vais la laisser partir pour me racheter de ce qui s'est passé ?

Tout à coup, mon cœur se serre, et une nouvelle forme de colère s'ajoute à ma souffrance. Est-ce à cela que s'attend ma chérie ? Une sorte de geste grandiose par lequel je lui accorderai la liberté ? Avec lequel je la supplierai de me pardonner et je feindrai de regretter de l'avoir enlevée ?

Merde alors !

J'arrache les écouteurs, je suis dans une rage noire et je monte l'escalier quatre à quatre.

Si Nora pense que je suis fou à ce point, elle se trompe du tout au tout.

Elle est à moi et le restera jusqu'à la fin de nos jours.

CHAPITRE QUARANTE-ET-UN

❖ NORA ❖

Fatiguée et fébrile, après cette conversation avec mes parents, je monte dans notre chambre. Bien que d'une certaine manière je continue à regretter de ne pas avoir protégé ma famille de ma nouvelle vie, je suis soulagée qu'ils sachent désormais la vérité.

Qu'ils sachent qui je suis devenue et qu'ils continuent à m'aimer quand même.

En arrivant dans la chambre, j'ouvre la porte et j'entre. Les lumières sont éteintes et en refermant la porte derrière moi je me demande où peut bien être Julian. Tout en étant contente d'avoir pu éclaircir l'atmosphère avec mes parents, je m'inquiète qu'il ait quitté le dîner sans raison valable. Est-ce qu'il est arrivé quelque chose, ou en avait-il seulement assez de nous ?

En a-t-il assez de *moi* ?

Au moment même où cette terrible pensée me traverse l'esprit, je remarque une silhouette sombre près de la fenêtre.

Je suis complètement terrifiée, mon pouls s'accélère, j'ai la chair de poule et je cherche l'interrupteur à tâtons.

— N'allume pas. J'entends la voix de Julian dans l'obscurité et je suis tellement soulagée que mes genoux se dérobent presque.

— Oh, Dieu merci ! Pendant une seconde, j'ai cru que ce n'était pas… ai-je commencé à dire, puis je me rends compte de la dureté de sa voix. Que ce n'était pas toi, ai-je ajouté d'une voix tremblante.

— Qui d'autre cela pourrait-il être ? Mon mari se retourne et traverse la pièce avec la démarche silencieuse d'un prédateur. C'est notre chambre. À moins que tu l'aies oublié ? Il pose ses deux mains sur le mur qui se trouve derrière moi et m'emprisonne.

J'ai du mal à reprendre mon souffle et j'appuie les mains sur le mur froid. Visiblement, Julian est de mauvaise humeur et j'ignore pourquoi.

— Non, bien sûr que non, ai-je dit lentement en fixant ses traits restés dans l'ombre. Il y a si peu de lumière que je ne distingue que la lueur de son regard. Qu'est-ce que tu…

Il s'approche et se colle à moi, et je perds le souffle en sentant son sexe en érection contre mon ventre. Il est nu et tout excité, son ardente odeur virile m'envahit et il me tient à sa merci. Malgré l'épaisseur de ma robe qui reste entre nous je sens vibrer son désir, son désir et quelque chose d'infiniment plus ténébreux.

Mon corps s'éveille en un éclair, la montée de la peur accélère mes battements de cœur. Ce doit être ça : la punition à laquelle je m'attendais. Plus tôt dans la journée les médecins ont déclaré que j'étais guérie, mon sursis est terminé.

— Julian ? J'ai prononcé son nom d'une voix étouffée tandis qu'il m'attrape par le cou et que ses longs doigts se nouent autour de ma gorge. Sur moi, son corps immense est extraordinairement musclé, dur et intransigeant. Il suffirait d'un geste de ses doigts d'airain et il me briserait la nuque. Cette pensée me glace, et pourtant le désir se love au fond de moi, mes tétons se dressent violemment. La colère qui émane de lui est tangible et elle réveille quelque chose de sauvage en moi, elle attise les braises qui frémissent dans les ténèbres de mon cœur.

S'il a enfin décidé de me punir, je vais vraiment faire en sorte d'avoir ce que je mérite.

Il se penche sur moi, son haleine brûlante souffle sur mon visage et c'est à ce moment que je réagis. Je serre le poing droit le long de mon corps et je le lance de toutes mes forces pour l'atteindre sous le menton. Au même moment, je bascule à droite pour me dégager de son emprise et je plonge sous son bras tendu en tournant autour de lui pour le frapper dans le dos.

Mais il n'est plus au même endroit.

Dans la demi-seconde qu'il m'a fallu pour me retourner, Julian s'est déplacé, avec la vitesse implacable d'un meurtrier. Au lieu d'atteindre son dos, le revers de ma main a frappé son coude et je pousse un cri quand l'onde de choc me traverse le bras de douleur.

— Putain ! Son sifflement furieux s'accompagne d'un geste d'une rapidité incroyable. Avant que je ne puisse réagir, il m'a encerclée de ses bras et il a croisé mes poignets sur ma poitrine, sa jambe gauche m'entoure les genoux pour m'empêcher de me débattre. Comme il me tient par-derrière, je ne peux pas le mordre et mes tentatives pour lui donner un coup de tête dans le menton échouent lamentablement, son visage est hors d'atteinte.

Malgré toutes ces séances d'entraînement, il a quand même réussi à me maîtriser en l'espace de trois secondes.

Ma frustration se mêle à la poussée d'adrénaline et s'ajoute à la rage qui monte en moi. De la rage contre lui pour m'avoir narguée de sa tendresse depuis quinze jours, et surtout de la rage contre moi-même.

C'est de ma faute, c'est de ma faute, tout est de ma faute. Ces mots terribles résonnent comme un tambour dans ma tête. Un sentiment de culpabilité amer et profond me monte de la gorge et m'étrangle en se mêlant à mon affreux chagrin.

Rosa. Notre bébé. Des douzaines d'hommes qui ont perdu la vie.

Le son qui jaillit de ma gorge tient du grondement et du sanglot. Bien que ce soit inutile, je commence à lutter, à me cabrer et à me débattre contre l'emprise implacable de Julian. Je n'ai pas beaucoup de marge de manœuvre, mais une de ses jambes a beau être plaquée sur les miennes, mes mouvements frénétiques et saccadés réussissent à lui faire perdre l'équilibre.

Il tombe en arrière en poussant un violent juron, mais ne lâche pas prise. C'est son dos qui amortit la chute. Je la sens à peine, il pousse un grognement et immédiatement il roule sur moi et me plaque au sol. Le parquet est dur. Malgré tout son poids sur moi, je continue à me battre et à lutter de toutes mes forces. Mon visage est collé au froid du sol, mais je m'en aperçois à peine.

C'est de ma faute, c'est de ma faute, tout est de ma faute.

Partagée entre les halètements et les sanglots, j'essaie de le frapper, de le griffer, de lui infliger au moins une fraction de la souffrance qui me consume. Mes muscles sont terriblement douloureux, mais je ne m'arrête pas ni quand Julian tire mes poignets dans le bas de mon dos et qu'il les attache avec sa ceinture ni même quand il me tire par le coude et m'entraîne vers le lit.

Je continue à me battre quand il déchire ma robe et mes sous-vêtements, quand il m'empoigne par les cheveux et me force à m'agenouiller. Je me bats comme si c'était une question de vie ou de mort, comme si celui qui me tient était mon pire ennemi et non pas l'amour de ma vie. Je me bats parce qu'il a la force d'affronter la rage qui est en moi.

Parce qu'il a la force de m'en soulager.

J'ai beau me débattre sous son emprise brutale, son genou ouvre mes jambes de force et sa verge s'appuie sur mon ouverture. D'un coup sauvage il me pénètre par-derrière et je pousse un cri, un cri de douleur et un cri de soulagement indicible quand il me possède. Je suis mouillée, mais vraiment pas assez, et chacun de ses coups violents me blesse, me fait mal, me guérit. Mes pensées se dispersent, la ritournelle obsédante disparaît, et il ne reste plus que la sensation de son corps dans le mien, la souffrance et le plaisir douloureux de notre désir.

Je suis déjà sur le point de jouir quand Julian commence à me parler, il grommelle qu'il me gardera toujours avec lui, que je n'appartiendrais jamais à quelqu'un d'autre que lui. Implicitement, il y a une sombre menace dans ses paroles, la promesse que rien ne l'arrêtera. Sa cruauté devrait me terrifier et pourtant, en atteignant l'orgasme, la peur est le dernier de mes soucis.

Je ne sens qu'une extase absolument parfaite.

Alors il me retourne sur le dos, détache mes poignets et je m'aperçois qu'à un moment donné j'ai dû cesser de lutter. Ma rage a disparu, remplacée par un épuisement complet et du soulagement.

Je suis soulagée de savoir que Julian a encore envie de moi. Qu'il me punira, mais qu'il ne me renverra pas.

Si bien que lorsqu'il m'attrape les chevilles et les met sur ses épaules je n'offre aucune résistance. Je ne réagis pas lorsqu'il se penche en avant et me plie presque en deux ni quand il prend toutes les sécrétions de mon sexe et m'en couvre les fesses. C'est seulement quand je sens sa grosse verge prête à pénétrer mon autre ouverture que je pousse un cri de protestation et que mon sphincter se resserre tandis que ma main essaie de repousser son torse musclé. C'est un geste dénué de force, essentiellement symbolique (il me serait impossible de me dégager ainsi de Julian), mais même cet infime signe de résistance semble le rendre fou.

— Oh non pas question ! Gronde-t-il, et à la faible lueur venue de la fenêtre je vois l'éclat sombre de son regard. Pas question de m'en empêcher, de m'empêcher de quoi que ce soit. Tu m'appartiens, chaque centimètre de ton corps est à moi. Et quand il s'avance d'un coup, quand son énorme verge me force à m'ouvrir il murmure durement : si tu ne te détends pas mon chat, tu vas le regretter.

Une excitation perverse me fait trembler, mes ongles s'enfoncent dans sa poitrine et mon anneau d'abord serré cède sous la pression impitoyable. La brûlure de cette invasion est une véritable torture, mes entrailles se déchaînent quand il pousse de plus en plus profondément. Cela fait des mois qu'il ne m'a pas prise de cette manière et mon corps ne sait plus comment faire, comment se détendre pour supporter ce trop-plein. Je ferme les yeux de toutes mes forces, j'essaie de continuer à respirer, mais malgré tout des larmes, des larmes stupides qui me trahissent commencent à couler au coin de mes yeux.

Mais je ne pleure pas de douleur ni à cause de la réaction perverse de mon corps.

Je pleure en m'apercevant que ma punition n'est pas terminée, que Julian ne m'a pas encore pardonné.

Qu'il ne me pardonnera peut-être jamais.

— Tu me détestes ? Cette question m'a échappé avant que je puisse la retenir. Je ne veux pas savoir, mais en même temps je ne peux plus supporter de garder le silence. En ouvrant les yeux, je fixe la silhouette sombre qui est penchée sur moi. Julian, tu me détestes ?

Il s'immobilise, sans se retirer.

— Te détester ? Son grand corps se raidit, sa voix que le désir rend rauque est pleine d'incrédulité. Mais pourquoi, putain ? Pourquoi est-ce que je pourrais te détester ?

— Parce que j'ai fait une fausse couche. Ma voix tremble. Parce que notre enfant est mort à cause de moi.

Il ne répond pas immédiatement puis en jurant à mi-voix il se retire et me fait si mal que j'en perds le souffle.

— Putain ! Il me lâche et revient sur le lit. Je sursaute en ne sentant plus ni la chaleur ni le poids de son corps sur le mien et je suis aveuglée par la lumière de la lampe de chevet qu'il vient d'allumer. Mes yeux mettent un moment à s'y habituer et à voir l'expression de son visage.

— Tu crois que je t'en veux pour ce qui s'est passé ? demande-t-il d'une voix rauque. Il a replié mes genoux et il me fixe d'un regard intense, sa verge est encore en pleine érection. Tu crois que d'une certaine manière c'était de ta faute ?

— Bien sûr que oui. Je m'assieds, au plus profond de moi-même je brûle là où il était enfoui. C'est moi qui ai voulu aller à Chicago, aller dans cette boîte de nuit. Sans moi, rien de tout ça ne serait…

— Arrête ! Son ordre sévère vibre à travers moi alors même que ses traits se tordent sous quelque chose qui ressemble à de la douleur. Arrête, tout de suite, bébé, je t'en prie.

Je me tais et je le regarde sans comprendre. Que vient-il donc de se passer ? Il m'a puni parce que je l'ai déçu ? Parce que je me suis mise en danger avec notre enfant ?

Sans me quitter du regard, il respire profondément et s'approche de moi.

— Nora, mon chat… Il prend mon visage dans ses grandes mains. Comment peux-tu penser que je te déteste ?

J'avale ma salive.

— J'espérais que non, mais je sais que tu es en colère…

— Tu crois que je suis en colère parce que tu voulais voir tes parents ? Parce que tu voulais aller danser et t'amuser ? Il gonfle les narines. Putain, Nora, si quelqu'un est responsable de ta fausse couche, c'est moi. Je n'aurais pas dû te laisser aller seule aux toilettes…

— Mais tu ne pouvais pas savoir…

— Et toi non plus. Il respire de nouveau profondément et baisse la main vers mes genoux pour prendre mes mains dans les siennes.

— Ce n'était pas de ta faute, dit-il d'une voix bourrue. Rien n'était de ta faute.

Mes lèvres sont sèches, je passe la langue dessus.

— Alors pourquoi…

— Pourquoi étais-je en colère ? Sa belle bouche fait la grimace. Parce que je croyais que tu voulais me quitter. Parce que j'ai mal interprété quelque chose que tu as dit à tes parents ce soir.

— Quoi ? Je fronce les sourcils. Qu'est-ce que j'ai… Oh ! Je me souviens alors de cette remarque désinvolte provoquée par la peur et l'insécurité. Non, Julian, ce n'est pas ce que j'ai voulu dire, ai-je commencé à dire, mais avant de me laisser le temps de m'expliquer davantage il me serre les mains.

— Je sais, dit-il doucement. Crois-moi, bébé, je sais.

Nous nous fixons en silence, l'atmosphère est lourde du souvenir de nos violentes étreintes, de nos douloureuses émotions, du contrecoup du désir, du chagrin et du deuil. Étrangement, en ce moment je le comprends mieux que jamais. Derrière le monstre, je vois l'homme, l'homme qui a tant besoin de moi qu'il fera tout pour me garder avec lui.

L'homme dont j'ai tant besoin que je ferais n'importe quoi pour rester avec lui.

— Est-ce que tu m'aimes Julian ? J'ignore ce qui me donne le courage de lui poser cette question maintenant, mais j'ai besoin de savoir, une fois pour toutes. Est-ce que tu m'aimes ? ai-je répété en soutenant son regard.

Il reste d'abord immobile et silencieux. Sa main me serre si fort qu'il me fait mal. Je sens le combat intérieur qui l'anime, le désir se battre contre la peur. J'attends en retenant mon souffle et en sachant qu'il risque de ne jamais s'ouvrir à moi, de ne jamais admettre la vérité, même à ses propres yeux. Alors quand il parle je suis presque prise de cours.

— Oui, Nora, dit-il d'une voix rauque. Oui, je t'aime. Putain, je t'aime tellement que ça me fait mal. Je ne le savais pas, ou peut-être je ne voulais pas le savoir, mais il en a toujours été ainsi. J'ai passé le plus clair de ma vie à refuser d'éprouver des sentiments, à essayer d'empêcher les autres d'être proches de moi, mais je suis tombé amoureux de toi dès le début. J'ai mis deux ans à m'en apercevoir.

— Et comment t'en es-tu aperçu ? Ai-je murmuré. Le soulagement et la joie me serrent le cœur. *Il m'aime.* Jusqu'à cet instant, je ne savais pas à quel point j'avais éperdument besoin de l'entendre me le dire, à quel point son silence me pesait. Quand t'en es-tu aperçu ?

— Le soir où nous sommes revenus ici. Il avale sa salive et je vois bouger sa pomme d'Adam. J'étais couché près de toi. Et là, je me suis vraiment autorisé à sentir, sentir la douleur d'avoir perdu notre bébé, d'avoir perdu tous ceux qui m'étaient chers, et j'ai compris que j'avais essayé de me protéger de la douleur de *te* perdre. J'avais essayé de ne pas t'aimer de peur d'en mourir. Sauf que c'était trop tard. Je t'aimais déjà. Et depuis longtemps. L'obsession, l'addiction, l'amour, ça revient au même. Je ne peux pas vivre sans toi, Nora. Te perdre me *tuerait.* Je peux tout surmonter sauf ça.

— Oh Julian… il m'est impossible d'imaginer ce que cela a pu coûter à cet homme si fort et impitoyable de faire une telle confession. Tu ne me perdras pas. Je suis là. Je ne vais nulle part.

— Je sais bien. Il plisse les yeux, tout signe de vulnérabilité disparaît de son visage. Ce n'est pas parce que je t'aime que je risque de te laisser partir.

Un rire nerveux m'échappe.

— Bien sûr. Je le sais bien.

— Jamais, tu ne partiras jamais. Il semble avoir besoin d'insister.

— Je le sais aussi.

Alors il me fixe, sa main continue de tenir la mienne et sans qu'il ait besoin de parler je comprends l'ordre qu'il me donne. Il veut que moi aussi j'admette mes sentiments, que je lui dévoile mon âme comme il vient de me dévoiler la sienne. Et je lui donne ce qu'il exige.

— Je t'aime, Julian, ai-je dit en laissant mes sentiments se lire dans mon regard. Je t'ai toujours aimé, et je ne veux pas que tu me laisses partir. Jamais.

Alors je ne sais pas si c'est lui qui s'est approché de moi ou si c'est moi qui suis allée vers lui la première, mais sa bouche a rejoint la mienne, ses lèvres et sa langue m'ont dévorée, et il m'a prise dans une étreinte à laquelle il aurait été impossible d'échapper. Nous nous sommes rejoints dans la douleur et le plaisir, dans la violence et la passion.

Nous nous sommes rejoints dans cet amour qui est le nôtre.

* * *

Le lendemain matin, je suis à côté de la piste et je regarde décoller l'avion qui ramène mes parents chez eux. Quand il n'est plus qu'un minuscule point dans le ciel, je me retourne vers Julian qui est à côté de moi et qui me tient par la main.

— Dis-le-moi encore, ai-je dit doucement en levant les yeux vers lui.

— Je t'aime. En croisant le mien, son regard se met à briller. Je t'aime, Nora, je t'aime plus que la vie.

Je lui souris, le cœur plus léger qu'il ne l'a été depuis des semaines. La noirceur du chagrin est toujours dans mon cœur, et le sentiment de culpabilité n'a pas disparu, mais tout n'est plus aussi sombre. Je peux imaginer que le jour viendra où la douleur se dissipera et où je ne sentirai plus que du contentement et de la joie.

Nos ennuis ne sont pas terminés, ce serait impossible, étant donné qui nous sommes, mais je n'ai plus peur de l'avenir. Bientôt, il faudra que je parle à Julian de la jolie doctoresse et des projets de revanche de Peter, et ensuite il faudra parler de la possibilité d'avoir un autre enfant et de la manière de faire face aux dangers permanents qui menacent notre vie.

Mais pour le moment, il nous suffit d'être heureux ensemble.

D'être heureux de vivre et de nous aimer.

ÉPILOGUE

❖ JULIAN ❖

Trois ans plus tard

— Nora Esguerra !

Le président de l'université de Stanford vient de dire son nom et je regarde ma femme traverser l'estrade, revêtue de la même toge et de la même toque noire que les autres diplômés. La toge flotte sur sa fine silhouette et dissimule son petit ventre rebondi, cet enfant que cette fois nous attendons avec impatience.

Nora s'arrête devant le président et lui serre la main au son des applaudissements puis se tourne pour sourire à la caméra, le visage rayonnant dans la vive lumière du matin.

Quand le flash se déclenche, il me fait sursauter même si je m'y attendais.

Je me surprends à mettre la main sur l'arme que je porte à la ceinture et je m'oblige à la lâcher. Une centaine de nos gardes d'élite assurent la sécurité de la zone, mon arme est inutile. Et pourtant je préfère être armé et je sais que Nora est contente d'avoir un semi-automatique dans son sac à main. Bien que l'an dernier le vernissage de sa seconde exposition de Paris se soit déroulé sans incident, nous sommes particulièrement paranoïaques aujourd'hui et nous sommes déterminés à faire en sorte que la sécurité de notre enfant à naître, une petite fille, soit assurée.

Un autre flash se déclenche à côté de moi. En jetant un coup d'œil vers les sièges de droite, je vois les parents de Nora prendre des photos avec leur nouvel appareil. Ils ont l'air aussi fier que moi. Quand elle s'aperçoit que je les regarde, la mère de Nora me regarde à son tour et je lui souris chaleureusement avant de tourner de nouveau le regard vers l'estrade.

Le diplômé suivant s'y trouve déjà, mais peu m'importe. Je ne vois que ma chérie qui descend à la gauche de l'estrade en faisant attention aux marches. Elle a le porte-document de cuir où se trouve son diplôme dans les mains et le pompon de sa toque pend de l'autre côté de son visage pour indiquer qu'elle est désormais diplômée.

Elle est belle, encore plus belle qu'elle ne l'était il y a cinq ans, le jour de la cérémonie du baccalauréat.

Alors qu'elle se fraye un chemin parmi les rangs de diplômés entourés de leur famille, nos yeux se croisent et je sens mon cœur se gonfler et s'emplir de ce mélange de sentiment de possession tourmenté, de tendresse et d'amour qu'elle provoque toujours en moi.

Ma captive. Ma femme, celle qui est tout au monde pour moi.

Je l'aimerai jusqu'à la fin des temps et je ne la laisserai jamais, jamais partir.

EN AVANT-PREMIERE

Merci d'avoir lu ce roman. Si vous avez souhaitez en écrire un compte-rendu je vous en serai très reconnaissante.

Les aventures de Julian et de Nora se terminent dans *Hold Me - Tiens-Moi* mais vous pourrez lire beaucoup de mes autres livres et découvrir leurs personnages.

Si vous avez aimé cette trilogie vous pourriez aussi aimer les aventures de Mia et de Korum. Si vous voulez être prévenu(e) de la parution de mon prochain livre vous pouvez vous rendre sur mon site www.annazaires.com/series/francais et vous inscrire pour recevoir mon bulletin d'information.

Et maintenant je vous invite à tourner la page pour un avant-goût de *Liaisons Intimes* (le début des aventures de Mia et de Korum) et de certaines de mes autres œuvres.

EXTRAIT DE *LIAISONS INTIMES*

Note de l'Auteur : *Liaisons Intimes* est le premier volume de ma série de science-fiction érotique, les Chroniques Krinar. Sans être aussi sombre que *Twist Me, Liaisons Intimes* contient des éléments qui plairont aux amateurs d'érotisme noir.

* * *

Un romance au charme sombre et audacieux qui séduira les amateurs de liaisons dangereusement érotiques...

Dans un futur proche, la Terre est désormais sous l'emprise des Krinars, une espèce sophistiquée venue d'une autre galaxie. Ils restent un mystère pour nous, et nous sommes totalement à leur merci.

Mia Stalis est une jeune étudiante New Yorkaise, plutôt innocente et timide. Elle mène une vie parfaitement normale. Comme la plupart des êtres humains elle n'a jamais eu de contact avec les envahisseurs, jusqu'au jour où une simple promenade dans Central Park va changer sa vie à jamais. Mia a été remarquée par Korum et elle doit maintenant se confronter à un puissant Krinar, doté de dangereux moyens de séduction, qui veut la posséder corps et âme — et qui ne reculera devant rien pour devenir son maître.

Jusqu'où peut-on aller pour retrouver sa liberté ? Quels sacrifices peut-on consentir pour aider ses semblables ? Quels choix nous reste-t-il quand on s'éprend de son ennemi ?

* * *

L'air était vif et pur tandis que Mia descendait d'un pas rapide un sentier sinueux de Central Park. Partout, on voyait l'approche du printemps, les arbres encore nus avaient de minuscules boutons et les nounous étaient sorties en masse pour profiter de cette première journée de beau temps avec les enfants turbulents qui leur étaient confiés.

Bizarrement, tout avait changé depuis quelques années et pourtant tout était identique. Si dix ans plus tôt on avait demandé à Mia à quoi ressemblerait la vie après une invasion d'extra-terrestres, ce n'est pas du tout ce qu'elle aurait imaginé. Les films 'Independance Day' ou 'La Guerre des Mondes' étaient à des lieux de montrer ce qui se passe réellement quand une civilisation plus sophistiquée prend le dessus. Il n'y avait eu ni combat ni résistance du gouvernement parce qu'*ils* les avaient rendus impossibles. Rétrospectivement, il sautait aux yeux que ces films étaient idiots. Les engins nucléaires, les satellites et les avions de combat étaient aussi primitifs que des pierres et des bouts de bois. Mia aperçut un banc vide près du lac et s'y dirigea avec plaisir, ses épaules se ressentaient du poids de son sac à dos où elle avait mis son volumineux ordinateur portable — elle l'avait depuis 12 ans — ainsi que ses livres, imprimés sur papier comme autrefois. Elle avait beau avoir 20 ans, parfois elle se sentait déjà vieille, et comme dépassée par un monde nouveau sans cesse en évolution, un monde de tablettes fines comme du papier à cigarette et de montres qui servaient de téléphones portables. Depuis le jour K, le rythme des progrès technologiques ne s'était pas ralenti ; en fait de nombreux nouveaux gadgets avaient été influencés par ceux des Krinars. Non pas que les Krinars partageaient allègrement leur précieux savoir technologique ; de leur point de vue, leur petite expérience devait se poursuivre sans la moindre interruption.

Mia ouvrit la fermeture éclair de son sac et en sortit son vieux Mac. Il était lourd et lent, mais il fonctionnait encore et Mia, comme tous les étudiants désargentés, ne pouvait rien s'offrir de mieux. Une fois en ligne elle ouvrit une page vierge sur Word et se prépara à rédiger sa dissertation de sociologie, une véritable torture.

Après 10 minutes sans avoir écrit un seul mot elle s'arrêta. De qui se moquait-elle ? Si elle voulait vraiment s'y mettre, il ne fallait pas venir au parc ; évidemment c'était tentant de se donner l'illusion de pouvoir profiter du grand air et travailler, mais elle n'avait jamais été capable de faire les deux en même temps. Pour ce genre d'effort intellectuel, une vieille bibliothèque poussiéreuse lui convenait bien mieux.

En son for intérieur Mia se reprocha d'être aussi paresseuse, soupira et commença à regarder autour d'elle au lieu d'essayer de travailler. Elle ne se lassait jamais de regarder les gens à New York.

La scène lui était familière, comme elle s'y attendait il y avait le clochard de service sur un banc voisin (Dieu merci ce n'était pas le banc le plus proche parce qu'il avait l'air de sentir le fauve) et deux nounous bavardaient en espagnol en promenant tranquillement leurs landaus. Un peu plus loin, une jeune fille faisait du jogging, ses reeboks roses offrant un joli contraste avec son survêtement bleu. Mia suivit la joggeuse des yeux avant qu'elle ne disparaisse. Elle admirait sa condition physique. Elle avait un emploi du temps tellement chargé qu'elle n'avait pas beaucoup de temps pour faire du sport et elle se disait qu'elle n'aurait pas pu suivre cette jeune fille à ce rythme pendant plus d'un kilomètre.

À sa droite, elle voyait le Pont Bow au-dessus du lac. Un homme était penché sur le parapet et regardait l'eau. Son visage était tourné de l'autre côté si bien qu'elle ne pouvait voir qu'une partie de son profil. Et pourtant il y avait quelque chose en lui qui attira l'attention de Mia.

Elle n'arrivait pas à savoir de quoi il s'agissait. Il était vraiment grand et semblait costaud sous l'imperméable élégant qu'il portait, mais ce n'était pas ce qui l'intriguait. Les hommes grands, beaux et bien habillés ne manquent pas à New York, la ville regorge de top-modèles. Non, il y avait autre chose. Peut-être son attitude, parfaitement immobile, ne faisant aucun geste inutile. Ses cheveux bruns brillaient dans la vive lumière ensoleillée de l'après-midi, sa frange se soulevait légèrement dans la brise douce du printemps.

Et puis il était seul.

— Eh bien ! voilà, pensa Mia. D'habitude, il y avait toujours du monde sur ce joli pont, mais là, il était seul ; pour une raison qui lui échappait, tous semblaient l'éviter. En fait, à part elle et le clochard qui sentait sans doute mauvais, tous les bancs au bord de l'eau, d'habitude si recherchés, étaient vides.

Comme s'il avait senti qu'elle le regardait, l'homme qui faisait l'objet de son attention tourna lentement la tête et la regarda droit dans les yeux. Avant d'avoir compris ce qui se passait elle sentit son sang se glacer, elle était pétrifiée et incapable de détourner son regard de ce prédateur qui semblait maintenant, lui aussi, la regarder avec intérêt.

* * *

Respire, Mia, respire !

Une voix enfouie en elle, une petite voix raisonnable n'arrêtait pas de le lui répéter. Et cette même part d'elle-même, bizarrement objective, remarquait la symétrie du visage de cet homme, sa peau bronzée tendue sur ses pommettes saillantes et sa mâchoire solide. Elle avait vu des Ks en photo et sur des vidéos, ni les unes ni les autres ne leur rendaient vraiment justice. La créature qui ne se tenait guère qu'à une dizaine de mètres d'elle était tout simplement extraordinaire.

Alors qu'elle continuait de le regarder fixement, toujours pétrifiée, il se redressa et fit quelques pas dans sa direction. Ou plutôt, il bondit vers elle, lui sembla-t-il, ressemblant à un félin qui s'approche légèrement d'une gazelle. Ce faisant, il ne la quittait pas des yeux. Quand il se rapprocha, elle distingua de petits éclats jaunes dans ses yeux d'or pâle ainsi que ses longs cils épais.

Elle s'aperçut avec un mélange d'horreur et d'incrédulité qu'il s'était assis sur le banc à quelques centimètres d'elle et qu'il lui souriait en montrant ses dents blanches. Pas de crocs, lui dit la part de son cerveau qui fonctionnait encore, rien qui puisse y ressembler. Encore un mythe à leur sujet, tout comme leur soi-disant horreur du soleil.

— Comment vous appelez-vous ? La question avait presque été posée comme un ronronnement. Cette créature avait la voix basse et douce, pratiquement sans le moindre accent. Ses narines se soulevaient légèrement comme s'il sentait son parfum.

— Heu... Mia avala sa salive avec nervosité. M-Mia.

— Mia, répéta-t-il lentement, semblant prendre plaisir à dire son nom. Mia comment ?

— Mia Stalis. Merde alors, pourquoi voulait-il savoir son nom ? Et pourquoi était-il là, en train de lui parler ? Et qui plus est, que faisait-il à Central Park, si loin de l'un des Centres K ? *Respire, Mia, respire !*

— Détendez-vous donc Mia Stalis !

Il sourit de toutes ses dents, et une fossette apparut sur sa joue gauche. Une fossette ? Les K avaient donc des fossettes ?

— Vous n'avez donc encore jamais rencontré l'un d'entre nous ?

— Non, jamais Mia poussa un grand soupir et s'aperçut qu'elle avait retenu son souffle. Malgré tout son trouble, sa voix ne tremblait pas trop et elle en fut fière. Devrait-elle l'interroger, souhaitait-elle savoir ? Elle prit son courage à deux mains.

— Et que... — une fois de plus elle avala sa   salive — que voulez-vous de moi ?

— Juste parler, pour le moment. Il plissait légèrement ses yeux dorés, elle avait l'impression qu'il était sur le point de se moquer d'elle. Bizarrement, elle en fut assez agacée pour sentir sa peur s'atténuer. S'il y avait une chose à laquelle Mia était très sensible, c'était la moquerie. Mia était de petite taille, très mince, mal à l'aise avec les autres comme toutes les jeunes filles qui ont dû supporter le désagrément d'avoir eu un appareil dentaire, des cheveux frisés et des lunettes pendant leur adolescence. C'était un véritable cauchemar de faire sans cesse l'objet des moqueries des uns et des autres. Elle releva la tête avec agressivité.

— Alors d'accord, comment *vous* appelez-vous ?

— Moi, c'est Korum.

— Korum tout court ?

— Contrairement à vous, nous n'avons pas vraiment de nom de famille. Le mien est tellement long que vous n'arriveriez pas à le prononcer si je vous le disais.

Voilà qui était intéressant. En l'entendant, elle se souvenait avoir lu quelque chose à ce sujet dans le *New York Times*. Jusqu'ici, tout allait bien. Ses jambes ne tremblaient plus, sa respiration s'était calmée. Elle arriverait peut-être à s'en sortir saine et sauve ? Elle se sentait relativement en sécurité en parlant avec lui, bien qu'il ait continué de la dévisager fixement de ses yeux jaunâtres qui la mettaient mal à l'aise.

— Et que faites-vous ici, Korum ?

— Je viens de vous le dire, un brin de causette avec vous, Mia. Il y avait encore un soupçon de moquerie dans sa voix.

Mia se sentit frustrée, elle poussa un nouveau soupir.

— Ou plutôt que faites-vous ici à Central Park ? Et que faites-vous à New York ?

Il sourit une nouvelle fois en penchant la tête légèrement de côté.

— Disons que j'espérais rencontrer une jolie jeune fille aux cheveux bouclés.

Bon, ça suffisait maintenant. Il était clair qu'il se moquait d'elle. Maintenant qu'elle avait un peu repris ses esprits, elle s'aperçut qu'ils étaient là, au beau milieu de Central Park, et devant des millions de témoins. Elle jeta un coup d'œil discret autour d'elle pour en avoir le cœur net. Eh oui, elle avait raison, bien que les gens s'écartent du banc où elle se trouvait avec cet extra-terrestre, plus loin sur le chemin les plus courageux les regardaient fixement. Il y avait même un couple qui les filmait, sans prendre trop de risque, avec la caméra qu'ils avaient au poignet. Si le K devenait trop entreprenant avec elle, en un clin d'œil les images seraient sur YouTube, il le savait bien. Mais comment savoir s'il s'en moquait ou pas ?

Cependant étant donné qu'elle n'avait jamais vu de vidéos où des étudiantes se faisaient agresser par des Ks au beau milieu de Central Park, elle était relativement en sécurité ; Mia prit son ordinateur portable avec précaution et le remit dans son sac à dos.

— Laissez-moi vous aider, Mia.

Avant même qu'elle ne puisse réagir, elle le sentit s'emparer de tout le poids de l'ordinateur, il le prit des mains de Mia devenues inertes et elle sentit alors qu'il lui touchait le bout des doigts. Ce contact provoqua en elle comme une légère décharge électrique et un frémissement nerveux la suivit aussitôt.

Il attrapa son sac à dos et y mit l'ordinateur portable, chacun de ses gestes était précis, doux et d'une grande souplesse.

— Eh bien ! voilà, tout va bien mieux maintenant.

Mon Dieu, il venait de la toucher. Peut-être avait-elle tort de penser qu'on était en sécurité dans les lieux publics. De nouveau, elle sentit sa respiration s'accélérer et son cœur battre la chamade.

— Il faut que j'y aille maintenant, au revoir !

Elle se demanderait toujours comment elle avait réussi à parler sans s'étrangler de terreur. Elle saisit les sangles de son sac à dos qu'il venait de poser par terre et se leva d'un bond, en remarquant au passage qu'elle avait retrouvé l'usage de ses jambes.

— Au revoir, Mia. Et à bientôt !

En partant, elle entendit sa voix légèrement moqueuse qui portait loin — l'air du printemps était si pur —, elle avait tellement hâte d'être loin de lui qu'elle courait presque.

* * *

Si vous souhaitez en savoir plus, veuillez consulter le site internet d'Anna :
www.annazaires.com/series/francais.

EXTRAIT DE *CAPTURE MOI*

Note de l'auteur: *Capture Moi* est le premier volume du sombre roman d'amour de Yulia et de Lucas. L'extrait que vous allez lire est écrit du point de vue de Yulia. La scène a lieu à Moscou où Lucas et Julian se sont rendus pour rencontrer de hauts fonctionnaires russes.

* * *

Elle a eu peur de lui au premier coup d'œil.

Yulia Tzakova a l'habitude des hommes dangereux. Elle a grandi avec eux. Et elle a survécu. Mais quand elle rencontre Lucas Kent, elle comprend que cet ancien soldat risque d'être le plus dangereux de tous.

Une nuit a suffi. C'était l'occasion de se rattraper après avoir raté sa mission et d'obtenir des renseignements sur le patron de Kent, un trafiquant d'armes. Quand son avion est abattu ce devrait être la fin de l'histoire.

Alors qu'elle ne vient que de commencer.

Il la désire au premier coup d'œil.

Lucas Kent a toujours aimé les blondes aux longues jambes et Yulia Tzakova est de toute beauté. L'interprète russe a eu beau essayer de séduire son patron elle arrive dans le lit de Lucas et il fera tout pour l'y retrouver.

Puis son avion est abattu et il apprend la vérité.

Elle l'a trahi.

Elle doit payer.

* * *

Il entre dans mon appartement dès que la porte s'ouvre. Ni hésitation ni salutation, il se contente d'entrer.

Prise au dépourvu, je recule d'un pas, tout à coup l'entrée me semble si petite qu'elle en est oppressante.

J'avais oublié à quel point il est grand, à quel point ses épaules sont larges. Je suis grande pour une femme, du moins suffisamment pour passer pour un mannequin si un contrat le demande, mais il me domine d'une tête. Avec le gros anorak qu'il porte, il prend presque toute la place dans l'entrée.

Toujours sans dire un mot il ferme la porte derrière lui et s'avance vers moi. Instinctivement, je recule, j'ai l'impression d'être une proie traquée.

— Bonsoir, Yulia, murmure-t-il en s'arrêtant quand nous arrivons dans la pièce principale. Son regard pâle fixe mon visage. Je ne m'attendais pas à vous voir comme ça.

J'avale ma salive, mon pouls s'accélère.

— Je viens juste de prendre un bain. Je veux paraitre calme et sûre de moi, mais il me déconcerte complètement. Je n'attendais personne.

— Effectivement, je m'en rends compte. Un léger sourire apparaît sur ses lèvres et en adoucit la dureté. Et pourtant vous m'avez laissé entrer. Pourquoi ?

— Parce que je ne voulais pas continuer à parler avec la porte fermée. Je respire pour retrouver mon calme. Puis-je vous offrir du thé ? C'est idiot de dire ça étant donnée la raison de sa présence ici, mais j'ai besoin de quelques instants pour reprendre une certaine contenance.

Il hausse les sourcils.

— Du thé ? Non merci.

— Alors voulez-vous me donner votre veste ? Je n'arrive pas à cesser de jouer la carte de l'hospitalité, la courtoisie me permet de cacher mon anxiété. Elle semble très chaude.

Ses yeux glacials ont un éclair d'amusement.

— Bien sûr. Il enlève son anorak et me le tend. Il n'a plus qu'un pull noir et un jean sombre glissé dans des bottes d'hiver noires. Son jean est moulant et révèle des cuisses musclées et des mollets puissants, et à sa ceinture je vois un revolver dans son étui.

En le voyant, ma respiration s'affole et je dois faire un véritable effort pour empêcher mes mains de trembler en prenant sa veste pour la mettre dans ma minuscule penderie. Il n'est pas surprenant qu'il soit armé, c'est le contraire qui le serait, mais son arme me rappelle brutalement qui est Lucas Kent.

Ce qu'il fait.

J'essaie de me dire que ce n'est pas grave pour calmer mes nerfs à vif. J'ai l'habitude des hommes dangereux. J'ai été élevée parmi eux. Cet homme est comme eux. Je coucherai avec lui, j'obtiendrai les informations que je pourrai et puis il disparaîtra de ma vie.

Voilà, c'est ça. Plus vite, ça sera fait, plus vite ça sera fini.

En fermant la porte de la penderie, j'affiche un sourire d'emprunt et me retourne pour lui faire face, enfin prête pour jouer le rôle de la séductrice sûre d'elle.

Sauf qu'il est déjà près de moi, il a traversé la pièce sans un bruit.

De nouveau, mon pouls s'affole, la contenance que je viens de retrouver me fait défaut une fois de plus. Il est si près que je peux voir les stries grises de ses yeux bleu pâle, si près qu'il peut me toucher.

Et une seconde plus tard, il me touche.

En levant la main, il caresse ma joue.

Je le fixe, la réaction de mon propre corps me trouble. Ma peau s'embrase, mes tétons se durcissent, ma respiration s'accélère. Il n'est pas logique de désirer cet inconnu dur et impitoyable. Son patron est plus beau que lui, plus frappant, et pourtant, c'est Kent qui provoque mon désir. Et il n'a encore touché que mon visage. Ce devrait être sans importance et pourtant c'est intime.

Intime et très déconcertant.

De nouveau, j'avale ma salive.

— M. Kent, Lucas, vous êtes sûr que je ne peux pas vous offrir quelque chose à boire ? Peut-être, un café ou… ma phrase s'interrompt et la surprise me faire perdre le souffle, quand il attrape la ceinture de mon peignoir et tire dessus, aussi nonchalamment que s'il ouvrait un paquet.

— Non. Il regarde tomber le peignoir qui révèle mon corps nu. Pas de café.

* * *

Si vous souhaitez en savoir plus, veuillez consulter le site internet d'Anna www.annazaires.com/series/francais.

EXTRAITS DU LIVRE DE DIMA ZALES, *LE CODE ARCANE*

Note de l'auteur : Dima Zales est un auteur de science-fiction et de fantasy et mon collaborateur pour la création des Chroniques Krinar. Il est également mon mari. Son roman de fantasy s'appelle Le Code arcane et cette fois je suis sa collaboratrice. Ce n'est pas une romance, mais le livre contient une intrigue secondaire romantique (bien que sans scènes de sexe explicites). Le livre est maintenant disponible en français.

* * *

Une histoire captivante écrite par des auteurs américains reconnus : intrigue, amour et danger se mêlent dans un monde où la sorcellerie est intimement liée à la science...

Blaise, un paria qui était autrefois un membre respecté du Conseil des Sorciers, a passé l'année précédente à développer un objet magique spécial. Son objectif est de permettre à tout le monde de pratiquer la magie afin qu'elle ne soit plus réservée à l'élite des sorciers. Le résultat de sa quête est pour le moins inattendu : au lieu de créer un objet, il l'a créée, Elle.

Elle, c'est Gala et elle est tout sauf inanimée. Elle est née dans le Domaine des Sorts et elle est belle et très intelligente. Personne ne sait de quoi elle est capable. Elle ferait n'importe quoi pour pouvoir découvrir le monde... Elle abandonnerait même l'homme dont elle est en train de tomber amoureuse.

Augusta, une puissante sorcière et autrefois la fiancée de Blaise, considère que celui-ci fait preuve de la pire des arrogances et que Gala est une abomination qu'il faut exterminer. Dans sa quête pour sauver l'espèce humaine, Augusta se forge de nouvelles alliances et s'implique dans un réseau d'intrigues qui s'étire au-delà de tout ce qu'ils peuvent imaginer. Elle devra peut-être même se confier à Barson, son nouvel amant, un guerrier qui pourrait bien avoir des plans à lui...

* * *

Il y avait une femme nue sur le plancher du bureau de Blaise.

Une magnifique femme nue.

Stupéfait, Blaise fixait des yeux la superbe créature qui venait de se matérialiser. Elle regardait autour d'elle d'un air perplexe, visiblement aussi choquée d'être là que ce qu'il était étonné de l'y voir. Ses cheveux blonds ondulés tombaient en cascade sur son dos, couvrant partiellement un corps qui semblait être la perfection même. Blaise essaya de ne pas penser à ce corps et de se focaliser plutôt sur la situation.

Une femme. Une personne, pas une chose. Blaise n'arrivait pas à le croire. Était-ce possible ? Cette fille pouvait-elle être l'objet ?

Elle était assise avec les jambes pliées sous elle, s'appuyant sur un seul bras mince. Cette pose avait quelque chose d'étrange, comme si elle ne savait pas quoi faire de ses membres. Malgré les courbes qui faisaient d'elle une femme, il y avait une espèce d'innocence enfantine dans sa façon de rester assise là, sans gêne et totalement ignorante de son attrait.

En s'éclaircissant la gorge, Blaise essaya de chercher quoi dire. Même dans ses rêves les plus fous, il n'aurait pu imaginer une telle issue au projet qui avait demandé tout son temps ces derniers mois.

En entendant son bruit, elle tourna la tête pour le regarder et Blaise fut absorbé par deux yeux bleu exceptionnellement clair.

Elle cligna des yeux, puis pencha la tête d'un côté en l'étudiant avec une grande curiosité. Blaise se demanda ce qu'elle voyait. Il n'avait pas vu la lumière du jour depuis des semaines et il n'aurait pas été surpris s'il avait maintenant l'apparence d'un sorcier fou. Son visage était probablement couvert d'une barbe d'une semaine et il savait que ses cheveux foncés n'étaient pas brossés et qu'ils pointaient dans tous les sens. S'il avait su qu'il se retrouverait face à une jeune femme magnifique aujourd'hui, il aurait lancé un sort de toilette ce matin-là.

— Qui suis-je ? demanda-t-elle en faisant sursauter Blaise. Sa voix était douce et féminine, tout aussi séduisante que le reste de sa personne.

— Quel est cet endroit ?

— Ne le sais-tu pas ? Blaise était content de parvenir à bafouiller une phrase presque cohérente. Ne sais-tu pas qui tu es ni où tu te trouves ?

Elle secoua la tête.

— Non.

Blaise avala sa salive.

— Je vois.

— Que suis-je ? demanda-t-elle encore en le regardant de ses yeux incroyables.

— Eh bien, dit lentement Blaise, si tu ne me fais pas une farce cruelle et que tu n'es pas le fruit de mon imagination, alors c'est un peu compliqué à expliquer...

Elle regardait sa bouche pendant qu'il parlait et quand il s'arrêta, elle releva la tête pour croiser son regard.

— C'est étrange, dit-elle, d'entendre des mots de cette façon. Ce sont les premiers véritables mots que j'entends.

Blaise sentit un frisson lui parcourir l'échine. Il se leva de sa chaise et il se mit à arpenter la pièce en essayant de ne pas regarder son corps nu. Il s'était attendu à ce que *quelque chose* apparaisse. Un objet magique, une chose. Il n'avait simplement pas su quelle forme cette chose prendrait. Un miroir, peut-être, ou une lampe. Peut-être quelque chose d'aussi rare que la Sphère de Capture Vitale posée sur son bureau comme une sorte de gros diamant rond.

Mais une personne ? Et une personne de sexe féminin en plus ?

Pour être honnête, il avait bien essayé de rendre l'objet intelligent pour s'assurer que la chose aurait la capacité de comprendre le langage humain et de le retranscrire en code. Peut-être ne devrait-il pas être si surpris que l'intelligence qu'il avait invoquée prenne une apparence humaine.

Une forme magnifique, féminine et sensuelle.

Concentre-toi, Blaise, concentre-toi.

— Pourquoi marches-tu comme ça ? Elle se leva lentement, ses mouvements étaient peu assurés et étrangement maladroits. Je devrais marcher aussi ? C'est comme ça que les gens discutent ?

Blaise s'arrêta devant elle en faisant de son mieux pour ne pas regarder plus bas que son cou.

— Je suis désolé. Je n'ai pas l'habitude d'avoir des femmes nues dans mon bureau.

Elle fit descendre ses mains le long de son corps, comme pour essayer de le toucher pour la première fois. Quelle qu'ait été son intention, Blaise trouva le geste extrêmement érotique.

— Est-ce qu'il y a un problème avec mon apparence ? demanda-t-elle. C'était une inquiétude si typiquement féminine que Blaise dut retenir un sourire.

— Au contraire, assura-t-il. Tu es magnifique. Si belle, en fait, qu'il avait du mal à se concentrer sur autre chose que ses courbes délicates. Elle était de taille moyenne et si bien proportionnée qu'elle aurait pu servir de modèle pour un sculpteur.

— Pourquoi est-ce que je suis comme ça ? Un léger froncement vint plisser son front lisse. Que suis-je ? Cette dernière question semblait tout particulièrement la préoccuper.

Blaise inspira profondément, essayant de ralentir son pouls.

— Je crois que je peux hasarder une conjecture, mais avant, je voudrais te donner des vêtements. S'il te plaît, attends-moi ici, je reviens.

Et sans attendre sa réponse, il sortit en trombe de son bureau.

* * *

Pour plus d'informations, veuillez consulter : www.dimazales.com/francais.html.

HOLD ME - TIENS MOI

* * *

EXTRAIT *DE LECTEURS DE PENSEE* DE DIMA ZALES

Note de l'auteur: Si vous avez envie d'essayer lire quelque chose de différent, et tout particulièrement si vous aimez les romans fantastiques urbains et la science-fiction vous pourriez lire *Les Lecteurs de Pensée*, le premier volume de la série *Les Dimensions de l'esprit* écrite en collaboration avec mon mari. Mais attention, l'amour et l'érotisme y tiennent une part limitée et y sont remplacés par la voyance. Ce roman est disponible chez la plupart des libraires.

* * *

Tout le monde pense que je suis un génie.

Tout le monde a tort.

Oui, je suis sorti de Harvard à dix-huit ans et je me remplis les poches dans un fonds spéculatif. Mais ce n'est pas parce que je suis extraordinairement intelligent ou travailleur.

C'est parce que je triche.

J'ai un talent unique, voyez-vous. Je peux sortir du temps pour entrer dans ma version personnelle de la réalité — un endroit que je nomme 'le Calme' — où je peux explorer mon environnement pendant que le reste du monde est immobile.

Je pensais être le seul à pouvoir le faire — jusqu'à ce que je la rencontre.

Je m'appelle Darren et voici comment j'ai appris que j'étais un Lecteur.

* * *

Parfois, je pense que je suis fou. Je suis assis à une table de casino à Atlantic City et tout le monde autour de moi est immobile. J'appelle cela le *Calme*, comme si le fait de donner un nom au phénomène le rend plus réel, comme si lui donner un nom change le fait que tous les joueurs autour de moi sont assis là comme des statues et que je marche parmi eux en regardant les cartes qu'on leur a distribuées.

Le problème avec cette théorie sur ma folie est que quand je 'dégèle' le monde, comme je viens de le faire, les cartes que les joueurs retournent sont celles que j'ai vues dans le Calme. Si j'étais fou, ces cartes ne seraient-elles pas des cartes au hasard ? Sauf si j'en suis au point d'imaginer les cartes sur la table.

Et ensuite, je gagne. Si c'est aussi une hallucination — si la pile de jetons à côté de moi est une hallucination — alors je pourrais bien tout remettre en question. Peut-être que je ne m'appelle même pas Darren.

Non. Je ne peux pas penser de cette façon. Si je suis vraiment si perdu, alors je ne veux pas sortir de cet état de confusion : car si j'en sortais, je me réveillerais probablement dans un hôpital psychiatrique.

En outre, j'adore ma vie, aussi folle soit-elle.

Ma psy pense que le Calme est une façon inventive de décrire 'le fonctionnement intérieur de mon génie'. Alors ça, cela me paraît vraiment fou. Il se peut aussi qu'elle soit attirée par moi, mais c'est une autre histoire. Disons simplement que pour sortir avec elle, il faudrait qu'elle ait un âge beaucoup plus proche de ce que je cherche, c'est-à-dire autour de vingt-quatre ans. Encore jeune et sexy, mais qui a fini les études et qui ne fait plus de soirées en boîte. Je déteste sortir en boîte presque autant que ce que j'ai détesté étudier. En tout cas, l'explication de ma psy ne fonctionne pas, car elle ne tient pas compte de la façon dont je sais des choses que même un génie ne pourrait pas savoir : par exemple la valeur et la couleur exactes des cartes des autres joueurs.

Je regarde le croupier commencer à distribuer les nouvelles cartes. Il y a trois joueurs à côté de moi à la table. Le Cowboy, la Grand-mère et le Professionnel, comme je les surnomme. Je ressens cette peur désormais presque imperceptible qui accompagne mon déphasage — c'est comme cela que j'appelle le processus : déphaser vers le Calme. L'inquiétude au sujet de ma santé mentale a toujours facilité le déphasage. La peur semble être utile au procédé.

Je déphase et tout devient calme. D'où le nom de cet état.

C'est étrange pour moi, même maintenant. Ce casino est très bruyant en général. Les gens ivres qui parlent, les machines à sous, le bruit des jackpots, la musique — seuls les concerts ou les boîtes de nuit sont plus bruyants. Et pourtant, en ce moment précis, j'aurais pu entendre une mouche voler. C'était comme si j'étais devenu sourd au chaos qui m'entoure.

Les personnes figées autour de moi augmentent l'étrangeté du phénomène. Ici, la serveuse qui porte un plateau de boissons est arrêtée au milieu d'un pas. Là, une femme est sur le point de tirer sur le levier d'un bandit manchot. À ma table, la main du croupier est levée et la dernière carte qu'il a distribuée flotte dans l'air. Je m'avance vers elle depuis mon côté de la table et je l'attrape. C'est un roi, destiné au Professionnel. Quand je lâche la carte, elle tombe sur la table au lieu de continuer à flotter comme avant — mais je sais très bien qu'elle retournera en l'air, exactement à l'endroit où je l'ai touchée, quand je sortirai du déphasage.

Le Professionnel a l'air de gagner sa vie au poker, ou en tout cas il correspond parfaitement à la façon dont j'imagine ce genre de personnes. Mal habillé, lunettes de soleil, et un peu étrange. Il a très bien maintenu son *poker face*, n'ayant pas bougé le moindre muscle de toute la partie. Son visage est si inexpressif que je me demande s'il ne s'est pas injecté du Botox pour l'aider à maintenir une telle contenance. Sa main est sur la table, recouvrant et protégeant les cartes qui lui ont été distribuées.

Je déplace sa main molle. Elle est normale au toucher. Enfin, façon de parler. La main est moite et poilue, alors c'est désagréable et anormal de la toucher. Ce qui est normal, c'est qu'elle est chaude au lieu d'être froide. Quand j'étais enfant, je m'attendais à ce que les gens soient froids dans le Calme, comme des statues de pierre.

Une fois que la main du Professionnel est déplacée, je ramasse ses cartes. Avec le roi qui flotte en l'air, il a une jolie paire. C'est bon à savoir.

Je m'avance vers Grand-mère. Elle tient déjà ses cartes en éventail pour moi. Je peux éviter de toucher ses mains ridées et tâchées. C'est un soulagement, car j'ai récemment commencé à avoir des réserves sur le fait de toucher les gens — plus particulièrement les femmes — dans le Calme. Si j'étais obligé, je raisonnerais sur le fait que toucher la main de Grand-mère était inoffensif — ou du moins, pas pervers — mais il vaut mieux l'éviter si possible.

Dans tous les cas, elle a une petite paire. Je me sens mal pour elle. Elle a perdu pas mal d'argent ce soir. Ses jetons diminuent. Ses pertes sont peut-être dues, au moins partiellement, au fait qu'elle ne sait pas garder un visage neutre. Même avant de regarder ses cartes, je savais qu'elles ne seraient pas bonnes parce que j'ai vu qu'elle était déçue de sa main au moment où elle l'a regardée. J'avais aussi remarqué un éclat joyeux dans ses yeux quelques tours plus tôt, quand elle avait eu un brelan gagnant.

Ce jeu de poker est, en grande partie, un exercice de lecture des gens : un domaine dans lequel j'aimerais vraiment m'améliorer. On me dit très fort pour lire les gens dans mon travail, mais ce n'est pas vrai. Je suis juste doué pour utiliser le Calme et faire comme si j'étais doué. Mais je veux vraiment apprendre à analyser les gens réellement.

Ce qui ne m'intéresse pas tellement dans ce jeu de poker, c'est l'argent. Je m'en sors assez bien financièrement pour ne pas dépendre d'un gros gain aux jeux de chance. Peu importe que je perde ou que je gagne, même si cela avait été amusant de quintupler mon argent à la table de blackjack. J'ai fait tout ce voyage pour jouer parce que je le peux enfin, ayant vingt-et-un ans maintenant. Je n'ai jamais aimé les fausses cartes d'identité, alors ceci est une première pour moi.

Je laisse la Grand-mère tranquille, et je passe au joueur suivant : le Cowboy. Je ne peux pas résister à la tentation d'enlever son chapeau de paille et de l'essayer. Je me demande si c'est possible d'attraper des poux comme ça. Parce que je n'ai jamais pu rapporter un objet inanimé du Calme, ni affecter le monde de manière durable, je me dis que je ne peux pas non plus ramener de créatures vivantes avec moi.

Je laisse tomber le chapeau et je regarde ses cartes. Il a une paire d'as — sa main est meilleure que celle du Professionnel. Le Cowboy est peut-être un pro lui aussi. Il a un bon *poker face*, d'après ce que je peux voir. Ce sera intéressant de les observer pendant ce tour.

Ensuite, je m'avance vers le deck et je regarde les cartes supérieures pour les mémoriser. Je ne laisse aucune place au hasard.

Quand j'ai fini, je reviens vers moi. Ah oui, est-ce que j'ai dit que je peux me voir assis là, figé comme les autres ? C'est le plus bizarre. C'est comme de vivre une expérience extracorporelle.

Je m'approche de mon corps figé et je le regarde. En général, j'évite de le faire, parce que c'est trop perturbant. On a beau se regarder dans le miroir ou dans des vidéos sur YouTube, rien ne peut préparer à voir son propre corps en 3D. Ce n'est pas quelque chose qu'on est censé vivre. Enfin, sauf pour les vrais jumeaux, je suppose.

Il est difficile de croire que ce corps, c'est moi. Il ressemble plutôt à n'importe qui. Enfin, peut-être un peu mieux que ça. Je le trouve assez intéressant. Il a l'air cool. Il a l'air classe. Je pense que les femmes le considèreraient probablement comme beau, même si ce n'est pas modeste de l'admettre.

Je ne suis pas un expert pour évaluer le degré de beauté des hommes, mais certaines choses sont évidentes. Je sais quand un type est laid et mon corps figé ne l'est pas. Je sais aussi qu'en général il faut des traits symétriques pour être perçu comme étant beau, et ma statue les a. Une mâchoire prononcée n'est pas mal non plus. Check. Avoir les épaules larges, c'est positif, et être grand aide beaucoup. Tout est bon. J'ai des yeux bleus, ce qui semble être une bonne chose. Des filles m'ont dit qu'elles aimaient mes yeux, même si maintenant, sur mon corps figé, ils ont l'air effrayants. Ils sont tout vitreux. On dirait les yeux d'une statue de cire.

Je me rends compte que je passe trop de temps sur ce sujet, et je secoue la tête. Je peux déjà voir ma psy en train d'analyser ce moment. Qui pourrait imaginer que le fait de s'admirer de cette façon soit un symptôme de sa maladie mentale ? Je l'imagine en train de griffonner des mots comme 'narcissique' et de le souligner.

Bon, ça suffit. Je dois quitter le Calme. Je lève la main et je touche le front de ma silhouette figée.

J'entends les bruits à nouveau en sortant de mon déphasage.

Tout est de retour à la normale.

Le roi que j'ai regardé un instant auparavant — le roi que j'ai laissé sur la table — est de retour en l'air et de là, il suit la trajectoire normale pour atterrir près des mains du Professionnel. La Grand-mère regarde toujours ses cartes avec déception et le Cowboy porte de nouveau son chapeau, même si je le lui avais enlevé dans le Calme. Tout est exactement comme c'était avant.

D'une certaine façon, mon cerveau ne cesse jamais de s'étonner de la discontinuité entre l'expérience dans le Calme et celle d'en dehors. Notre condition d'humains fait que nous sommes programmés pour nous interroger sur la réalité lorsque ce genre de chose se produit. Quand j'essayais d'être plus malin que ma psy, au début de la thérapie, j'avais un jour lu tout un manuel de psychologie pendant notre session. Elle n'avait rien remarqué, bien sûr, puisque je l'avais fait dans le Calme. Le livre disait comment les bébés, dès l'âge de deux mois, pouvaient être surpris s'ils voyaient quelque chose qui sortait de l'ordinaire, comme la gravité semblant fonctionner à l'envers, par exemple. Ce n'est pas étonnant que mon cerveau ait du mal à s'adapter. Jusqu'à mes dix ans, le monde se comportait normalement, mais depuis, tout est bizarre et c'est peu dire.

Je baisse les yeux et je me rends compte que j'ai un brelan. La prochaine fois, je regarderai mes cartes avant de déphaser. Si j'ai une combinaison aussi forte, je pourrais tenter le coup et jouer sans tricher.

Le jeu se déroule de façon prévisible parce que je connais les cartes de tout le monde. À la fin, Grand-mère se lève. Elle a manifestement perdu assez d'argent.

C'est alors que je vois la fille pour la première fois.

Elle est superbe. Mon ami Bert du travail prétend que j'ai un type de femmes, mais je rejette cette idée. Je n'aime pas me voir aussi creux ou prévisible. Mais il se pourrait que je sois un peu des deux, car cette fille correspond parfaitement à la description de Bert. Et je réagis de façon extrêmement intéressée, c'est le moins qu'on puisse dire.

De grands yeux bleus. Des pommettes bien définies sur un visage fin, avec une pincée d'exotisme. Des jambes longues et très bien formées, comme celles d'une danseuse. Des cheveux sombres ondulés attachés en queue de cheval, ce qui me plaît. Et pas de frange : encore mieux. J'ai horreur des franges, je ne sais pas pourquoi les filles s'infligent ça. Même si l'absence de frange ne faisait pas partie de la description de Bert, cela aurait probablement dû y figurer.

Je continue à la dévisager. Avec ses talons hauts et sa jupe serrée, elle est un peu trop bien habillée pour cet endroit. Ou alors c'est moi qui ne suis pas assez bien habillé, en jean et tee-shirt. Quoi qu'il en soit, je m'en moque. Il faut que j'essaie de lui parler.

J'hésite à passer dans le Calme et à l'approcher pour faire quelque chose de louche, du genre la regarder de près ou peut-être même inspecter le contenu de ses poches. Faire quelque chose qui m'aiderait quand je lui parlerai.

Je décide de ne pas le faire, ce qui est probablement la première fois.

Je sais que le raisonnement qui me pousse à casser mon habitude est très étrange. Si l'on peut appeler ça un raisonnement. J'imagine l'enchaînement suivant : elle accepte de sortir avec moi, on sort ensemble pendant quelque temps, ça devient sérieux, et à cause de la connexion profonde entre nous, je lui parle du Calme. Elle apprend que j'ai fait un truc pervers, elle pique une crise et elle me largue. C'est ridicule de penser tout ça, étant donné que je ne lui ai pas encore parlé. Je brûle carrément les étapes. Elle a peut-être un QI de moins de 70 ou la personnalité d'un morceau de bois. Il peut y avoir vingt raisons différentes qui expliqueraient que je ne veuille pas sortir avec elle. En outre, cela ne dépend pas que de moi. Elle pourrait me dire d'aller me faire voir dès que j'essaie de lui parler.

Malgré tout, le fait de travailler dans les fonds spéculatifs m'a appris à spéculer. Même si le raisonnement est dingue, je m'en tiens à ma décision de ne pas déphaser, parce que c'est ce qu'un gentleman aurait fait. En accord avec cette galanterie qui ne me ressemble pas, je décide également de ne pas tricher pour ce tour de poker.

Pendant que les cartes sont distribuées, je songe à quel point, c'est agréable de se comporter honorablement, même si personne ne le sait. Je devrais peut-être essayer de respecter plus souvent la vie privée des gens. *Ouais, c'est ça.* Il faut rester réaliste. Je ne serais pas là où j'en suis aujourd'hui si j'avais suivi ce conseil. En fait, si je prenais l'habitude de respecter la vie privée, je perdrais mon travail en l'espace de quelques jours, et avec lui, beaucoup du confort auquel je me suis habitué.

Je copie le geste du Professionnel et je couvre mes cartes de la main dès que je les reçois. Je suis sur le point de jeter un coup d'œil à mes cartes quand quelque chose d'inhabituel se produit.

Le monde devient silencieux, exactement comme quand je déphase... Mais je n'ai rien fait cette fois.

Et à ce moment-là, je la vois : la fille assise à l'autre bout de la table, la fille à qui je viens de penser. Elle est debout à côté de moi et elle retire sa main de la mienne. Ou, plus précisément, de la main de mon corps figé : moi je suis un peu plus loin et je la regarde.

Elle est également assise en face de moi à la table, une statue figée comme toutes les autres.

Mon cerveau se met à turbiner et mon cœur se met à battre plus vite. Je n'envisage même pas la possibilité que cette seconde fille soit une sœur jumelle ou un truc du genre. Je sais que c'est elle. Elle fait ce que j'ai fait quelques minutes auparavant. Elle marche dans le Calme. Le monde autour de nous est figé, mais pas nous.

Elle a un regard horrifié quand elle se rend compte de la même chose. Elle se précipite de l'autre côté de la table et elle se touche le front.

Le monde redevient normal.

Elle me fixe, choquée, avec des yeux immenses, le visage pâle. Je vois ses mains trembler quand elle se lève. Sans un mot, elle me tourne le dos et elle se met à courir.

Me remettant de ma surprise, je me lève et je la suis en courant. Ce n'est pas très élégant. Si elle remarque qu'un type qu'elle ne connaît pas lui court après, elle aura autre chose en tête que sortir avec. Mais je n'en suis plus là maintenant. C'est la seule personne que j'ai rencontrée et qui sache faire la même chose que moi. Elle est la preuve que je ne suis pas fou. Elle a peut-être ce que je désire le plus au monde.

Elle a peut-être des réponses.

* * *

Si vous souhaitez en savoir plus sur nos romans fantastiques et nos romans de science-fiction vous pouvez consulter le site de Dima Zales www.annazaires.com/series/francais et vous inscrire pour recevoir son bulletin d'information.

À PROPOS DE L'AUTEUR

Anna Zaires a découvert son amour des livres à l'âge de cinq ans, quand sa grand-mère lui a appris à lire. Elle a écrit son tout premier livre bientôt après. Depuis elle a toujours vécu en partie dans un monde de fantaisie dont les seules limites sont celles de son imagination. Elle habite actuellement en Floride et vit heureuse avec son mari Dima Zales, qui écrit des romans de science-fiction et des romans fantastiques, et avec qui elle travaille en étroite collaboration pour chacune de leurs œuvres.

Pour en savoir davantage, rendez-vous sur www.annazaires.com/series/francais.

www.ingramcontent.com/pod-product-compliance
Lightning Source LLC
Chambersburg PA
CBHW070733120726
47910CB00001B/77